BRITANNIA ROAD 22

AMANDA HODGKINSON

Britannia Road 22

Vertaald door
Tjadine Stheeman

ORLANDO
uitgevers

Oorspronkelijke titel *22 Britannia Road*
Oorspronkelijke uitgever Penguin Books Ltd
Omslagontwerp Studio Jan de Boer

Typografie Pre Press Media Groep, Zeist
Druk- en bindwerk Ter Roye NV, België

ISBN 978 90 229 5987 9
NUR 302

www.orlandouitgevers.nl

MIX
Papier van verantwoorde herkomst
FSC® C028794
FSC www.fsc.org

Voor mijn vader en moeder. In liefdevolle herinnering.

'Ook de doden hebben behoefte aan sprookjes.'
- Zbigniew Herbert

VOORJAAR 1946

Naar Engeland

De jongen was haar alles. Hij was klein en ongezeglijk, en had iets schichtigs, alsof hij een in het wild gevangen dier was. In zijn jongenslijf en in zijn vlugge ogen leefden de donkere harten van iedereen die voorgoed was verdwenen, teruggekomen of nooit vergeten. Ze hield van hem met dezelfde genadeloze kracht die een bos uit de diepe grond opstuwt, maar ze was desondanks bang dat het niet genoeg was om hem bij zich te houden. Dus nam ze hem mee naar Engeland, in de vaste overtuiging dat Janusz van hem zou houden en goed voor hem zou zorgen.

Op de passagierslijst van de boot stond ze vermeld als Silvana Nowak. Zevenentwintig jaar. Getrouwd. Moeder van een zoon, Aurek Josef, zeven jaar.

'Wat is uw beroep?' vroeg de Britse soldaat, terwijl hij het identiteitsbewijs controleerde dat ze voor hem had neergelegd.

Ze keek naar de papieren op zijn bureau en zag bladzijden met vrouwennamen. Allen waren geregistreerd als huisvrouw of huishoudster.

Achter haar stonden nog honderden vrouwen, net als zij in tweedehands kleren, zwijgend met hun kinderen te wachten. Boven het hoofd van de soldaat hing een bord in verschillende talen, ook in het Pools, met daarop het scheepsreglement. ALLE LAKENS EN DEKENS BLIJVEN EIGENDOM VAN HET SCHIP. ALLE GESTOLEN GOEDEREN WORDEN IN BESLAG GENOMEN.

Silvana pakte de arm van haar zoon steviger vast. De soldaat keek haar vluchtig aan en keek toen weer naar zijn papieren. Ze wist waarom. Hij vond het gênant om naar zo'n onverzorgde vrouw en naar zo'n wildebras te kijken. Ze voelde even of haar hoofddoekje nog wel goed zat en gaf met haar andere hand Aurek een duwtje in zijn rug, zodat hij rechtop ging staan.

'Beroep?'

'Overlevende,' fluisterde ze, het eerste woord dat bij haar opkwam.

De soldaat keek niet op. Hij pakte zijn pen. 'Huishoudster of huisvrouw?'

'Dat weet ik niet,' antwoordde ze, en omdat ze zich bewust was van de ongedurig schuifelende rij achter haar zei ze maar: 'Huisvrouw.'

Dat was dat. Ze stond geregistreerd, netjes bijgeschreven in een boek met onuitwisbare zwarte inkt. Ze kreeg een transportnummer en een kaartje op haar jasje gespeld dat overeenkwam met de persoonsgegevens op de passagierslijst. Bewijs dat zij en de jongen moeder en zoon waren. Een goed begin was het halve werk. Niemand kon tenslotte een officieel document weerleggen of in twijfel trekken. Alleen de titel 'huisvrouw' had iets dubieus. Silvana wist zeker dat niemand dacht dat de woorden 'huis' en 'vrouw', aan elkaar of los, op haar van toepassing waren.

De hele nacht, terwijl de zee het schip met de passagiers naar een nieuw land voerde, was Silvana bezig haar geheugen te ordenen. Ze had een plekje in een van de drukke gangen benedendeks gevonden en daar was ze gaan zitten, met haar armen over elkaar en haar benen onder zich gevouwen. Ze had zichzelf zo klein mogelijk gemaakt, met Aurek verstopt onder haar jas, en ademde de stank in van zweet en dieseldamp. Het dreunen van de motoren gaf de tijd aan en ondertussen probeerde ze zich haar leven met Janusz voor de geest te halen. Zoals gewoonlijk kwamen dezelfde herinneringen weer boven. De herinneringen die ze niet wilde hebben. Een weg die ze niet wilde inslaan. Een vuile lucht vol regen en vliegtuigen die uit de wolken tevoorschijn kwamen. Ze schudde haar hoofd, probeerde aan andere dingen te denken, het beeld te verjagen dat onverbiddelijk zou opduiken. Daar had je het al. De vochtige modder die glom onder haar voeten. De bomen die doorbogen in de wind, en het kind, gewikkeld in een allegaartje van lappen, dat in de houten kar lag.

Silvana drukte Aurek dicht tegen zich aan, wiegde hem heen en weer, terwijl de herinneringen oplosten. Hij stak een mager handje uit, van onder haar jas, en ze voelde zijn vingertjes zoekend over haar gezicht gaan. Hoe kwam het toch dat liefde en verlies onlosmakelijk verbonden leken? Want hoeveel ze ook van de jongen hield – en ze hield hartstochtelijk veel van hem, alsof haar eigen leven zonder hem niets waard was –, het verlies zat haar steeds op de hielen.

Tegen de tijd dat het donker verdreven werd door het sijpelende ochtendlicht, was Silvana te moe om nog verder na te denken. Ze deed eindelijk haar ogen dicht en liet zich door de regelmatig bonzende hartslag van de motoren in een – gelukkig – droomloze slaap sussen.

De ochtend bracht een bleke zon en zilte wind mee. Silvana wrong zich door de mensenmassa naar het bovendek terwijl Aurek zich aan haar jaspand vasthield. Ze pakte de reling vast en liet hem gehurkt tussen haar voeten zitten; ze voelde zijn gewicht tegen haar benen. In de diepte waren de groene golven en zij tuurde omlaag en probeerde zich voor te stellen hoe Engeland eruit zou zien – een land waar ze niets van wist, behalve dat haar man Janusz er nu woonde.

Zij was verloren en hij had haar gevonden. Waarschijnlijk dacht hij dat hij het verleden terugkreeg, dat ze nog dezelfde was als toen hij wegging, zijn jonge vrouw, met haar rode haar in krullen vastgespeld, een lach op haar gezicht en hun lieve zoontje in haar armen. Hij kon niet weten dat vroeger dood was en dat zij een schim was van de echtgenote van toen.

Ze werd zeeziek van het stampen van het schip en ze leunde achterover tegen de reling. Ze had haar eigen land ver achter zich gelaten en ze zag geen kust meer, geen land om te betreuren, alleen maar water zo ver het oog reikte en verblindende scherven licht die de golven versplinterden. Ze had Janusz niet meer gezien sinds hij zes jaar geleden uit Warschau was vertrokken. Zou ze hem nog wel herkennen? Ze herinnerde zich nog de dag dat ze elkaar hadden ontmoet, hun trouwdatum, zijn schoenmaat, dat hij rechtshandig was. Maar wat schoot ze op met dit willekeurige handjevol data en feiten?

Ze tuurde door haar wimpers naar de zee, de eindeloos deinende golven. Ze had ooit van hem gehouden. Dat wist ze zeker. Maar er lag zo'n enorm stuk verloren tijd tussen hen in. Zes jaar, die voor hetzelfde geld honderd jaren konden zijn. Kon ze werkelijk een man de hare noemen omdat ze zijn boordmaat wist?

Aurek trok aan haar hand en Silvana ging op haar knieën zitten en veegde met een moeizame glimlach zijn mond af met de onderkant van haar mouw. De jongen was de reden dat ze deze tocht ondernam. Een jongen moest een vader hebben. Straks lag het verleden achter hen en zou Engeland hun heden worden. Ze was ervan overtuigd dat ze daar konden leven zonder gisteren, zonder bedreigende herinneringen, zonder gebeurtenissen uit het verleden die hen achtervolgden. Ze streek met haar vingers door Aureks kortgeknipte haar en hij sloeg zijn armen om haar hals. Ze was op weg naar een nieuwe leven, en haar ene stukje Polen had ze nog steeds bij zich.

BRITANNIA ROAD 22, IPSWICH

Janusz vindt dat het huis eruitziet of het geluk brengt. Hij doet een stap naar achteren om Britannia Road nummer 22 beter te bekijken en bewondert de smalle rode bakstenen woning met de drie ramen en blauwe deur. In de deur zit een ruitje van gekleurd glas: een gele zonsopgang met onderaan een groene rand en een gaai in het midden. Het is zo typisch Engels dat het een glimlach bij hem oproept. Het is precies het huis dat hij zocht.

Het is het laatste huis van een rijtje, en hoewel de grond ernaast is platgebombardeerd, heeft het wonder boven wonder geen grote schade opgelopen. Het enige teken is een barst in het gekleurde ruitje, een streep die dwars door de gaai loopt, waardoor hij vleugellam lijkt. Afgezien daarvan wijst niets erop dat de oorlog dit huis heeft aangetast. Het is een onrealistisch idee, beseft hij, maar de gedachte bevalt hem wel. Misschien dat het huis iets van zijn geluk met hem, zijn vrouw en hun zoontje wil delen.

'Maakt u zich maar geen zorgen om die rommel daar,' zegt de makelaar naast hem, gebarend naar het stukje niemandsland waar kinderen met groezelige gezichten aan het spelen zijn. 'Dat wordt binnenkort allemaal opgeruimd. Deze stad staat in een mum van tijd weer overeind.' Hij trekt de mouwen van zijn tweedjasje recht en overhandigt Janusz een bos sleutels. 'Alstublieft. Van u. Ik hoop dat u hier prettig zult wonen. Mag ik vragen waar u vandaan komt?'

Janusz verwachtte die vraag al. Het eerste wat mensen willen weten is waar je vandaan komt.

'Polen,' zegt hij. 'Ik ben Pools.'

De makelaar haalt een sigarettenkoker uit de binnenzak van zijn jasje. 'U spreekt verdomd goed Engels. Zeker in het leger gezeten?'

En dat is de tweede vraag die ze stellen: Wat doet u hier? Maar Janusz voelt zich op zijn gemak in dit land. Hij kent de gewoontes en de omgangsvormen. Hou alles zo eenvoudig en zakelijk mogelijk. Laat merken dat je aan hun kant staat; dan is er geen vuiltje aan de lucht.

Toen iemand hem voor het eerst vroeg waar hij vandaan kwam, in de tijd dat hij zich nog druk maakte om zijn anders-zijn – iets wat hij beschouwde als een smet, een grote wijnvlek in zijn gezicht die iedereen kon zien – was hij zo dom geweest om uitgebreid antwoord te geven. Hij was nog niet zo lang in Engeland – een jaar, om precies te zijn – en de luidruchtige, bloeddorstige oorlogszucht die hij onder zijn nieuwe kameraden had aangetroffen, had een soort vuur in hem aangewakkerd. Hij werd doorstroomd met een overmoed die in hem een ongekende, roekeloze openhartigheid deed oplaaien. Hij was in een rokerige zaal met een rumoerig stel RAF-jongens, die bier dronken met de kleur van motorolie, en besloot zijn eigen verhaal uit de doeken te doen, de hele reis vanuit Polen aan het begin van de oorlog, naar Frankrijk en door naar Engeland.

Te laat besefte hij dat hij het te ingewikkeld maakte en dat niemand eigenlijk luisterde. Niemand wilde weten over de vrouwen die hij had achtergelaten. Hij praatte maar door, struikelend over moeilijke Engelse woorden, zich verliezend in zijn eigen verdriet, Poolse woorden mompelend in zijn bierglas, orerend over pijnlijke zaken als liefde en eer. Toen hij de zaal uit liep en in de ontnuchterende avondlucht stond, omhoogkijkend naar een hemel bezaaid met sterren, had hij spijt van elk dom woord dat hij had geuit.

Hij recht zijn schouders en sluit zijn gedachten af voor deze herinneringen. 'Ik heb bij de Koninklijke Luchtmacht gezeten,' zegt hij op duidelijke, beheerste toon. 'Het Poolse korps. 'Ik ben hier in 1940 gekomen en niet meer weggegaan.'

'Aha, mooi zo.' De man glimlacht en biedt hem een sigaret aan. 'Ik ben zelf in dienst geweest. Ik heb een paar van uw landgenoten ontmoet. Grote drinkers, de Polen.'

Hij steekt zijn sigaret op, gooit de lucifer op de grond en geeft het doosje aan Janusz.

'Was u hier in de buurt gelegerd?'

'Nee,' zegt Janusz, die het luciferdoosje aanneemt met een knikje om hem te bedanken. 'We zijn van hot naar her getrokken. In Devon ben ik uit dienst gekomen en toen kon ik hier gaan werken of in het noorden van het land.'

'Nou, u zult wel merken dat dit een prettige omgeving is. Ipswich is een aardig marktstadje. En u was net op tijd met dit huis. Ik heb er een hoop gegadigden voor. Als u niet toevallig op mijn deur had staan bonzen voordat mijn zaak open was, had ik het aan een andere snuiter verhuurd. Het is een fijn gezinshuis. Hebt u, eh... soms...?'

'Een gezin? Ik heb een vrouw en een zoon. Die komen volgende week naar Engeland.'

'Een hereniging, hè? Dat is mooi om te horen.'

Janusz neemt een trekje van zijn sigaret, blaast een kring uit en kijkt hoe die langzaam van vorm verandert.

'Ik hoop dat het mooi wordt. Het is zes jaar geleden dat we elkaar voor het laatst hebben gezien.'

De makelaar houdt zijn hoofd schuin en kijk hem met een bezorgde blik aan.

'Dat is een hele tijd. Maar u moet het zo zien: u hebt dit huis en werk en uw vrouw en kind komen hier wonen. Als je dat allemaal bij elkaar optelt, krijg je eind goed, al goed.'

Janusz lacht. Dat is precies waar hij op had gehoopt.

'Dat klopt,' zegt hij. 'Eind goed al goed.'

Toen de Rode Kruis-medewerker hem vertelde dat Silvana en Aurek in een Brits vluchtelingenkamp waren gevonden, was hij niet in staat een glimlach op te brengen. 'Ze zijn er slecht aan toe,' had de medewerker gezegd. De stem van de man was ongeveer tot fluistertoon gedaald. 'Ze hebben in een bos geleefd. Ik heb begrepen dat ze daar een hele tijd hebben gezeten. Sterkte. Ik hoop dat het allemaal in orde komt.'

Janusz rammelt met de nieuwe huissleutels aan zijn vinger en kijkt naar de achterkant van het tweedjasje van de makelaar die met ferme pas de heuvel af loopt. Dit is het dan. Vredestijd. En hij heeft een huis. Een huis voor als Silvana en Aurek komen. Zijn vader zou trots op hem zijn geweest dat hij zijn gezin weer samenbrengt. Het juiste doet. Naar de toekomst kijkt. Hij kan niet meer terug naar Polen, niet nu er in zijn land een communistisch bewind is. Hij kan er niet omheen: de droom van een vrij, onafhankelijk Polen is slechts een droom. Hier is zijn thuis. Churchill had hoogstpersoonlijk verordend dat de Poolse manschappen het staatsburgerschap en de vrijheid van het Britse Rijk kregen, en dat heeft hij aanvaard. Nu is Groot-Brittannië zijn nieuwe thuis.

Mocht hij ooit nog zijn ouders of zijn zussen spreken, mochten ze op een dag zijn brieven lezen en ontdekken dat hij hier woont, dan hoopt hij dat ze begrijpen dat het zijn eigen keus is geweest.

Hij stopt de sleutels in zijn zak en vraagt zich af hoe zijn nieuwe leven hier eruit zal zien. Toen hij twee banen kreeg aangeboden, de ene in een fietsfabriek in Nottingham en de andere bij een technisch bedrijf in een plaatsje in East Anglia, ging hij in de bibliotheek zitten met de kaart van Engeland voor zich en zette zijn duim op Ipswich. Het was een klein stadje met een haven die pal aan de grillige kustlijn lag van een blauw estuarium dat in zee uitmondde. Met zijn pink kon hij over het blauw reiken en Frankrijk aanraken. Dat gaf voor hem de doorslag. Hij zou in Ipswich gaan wonen, want dan was hij dichter bij Hélène. Het was een stompzinnige reden, vooral omdat hij juist erg zijn best deed haar te vergeten, maar het verzachtte de pijn enigszins.

Hij gaapt en zucht diep. Het voelt hier goed. De lucht is schoon en het is een rustig plaatsje. Bakstenen rijtjeshuizen strekken zich over de glooiende heuvel naar beneden uit. In de verte reikt een kerktoren naar de hemel, de spits ingekapseld door steigers. Of die steigers daar zijn om achterstallig onderhoud te plegen of vanwege recente oorlogsschade weet hij niet, en het kan hem ook niet schelen. Hij gelooft toch niet meer in God. Nu hoopt hij op concrete zaken. Werk om naartoe te gaan. Een gezin om voor te zorgen en misschien, op een dag, een beetje geluk.

Achter de kerk staan huizen die worden ingedamd door de rivier en de hoge fabrieksschoorstenen. Daarachter zijn de akkers en de bossen. De lucht boven hem is kauwgomgrijs, maar her en der piept er wat blauw doorheen. Hélène zou gezegd hebben dat het net genoeg blauw is om een broek voor een gendarme van te maken.

Hij steekt nog een sigaret op en laat zijn gedachten afdwalen naar Frankrijk. Het is een zwakte waar hij kortstondig van geniet, zoet en lekker als een extra lepel suiker in een kop bittere kazernethee. Hij denkt aan het boerenhuis met de rode dakpannen en de blauwe houten luiken. Hélène die in de keukendeur staat. Haar zongebruinde huid en haar warme zuidelijke tongval, het leven in haar mooie ogen.

Hij drukt zijn sigaret uit en loopt nog een keer door het huis, maakt een planning, legt lijstjes aan van wat er allemaal gerepareerd of vervangen moet worden. Hij zwaait de achterdeur open en beent de tuin in. Het is een lang, rechthoekig perceel. Het gras is in geen jaren gemaaid en het staat vol met brandnetels en braamstruiken. Aan het eind van de tuin staat een oude eik. Die lijkt geknipt voor een boomhut voor zijn zoon. En wanneer het gras is gemaaid en het onkruid gewied, gaat hij bloembedden aanleggen en een moestuin. Een echte Engelse tuin voor zijn gezin.

Met het lijstje in zijn hand staat Janusz bij de voordeur te kijken naar de kinderen die op het landje naast zijn huis spelen. Moeilijk voor te stellen dat zijn zoon Aurek binnenkort met hen mee zal doen. Janusz zal een goede vader voor de jongen zijn. Hij heeft zich voorgenomen om zijn best te doen. In het korrelige zonlicht lachen en springen de kinderen; ze gillen in het middaguur en hun kreten vermengen zich met het schrille krijsen van de meeuwen bij de kade. Als Janusz de vrouwen hoort roepen dat ze binnen moeten komen voor het eten, sluit hij het huis af en loopt terug voor zijn laatste nacht in het pension.

Op het stadhuis vult hij formulieren in en wacht in de rij op de distributiebonnen voor meubels en verf. De meubels komen uit een magazijn vlak bij het busstation en zien er allemaal hetzelfde uit: stevige, vierkante vormen met een dun laagje donker fineer. Bij Woolworths koopt hij behang: 'Zomerdagen' – roomwit met toefjes kleine rode roosjes in diagonale strepen. Hij neemt genoeg rollen om er de zitkamer en de ouderslaapkamer mee te behangen. Hij koopt ook behang voor Aureks kamertje, waarbij hij een winkelbediende om advies vraagt, die een zoon van dezelfde leeftijd blijkt te hebben.

De gang en de keuken beplakt hij met lichtbeige behang met een patroon van krullende bamboebladeren en sprietige stengels in zachtgroen. De badkamer boven en de overloop worden roze geverfd. In Aureks kamer vliegen grijze formaties vliegtuigen over de muren. Het is een ruime kamer. Ooit zal hij die kunnen delen met zijn broertje, als alles verloopt zoals Janusz het voor zich ziet.

Elke avond wanneer hij uit zijn werk komt begint Janusz met klussen en hij houdt pas op als hij geen pap meer kan zeggen. Als hij in zijn bed gaat liggen, heeft hij het gevoel dat hij nog steeds met uitgestrekte armen aan het schilderen en behangen is.

'S Nachts ligt hij alleen in zijn bed en heeft een droom: hij gaat zijn ouderlijk huis in, rent het stoepje op. De zware voordeur zwaait open en hij roept zijn moeder, maar hij weet dat hij te laat is en iedereen al weg is. In een van de lege kamers met een hoog plafond is een vrouw met donker haar en een gele jurk. Ze staat op, trekt haar jurk uit en wenkt hem; maar dan, tot zijn grote frustratie, verandert de droom opeens van richting, als een vis in een beek, en is de vrouw verdwenen. Hij wordt met een schok wakker, ogen open, bonzend hart. Hij tast naar zijn lies en drukt zijn van pijn verwrongen gezicht in het kussen. Deze eenzaamheid wordt nog eens zijn dood.

Victoria Station is enorm groot en om zeven uur 's ochtends is het er al druk en vol verdwaalde mensen, die Janusz bij de elleboog vastpakken en hem dingen vragen waar hij geen antwoord op heeft. Met een zakdoek wist hij het zweet van zijn voorhoofd en hij kijkt op zijn horloge. Hij heeft gerepeteerd wat hij straks tegen haar gaat zeggen als hij haar ziet. 'Wat een tijd geleden!' denkt hij dat hij zal zeggen. Het klinkt nonchalant en is toch veelbetekenend.

Hij merkt dat hij Poolse zinnetjes probeert op te diepen, maar inmiddels is hij te lang in de Engelse taal ondergedompeld en lukt het hem niet meer. Het is net alsof hij zich de namen van halfvergeten klasgenoten probeert te herinneren, alleen kost het te veel moeite en komen er ongewenste beelden van vroeger boven. De waarheid is dat er in zijn moedertaal te veel nostalgie zit. Het zal makkelijker zijn wanneer Silvana ook Engels spreekt. Ze zullen hier een nieuw leven opbouwen en ze zal de taal moeten leren. 'Welkom in Groot-Brittannië,' is een ander zinnetje dat hij overweegt te zeggen.

De perrons staan vol met mensen. Koffers liggen hoog opgestapeld op steekkarren en overal zie je voddenbalen en persoonlijke eigendommen. Er haasten zich mensen voorbij in grijs, bruin en donkerblauw. Hij laat zijn oog langs de menigte gaan en probeert niet aan Hélène te denken, aan hoe hij zich ooit had voorgesteld dat hij háár zo zou opwachten na de oorlog. Dan ziet hij een vrouw die zijn kant op kijkt. Hij tuurt naar haar en er gaat een schok van herkenning door hem heen. Alles komt weer boven. Het is Silvana. Zijn vrouw.

Hij brengt zijn hand omhoog om zijn hoed af te nemen, een afzichtelijke trilby met een smalle rand. Die kreeg hij bij zijn burgerkloffie, en hij weet zeker dat de hoed van karton is gemaakt. Hij strijkt zijn haar glad, spreidt zijn duim en wijsvinger over zijn snor, kucht, omklemt de hoed en loopt naar haar toe. Ze heeft een rood hoofddoekje om en nu hij haar heeft gezien, valt ze op in de kleurloze massa als een eenzame klaproos in een wuivend korenveld.

Janusz concentreert zich op het hoofddoekje totdat hij zo dichtbij is dat hij de geborduurde vogels ziet die met gespreide vleugels over haar voorhoofd scheren en onder haar kin verdwijnen. Ze lijkt magerder, ouder; haar jukbeenderen steken meer uit dan vroeger, lijkt het wel. Wanneer ze hem herkent, slaakt ze een gilletje.

Een mager kind met donker haar springt in haar armen. Is dat Aurek? Is hij dat? De laatste keer dat hij hem zag was hij nog een zuigeling, een mollige dreumes met babykrullen. Niet eens groot genoeg voor zijn eerste knipbeurt. Hij probeert zijn gezicht te ontwaren, probeert gemeenschappelijke trekken te ontdekken, maar het jongetje beklimt Silvana als een aap, trekt haar hoofddoekje af, slaat zijn armen stevig om haar nek en drukt zijn hoofd tegen haar borst.

Hij blijft voor hen staan en even zakt de moed hem in de schoenen. Stel dat hij zich domweg vergist en deze twee familie van iemand anders zijn? Dat hij alleen maar de verloren blik in de ogen van de vrouw herkende, en zijn eigen eenzame verlangen?

'Silvana?'

Ze worstelt met het kind, probeert haar hoofddoekje weer om te doen. 'Janusz? Ik zag je al in de menigte. Ik zag dat je op zoek was naar ons...'

'Je haar?' zegt hij, terwijl alle gerepeteerde zinnetjes als sneeuw voor de zon verdwijnen.

Silvana raakt haar hoofd aan en de sjaal valt om haar schouders. Ze wendt zich van hem af.

'Het spijt me.' Hij weet niet of het haar uiterlijk is dat hem deze verontschuldiging ingeeft of het idee dat ze zich in zijn bijzijn nu al opgelaten voelt. 'Echt, het was niet mijn bedoeling... Hoe gaat het?'

Silvana wikkelt de sjaal weer om haar hoofd en knoopt hem vast onder haar kin. 'Het is door de soldaten afgeknipt.'

Ze is moeilijk te verstaan door het lawaai en het schuren van binnenkomende en vertrekkende treinen en conducteurs die roepen over het perron. Hij komt aarzelend een stapje dichterbij.

'We hebben in de bossen gewoond,' zegt ze. 'Hebben ze je dat verteld? De soldaten hebben ons gevonden en gezegd dat de oorlog afgelopen was. Toen ze ons vonden, hebben ze ons haar afgeknipt. Tegen de luizen. Het groeit langzaam weer aan.'

'O. Het maakt niet uit. Ik... Ik snap het,' zegt Janusz, al is dat niet zo. Het kind heeft iets van hout in zijn hand. Het komt hem vagelijk bekend voor. Janusz trekt een denkrimpel. 'Is dat de rammelaar die je vader heeft gemaakt?'

Silvana doet haar mond open om te antwoorden, maar bedenkt zich. Hij ziet dat haar wangen lichtjes rood kleuren, maar de blos verdwijnt even snel als hij is opgekomen. Het is natuurlijk wél de rammelaar. Ze hoeft het niet eens te zeggen. Het donkere hout, de uitstraling van iets dat zelfgemaakt is: het kan niet anders. Hij glimlacht opgelucht, opeens gerustgesteld. Natuurlijk is dit zijn gezin.

'Heb je die al die tijd bewaard? Mag ik eens zien?'

Hij steekt zijn hand uit, maar de jongen drukt de rammelaar tegen zijn borst en maakt een grommend geluid.

'Hij is moe,' zegt Silvana. 'De reis heeft hem uitgeput.'

Het is schokkend om zo'n mager kind te zien. Het gezicht van zijn zoon lijkt wel doorschijnend en zijn huid is zo strak dat de ingevallen botten eronder zichtbaar zijn – het doet pijn aan Janusz' hart, alsof het gekneusd is.

'Aurek?' Hij steekt zijn hand uit. 'Klein is ie, hè? Hallo, manneke. Niet bang zijn. Ik ben... Ik ben je vader.'

'Je snor,' zegt Silvana, die het jongetje overhevelt naar haar andere heup. 'Dat is anders. Daarmee zie je er anders uit.'

'Mijn snor? Die heb ik al jaren. Helemaal vergeten.'

'Zes jaar,' zegt ze.

Hij knikt. 'En mijn familie? Heb je iets over ze gehoord? Ewa? Weet je waar die is?'

Silvana's gezicht betrekt. Haar pupillen worden groter en glanzend, en hij weet zeker dat ze hem gaat vertellen dat Ewa dood is. Dat ze allemaal dood zijn. Hij houdt zijn adem in.

'Ik weet het niet,' zegt ze. 'Het spijt me. Ik weet van niemand waar hij is.'

'Je weet het niet?'

'Na jouw vertrek heb ik ze nooit meer gezien.'

Hij wacht al jaren op nieuws over zijn familie. Hij dacht dat Silvana misschien wel brieven van hen bij zich zou hebben, verhalen over hen. Nieuws over hun verblijfplaats. Ze staan zwijgend tegenover elkaar, totdat Janusz weer het woord neemt.

'Nou, hier zijn jullie dan.'

Silvana fluistert iets terug en hij moet zich vooroverbuigen om haar te verstaan.

'Ik kan het bijna niet geloven. Ik kan bijna niet geloven dat we er zijn.'

Janusz lacht om te voorkomen dat hij moet huilen. Hij

neemt haar hand in de zijne, kromt zijn vingers over die van haar. Plotseling is hij doodop. Het enige wat hij nog kan opbrengen is haar aankijken.

'Ik neem aan dat we allebei veranderd zijn... maar dat is niet erg,' zegt hij in een poging ontspannen te klinken. 'Vanbinnen zijn we nog hetzelfde. Dat kan de tijd niet veranderen.'

Nog terwijl hij het zegt, weet hij dat hij liegt. Zij weet dat ook. Hij ziet het in haar ogen. De oorlog heeft iedereen veranderd. En Silvana's haar is niet alleen kort; het is ook grijs geworden.

POLEN, 1937

Silvana

De allereerste keer dat Silvana Janusz zag was hij aan het zwemmen. Het was 1937, tegen het einde van het voorjaar, en er hing een algehele loomheid in de lucht, alsof de plotse komst van de zon de stad had veranderd in een kind dat alleen maar de hele dag op straat wilde spelen. Silvana was net klaar met haar middagdienst in de Kine-bioscoop, waar ze als ouvreuse werkte. Na het donkere interieur van de bioscoop werd ze altijd verrast door het daglicht, en nu stond ze op de stoep waar de wind met de zoom van haar rok speelde en de zon haar wang streelde. Ze was achttien, en het enige wat ze wist was dat ze nog geen zin had om naar huis te gaan. Dat een wandeling in de zon, al had ze geen doel, beter was dan de benauwende stiltes die haar zouden bespringen zodra ze het kleine huisje van haar ouders binnenging.

Ze liep door de hoofdstraat met bomen aan weerszijden, langs het plein met de fontein en hoge, vervallen huizen, en nam het stoffige pad in de schaduw van de rode bakstenen kerk en de pastorie. Toen ze voorbij deze massieve gebouwen was gelopen, trad ze uit de schaduw en liet zich door de zon over de weg de stad uit voeren. Een paar honderd meter verderop stond het houten gelijkvloerse huisje van haar ouders, dat in dezelfde blauwe kleur was geverfd als de andere boerenhuisjes in de omgeving. Silvana hield haar pas in en stapte van de weg een appelgaard in. Die was vroeger van haar familie geweest, maar haar vader had hem verkocht. Hij werkte nu bij andere boeren, kapte hout en hielp mee met oogsten – wat het seizoen maar van hem verlangde. De bomen waren zwaar beladen met witte bloesem – grote bloemenwolken – en het gras eronder was zacht en gifgroen. Een tafereel van rijping en hoop. Ze stond in het gevlekte licht en snoof de lucht op, in de wetenschap dat wat er ook gebeurde in haar leven, waar ze ook terechtkwam – en ze hoopte dat dat ver weg van dit dorpje zou zijn – ze altijd van deze plek zou blijven houden.

Silvana nam het voetpad naar de rivier en keek naar het huisje in de verte. Haar moeder, Olga, was vast in de keuken en dronk de wodka die ze in de koeienstal stookte – een helder vurig goedje gemaakt van suikerbieten of mierikswortel of, in een minder jaar, van uien en vlierbessen. Ja, dacht ze. Haar moeder was vast dronken, omgeven door alle zielige beesten die ze om zich heen verzamelde: jonge katjes die in haar rokken klommen, jonge hondjes die rond haar voeten dartelden en aan de tafelpoten knauwden, de nesten met blinde jonge konijntjes, vleugelloze kuikens en eenzame haasjes die ze elk uur te eten gaf en verzorgde zoals ze ooit haar eigen stervende zoons had verzorgd.

Bij haar buren stond ze bekend als een fatsoenlijke vrouw, die het niet makkelijk had met een lastige dochter om groot te brengen. Silvana wist dat daar een kern van waarheid in zat: ze was een lastig kind geweest, was nog steeds moeilijk en koppig, maar niet harder, zo had ze zelf altijd gevonden, dan haar eigen moeder voor haar was geweest. En dan had je nog haar broers. De drie jongens die vóór haar waren geboren en nooit groot waren geworden. De prinsjes van haar moeder waren nooit voorbij hun babytijd gekomen, en haar hele jeugd had ze het gesnif en gejammer om hen moeten aanhoren. Silvana kende de verhalen over haar broertjes uit haar hoofd.

Toen zijn vrouw voor het eerst zwanger werd, begon Josef met het snijden van een houten rammelaar. Daarvoor had hij een stuk kersenhout uit de boomgaard gebruikt, en op de een of andere manier had het hout hun ongeluk gebracht. Hij was sowieso geen getalenteerd houtsnijder. Tegen de tijd dat het kindje geboren werd, was de rammelaar nog maar half af. Drie maanden later stierf het en kort daarna mislukte de aardappeloogst. Maar Josef ging door met de rammelaar en merkte niet dat het mes een diepe snee in zijn duim maakte, die hevig bloedde. Toen Silvana klein was, vond ze het leuk om zijn duim vast te houden, met haar vinger over de ruwe rand van het litteken te gaan en het verhaal te horen over hoe hij daaraan was gekomen.

Na de dood van haar tweede zoontje raakte Olga aan de wodka, die ze stookte om aan andere boeren te verkopen. Nog altijd had Josef de rammelaar niet af. Hij had inmiddels zijn landbouwgrond verkocht en werkte alleen nog in zijn fruitgaarden.

'Het kan niet drie keer achter elkaar gebeuren,' zei hij tegen Olga. 'Laten we het nog eens proberen.'

Na de dood van hun derde kindje wist Olga dat er een vloek op de rammelaar rustte. Ze begroef hem in de tuin, omwikkeld met een lok van haar haar om het kwaad af te wenden. Op een maanloze nacht groef Josef de rammelaar weer op en verborg hem in het ongebruikte ledikantje. Hij ging naar zijn vrouw en zei dat ze het nog een keer moesten proberen.

Als een koude kikker keurde Olga haar dochtertje dat ze een jaar later kreeg nauwelijks een blik waardig. Silvana Olga Valerie Dabrowski. Josef geloofde dat de vloek was verbroken. Hij maakte de rammelaar af, schuurde hem glad, knoopte een lint om de handgreep en gaf hem aan zijn gezonde, wilskrachtige dochter.

Maar Olga kon haar kleine jongetjes niet vergeten. Ze bewaarde hun kleertjes, in vloeipapier verpakt, in een afgesloten kast. Blauwe nachthemdjes met geborduurde schaapjes, gebreide witte slofjes, kleine blauwe wollen mutsjes, drie ragdunne gehaakte omslagdoeken. Toen Silvana oud genoeg was, mocht ze de zoom aanraken en de piepkleine kraagjes tussen haar vingers wrijven.

'Voorzichtig!' waarschuwde Olga. 'Die spullen zijn voor mij meer waard dan goud.'

Toen ze tien jaar was, stal Silvana de babykleertjes. Het ging vanzelf. Ze had ze mee naar buiten genomen om er in de tuin mee te spelen, maar toen begon het te regenen en holde ze naar binnen. De volgende dag vond Olga de kleertjes, onder de modder, verfomfaaid en gescheurd in de frambozenstruiken.

'Ik heb me in je vergist,' zei ze terwijl ze Silvana's kamerdeur dichttrok. 'Je bent een gemene jokkebrok. Zeg dat je spijt hebt van wat je hebt gedaan.'

Silvana bonsde op de deur en gilde dat ze haar eruit moest laten. Ze weigerde haar excuses aan te bieden.

Olga bracht haar mond naar het sleutelgat. 'Een jongen zou zich nooit zo gedragen.'

'Jouw jongens zijn dood!' schreeuwde Silvana vol van haar eigen woede. 'Ik ben je kind. Hoor je? Ik ben je kind!'

'Je bent het kind van de duivel!' schreeuwde haar moeder terug. 'Jij leeft terwijl mijn jongens dood zijn.'

In de loop der jaren had Silvana zich gehard tegen haar familie, haar krankzinnige moeder, haar nutteloze vader en de opdringerige geesten van haar overleden broertjes; allen zaten gevangen binnen de vier muren van het huisje.

In het late middaglicht sloeg ze een wesp van haar gezicht weg en tuurde naar haar huis. Voor een plek met zoveel problemen zag het er vredig uit, en ze vroeg zich af of alle huizen zich van buiten zo mooi konden voordoen, zo solide en stevig, terwijl het vanbinnen een en al slaande deuren en geschreeuw was. Ze keek nog een poosje naar de rook die uit de schoorsteen van het huisje omhoogkringelde, waarna ze zich omdraaide en naar de rivier en de grote houtzagerij liep.

Treurwilgen en groene schietwilgen hingen over het fonkelende water van de rivier; het gezoem van insecten was even luid als het onafgebroken gedreun van de machines in de zagerij. Langs de oever was een pad uitgesleten en ze schopte haar schoenen uit en liep het af. Het gras veerde mee onder haar kousenvoeten. Even verderop zag ze een stel jongemannen staan, die lachend vanaf de oever de rivier in sprongen. Ze voelde zich ietwat opgelaten, met haar bungelende schoenen in haar hand en haar kousen vol grasvlekken, en overwoog terug te gaan. Op dat moment kreeg een van de mannen haar in de gaten. Hij was blond, breed en gespierd. Niet groot, maar wel sterk.

Ze bleef staan om te kijken hoe hij in het water dook. Hij deed zijn ogen dicht en rechtte zijn rug. Hij hield zijn handen boven zijn hoofd, zakte een beetje door zijn knieën, zodat zijn kuiten zich aanspanden en sprong vanaf zijn tenen. Zijn lichaam doorkliefde het wateroppervlak en liet alleen een paar rimpelingen achter. Toen hij bovenkwam, keek hij haar aan, schudde het water uit zijn haar en glimlachte. Het zonlicht weerkaatste in de waterdruppels op zijn lichte huid, waardoor ze op minuscule diamantjes leken. Hij klauterde de oever weer op, terwijl zijn lichaam glansde alsof het gloednieuw was. Silvana glimlachte terug, helemaal betoverd.

Janusz was de enige zoon uit een gezin met vijf dochters en voor Silvana was hij zo goud als de rest van hen muisgrijs was. Vijf zusjes, allemaal onopvallend en gewoontjes, en dan Janusz, de oudste, met Pruisisch-blauwe ogen en witblond haar. Een fles wodka in een café vol donker bier. Als de enige broer was hij de laatste die de familienaam kon doorgeven. Dat was er door zijn vader ingehamerd, die hoopte dat zijn zoon rechten aan de universiteit ging studeren en een man van aanzien in de Poolse hogere kringen zou worden. Zijn moeder wilde dat hij een priesteropleiding zou volgen.

Silvana zag wat een goede zoon Janusz was, hoe hij zijn best deed om zijn ouders tevreden te stellen. Maar ze wist ook dat hij helemaal geen zin had om rechten te gaan studeren. Janusz hield van machines, van alles wat van metaal was en waaraan wieltjes en schroefjes zaten die hij uit elkaar kon halen en weer in elkaar kon zetten. Echt, hij was de handigste man die ze ooit had ontmoet.

Hij woonde in een huis van drie verdiepingen dat uitkeek over het stadspark. Zijn vader was gemeenteambtenaar en de familie ging prat op hun goede manieren. Ze hadden zulke goede manieren dat ze hun teleurstelling bijna wisten te verbergen toen Janusz haar, een paar maanden na hun eerste ontmoeting, meenam naar zijn ouders en zei dat hij zijn plicht zou doen en met zijn liefje zou trouwen.

Janusz was toen nog gelovig. Hij ging elke zondag naar de kerk en liet geen gelegenheid voorbijgaan om Silvana belerend toe te spreken over Gods betekenis voor de mensheid. Silvana vond het prettig om te luisteren, al ontging haar veel. Ze was te druk bezig met dromen over Amerikaanse filmsterren. Tijdens de dienst op zondag zat ze naast zijn slome zusjes, die klaagden over pijn in hun nek van het omhoogturen naar hoge ramen in stenen muren, hun bruine vilthoedjes verlangend naar de buitenwereld gericht. Volgens zijn zusje Ewa hield Janusz vooral van God omdat hij hem niet in levenden lijve hoefde te ontmoeten.

'Denk maar niet dat Janusz verlegen is,' had ze tegen Silvana gezegd. 'Hij heeft heel veel te vertellen. Het is eerder zo dat die arme Jan met al die zusjes om zich heen, en dan ook nog eens zo'n moeder altijd behoorlijk op zijn kop is gezeten. Zwijgen is zijn enige verdediging.'

Ewa was de middelste zus, gevangen tussen de twee oudsten die het alleen maar over trouwen hadden, en de twee jongsten die zich als een tweeling gedroegen en innig gearmd overal naartoe gingen. Met als gevolg, zei ze, dat niemand op haar lette en ze precies kon doen wat ze wilde. En wat Ewa wilde was muziek. Haar viool was haar grote passie, en ze oefende uren achter elkaar, waarna ze met haar bruine haar los om haar schouders en verbeten trekken van de inspanning uit haar kamer kwam. Net als Janusz had ze sproeten op haar gezicht en van alle zusjes had zij de hechtste band met haar broer. Silvana vond haar dan ook de leukste van het stel.

Die eerste zomer, toen de geruchten over een ophanden zijnde oorlog met Duitsland hen nog niet interesseerden, gingen Silvana en Janusz in hun vrije tijd naar de rivier of maakten fietstochtjes door de natuur.

'Ik wil nog geen afscheid nemen,' zei Janusz toen ze op het gras onder de schaduw van een spar lagen.

Ze lachte en pakte zijn hand. Hij keek heel ernstig.

'Janusz, we zijn hier net. We hebben nog de hele dag voor ons.'

'Ja, maar dan verlaat je me weer.'

'Ik verlaat je niet. Ik zie je morgen toch weer?'

'Waarom moet je vanavond werken? Ik zie heus wel hoe al die mannen naar je loeren als je hun kaartje afscheurt. Ze komen alleen maar om naar jou te kijken.'

'Doe niet zo raar. Ik ben dol op films. Ik hou van mijn werk.' Ze ergerde zich aan hem en wilde iets gemeens tegen hem zeggen: 'Bovendien vind ik het fijn als mannen naar me kijken. Ik kan er toch ook niks aan doen dat ik mooi ben? Ik zou maar oppassen als ik jou was; zo meteen raak ik nog verveeld en ga er met een ander vandoor.'

Hij rukte zijn hand los en sloeg haar in het gezicht, heel snel, zoals je een vlieg die over je gezicht kruipt wegslaat. Silvana wendde zich af alsof hij haar heel erg pijn had gedaan, maar ze wist dat het andersom was: zij was degene die hém pijn had gedaan. Toen ze hem weer aankeek, was zijn gezicht helemaal rood en zijn ogen waren vochtig, alsof hij op het punt stond in tranen uit te barsten. Ze was blij. Blij dat ze hem een reactie had ontlokt. Hij houdt van me, dacht ze.

Ze deed net of ze boos was. Ze stond op en liep weg, en hij

sprong op en rende haar achterna. Toen ze niet meer tegenstribbelde, kuste hij haar vurig en liet zijn hand in haar jurk glijden. Zijn vingers drukten tegen haar aan, volgden de ronding van haar borst, het reliëf van haar ribben, alsof hij een ingang naar haar binnenste zocht, alsof hij haar hart wilde vinden en het zich wilde toe-eigenen.

'Je hebt het al,' fluisterde ze tegen hem.

Hij onderbrak zijn kus en keek haar aan. Toen pakte hij haar hand en trok haar mee het bos in.

Silvana wist dat ze een onzichtbare grens hadden overschreden, dat ze niet meer terug konden naar hoe ze waren vóór de klap. Ze gingen steeds dieper het bos in, en hoe verder ze zich een weg door de varens baanden, hoe donkerder het werd en hoe ondoordringbaarder het bos.

'We zouden gewoon door kunnen lopen,' zei Janusz, die een tak met stekels voor haar opzijhield. 'We zouden ons kamp kunnen opslaan en hier wonen. Dan zou ik je helemaal voor mezelf hebben.'

Silvana lachte. 'Aha, dus dat is je plan?' Ze was een beetje bang, maar stak haar kin omhoog en probeerde hem zelfverzekerd aan te kijken. 'Dan gaan mijn kousen naar de maan,' zei ze. En in een ondeugende opwelling trok ze haar rok omhoog. 'Moet je die ladder zien.' Ze liet hem de gaten in haar zwarte katoenen kousen zien. 'Dan moet je nieuwe voor me kopen.'

'Laat eens kijken.'

'Nee, nee, het is niet zo erg.' Silvana duwde zijn hand weg. Ze trok een pruillip. 'Je gaat me vast en zeker nog een keer slaan.'

Hij schudde bedachtzaam zijn hoofd. 'Nooit. Ik zal je nooit meer pijn doen. Ik zal je altijd aanbidden.'

Niemand had ooit zulke dingen tegen haar gezegd. Hij knielde voor haar neer en stak zijn hand onder haar rok. Haar adem stokte van zijn koude vingers tegen haar warme dij. Hij hijgde, alsof hij had hardgelopen. Toen hij zijn hand in haar onderbroek wilde stoppen, duwde ze hem weg.

'Toe,' zei ze. 'Wacht eventjes.'

'Wat is er?' Hij was weer gaan staan, zijn mond tegen haar oor. 'Heb je dit al eens eerder gedaan?'

Ze schudde van nee. 'Nog nooit. En jij?'

'Nee. Maar ik wil wel. En jij?'

Ze haalde diep adem en knikte. 'Ja,' fluisterde ze. 'Ik wil het.'

Hij kuste haar nog een keer en ze vielen op hun knieën tussen de varens.

Het was net alsof ze de wereld was, de hele wereld, en alsof hij een ontdekkingsreiziger was. En zo was ze aan haar baby gekomen; op de dag dat Janusz haar mee naar het bos had genomen. Nooit zou ze vergeten hoe enorm groot ze zich die dag voelde, een reuzenvrouw, en alles wat hard in haar was smolt tot zachtheid, was door de plotse gulheid van haar lichaam verdreven, en in haar binnenste had zich al het begin van haar zoon genesteld.

'Ik hou van je,' had Janusz na afloop gezegd. 'Ik hou van je.'

Ze lagen hand in hand naast elkaar. Silvana deed haar ogen dicht en luisterde hoe haar hart tot bedaren kwam. Ze was weer aan het krimpen en een kil windje streek langs haar benen, terwijl de twijfels over wat ze hadden gedaan de kop opstaken.

'Echt waar?' vroeg ze. 'Waarom?'

'Hoezo, waarom? Ik hou gewoon van je.'

'Ik wil weten waarom.'

Ze wilde hem horen zeggen dat hij van haar hield omdat ze mooi was en omdat zij degene was naar wie hij zijn leven lang op zoek was geweest. (Ze had heel veel films gezien en was erg beïnvloed door Amerikaanse musicals.)

'Omdat zulke dingen gebeuren,' zei hij na een korte stilte. 'Mensen worden verliefd.'

'O.'
'En hou je van mij?'
Silvana keek naar zijn lieve, ernstige gezicht, het verlangen in zijn ogen, zijn openstaande kraag en zijn loshangende bretels. Ze streelde zijn wang en hij kreunde, pakte haar hand en drukte er een kus op.
'Ja,' zei ze. 'Ja, ik geloof van wel.'
'Bewijs het,' hijgde hij. 'Bewijs het me nog een keer.'
En dat deed ze.

POLEN, 1939

Janusz

Janusz wrong zich uit de volle trolleybus en stapte in de kolkende mensenmassa op de Prostastraat. Met zijn hoed tegen zijn borst wurmde hij zich door de opeengepakte menigte van mannen en vrouwen die zich voortbewoog als een aangespannen spier en hem naar het centraal station van Warschau dreef.

Hij had een beklemd gevoel op zijn borst en vroeg zich af of hij het zo benauwd had door het dreigende onweer of door de angst voor wat de toekomst in petto had. Uit de roosters van de afvoerputten langs de straatkeien steeg een rioollucht op. De hitte van de dag lag als een deken over de stad en hield de walm tegen van uitlaatgassen en paardenpoep plus de stank van de vismarkt en rottende groente. Er werd nu al weken gesproken over een voedseltekort en de boeren trokken inmiddels naar de stad om hun opbrengst tegen een torenhoge prijs te verkopen aan gezinnen die alvast een noodvoorraad in hun kelder aanlegden. Janusz keek naar de hoge gebouwen om zich heen en naar de lome augustuszon, wazig achter grijze wolkenflarden, en het zuchtje wind dat er stond was warm. Hij verlangde hevig naar regen om de lucht te klaren.

Toen hij een stel boerenmeisjes met omslagdoeken en bonte hoofddoeken passeerde, voelde hij een hand langs zijn zak gaan en deed snel een stap opzij, zodat hij tussen een paar soldaten terechtkwam, in de hoop dat de straatventers en zakkenrollers hem met rust zouden laten als ze zagen dat hij voor zijn land ging vechten.

‘Wat een godvergeten chaos, hè?’ zei een stem naast hem.

‘Ontzettend!’ riep Janusz terug, blij dat er iemand was om tegenaan te praten. Hij zocht de man, de ogen die bij de stem hoorden. ‘Bent u...’

Maar de soldaat was al weg en hij praatte tegen de achterkant van iemands hoed.

Hij kwam bij het station en moest zich naar binnen ellebogen, terwijl hij zijn mobilisatiekaart tegen zich aan drukte. Op de radio werd nu al wekenlang het bericht omgeroepen dat alle beschikbare mannen zich bij het dichtstbijzijnde treinstation moesten vervoegen, waar ze zich dienden in te schrijven als soldaat die bereid was Polen te verdedigen. Wekenlang voelde Janusz zijn hart tegen zijn ribben springen en bonzen, en ook ’s nachts werd hij wakker van het geklop. Het stond vast: er kwam een oorlog. En nu was hij hier, midden in het pandemonium – op het station was het nog erger dan in de volle straten –, met trillende benen en een hart dat als een razende bonkte, alsof het zijn zenuwen uit hem probeerde te slaan.

Hij keek omhoog langs de trap die hij zojuist af was gegaan en zag nog het smalle stukje lucht erboven. Het was ondoenlijk om zich een weg terug te banen door de menigte naar de ingang van het station, naar de zondoorstoofde dag. Hij moest door. Hij keek nog één keer naar de lucht en liep toen verder, het gedrang tegemoet.

Treinen vol met gezinnen stonden klaar voor vertrek uit Warschau en complete rijtuigen waren door soldaten ingenomen. Janusz werd heen en weer geduwd, moest vechten om een staanplaats en stootte daarbij huilende kinderen omver, maar er was geen tijd om te blijven staan en ze overeind te helpen. Overal waar hij keek zag hij verwarde kinderen en hij realiseerde zich dat als hem iets zou overkomen, als hij zou sneuvelen, deze verdwaalde kinderen zijn laatste beeld van Warschau zouden zijn. Zij waren degenen voor wie hij ging vechten, de zonen en dochters van Polen.

Een soldaat met een getergde blik in zijn ogen zei dat hij moest opschieten en in zijn trein moest stappen.

'Welke dan?' vroeg Janusz.

De man gebaarde in de richting van een perron. 'Je moet de vaste verbinding hebben, lijn 401. Warschau naar Lwow. Uitstappen in Przemysl, 491 kilometer verderop. Daar hebben ze lui nodig om aan de stadsverdediging te werken. En nu wegwezen.'

Aan het einde van de middag was Janusz' pet foetsie, was zijn portefeuille met zijn identiteitsbewijs en een paar zloty gerold, had hij een uniform en een plunjezak gekregen, en zat hij aan boord van een dieseltrein op weg naar het zuidoosten.

Overal in de rijtuigen hoorde je soldaten zingen en moppen tappen, maar Janusz zei niet veel. Hij bad dat Silvana en Aurek ongedeerd zouden blijven. Hij had het afscheid luchtig gehouden, alsof hij gewoon eventjes een krant ging kopen. Hij had zichzelf voorgehouden dat het moediger was om zo weg te gaan. Een paar dagen daarvoor had hij zijn vader gesproken en die had hem deze raad gegeven.

'Je moet niet te uitgebreid afscheid nemen. Vrouwen huilen toch altijd en maken er een heel drama van. Hou het kort. Een afscheid moet nooit te lang zijn. Wees sterk, je wordt vast een prima soldaat.' Zijn vader had op dat moment naar de grond gekeken, met zijn hand vlak boven Janusz' schouder. 'Zorg er wel voor dat je heelhuids terugkeert.'

Nu had Janusz spijt van de manier waarop hij was vertrokken. De eerlijkheid gebood te zeggen dat het geen moed was geweest waardoor hij zo snel afscheid had genomen van zijn vrouw en kind. Het was de schaamte geweest voor de hete tranen die achter zijn ogen opwelden toen hij Silvana zachtjes op haar wang kuste. Zijn vader had het mis. Zij was de moedige, zoals ze daar stond, met droge ogen en hun zoontje stevig omklemd.

In het gangpad leunde Janusz tegen de deur en wiegde mee op het schommelende ritme van de trein, terwijl hij keek hoe het landschap van hoge huizen en fabrieksgebouwen overging in vlakke akkers en donkere gordels bos, af en toe onderbroken door gehuchten en boerderijen.

Om de tijd te doden stelde hij in gedachten brieven op – ernstige aan zijn vader waarin hij hem informeerde over het regiment waar hij was ingedeeld. Hij zette de mogelijke uitkomsten van de oorlog op een rijtje en kwam tot de conclusie dat Duitsland zich dankzij de sterke Poolse strijdmacht plus de toegezegde Britse en Franse steun ongetwijfeld gedwongen zou zien de Poolse grens te verlaten en dat Hitler met zijn staart tussen de benen zou afdruipen. Althans dat beweerden de kranten. Net als iedereen wilde hij dat graag geloven.

Naarmate de uren verstreken en het landschap geleidelijk aan heuvelachtiger werd met riviertjes en bossen, moest hij denken aan Silvana en stelde zich voor hoe hij zou vertellen over het stadje waar hij naar op weg was. Hij wist dat het een eeuwenoud plaatsje was met stadsmuren en ingesloten door bergen.

De trein stopte onderweg bij elke plaats, waar nog meer mensen instapten en anderen eruit moesten. Langzaam rammelde de trein naar zijn bestemming, en ondertussen componeerde Janusz in zijn hoofd sonnetten voor Silvana en telde de regels om zich ervan te verzekeren dat het technisch klopte. Hij bedacht allerlei beelden en zinswendingen, en even voelde hij zich bijna een held. Hij keek om zich heen naar de andere dienstplichtigen en schreef denkbeeldige brieven aan hen, waarin hij de lof zong van zijn vrouw. Hij beschreef haar rode krullen, de zachte volheid van haar borsten, de warme breedte van haar heupen. 'Mijn vrouw is beeldschoon, welgevormd als de meermin van Warschau, ons stadssymbool,' zei hij in zichzelf, en hij vond het jammer dat hij geen pen en papier bij zich had.

Hij ging op zijn plunjezak zitten, dronk thee en at ingelegde eieren en broodjes die hij kreeg uitgereikt van de voorbijrijdende samovar-wagen. Eindelijk gleed de dag over in een met sterren bezaaide nacht. De trein hield stil op een klein stationnetje waar de nacht werd doorgebracht. Janusz maakte van zijn plunjezak een kussen en sloeg zijn armen om zijn knieën. Hij was ongelooflijk moe. Omringd door snurkende soldaten, die als vee opeengepakt lagen, met zweet dat dampend van hen af sloeg, deed Janusz zijn ogen dicht en sliep.

De volgende ochtend kwam er een verkoelend windje van de heuvels in de verte en Janusz begon weer in gedachten brieven op te stellen, deze keer aan de paters op het gymnasium in zijn geboortestad en brieven in het Frans aan zijn oude geschiedenisleraar, die veel voor hem had betekend. Hij ging zo op in zijn gedachten, zijn hoofd brekend over vergeten Franse grammatica, dat het even duurde voordat hij besefte dat de trein ergens midden tussen de weilanden met een ruk tot stilstand was gekomen. Hij keek naar de lucht. In de verte kwamen vliegtuigen recht op hen af.

'Het is de Luftwaffe!' riep een soldaat, en hij duwde Janusz ruw weg bij de deur. 'Maak dat je wegkomt. Ze hebben machinegeweren op deze trein gericht.'

'Maar we zijn nog helemaal niet in oorlog.'

De soldaat trok de deur van het rijtuig open.

'Vertel dat maar aan de Duitsers.'

Overal om hem heen waren vloekende mannen en gillende, huilende vrouwen en kinderen. Mensen gooiden de deuren open en duwden zich struikelend en ellebogend een weg naar buiten. Ze sprongen op de overwoekerde rails en renden de weilanden in om hun toevlucht te zoeken in greppels en achter bomen.

Janusz sprong ook uit de trein en draafde achter een stel mannen aan naar een open greppel. Daar kroop hij tussen een kluitje hoge rietstengels en bleef gejaagd hijgend op zijn hurken zitten wachten. Zijn uniform was zwaar en hij voelde dat het zweet over zijn gezicht liep en in zijn ogen prikte. Toen de vliegtuigen over hen heen vlogen, bedekte hij zijn hoofd met zijn armen. Hij voelde een hittevlaag over zijn rug gaan en hoorde brullende motoren, hoog en angstaanjagend. Net op het moment dat het lawaai hem stokdoof dreigde te maken, passeerden de vliegtuigen en klommen omhoog, waarna ze wegzwenkten in de richting van de horizon.

'Ze halen een geintje met ons uit,' zei een man naast hem toen de vliegtuigen in de wolken waren verdwenen.

'Waar zijn ze naartoe?'

'Ze komen wel weer terug. Let maar op. Zo gaat het al een paar weken, dit soort aanvallen. Geen bombardement, maar ze vuren hun machinegeweren leeg op dorpen en spoorwegstations – burgerdoelen. Om paniek te zaaien.'

Janusz tuurde over de rand van de greppel en probeerde te ontdekken waar de vliegtuigen gebleven waren. Verderop, in een drassig weiland, zag hij een boerenmeisje. Iets aan de manier waarop ze bewoog, iets stoers, eerder een jongen dan een meisje, deed hem aan zijn zusje Ewa denken en er ging een steek door zijn hart. Het meisje stond te midden van een troep ganzen die zich in de lucht verhief. Op dat moment kwamen er vier vliegtuigen uit de wolken en doken omlaag naar de trein; ze scheerden vlak boven de weilanden. Janusz zag dat het meisje een hand opstak, alsof ze haar ogen wilde afschermen. Hij riep naar haar, maar ze was te ver weg om hem te horen. Het geluid van kletterende hagelstenen op een zinken dak, en meteen daarop wist hij dat het spervuur van machinegeweren was. Het laatste wat hij zag toen hij achterover in de greppel viel, was het ganzenmeisje dat neerzeeg.

'Moordenaars' was het woord dat als eerste bij hem opkwam. Hij zette het op een lopen langs de modderige beek naast de greppel, weg bij de trein en de groep mannen die met hun handen over hun hoofd neerhurkten. Weg bij het beeld van het vallende meisje.

De grond schudde onder zijn voeten toen de schutters opnieuw het vuur openden. Janusz hoorde zichzelf een schreeuw geven. En daarna waren er geen woorden meer, alleen rood achter zijn geschroeide oogleden en een kabaal alsof er vuurwerk ontplofte dat zijn trommelvliezen verscheurde. Hij struikelde en viel languit met een harde klap voorover, met zijn gezicht in de greppel. Hij kromp ineen van de pijn. In zijn blikveld zag hij zilveren sterretjes opvlammen en doven. Hij voelde een druk op zijn borst alsof zijn longen samengeperst werden. Hij kreeg geen adem meer. Alles werd donker.

Toen hij bijkwam, lag hij op zijn buik. Hoestend en rochelend hees hij zich overeind en hapte naar lucht. De vliegtuigen waren weg; er hing alleen nog een blauw rookspoor in de lucht en de geur van kerosine en verbranding. Hij kwam tot de ontdekking dat hij een eind bij de trein vandaan was en dat de greppel zo diep was dat hij erdoor aan het zicht werd onttrokken. Hij legde zijn hand op zijn hoofd en voelde bloed. Was hij geraakt? Toen zag hij wat hem had verwond: een steen die uit het laagje slootwater omhoogstak. Aan de scherpe kant zat zijn bloed. Hij had waarschijnlijk bij zijn val het bewustzijn verloren. Hij probeerde op te staan, maar hij had het gevoel dat zijn benen hem niet meer konden dragen. Ik moet opstaan, dacht hij. Ik moet en zal opstaan.

Hij wist dat er soldaten in de buurt waren, want af en toe zag hij ze boven de grasberm opduiken. Hij was echter te zwak om ze te roepen, dus bleef hij maar stilletjes tussen het hoge riet liggen. Hij was zo uitgeput dat hij in een bevende slaap viel. In zijn mistige dromen hoorde hij het geluid van een wegrijdende trein, maar zijn benen waren te zwaar om te bewegen en hij werd opnieuw door slaap overmand.

Aan het einde van de dag, toen het begon te schemeren, kroop hij uit de greppel en ging op zijn rug naar de hemel liggen staren. Wat moest hij nu doen? Met voorzichtige vingers betastte hij de buil boven zijn oog. Het bloed was opgedroogd. Hij ging zitten en langzaam kwam hij overeind. Gakkende ganzen in de verte deden hem weer denken aan het meisje, en met stramme benen begon hij door het weiland te lopen, in de richting van de snaterende vogels.

De ganzen stonden in een groepje om haar heen en toen hij naderbij kwam begonnen ze te sissen en probeerden hem te pikken. Hij kon het niet opbrengen om haar lichaam aan te raken, dus ging hij naast haar zitten en huilde. Wat was hij nou voor soldaat? Hij had in een greppel gelegen terwijl om hem heen allerlei mensen hulp nodig hadden. Hij strafte zichzelf telkens opnieuw met deze gedachte, totdat hij uiteindelijk het dode meisje bij de schouders pakte en haar omdraaide.

Een gerimpeld gezicht omlijst door lang wit haar keek wezenloos langs hem heen. Het was een klein oud vrouwtje, zo groot als een kind. Hij kon het niet goed bevatten. Wie was dit? En waar was het meisje gebleven? Had hij zich vergist? Hij raakte haar wang aan. Die was koud. Zijn eigen gezicht was gloeiend heet. Hoe had hij kunnen denken dat het een jonge vrouw was?

Hij pakte het lichaam op en droeg het naar de rand van het weiland, waar hij het onder een boom legde. Hij deed haar bebloede sandalen van berkenschors uit, trok haar kleren recht en sloot haar oogleden.

Hij was tweeëntwintig en hij was zijn regiment al kwijt voordat hij zich erbij had gevoegd. In de verte hoorde hij gerommel. Het onweer dat al dagen dreigde brak eindelijk los. De lucht werd donker en de regen kwam met bakken uit de hemel, keihard en horizontaal geblazen door de stormachtige wind. Janusz zette zijn kraag op en begon te lopen. Hij hoopte dat hij de goede kant op ging, naar Warschau. Hij wist niet waar hij anders heen moest.

IPSWICH

Wat Silvana tot nu toe van Engeland heeft gezien is een land dat er net zo erg aan toe is als haar vaderland. Overal zie je resten van de oorlog, in de afgebrande gebouwen waar ze langs lopen, de rijen voor de winkels en de uitdrukkingsloze gezichten van de mensen. Ze dacht dat ze haar donkere leed in Polen achter zich had gelaten, maar hier kom je op elke straathoek verdriet tegen, hardnekkig en volhardend, een herinnering aan het verleden, terwijl zij vindt dat iedereen juist alles zo snel mogelijk zou moeten vergeten. Maar ja, wie is zij om zo te denken? Ze wordt voortdurend besprongen door haar eigen herinneringen, en vergeten is gemakkelijker gezegd dan gedaan.

Maar als ze opgewekt achter Janusz over de keitjes van de steile straat loopt, langs de rode bakstenen huizen waarmee deze buitenwijk vol staat, voelt ze zich vastberaden, zelfs enigszins hoopvol. De blik waarmee Janusz de jongen had aangekeken toen hij hen van de trein kwam halen, was liefdevol geweest. Aanvaardend.

Ze wil hem bedanken, maar hij loopt zo hard dat ze Aurek telkens moet aansporen om tempo te maken, zodat ze niet achteropraken. Net als ze denkt dat het warm genoeg is om haar jas uit te doen en daarmee over haar arm verder te lopen, blijft Janusz bij het laatste huis van het woonblok staan.

'We zijn er,' zegt hij met een lach. 'Hier is de sleutel. Welkom thuis.'

Ze bekijkt de sleutel in haar hand. Aurek steekt zijn hand uit om hem aan te raken en zij houdt de sleutel voor hem omhoog.

'Toe maar,' zegt Janusz. 'Ik heb het slot gesmeerd en de scharnieren gerepareerd. De deur ging stroef maar... Toe, vooruit, steek de sleutel maar in het slot.'

Dat doet ze en de sleutel draait soepel om, de deur zwaait open en biedt uitzicht op een smalle donkere gang met links een deur, rechts een trap en aan het einde van de gang nog een deur.

'Eigenlijk zou ik je naar binnen moet dragen,' zegt Janusz. 'Je over de drempel tillen. Zoals het hoort, toch?'

Silvana wil al protesteren, maar hij slaat een arm om haar middel, tilt haar op en houdt haar stevig vast. Haar adem stokt even doordat ze onverwacht wordt opgetild.

'Weet je nog,' vraagt hij, terwijl zijn mond haar oor beroert, 'toen we ons eerste huis kregen en ik je naar binnen wilde dragen? Maar toen was je...'

'Zwanger,' maakt Silvana de zin voor hem af.

Janusz wankelt een beetje als hij hen beiden door de deur probeert te manoeuvreren en er ontsnapt een kort lachje aan haar lippen, waarvan de lichtheid haar verbaast.

Even moet ze denken aan het meisje dat ze ooit was. Ze ziet weer het wijnrode ouvreuse-uniform voor zich, met de gouden tressen op de kraag en de manchetten. Ze denkt aan de appelgaard achter haar ouderlijk huis en dat Janusz daar in het schemerlicht altijd op haar stond te wachten. Zinloze gedachten, die haar pijnlijk bewust maken van de leugens die ze uit Polen heeft meegenomen. Als hij haar neerzet in de gang, kan ze nog net haar jas rechttrekken voordat Aurek in haar armen springt en zijn gezicht in haar kraag verstopt.

'Niet bang zijn,' zegt ze tegen hem. 'Dat is je vader.'

Aurek fluistert angstig tegen haar: '*Nie*. Nee. Nee.'

'Hij doet ons geen kwaad.'

'Natuurlijk niet,' zegt Janusz, en ze kijkt naar zijn verontruste gezicht.

Ze lacht verontschuldigend, bevrijdt zich uit de omklemming van haar zoontje en kijkt om zich heen. Het huis voelt koud en ruikt naar nieuwe verf. Hun voetstappen weergalmen als ze door de smalle gang naar de keuken achter in het huis lopen. Het is een gezellige ruimte, met een houten tafel en drie lichtgele stoelen. Er is een kookplaat met een gebutste ketel op de brander. Voor het raam hangt gescheurde vitrage.

'Ik heb de vitrage gewassen,' zegt Janusz. 'Ik weet dat hij oud en versleten is, maar als we eenmaal geïnstalleerd zijn kunnen we iets nieuws kopen.'

Silvana ziet hoe andermans handen de deurknoppen glad hebben gewreven en andermans voeten een deukje in de stenen vloer bij het aanrecht hebben gesleten.

'Wie waren de vorige bewoners?'

Janusz lijkt verbaasd door haar vraag.

'Dat weet ik niet. Doet dat ertoe?'

Silvana schudt van nee. Ze weet dat zij hier de indringster is. En ze is bang dat het huis dat ook weet.

'Hier.' Janusz geeft haar een pakje dat op de keukentafel ligt. 'Een cadeautje. Het is een schort.'

Ze doet het voor. Een roodkatoenen rok met een blauwe strikband. In Polen krijgt iedere pasgetrouwde vrouw een schort cadeau. Misschien is dat ook in Engeland gebruik. Hoe dan ook, ze bedankt hem overvloedig. Janusz gaat met zijn vinger langs zijn boord, alsof die te strak zit – een gebaar dat ze zich herinnert, een van de verlegen tics van zijn jeugd.

'Je moet de tuin even zien,' zegt hij, terwijl hij de achterdeur van het slot doet en openzwaait. 'Hij is nog een beetje verwilderd, maar ik heb het gras gemaaid en daar een paar bedden uitgegraven voor rozen. En ik ben een moestuin begonnen. Ik wil een echte Engelse tuin voor ons maken.'

Silvana knikt, al weet ze niet waarom een Engelse tuin anders zou zijn dan andere. Het langwerpige gazon ziet er netjes uit en de bloembedden zijn pas omgespit; de aarde is donker en vet als koffiedrab. Aurek schiet langs haar heen en rent over het gras, alle kanten op, als een vlieg die in een potje gevangenzit.

Janusz kijkt tegen de deur geleund naar Aurek. Hij is een breedgeschouderde man met vermoeide trekken en felblauwe ogen. Het pak dat hij aanheeft trekt aan het achterpand. Hij ziet eruit als een buitenlander, een beetje Engels. Hij ziet er ook ouder uit. Maar wat had ze dan verwacht? Ze zijn alle twee ouder. Ze vraagt zich af of hij weet hoeveel hoop ze op hem heeft gevestigd, op dit nieuwe leven, dit huurhuis. Het lijkt onredelijk om zoveel van hem te eisen na zo lang van elkaar gescheiden te zijn geweest, maar wat moet ze dan? Haar eerste prioriteit is de jongen. Die heeft een prettig thuis nodig. Daarvan moet ze Janusz zien te doordringen.

Janusz draait zich om en kijkt haar aan. 'Dus na mijn vertrek heb je niets meer van mijn familie gehoord?'

Silvana voelt het bloed naar haar gezicht stijgen. Is dat de reden dat hij haar heeft gezocht en hierheen heeft gebracht: zodat ze hem nieuws over zijn familie kon geven?

'Nee,' zegt ze, naar haar schoenen kijkend. 'Het spijt me. Ik weet ook niets over mijn eigen ouders. Ik weet niet wat er met ze is gebeurd.'

Ze knoopt haar schort los en legt het op de keukentafel, terwijl Aurek met een kapotte pop in zijn handen naar binnen rent: een roze, armloos, naakt geval met rollende ogen en klittend zwart haar. Hij grijnst en houdt de pop triomfantelijk voor Janusz omhoog.

'Laat me eens kijken.'

Janusz wil de pop pakken, maar Aurek duikt weg achter zijn moeder en gromt. Onwillekeurig duwt Silvana Janusz weg om haar zoon te beschermen. Ze ziet de verbijstering op zijn gezicht en zou willen dat ze de heftigheid van haar abrupte gebaar kon terugdraaien.

'Sorry. Ik wilde niet... Hij is niet gewend om te delen. We

zijn al zo lang met z'n tweetjes... Hij...'

Silvana zoekt naar een passende verklaring, als een vrouwenstem hen doet opschrikken.

'Hallo, iemand thuis?'

De vrouw staat in de gang met een sigaret in haar hand. Silvana schat haar ergens in de vijftig. Ze heeft het gezette uiterlijk van een vrouw op leeftijd. Ze is groot, met rood haar en brede schouders voor een vrouw, en tegenover haar voelt Silvana zich klein en opgelaten. De vrouw heeft een tweedrok aan met een witte blouse, bedekt door een meterslang schort, een groot, druk patroon van verschoten viooltjes en roze rozen die welig tieren over haar heupen en het uitspansel van haar boezem.

'Aha,' zegt ze. 'Ik dacht al dat ik stemmen hoorde. Ik ben mevrouw Holborn, van hiernaast.'

Silvana laat Aurek los en de jongen schiet weg en rent de tuin in, met de pop tegen zich aan gedrukt. Janusz buigt zich enigszins voorover als hij de vrouw een hand geeft. Het lijkt haast of hij haar een handkus gaat geven, als een welgemanierde Pool. Maar nee, hij drukt alleen haar hand.

'Mevrouw Holborn, zei u? Nou, aangenaam kennis te maken en leuk u te ontmoeten.'

Silvana ziet dat Janusz naar haar kijkt en beseft dat ze ook iets moet zeggen. Ze herinnert zich het Engels dat de soldaten haar hebben geleerd, de lessen die ze in het kamp heeft gekregen.

'Goedemiddag,' articuleert ze zorgvuldig. 'Ik wens u een goedemiddag, mevrouw.'

'Insgelijks,' zegt mevrouw Holborn. Ze doet een stap in de richting van de achterdeur en Silvana ziet dat haar blik op Aurek in de tuin blijft rusten.

'En is dat uw zoontje?'

'Ja, dat is mijn zoon,' zegt Janusz en Silvana hoort trots in zijn stem doorklinken. 'Hij heet Aurek.'

'Au-watte? Sorry, dat verstond ik niet. Kunt u het nog eens zeggen?'

'Aurek,' zegt Janusz langzaam.

'O, daar bijt je haast je tong op stuk. Niet een naam die je veel hoort, hè?'

'In het Pools betekent het "goudharig".'

Silvana kijkt naar Aurek, die de pop in de lucht gooit en opvangt. In zijn kortgeknipte donkere haar is geen spoortje goud te bekennen.

'Toen hij een baby was had hij blond haar,' zegt Janusz, en Silvana beseft dat hij hetzelfde dacht als zij.

'Net als zijn vader,' beaamt Silvana knikkend.

'Ze kunnen heel erg veranderen, hè?' merkt mevrouw Holborn op terwijl ze met haar hand in de richting van Aurek wuift – een gebaar dat Silvana geruststellend vindt, alsof de vrouw hun zoontje al kent.

'Mijn dochter had dat ook,' gaat ze verder. 'Bij de geboorte een kop vol rossige krullen; je zou zweren dat ze het kind van de melkboer was. Maar als je haar nu ziet, zou je me voor leugenaar uitmaken, want ze is een brunette. Geen rossig haartje meer te zien. Ze is inmiddels groot en het huis uit, hoor. Maar we zijn niet bij de koningin op bezoek. Jullie moeten me maar Doris noemen.'

Janusz glimlacht. 'Doris. En ik heet Janusz Nowak. Maar je mag me ook Jan noemen, als je dat makkelijker vindt. Mijn vrouw heet Silvana.'

'Aha. Nou, ik zal mijn best doen, maar ik ben hopeloos met buitenlandse namen. Jullie moeten het me maar niet kwalijk nemen als ik ze verkeerd uitspreek. Ik zag jullie al scharrelen hier, dus ik nam aan dat jullie aan het verhuizen waren. Ik zal jullie voorstellen aan mijn man Gilbert als hij terug is van zijn werk. Jij kent hem misschien al. Jullie werken samen bij Burton's, toch?'

Silvana kijkt uit het raam. De zon kleurt rood in de lucht

en werpt roze lichtbanen schuin door de wolken. Door de open deur hoort ze de vogels kwinkeleren en achter in de tuin probeert Aurek in de lage takken van de eik te klimmen. Ze denkt aan het bos waar zij samen met de jongen heeft gewoond. Hun schuilplaats zal zich weer met aarde en bladeren vullen. De dieren zullen er weer bezit van nemen en de boomwortels zullen zich door de aarden wanden boren. Het bos zal binnen de kortste keren haar verleden hebben toegedekt.

Janusz tikt haar voorzichtig op haar schouder en ze schrikt op. Ze plooit haar gezicht tot een geforceerde glimlach.

'Wat is er?'

'Ze wil een foto van ons nemen. Kom, ga Aurek eens halen.'

Doris zwaait grijnzend met een fototoestel naar haar.

'Ik ben niet zo goed met apparaten. Ik hoop dat ik het niet kapotmaak.'

Silvana gaat naast Janusz voor de voordeur staan. Ze friemelt aan haar hoofddoek, houdt hem vast onder haar kin en probeert zich te ontspannen als ze zijn hand om haar middel voelt en hij zich dicht naar zich toe trekt. Onbeweeglijk staan ze met z'n drieën te wachten, geposeerd starend naar het oog van de camera. Verstard tot het beeld dat ze denken dat de lens ziet. Janusz ernstig en met rechte rug. Silvana die haar hoofddoekje vasthoudt. Aurek die zich aan Silvana's benen vastklampt.

Als de foto ontwikkeld is, doet Janusz hem in een lijstje, dat Silvana op de schouw in de voorkamer zet. Bewijs, denkt ze. Ze ademt op de ingelijste foto en wrijft het glas met haar mouw schoon, poetst het plaatje op. Daar staan ze, in zwartwit: de hereniging van een vader, een moeder en hun zoon. Haar gezin. Niemand kan dat van haar afnemen. Niet meer.

Silvana staat in de badkamer haar handen in te zepen totdat ze met een dikke schuimlaag zijn bedekt. Het voelt als een grote luxe om een heel stuk zeep voor zichzelf te hebben. Ze kijkt in de spiegel en twijfelt of ze haar haar moet wassen. Haar korte grijze haar. Elke keer dat ze zichzelf ziet, wellen de tranen in haar ogen op. *Wat lelijk*, denkt ze.

Hoe kan Janusz haar begeren nu ze er zo uitziet? Een veroordeelde. Zo ziet ze eruit. Als iemand die een misdaad heeft gepleegd. Een boodschapper van slecht nieuws. Dat had ze althans in Janusz' ogen gelezen toen ze hem vertelde dat ze na zijn vertrek uit Warschau zijn ouders niet meer had opgezocht. Ze had duidelijk gezien hoe dat hem had gekwetst. Ze had hem teleurgesteld.

Ze boent haar hele hoofd met de zeep. Haar nagels krassen over haar hoofdhuid, de zeepvlokken druipen in haar ogen. De geur van de zeep is zo zoet en schoon en vernieuwend dat ze zin heeft het hele ding in haar mond te stoppen en zich door het schuim vanbinnen en vanbuiten te laten reinigen.

'Alles goed daar?' roept Janusz, en ze hoort hem op de deur kloppen. De zeep glipt uit haar handen en valt ergens onder de wastafel. Met dichte ogen tast ze ernaar, terwijl het water over haar gezicht stroomt.

'Ja, ja. Ik ben zo klaar.'

'Je had de kraan zo lang openstaan.'

'Sorry.' Silvana vist de zeep op vanachter de leiding. Ze pakt een handdoek en wrijft haar gezicht droog, draait de kraan dicht en luistert naar Janusz, die met bonkende pas over de overloop wegbeent. Ze trekt haar kleren uit en stapt in het warme water, gaat met haar hoofd onder en stoot met haar benen en armen tegen de rand.

Wil Janusz eigenlijk wel weten wat haar tijdens de oorlog is overkomen? Wil hij eigenlijk wel weten hoe ze uiteindelijk in de bossen is beland? En hoe zit het met hem? Heeft hij ook geheimen? Ze zal het hem niet vragen.

Hij heeft haar al verteld hoe hij in 1940 in Engeland terecht was gekomen, al was ze door zijn uitleg, in korte, afgebeten zinnen die hij als een toespraak uit zijn hoofd geleerd leek te hebben, niet veel wijzer geworden over hoe het precies was gegaan. Hij had haar verteld over zijn diensttijd, had het land beschreven waar hij haar naartoe had gehaald: de kersenbomen in het zuiden, de paarse gloed van de heidevelden in het noorden. Tot nu toe had hij haar nog geen enkele vraag gesteld over haarzelf of over de jongen. Maar beter ook. Ze kijkt omlaag en gaat met haar handen over haar borsten tot aan haar ingevallen buik, waar ze over elkaar blijven rusten. Wat een armzalig lichaam om hem aan te bieden. Vindt Janusz haar na al die jaren nog steeds aantrekkelijk?

Janusz wil net nog een keer aankloppen als Silvana eindelijk tevoorschijn komt. Ze ziet er schoongeboend uit. Haar wangen zijn rozig, maar ze heeft ook iets zieligs en kleins, als een verzopen kat, alsof ze door het badwater is gekrompen. Hij pakt haar arm en troont haar mee naar de slaapkamer. Dit is het moment waarvan hij heeft gedroomd, maar dat hem eveneens vrees aanjaagt. Hun eerste nacht samen.

In de ouderslaapkamer staan twee tegen elkaar geschoven bedden met een groene sprei. Silvana stapt in een ervan en Janusz trekt de dekens over haar heen. Hij gaat naast haar zitten, op het randje van het bed, en kijkt hoe ze aan de linten van haar nachtpon plukt.

'Hoe vind je het?' vraag hij. 'Het huis? Is het geen wonder? Wij, dat we weer samen zijn? Je gaat het vast leuk vinden in Engeland. Het is een prachtig land.'

Hij kijkt omlaag en er valt hem iets op aan haar linkerhand. Ze heeft geen trouwring om.

'Die ben ik kwijt,' zegt Silvana. Dat is haar enige verklaring.

'Ik koop wel een andere voor je,' zegt hij, en hij voelt zich royaal en ruimhartig. Hij moet haar uitleggen hoe de dingen in Engeland werken. 'Een getrouwde vrouw moet een ring hebben. Hier kijken de mensen naar de hand van een vrouw. Ze willen weten wie je bent.'

Hij steekt zijn hand uit om Silvana's haar te strelen en merkt dat ze heel licht achteruitdeinst.

'Het spijt me dat ik geen nieuws van je familie heb,' zegt ze. 'Ik wou dat ik je iets kon vertellen.'

'Het geeft niet. Ik blijf gewoon schrijven. Elke keer naar een ander adres, voor het geval iemand iets weet. Ik geloof dat ik inmiddels iedereen in ons dorp een brief heb gestuurd. Ook naar jouw ouders.'

'Mijn ouders? Hebben ze teruggeschreven?'

'Nee. Maar de medewerker van het Rode Kruis zei dat het jaren kan duren voordat een brief wordt bezorgd. Ik heb de hoop nog niet opgegeven. En moet je zien. Jij bent nu hier.' Hij pakt haar hand. 'Ben je blij dat ik je heb gevonden? Het is zo lang geleden en ik wist niet zeker of... Ik moet het je vragen. Ik wist namelijk niet of je misschien een ander had ontmoet...'

Silvana schudt heftig van nee en hij heeft spijt dat hij de vraag heeft gesteld.

'Ik had Aurek.'

Er valt een stilte. Silvana is degene die die na een poosje verbreekt.

'En jij?'

'Ik? Nee. Niemand.'

Met dat ene zinnetje heeft hij het gevoel een diep ravijn te zijn overgestoken en Hélène en het verleden ver achter hem te hebben gelaten. *Er was niemand.* En nu is hij in het heden, waar hij zo wanhopig graag wil zijn.

'Ik heb op je gewacht,' fluistert hij, en hij gelooft wat hij zegt. Hij gaat ervoor zorgen dat het een succes wordt. Er spelen talloze vragen door zijn hoofd. Hij is heel erg benieuwd naar het leven dat ze heeft geleid. Hij begrijpt gewoonweg niet dat ze in de bossen de oorlog is doorgekomen, hoewel hij heeft gehoord dat zich daar complete dorpen hadden schuilgehouden. Elke vraag die in hem opkomt, sterft weg voordat hij zijn lippen heeft bereikt. Het is nu niet de tijd voor vragen. Ze ziet er zo moe uit.

Paarse kringen kleuren de ingevallen huid onder haar ogen. Misschien moet hij haar lekker instoppen en haar laten slapen.

Silvana klopt op het dek van eiderdons. 'Wil je naast me komen liggen?'

'Zal ik dat doen? Je moet het zeggen als het nog te vroeg is...' Hij staat verbaasd over deze dwaze opmerking van hem. Te vroeg, na zes jaar? Hij bedoelt zeker: te laat?

'Ik heb me dit zo vaak voorgesteld,' zegt ze, en Janusz hoort een trilling in haar stem. 'Jij en ik. Een huis. Wij drietjes weer samen. Meer kon ik me niet wensen.'

Ze slaat de dekens open en schuift opzij zodat hij erbij kan. Janusz knipt het bedlampje uit. Hij trekt haar nachtpon omhoog en glijdt met zijn handen over haar lichaam en hoort haar zuchten. Er gaat een rilling door hem heen. Dat geluid. Het is het geluid van het meisje op wie hij vroeger verliefd was uit de mond van een vrouw die een vreemde voor hem is.

Haar heupen steken als twee misplaatste ellebogen naast haar buik omhoog. Haar lichaam is een en al knoken en holtes. Silvana pakt zijn hand en legt die op haar borst. Die is zacht, warm en vol. Het is een hele tijd geleden dat hij een vrouw heeft aangeraakt, en opgelaten klimt hij boven op haar.

'Gaat het zo?'

Hij is bang om zijn gewicht op haar te laten rusten, maar ze spreidt haar bovenbenen en trekt hem naar zich toe, fluistert zijn naam, slaat haar benen om hem heen. In het donker pakt hij de rand van het matras vast, en dan ziet hij Hélène voor zich en doet zijn ogen dicht om haar weg te krijgen. Hij moet ophouden met deze waanzin. Silvana's ademhaling versnelt zich en door het gejaagde hijgen van haar stem in zijn oor voelt hij een warme golf van genot door zich heen gaan, die alle gedachten overspoelt. Zijn eenzaamheid valt van hem af als kleren die worden opengeknoopt. Misschien komt het allemaal wel goed. Misschien zijn ze ertoe in staat. Hier wonen, samen. Hélène vergeten. Een gezinnetje zijn. Hij drukt zijn wang tegen haar korte haar, kust haar oor, likt eraan, vouwt het lelletje om met zijn tanden.

Hij voelt iets tegen zijn hand. Hij schuift een beetje weg, zich vaag bewust van het gevoel. Zijn pink wordt met een ruk achterovergeduwd. 'Wat zullen we nou...?' vaart hij uit. 'Wie is daar? Wat is hier in godsnaam aan de hand?'

Hij rolt van Silvana af en valt tussen de twee bedden in, waarna hij snel overeind komt.

'Aurek?' zegt Silvana.

Janusz knipt het grote licht aan en het kind kijkt hem aan, staart verwijtend naar hem met grote, donkere ogen. In de blik van de jongen fonkelt een bezitsdrang, een volwassen felheid die Janusz even met stomheid slaat. Hij knoopt zijn pyjamajasje dicht en werpt de jongen een dreigende blik toe.

'Aurek? Wat doe je hier? Ga naar je bed.'

Silvana slaat de dekens terug en steekt haar handen naar het kind uit.

'Nee, nee. Hij mag blijven.'

'Wat wil hij dan?' vraagt Janusz. 'Wat is er, Aurek? Ben je ergens van geschrokken?'

Aurek kijkt naar zijn moeder en maakt een mauwend geluidje.

'Hij heeft dorst,' zegt Silvana. 'En je moet niet zo schreeuwen.'

De jongen is al het bed in voordat Janusz kan protesteren en Silvana slaat haar armen om hem heen. Hij moet toekijken hoe het kind zijn plaats inpikt: kleine handjes die naar Silvana's borst reiken, zijn hoofdje dat zich naar haar toe buigt, de tepel in zijn mond neemt.

'Nee,' zegt Janusz. 'Nee. Hou op. Dat kun je niet doen. Eruit, Aurek. Naar je eigen bed!'

Silvana's gezicht is uitdrukkingsloos, er is niets van af te lezen.

'Het spijt me,' zegt ze, met haar kin op de kruin van de jongen. 'Volgende keer. Als Aurek me niet nodig heeft.'

POLEN

Silvana

De vader van Janusz vond voor het pasgetrouwde stel een kleine woning in Warschau. Twee kamers op de bovenste verdieping van een hoog appartementengebouw. Ze borgen hun spullen in twee koffers, een grote en een kleine, en namen de bus naar de stad.

'Eigenlijk moet ik je over de drempel dragen,' zei Janusz toen hij de sleutel in het slot stak.

Silvana aarzelde. Hij zag er heel knap uit; zijn blauwe ogen straalden haar tegemoet. Niemand had haar ooit zo aangekeken als hij. Het was alsof hij iets anders in haar zag, een waarheid waar hij al heel lang naar op zoek was. Natuurlijk wilde hij haar het nieuwe huis binnendragen; dat doet een echtgenoot nu eenmaal.

'Ik weet niet, Jan,' zei ze. 'Is dat wel veilig? Voor de baby, bedoel ik? Als ik je nou mijn handschoenen en hoed geef? Dan kun je die voor me naar binnen dragen.'

Ze zag de teleurstelling op zijn gezicht en haar optimisme maakte plaats voor twijfel. Misschien dacht hij dat ze er verkeerd aan hadden gedaan, waren ze te snel aan een kindje begonnen. Was hij uit plichtsbesef met haar getrouwd? Eigenlijk had Janusz nu aan de universiteit moeten studeren in plaats van een zwanger boerenmeisje aan te bieden haar over de drempel van een bovenwoning te dragen. Misschien was hij teleurgesteld door deze onverwachte wending aan zijn leven. Zijn ouders waren in elk geval sterk tegen het huwelijk gekant geweest.

Mocht Janusz zich gefrustreerd hebben gevoeld door zijn nieuwe leven, dan liet hij dat niet merken.

'Kom eens hier,' zei hij lachend, en hij tilde haar op, overdreven grommend en met opgeblazen wangen alsof ze een enorm zware last was om te torsen. Hij stapte over de drempel en zette haar neer.

Silvana nam het kleine flatje in ogenschouw. Eindelijk had ze haar eigen huis.

Janusz sprong op de keukentafel. 'Kun je hierop komen? Ik wil je het uitzicht laten zien. Ik hou je stevig vast, erewoord.'

Door het dakraam waren de boomkruinen in het park te zien.

'Wat mooi,' zei ze hijgend, terwijl de tafel lichtjes wiebelde onder hun gewicht. 'De stad is prachtig.'

'We hebben een mooi uitzicht. Het beste van Warschau, volgens mij.'

Hij hielp haar van de tafel en gaf haar een cadeautje in goudpapier.

'Alsjeblieft. Mijn huwelijkscadeau voor jou.'

Het was een ketting. Een zilveren schakelketting met een hangertje van gekleurd glas, een blauw rondje ongeveer zo groot als een *grosz*. Binnen het blauw was een boompje dat gemaakt was van minuscule cirkeltjes groen en goud glas.

'Die komt uit Jaroslow, waar het beste glas en kristal vandaan komt. Het is een boom. Als aandenken aan... onze eerste keer... die dag in het bos...'

'Dat weet ik nog goed,' zei Silvana. Ze hield het hangertje tegen het licht en de boom glinsterde. Ze had nu een nieuw leven met een man van wie ze hield. En ze was eindelijk bevrijd van haar ouders en de geesten van haar broertjes.

Silvana was op slag verliefd op de stad. Alles voelde er levend, sprankelend. De stadse vrouwen hadden kort haar en droegen kleine hoedjes met een voile, fluwelen clochehoeden of baretten zwierig op hun achterhoofd. Ze liepen zelfs anders.

Ze namen meer ruimte in op de stoep en liepen met hun kin omhoog. Silvana, met haar strooien hoed en boerse jurk, liep meer met haar buik vooruit.

Janusz kocht een boek voor haar: *Een album van filmland: een overzicht in foto's van de filmsterren van vandaag*. In Café Blikle, waar ze elke ochtend om elf uur Weense gebakjes gingen eten, zat Silvana de sepia plaatjes van actrices en acteurs te bestuderen en streek over hoge jukbeenderen en blanke teints, getekende wenkbrauwen en cupidomondjes.

Ze trok de stoute schoenen aan, stapte een kapperszaak met een glazen pui binnen en liet haar boek zien.

Haar lange kastanjebruine haar werd afgeknipt, de pijpenkrullen dwarrelden op de houten vloer. Silvana keek naar het terugkerende beeld van zichzelf in de afgeschuinde spiegels. Ze deed de andere vrouwen in de zaak na, draaide haar hoofd van links naar rechts en knikte goedkeurend terwijl de kapper de haarplukken met een stoffer-en-blik opveegde.

Thuis kleedde Silvana zich uit voor de ovale spiegel in het benauwde slaapkamertje van hun flat – de roze onderjurk spande al om haar buik – en ze bekeek zichzelf eens goed. Ze bracht haar hoofd naar achteren, haar korte bobkapsel glansde. Ze was negentien en vond zichzelf bijzonder wereldwijs.

Janusz

Het huisje was van ongeverfde gekliefde houtblokken gemaakt; alleen de kozijnen van de kleine raampjes waren wit. Het door ratten aangevreten rieten dak, als een hoed die diep over de ogen is getrokken, gaf het huis een donker, vierkant aanzien. Het was een eenvoudig boerenhuisje, misschien wat bouwvalliger dan andere, maar niet erger dan de meeste. Wat Janusz' vader een 'armetierig onderkomen voor een hongerlijer' zou noemen.

Vanaf de top van een heuvel had Janusz het zien liggen en hij was erheen gelopen in de hoop dat iemand hem kon vertellen hoe hij weer op de weg naar Warschau kwam. Hij klopte aan, maar er werd niet opengedaan. Hij liep een paar keer om het huisje en deed toen de voordeur open. Hij moest bukken om zijn hoofd niet te stoten.

Er waren twee vertrekken met een aangestampte leemvloer. In het ene vertrek was een geblakerde schouw en stonden een keukentafel en een stoel. Bij de deur stond een rieten mand met aardappels. De enige versiering in de kamer waren een aantal zelfgemaakte papieren poppen, figuren van verschillende heiligen die uiterst precies uit papier waren geknipt en gevouwen, en op de vensterbank stonden opgesteld. Ze waren vergeeld van ouderdom en bedekt met een dikke laag stof.

In het andere vertrek stond een lange bank tegen de muur waarop een kat met jongen lag te slapen. In een hoekje zag hij een rijkversierde houten kist staan, waarin beddengoed en dekens lagen. Het was een bruidskist, beschilderd met tuiltjes bloemen en vogels. Iets wat een meisje van haar familie op haar trouwdag krijgt. Verder was er niets, alleen de muffe lucht van armoede en eenzaamheid.

Op het erf liepen gakkende ganzen en er waren kippen die door een dikke laag ganzendrek waadden en in de grond pikten. Door de regen van de nacht ervoor was het erf een modderboel geworden en er hing een stank waarvan Janusz moest hoesten, zodat hij zijn hand voor zijn neus hield. Er was niemand te bekennen. Janusz vermoedde dat het het huisje van de dode ganzenhoedster was.

Ondanks zijn voornemen om naar Warschau terug te gaan, voelde hij zich gedwongen te blijven. Hij kon zich hier nuttig maken, in dit huisje van de overleden vrouw. Hij waste zijn hoofd en wond er een verband om van een reep katoenen laken die hij in de houten kist vond. Daarna maakte hij een vuur aan in de haard en kookte wat aardappelen voor zichzelf.

De volgende dag gaf hij de ganzen te eten en maakte het vieze kippenhok schoon. Hij ging op verkenning en maakte een inventarisatie van andere karweitjes die gedaan moesten worden. Hij veegde het erf aan en repareerde kapotte hekken. Hij boende de twee vertrekken van het huisje en legde rozemarijntakjes uit de moestuin op de vloeren, zodat het lekker ging ruiken.

's Nachts sliep hij in de stoel bij de haard en droomde van Silvana. Overdag had hij van alles te doen. Hij wilde iets goedmaken. Hij stelde zichzelf geen vragen. Hij schiep orde, ruimde op en oogstte groenten uit de tuin.

Aan de achterkant van het huisje vond hij, verscholen achter een groepje vlierbomen, een overwoekerd grasheuveltje waarin een kruis van berkenhout was geplant. Het kruis was oud en versleten, door het weer verkleurd tot een pokdalig grijs. Er was geen naam, geen aanwijzing wie hier begraven lag. Hij ging ernaast zitten en dacht aan de oude vrouw, aan haar lichaam dat nog onder de boom lag waar hij het had achtergelaten, en hij voelde een eenzaamheid op hem drukken die bitter in zijn mond smaakte en met zilte tranen in zijn ogen prikte.

In het dorpje waar hij vandaan kwam was een oude vrouw geweest, een krom mensje met een donzige grijze baard die door de dorpskinderen altijd onbedaarlijk werd uitgelachen. Ze was gek, en als ze werd gepest, spuugde en vloekte ze. Zijn vader had hem een keer uitgelegd, toen Janusz met een stel jongens steentjes tegen haar ramen had gegooid, alleen om haar krijsend naar buiten te zien komen rennen, dat de oude vrouw eenzaam was. Zijn vader was bij hem gaan zitten en had het woord voorzichtig uitgesproken, alsof het iets schandelijks was, een onfatsoenlijk woord dat hij eigenlijk niet in bijzijn van zijn zoon mocht uiten.

'Eenzaamheid is een ziekte die iedereen kan krijgen. Toen je grootvader in de oorlog tegen de bolsjewieken sneuvelde, liep je moeder de ziekte op. Zij is eraan gestorven toen ik nog klein was.'

'Maar ze had jou toch?' was Janusz' reactie geweest. Hoe kon zijn grootmoeder nou eenzaam zijn als ze kinderen had?

'Je kunt ook in een menigte eenzaam zijn,' zei zijn vader, en Janusz keek omhoog naar zijn effen gezicht, dat rustte op de gesteven witte boord als een ei in een eierdopje, en wist niet of zijn vader het nu over zijn grootmoeder of over hemzelf had. Waren alle grote mensen op de wereld misschien eenzaam? Zou hij als volwassen man ook die ziekte krijgen?

'Ze had geen man meer,' ging zijn vader verder. 'Daar ging ze kapot aan.' Hij zuchtte, stond op en gaf Janusz een klopje op zijn schouder. 'Dus niet meer die oude vrouw pesten. Op een dag ben jij ook misschien eenzaam, en dan heb je spijt dat je je nu zo hebt gedragen.'

Janusz keek nog eens naar het anonieme graf. Hij wist wat hem te doen stond. Hij zocht tussen de houtstapel naar een paaltje en met een bolletje touw bond hij een nieuw stuk hout aan het oude vast, totdat het kruis min of meer rechtop stond. Daarna begon hij de vlierbomen terug te snoeien en de takken op te ruimen, totdat hij zo bekaf was dat hij zich alleen nog naar huis kon slepen en kon gaan slapen.

Janusz repareerde de waterpomp op het erf. Hij vond een pot witsel en besloot de raamkozijnen een nieuw likje te geven. Op sommige dagen zat hij wat op het erf naar de ganzen te staren en intussen aan zijn zoon en vrouw te denken, die zo ver weg waren. Hij probeerde erachter te komen hoe hij zo verdwaald was geraakt en waarom deze toestand van verdoving en dit anonieme huis hem zo goed bevielen. In de loop der weken was hij het besef van tijd kwijtgeraakt, totdat hij op een ochtend wakker werd en wist dat hem nog één ding te doen stond.

De volgende dag, na zonsopgang, begon hij naast het graf van de onbekende een gat uit te spitten. Pas toen de middag lange schaduwen over zijn rug wierp, was het diep genoeg. Hij dronk een kopje water uit de pomp op het erf, maakte een vuur aan in de haard, pakte een deken uit de bruidskist en ging op pad om het lichaam van de oude vrouw te zoeken.

Hij wist dat hij in de buurt was toen hij door een wolk vliegen werd begroet. Haar lijk was overdekt met één grote glanzend blauwe massa die golfde in glinsterende sidderingen. De aanblik deed hem kokhalzen. Het was zijn eigen schuld dat hij haar zo lang had laten liggen. Hij besefte nu opeens dat al zijn schoonmaken en repareren alleen maar uitstel van executie was geweest. Hij pakte de deken en gooide die over het lichaam, waarna hij de bundel, met vliegen en al, oppakte. Hij droeg haar terug naar het huis, terwijl iets in hem bang was dat de vrouw nog leefde en dat zij degene was die onder de deken kronkelde in plaats van de vliegen.

Hij liet zijn vracht op de grond vallen en begon aarde boven op haar te scheppen. Hij werkte zo snel hij kon, totdat het gezoem van de vliegen allengs verstomde en hij het karwei op zijn gemak kon afmaken.

Toen hij klaar was, zegde hij het Onzevader op, leunend op zijn schop en uitkijkend over het land. Nu zijn laatste klus geklaard was, wist hij dat het tijd was om op te stappen. Er was niets meer te doen. Hij wilde nog een week blijven en dan vertrekken. Hij moest terug naar Warschau.

De beste aanpak was om een dorp te zoeken en daar nieuws over de oorlog zien te verkrijgen. Daarna zou hij naar huis gaan om Silvana en Aurek te zien. Hij zou zijn familie opzoeken. Iedereen laten weten dat hij ongedeerd was, en dan van voren af aan beginnen, alsof er niets was gebeurd. Hij zou gaan vechten voor zijn land, en niemand die ooit iets hoefde te weten van de trein en dat hij daar niet meer in was gestapt. Hij stond op en wilde net een kruisje slaan toen hij iets zag waardoor hij de schop weer met beide handen oppakte. Er kwamen twee mannen door het veld aanlopen. Twee mannen in uniform.

Hij ontving ze op het erf. Van dichtbij leken ze in het geheel niet op soldaten. De ene was een lijzige knul met een mager gezicht en handen die te groot waren voor zijn polsen. De andere was gedrongen, met zware zwarte wenkbrauwen en een neus van Joodse proporties. Hij liep waggelend, op zijn korte beentjes en met zijn vierkante borst. Het uniform paste hun niet. Het jasje van de jongen had te korte mouwen en bij de man zat het te krap om de borst.

'*Dzien dobry*,' zei de jongen. 'Goedendag.'

'Die kun je wel neerleggen, hoor,' zei de oudere man, die zijn handen in gespeelde overgave omhooghield. 'We willen alleen maar wat eten en dan gaan we weer verder.'

Janusz hield de schop echter stevig vast. 'Waar komen jullie vandaan?'

'Lwow. We zijn aan de Russen ontsnapt.'

'De Russen?'

'Die zijn nu tegen ons,' zei de jongen. 'Wist je dat niet?'

'Ik weet van niets. Ik ben een poosje geleden mijn regiment kwijtgeraakt.' Hij trok een frons. Hoe lang was dat eigenlijk geleden? Hij keek naar de andere man. 'Wat is er precies gebeurd?'

'Drie weken geleden hebben de Duitsers Warschau bezet. Vanuit Pomerans, Oost-Pruisen, Bohemen, Moravië en Slowakije zijn ze de grens overgestoken. Ze hebben ons volkomen verrast. Nu willen de Russen ook een stuk van de koek...'

'We zijn verraden. Ze hebben van twee kanten op Polen gescheten.' De jongen liet zijn ogen rollen, zodat het wit te zien was, als bij een op hol geslagen paard.

Janusz keek naar hun ongeschoren gezichten en zag de uitputting in hun ogen. Hij begreep gewoon niet hoe dat allemaal zo snel had kunnen gebeuren. De oudste man merkte waarschijnlijk zijn verwarring op en begon langzaam en nauwgezet uit te leggen wat er aan de hand was. Warschau was in Duitse handen gevallen. De Russen waren aanvankelijk als bondgenoot Polen binnengetrokken, maar hadden zich al snel tot bezetters ontpopt. Het was gebeurd voordat iemand er erg in had. En nu waren de twee landen bezig Polen onderling te verdelen.

'Bruno Berkson,' zei de oudste met uitgestoken hand. 'En dit is Franek. Franek Zielinski. We maakten deel uit van de verdediging aan de oostgrens. Toen de Russen kwamen, mochten we van onze meerderen niet aanvallen. We moesten onze wapens neerleggen, en de Russen namen alles mee: onze wapens, tanks, eten – alles. Franek en ik zijn ontsnapt tijdens de mars naar een gevangenenkamp. Sindsdien zijn we op de vlucht en hebben we ons in de bossen en schuren verstopt. Als je wat te eten voor ons hebt, gaan we er daarna weer vandoor.'

Janusz legde zijn schop neer en klopte het stof van zijn broek. 'En Warschau? Wat weten jullie over Warschau? Daar zit mijn vrouw namelijk nog...'

'We hebben gehoord dat de stad in puin ligt.'

Franek snoof. 'En het wemelt er van de *szkops*. Overal Duitsers.'

Janusz richtte zich tot Bruno. Hij gaf inmiddels de voorkeur aan de oudere man boven deze slungel met zijn gejaagde manier van praten.

'Maar hoe heeft het zo snel kunnen gebeuren? Wat voor dag is het vandaag?'

'8 oktober,' zei Franek. 'Mijn moeders verjaardag. Ik wilde haar een kaartje sturen, maar volgens Bruno is het beter om dat vanuit Frankrijk te doen.' Hij knikte naar de verse hoop aarde achter zich. 'Wat was je aan het doen? Waar is dat gat voor?'

Janusz keek naar het graf van de oude vrouw. Hij had geen zin hun de waarheid te vertellen.

'Ik wilde een dode hond begraven. Als jullie honger hebben, kom dan maar met mij mee. Ik kan wel wat eten voor jullie regelen.'

Hij liep met hen naar het huis en dacht na over wat ze hadden verteld. Was hij echt al meer dan een maand in het huis? Hij keek achterom naar de hoop aarde. Er zoemde nog steeds een zwerm vliegen boven. Wat had hij toch een hekel aan die beesten. Het was al oktober, en in de Poolse winter zouden ze binnenkort allemaal doodgaan. Blij toe. De oude vrouw kon dan eindelijk in vrede rusten en hem hopelijk niet meer in zijn dromen achtervolgen.

'Kom binnen,' zei hij tegen de mannen terwijl hij de deur openhield. Toen ze naar binnen stapten, besefte hij dat hij blij was met hun komst. Hij was te lang alleen geweest.

IPSWICH

Aurek heeft zijn eigen kamer. Zijn moeder had gezegd dat het zijn eigen kamertje was, en hij vraagt zich af wat hij daarmee moet. Hij begrijpt niet waarom ze er niet samen kunnen slapen, waarom zij in een andere kamer slaapt, waar hij niet mag komen. Hij maakt van zijn lakens een knoedel, sleept zijn donzen deken naar het hoofdeinde van zijn gammele ijzeren bed en bouwt een nest. Hij slaapt liever onder de bomen. Hij mist het gevoel van de schuilplaats waar zijn moeder en hij dicht tegen elkaar aan lagen.

Met zijn knokige rug tegen de muur gedrukt en de lakens om zich heen gewikkeld volgt hij met zijn blik de honderden grijze vliegtuigjes die in formatie over de bobbelige muren scheren. Er staat een donkere kledingkast, die hij niet openmaakt uit angst dat er een man met een bijl in verstopt zit. Verder is er een boekenplank met een rij dikke Engelse boeken. Het enige wat hij mooi vindt in zijn kamer is de zwartwitte foto aan de muur van jonge hondjes met een lint om hun nek die met z'n allen in een mand zitten. Op dat plaatje concentreert hij zich als het donker wordt en de kledingkast hem begint uit te lachen omdat hij alleen moet slapen.

Hij bevrijdt zich uit de lakenknoop, neemt een grote sprong voorbij de kledingkast en gaat met zijn gezicht tegen het raam op de vensterbank zitten.

Aan de overkant staan andere huizen van rode baksteen en een buiten-wc, net als hun huis, en hij ziet een lange rij tuinen waar waslijnen schitteren en wapperen. De boom achter in hun tuin zit vol nieuwe blaadjes, nog samengebald als kinderknuistjes. Het is een ideale klimboom en hij is inmiddels al Aureks reuzenvriend. Hij ruikt haast de gronderige, kleverige lucht van de bast, en hij heeft zin om in de takken te klimmen.

Maar hij mag de tuin niet in. Zijn moeder zit er op haar knieën in de aarde zaadjes te planten. De man die volgens haar zijn vader is, is naast haar aan het werk en spit een geul om aardappels te poten. Dat is de man die zijn moeder van hem heeft afgepakt.

Het glas voelt koud tegen Aureks wang.

'Jij bent niet mijn vader,' ademt hij tegen de ruit, zodat er een condensplek ontstaat. '*Pan jest moim wrogiem.* Jij bent *vijand.*'

In de tuin onderbreekt Janusz zijn werk en veegt met zijn mouw zijn gezicht af. Hij kijkt omhoog, en Aurek vraagt zich af of hij hem heeft horen fluisteren en denkt na over wat hij heeft gezegd. Wanneer Janusz zijn schop in de aarde ramt en opnieuw begint te spitten, springt Aurek op het bed en trekt de deken over zich heen.

Hij weet zeker dat hij de kastdeur hoort kraken achter zijn verstrengelde armen en benen. De schrikt slaat hem om het hart. Hij kruipt nog dieper zijn nest in en kreunt in zichzelf – een zacht vogelwijsje om de vijand op afstand te houden.

De eerste paar maanden doet Janusz zijn uiterste best om structuur aan hun leven te geven. 's Ochtends vroeg gaat hij naar zijn werk en als hij thuiskomt, geeft hij Silvana en Aurek Engelse les. Ze lezen samen en luisteren daarna naar de radio, waarbij ze de kristalheldere dictie van de omroepers nadoen.

Hij is aangenaam verrast door de vorderingen die Silvana met de taal maakt. Met de week ziet ze er iets beter uit. Haar huid is nog witjes, maar ze is wat dikker geworden en hij hoopt dat de achterdocht in haar ogen, die permanente wantrouwende blik spoedig verdwijnt. Waar hij niet op had gerekend is dat hij zoveel tijd kwijt is met Silvana en Aurek leren wat ze níét mogen doen. Niet met kleren aan in bad. Niet frunniken als ze naar de radio luisteren. Geen groenten stelen uit de volkstuintjes aan de rivier. Nadat het hem een paar keer was overkomen dat hij thuiskwam van zijn werk en vrouw en kind gevlogen vond, leert hij hun dat ze niet zomaar naar de stad mogen gaan en daar uren rondzwerven. Aurek moet leren dat hij niet overal eten in huis mag verstoppen, maar dat het in de keuken hoort. Hij mag niet in de slaapkamer van zijn ouders komen. Nooit. En hij mag ook niet de borsten van zijn moeder aanraken. Nooit. Daarover had Janusz zich vreselijk opgewonden, en voor hem was het aanleiding om de jongen blèrend naar zijn kamer te sturen. De jongen wordt eveneens te verstaan gegeven dat hij geen dieren, van welke soort ook, mee naar binnen mag nemen, nadat Janusz een keer een nest veldmuizen in een theedoek in zijn bed had aangetroffen.

'Je moet er maar aan wennen dat jullie nu weer in een huis wonen,' zegt Janusz. 'Jullie moeten het verleden achter je laten. De oorlog is voorbij. Het is vrede. Een nieuw begin voor ons.' Hij probeert zijn toon te matigen. Hij weet dat hij bot kan overkomen. 'Ik snap dat het moeilijk is. Jullie zullen Polen wel missen. Dat had ik ook in het begin.'

Hij bestudeert hun gezichten: zijn vrouw kijkt gespannen en de ogen van de jongen zwijgen, leeg als gebeeldhouwd marmer.

'In de stad is een vereniging, van een groep van twintig Polen of zo. Ontheemden die net als wij hier terecht zijn gekomen. Sommigen hebben kinderen. Je kunt daar Pools praten, vrienden maken...'

'Nee!' roept Silvana uit, en hij is verbaasd door haar heftige reactie.

'Ik wil geen andere Polen ontmoeten,' zegt ze. 'Die doen me alleen maar denken aan alles wat ik kwijt ben.'

'Wat we allebei kwijt zijn,' antwoordt hij, en ze wendt zich van hem af, alsof hij iets doms heeft gezegd.

Janusz komt thuis met folders. Daarop staan foto's van lachende gezinnen die met de Britse vlag zwaaien. Hij leest Silvana voor uit een boekje met als titel *Hoe leer ik de Engelse etiquette.*

Zijn vrouw moet glimlachen om *Gasten ontvangen voor buitenlanders* wanneer hij dat aan haar laat zien. Op het omslag staat een foto van een huisvrouw die een dienblad met taartjes ophoudt. De ruches van haar schort staan fier omhoog, net als de geschulpte rand van haar gebakjes.

Hoe leer ik de Engelse etiquette is de lievelingslectuur van Janusz. 'Die moet je leren als je je hier wilt aanpassen.' Hij kucht, neemt een denkbeeldige hoed af. 'Goedemorgen, mevrouw Nowak. Hoe maakt u het?'

'Hoe maakt u het?' zegt Silvana hem gehoorzaam na terwijl een lachje om haar mond speelt.

'Heerlijk weertje voor de tijd van het jaar.'

'Ja, ies het niet?' Silvana giechelt.

Bij Janusz' ooghoeken verschijnen rimpeltjes. 'Ja, ies het niet?' Hij moet een beetje lachen.

Silvana bijt op haar lip en concentreert zich. 'Heerliek weertje,' herhaalt ze met een stem die overslaat van het lachen.

'Heerluk.'

'Heerliek. Heerleik.'

'Momentje,' zegt Janusz en even later komt hij met een fles de keuken uit. 'Die heb ik vandaag gekocht. Dat is sherry. Moet je eens proeven. Dat drinken ze hier.'

Silvana pakt het glas dat hij haar aanreikt.

'O, nee, nee. Je moet het niet in één keer opdrinken. Het is geen wodka. Hier nemen ze telkens een klein slokje en zeggen: "*Chin chin. God save the King.*"'

Het smaakt zoet en weeïg maar ze drinken de hele fles leeg en dansen de kamer rond, terwijl uit de radio Glen Miller klinkt en Aurek op zijn rug op het kleed vals meebromt. Janusz zet een porseleinen kom op zijn hoofd en doet alsof het een bolhoed is, en Silvana zwaait met een paraplu door de lucht. Hun stemmen zijn luid en lacherig.

Als Janusz met Silvana in zijn armen op de muziek door de kamer zwiert, denkt hij dat ze op buitenstaanders vast zullen overkomen als een pasgetrouwd stel. Mensen die niet door de oorlog zijn beschadigd. Hij drukt haar dicht tegen zich aan en voelt zich... jong. Een jonge getrouwde man. Een echtgenoot en een vader. Iets wat hij zich heel lang niet heeft gevoeld. Hij zal zijn best doen de jaren die ze zonder elkaar hebben doorgebracht goed te maken. De oorlog met alle gruwelen zal in dit huis vergeten worden. Hij heeft een tweede kans gekregen. Het valt allemaal op zijn plaats, deze frisse start. Ja, denkt hij terwijl hij zijn vrouw aankijkt. Dit is een huis dat geluk brengt. En misschien was dat vroeger niet zo, maar nu wel.

Bijna elke nacht heeft Silvana dromen. Ze kan ze niet tegenhouden. De aanwezigheid van Janusz heeft haar wel een zekere rust gebracht, maar tegelijkertijd roept hij in haar herinneringen op die ze al jarenlang probeert te onderdrukken. Herinneringen die haar kapot dreigen te maken. Hun zoon voor de oorlog; de tuin van Janusz' ouders met het geschoren gazon; Ewa die voor Aurek vioolspeelt en zijn verrukte, hoge lach. Daar had Aurek zijn eerste stapjes gezet, het jochie met die brede glimlach die hij duidelijk van Janusz had geërfd, vader en zoon onlosmakelijk verbonden als de weerspiegeling van een wolk in een meer. Ze wordt overstelpt door zulke herinneringen en moet dan huilen om de verloren tijd.

Haar dromen zijn duister en angstaanjagend. Haar zoon zwemt in onpeilbaar diepe wateren, en telkens als ze hem probeert te redden, glijdt hij weg uit haar armen en valt terug in de inktzwarte diepte. Ze wordt wakker, probeert de huid van haar vingers te krabben, denkt aan verdwenen kinderen, de hordes dakloze straatschoffies die ze heeft gezien, de weeskinderen in het kamp. Waar zijn die nu? Zoeken ze nog steeds naar hun dode ouders? Ze krijgt die kinderen maar niet uit haar hoofd. 's Nachts achtervolgen ze haar. En al die vrouwen op zoek naar hun baby klampen zich in haar dromen aan haar vast, smeken haar om hulp.

Ze weet dat Janusz last heeft van haar nachtmerries, maar hij zegt er niets van. Hij is rustig en geduldig, maar ze vraagt zich toch af of hij spijt heeft dat hij haar naar Engeland heeft laten overkomen. Het is vast niet de hereniging waar hij op gehoopt had. Hebben ze misschien alle twee een gruwelijke vergissing begaan?

Op een ochtend klopt ze bij Doris aan, de buurvrouw die altijd gedag zwaait, de enige in de straat die niet doet of ze lucht zijn.

'Ik wil leren hoe ik een goede Engelse huisvrouw moet worden,' zegt Silvana terwijl ze haar schort gladstrijkt en Aurek probeert te negeren, die aan haar mouw trekt. 'Kun jij me helpen?'

'Je laten zien hoe je een huisvrouw moet worden?' vraagt Doris met een verbaasde blik, alsof Silvana haar de stompzinnigste vraag ter wereld heeft gesteld. 'Kom binnen, schat. Neem de kleine ook mee. Ik heb wel wat speelgoed voor hem.'

Doris is lastig bij te houden. Ze schiet van hot naar her, vult de kolenkit bij, klopt kleedjes uit, wast vitrage, telt haar huishoudgeld. Op haar handen en knieën boent ze de keukenvloer, met blote armen en zwetend van de inspanning, terwijl rode plukjes haar tegen haar voorhoofd plakken. Als alles gedaan is, pakt ze een mand natte kleren bij de achterdeur en beent de tuin in, waar ze nauwgezet en behendig de was aan de lijn hangt; de overalls van Gilbert slaat ze eerst goed uit, ze klopt de kreukels uit de natte lakens, en ondertussen heeft ze het al over aardappels schillen voor het avondeten. Haar bijhouden is ongeveer hetzelfde als achter een vertrekkende trein aan hollen.

Volgens Doris dient een goede huisvrouw haar huis schoon te houden, op dinsdag de was te doen, op vrijdag te strijken, ervoor zorgen dat er in het weekend brood met jam op tafel staat, en op verjaardagen en feestdagen moet er een Victoria-spongecake gebakken worden. Dat kan Silvana toch wel?

In haar eigen huis zwerft Silvana urenlang verdwaasd door de kamers. Ze vergeet de kolenkit bij te vullen en vindt het niet nodig om te vegen of af te stoffen. Als ze de bedden opmaakt, gaat ze er vaak op liggen en valt in slaapt.

Janusz geeft haar geen huishoudgeld. Hij zegt dat hij daarmee wil wachten totdat ze weet hoe het zit met ponden, shillings en pences. Het is vreemd geld, de biljetten zijn groter dan de Poolse en de munten dikker. En ze kan maar niet wennen aan de bonnenboekjes, hoe vaak Janusz het systeem ook aan haar uitlegt.

Janusz is een goede echtgenoot. Beter dan ze verdient. Hij gaat met haar boodschappen doen en leert haar de namen van de levensmiddelen: cornedbeef, bloem, Pear's zeep, Bovril. Geduldig stelt hij de boodschappenlijstjes in het Engels voor haar op en staat naast haar als ze iets opnoemt tegen de groenteman achter de toonbank en verbetert haar als ze een fout maakt.

'Ik wil bloemzaad kopen,' zegt Janusz in Woolworths. Ze staan naar de rijen felgekleurde pakjes zaad te kijken. Silvana herkent een paar plaatjes van bloemen, maar de Engelse namen zeggen haar niets.

Janusz geeft haar een pakje met een kleurig plaatje van een oranje bloem erop.

'Coreopsis. Een paar jaar geleden zag ik in Devon een tuin die daar vol mee stond. En moet je die stokrozen zien, wat een prachtige rode kleur. Vind je die mooi? Vrouwenmantel doet het hier ook goed. De Engelsen gebruiken die als bodembedekker. Wat denk je? Zit er iets bij wat je wilt planten?'

Silvana bestudeert de pakjes, het aantrekkelijke ontwerp, de opzichtige bloemen die ze beloven.

'Kruiden,' zegt ze. 'Ik wil graag kruiden planten.'

Ze laat haar oog over de kleurige pakjes gaan, zoekend naar een illustratie van een tere witte bloem.

'Hebben ze ook *czosnek*?'

Janusz kijkt bedenkelijk. 'Knoflook? Nee, dat denk ik niet. De Engelsen houden niet van sterke smaken. Wat vind je van munt? Dat doet het hier ook goed.'

Silvana wordt afgeleid door Aurek, die een bruinpapieren pakje bonen heeft weggegrist en daarmee tegen zijn oor rammelt. Hij begint te neuriën en te dansen, maakt pirouettes, tikt een ritme op de houten vloer en grinnikt om het geluid dat de droge zaadjes maken. Mensen gapen hem aan.

'Kom,' zegt Silvana, die hem voorzichtig het pakje ontfutselt. 'Niet zoveel lawaai maken.'

'Wil jij soms wat bloemzaden uitkiezen?' vraagt Janusz aan hem. 'Jij mag ook meehelpen in de tuin.'

Aurek schudt zijn hoofd. Hij steekt zijn armen boven zijn hoofd en wiegt heen en weer. 'Bomen,' kreunt hij. 'Ik wil bomen.'

Silvana ziet dat Janusz zijn geduld dreigt te verliezen, dus loodst ze Aurek mee naar buiten en wacht op straat totdat Janusz de zaden heeft afgerekend. Wanneer hij bij hen terug is, staat zijn gezicht weer vrolijk en de rode kleur van ergernis van zo-even is verdwenen.

'Laten we even een kijkje bij de juwelier nemen,' zegt hij, en hij pakt Silvana bij de arm. Hij wil een trouwring voor haar kopen, maar de verkoper deelt hem mee dat er een landelijk tekort is. Te veel vraag naar trouwringen en te weinig goud. Zilver, ja, maar geen goud.

'We zijn al getrouwd,' zegt Janusz tegen de verkoper. 'Dit is onze zoon.' Hij legt zijn handen op Aureks schouders. 'U hebt vast wel ergens een gouden trouwring om aan ons te verkopen. Kan ik de chef even spreken?'

De chef is een man met een lang gezicht, een groezelige

boord en versleten manchetten. Hij komt hoofdschuddend uit zijn kantoortje met een soort lijdzame blik waarin te lezen staat dat zij niet de enigen zijn die hem die dag om het onmogelijke hebben gevraagd.

Janusz legt opnieuw uit dat ze al getrouwd zijn. Silvana staat naast hem en doet haar best er als een degelijke echtgenote uit te zien; ze drukt haar rieten boodschappenmand tegen zich aan alsof het een fluwelen avondtasje is. Ze slaat de beleefde desinteresse van de chef voor hun huwelijkse staat gade, de verwarring van Janusz als de man hun als vervanging een horloge probeert aan te smeren.

'We wachten wel,' zegt Silvana als ze weer buiten op de stoep staan. 'Ik vind het niet erg om te wachten. Ik heb helemaal geen ring nodig.'

Ze ziet de verbeten trek om Janusz' mond en weet dat dit tegen het zere been was.

'Ik vind het echt niet erg,' zegt ze en ze knijpt in zijn hand. 'Ik heb jou en Aurek. Meer heb ik niet nodig. Laten we naar huis gaan.'

Als ze over Britannia Road lopen, passeren ze een hele stoet vrouwen die voor hun voordeur knielen alsof ze op een gebedskleedje zitten, met hun hoofd over het stenen stoepje gebogen. Hun heupen met een schort erom, zwaaien haast precies tegelijk heen en weer terwijl ze hun stoepje blinkend schoon schrobben. Silvana geneert zich als ze langs al die naar haar toe gekeerde ruggen loopt.

'Môge,' roept Doris als ze voor hun huis blijven staan.

'Je moet je stoepje schoonmaken,' legt ze uit terwijl ze overeind komt. 'Dat is hier een erekwestie. Je hebt een *donkey stone* nodig. Waarom die zo heten weet ik ook niet. Het enige wat ik weet is dat je aan de ingang van je huis kunt zien hoe de rest is. Je wilt toch zeker niet dat iedereen denkt dat ze beter zijn dan jij?'

Silvana knikt aarzelend. 'Donkey stone?'

'Steek je hand eens uit. Hier is ie.'

Silvana draait de steen om en bestudeert hem alsof ze net een stuk steen van Mars heeft gekregen.

'Kom, probeer zelf maar eens.'

Silvana knielt en wrijft met de steen over het stoepje. Het is een aangename beweging: de steen die in rondjes over het zwarte stoepje gaat, als een kunstrijder die patronen over het ijs trekt. Ook het geluid is als het geluid van schaatsijzers die door dun ijs snijden: een zacht knerpen en suizen van de steen die in cirkels onder haar hand glijdt.

Doris gaat met haar vingertoppen over het stoepje.

'Mooi. Dat heb je prima gedaan. Dat is alvast één ding. Maak je geen zorgen, liefie. Je aanpassen is niet zo moeilijk. Hou de steen maar. Zorg er goed voor. Het is een prima exemplaar.'

Janusz slaat zijn arm om Silvana's middel.

'Mijn vrouw was vroeger altijd erg netjes,' zegt hij tegen Doris.

Silvana werpt hem een zijdelingse blik toe. Was dat zo? Ze weet het niet meer, maar ze is blij dat hij zo over haar praat.

'Voor de oorlog woonden we namelijk in Warschau. Een prachtige stad. Het stond bekend als het Parijs van het Oosten.'

'O ja?' zegt Doris. Ze moet lachen. 'Nou, Ipswich ligt ook in het oosten, maar het is niet bepaald frivool Parijs. Ik ben blij dat ik jullie even spreek. Volgens Gilbert heeft een van de textielfabrieken langs de vaart werk voor vrouwen. Je hoeft er alleen maar voor in een rechte lijn te kunnen stikken. Ik moest aan jou denken, Silvana. Ik zou me maar snel aanmelden als ik jou was.'

'Ik?'

'Jazeker. Het is een goede baan. Beter dan de munitiefabrieken waar ik in de oorlog tewerk was gesteld. Zie je dat mijn gezicht een beetje geel is?' Ze draait haar wang naar opzij voor Silvana, en inderdaad: haar huid heeft een vaalgele tint. 'Dat komt door het vullen van de patronen. Ik camoufleer het met wat foundation, maar het gaat niet meer weg. Ik heb mijn steentje aan de oorlog bijgedragen. Niemand die dat kan ontkennen.'

'Het is erg aardig van je om ons te helpen,' zegt Janusz. 'Heel erg aardig. Aurek gaat binnenkort naar school en we hebben het er al over gehad om dan werk voor mijn vrouw te zoeken. We zullen vandaag nog langs de fabriek gaan.'

Silvana kan zich helemaal geen gesprek over werk voor haar herinneren.

'School?' roept ze uit, en ze voelt haar benen zwabberen. 'Moet Aurek naar school?'

POLEN

Silvana

Silvana was dol op de eerste zomeravonden in Warschau. Janusz kwam thuis van zijn werk; dan aten ze samen een haastig maal, waarbij Janusz over zijn dag vertelde, terwijl zij luisterde en knikte en zich op-en-top een stadse echtgenote voelde. Na het eten gingen ze naar buiten om door het park te wandelen, de eendjes in de vijver te voeren en naar de kinderen te kijken die hun houten zeilbootjes over het groene water lieten varen voordat ze door hun kindermeisjes naar huis werden gebracht.

Op een avond bleven ze langer buiten dan anders. Het was een warme avond en Silvana had nog geen zin om naar huis te gaan, dus gingen ze op een bankje in het park zitten kijken hoe de schemering zich van groenblauw tot violet verdiepte totdat het helemaal donker was en de straatlantaarns aangingen.

In de dierentuin sloegen de dieren aan en sleten rusteloze paden door het zaagsel van hun verblijf. De apen in hun kooien krijsten en kwetterden. Er cirkelden motten om de lantaarns. Silvana voelde zich rusteloos. De dokter had gezegd dat ze snel zou bevallen; het duurde hooguit nog een week. Ze zat vol energie en wilde weer gaan lopen.

Een paar vrouwen met hoedjes met veren op liepen langs hun bankje en lonkten naar Janusz. Ze legden hun hand over hun roodgestifte mond en fluisterden iets tegen elkaar. Silvana pakte Janusz' hand beet en deed net of ze hen niet zag.

’s Avonds was het park anders – net of je wadend vanuit het ondiepe opeens tot aan je borst in het koude water stond. Silvana zag mensen op de bankjes zitten waar overdag nooit iemand zat. Zelfs in de schaduw van de magnolia’s achter hen ontwaarde ze een stelletje hand in hand. Verderop zag ze een vrouw die de arm van een man pakte en met hem de bosjes in liep.

Toen Silvana en Janusz voor hun huis stonden, zeiden ze niets. Ze liepen de smalle trap op naar hun woning en binnen ging Janusz Silvana voor naar de slaapkamer. Hij ging op bed zitten en zij keek toe hoe hij zich uitkleedde, zijn riem losgespte en zijn hemd over zijn hoofd trok.

Ze had hem nog nooit bloot gezien. Hun verkering had zich afgespeeld in weilanden en bossen, en het liefdesspel was altijd gepaard gegaan met verfomfaaide kleren en angst voor ontdekking. Sinds ze getrouwd waren, wist Silvana niet zo goed wat ze met de nieuwe wettigheid van hun bestaan aan moest. Ze keek altijd opzettelijk weg als Janusz zich ’s avonds uitkleedde en zorgde er altijd voor dat ze als eerste in bed lag, onder de beschutting van de dekens. Maar vanavond was anders.

‘Wacht,’ zei ze toen hij naar haar toe wilde lopen. ‘Blijf daar eens staan. Ik wil naar je kijken.’

Ze stond op en liep om hem heen, nam hem van top tot teen op en ging met haar vingertoppen over zijn lichaam, als een kunstenaar die de holtes en welvingen van een sculptuur onderzoekt. Janusz pakte haar handen en trok haar naar zich toe.

‘Nu jij,’ hijgde hij. ‘Ik wil jou bekijken.’

Zwijgend pakte Silvana haar kraagje vast en maakte de knoopjes los. Ze liet haar jurk op de grond glijden.

‘Wat ben je mooi,’ fluisterde Janusz, en hij liet zijn handen over haar buik gaan alsof hij de bolling opwreef.

Toen ze in bed stapten, had Silvana het gevoel dat ze best nog een kindje kon maken. Dat er bij de baby in haar buik nog wel een andere kon. Ze was te dik en te zwaar om op haar rug te liggen, dus ging ze op handen en knieën zitten. Silvana ervoer een liefde voor Janusz die dieper en verder ging dan ze ooit had gevoeld. Ze boog haar hoofd en stelde zich de donkere binnenwereld voor waar het kindje moest zijn, opgerold onder haar zwevende ribben. Toen werden haar gedachten verdrongen en waren er alleen nog Janusz en hun onstuitbare, zwijgende liefdestaal.

Toen ze de volgende ochtend wakker werd, was Janusz al naar zijn werk. De lakens waren nat en zaten om haar heen gedraaid. Ze haalde ze uit de knoop en probeerde te bedenken waarom ze in zoveel nattigheid lag. Opeens werd ze overmand door pijn. Een plotse, intense pijn, als een touw dat strak om haar heupen werd getrokken. De baby kwam eraan. Dat kon niet anders. De pijn nam af en ze klom moeizaam uit bed en pakte haar kleren. Het huis van de dokter was een paar straten verderop en ze dacht dat ze dat best kon halen als ze rustig aan deed.

Ze kleedde zich aan en trok de voordeur achter zich dicht en liep voetje voor voetje de trap af, met haar handen tegen de muur gedrukt. Toen ze op de overloop kwam, werd het touw weer strakker aangetrokken. Ze kreunde van pijn – een laag, dierlijk geluid, dat ze niet als haar eigen stem herkende. Ze leunde tegen de muur terwijl er zweetdruppels op haar voorhoofd parelden. Lopen naar de dokter zou helemaal niet lukken. Toen de pijn zover was afgenomen dat ze weer kon nadenken, besloot ze op een van de deuren te kloppen. Een vrouw deed open, een stel kleine bruine hondjes keffend om haar voeten.

'Hier!' riep de vrouw tegen de honden, en ze probeerde ze weer naar binnen te krijgen. Achter haar kwam een man tevoorschijn, die vroeg wat al dat kabaal te betekenen had.

'Allemachtig,' zei hij toen hij Silvana zag. 'Jij bent dat meisje van boven, toch? Gaat het?'

Silvana viel voorover in zijn armen. Ze was verdorie tonnetjerond en loeide als een koe, en hij wilde weten hoe het met haar ging? 'Prima,' wist ze uit te brengen, waarna ze opnieuw door pijn werd overmand en dubbelklapte.

Even later was er alleen nog die pijn. Silvana was vergeten dat ze moest bevallen; ze dacht dat ze voor haar leven vocht. En net op het moment dat ze zich ermee had verzoend dat ze dood zou gaan, riep haar lichaam haar weer terug.

'Ik moet persen,' zei ze tegen de vrouw. 'O mijn god, ik moet persen.'

'Nu al? De dokter is er nog niet. Kun je niet even wachten?'

Silvana schudde haar hoofd. Ze begon te kermen.

'Ga op bed liggen,' zei de vrouw. 'Ga op bed. De dokter mag je niet zo op de vloer aantreffen.'

Silvana wuifde de vrouw weg. 'Dat lukt niet,' hijgde ze. 'Dat wil ik niet. Laat me met rust.'

Gehurkt in een hoekje van hun huiskamer stootte ze met dichtgeknepen ogen een langgerekte kreun uit, en ze had het gevoel dat ze in brand stond. Ze gilde. En net toen ze dacht dat ze niet meer kon, werd ze overspoeld door een gevoel van verlichting. Ze deed haar ogen open en keek omlaag. Tussen haar trillende benen lag een met bloed besmeurd baby'tje. Er trok een kramp door haar lichaam en ze kreeg weer persdrang. Kwam er nog een kindje? Een tweeling? Ze schreeuwde het uit van angst.

'Het is de nageboorte,' zei de vrouw kortaf. Ze boog zich over Silvana, die voelde hoe de vrouw hard met haar handen op haar buik drukte. Silvana wilde de baby pakken, maar de pijn was te heftig en ze kneep haar ogen stevig dicht. Toen kwam er een tweede warme golf van verlichting en ze leunde achterover op de vloer, volkomen uitgeput.

Ze was zich ervan bewust dat de baby in een laken werd opgetild, dat zij in bed werd geholpen, dat iemand met een koele doek haar voorhoofd bette. Ze hoorde de vrouw foeteren dat zo de lakens vies werden, een man naast haar die zei dat ze haar mond moest houden en het geblaf van honden in een aangrenzende kamer, en toen viel ze in een korte slaap, helemaal op.

Toen ze wakker werd, waren de kussens onder haar hoofd opgeschud en naast haar lag, ingebakerd in een dekentje, haar zoon.

Ze bestudeerde zijn gezichtje. Zijn oogjes waren stijf dicht en zijn oogleden waren gekreukt en paars, alsof hij niet wilde zien wat de wereld hem te bieden had. Haar borstkas vulde zich met een gevoel van grote verwondering en dat maakte haar stil. Ze was opeens bang voor het zwijgende wezentje in haar armen. Het was zo'n piepklein, verfrommeld, roze garnaaltje, het begin van een nieuw leven, maar ze wist hoe sterk het was en dat de liefde die ze voor deze vreemde voelde haar ondergang kon worden. Was ze wel in staat voor hem te zorgen? Ze dacht aan haar moeder en het verlies dat zij had geleden. Stel dat haar zoontje zou doodgaan, net als haar broertjes? Stel dat hij ziek werd?

'Wilt u hem hebben?' vroeg ze aan de vrouw.

'Hem hebben?'

'Ik weet niet hoe ik voor hem moet zorgen. Toe. Dat is voor iedereen beter. Neem hem. Ik kan geen moeder voor hem zijn.'

'Hou op met die onzin,' zei de dokter, die zich in het gesprek mengde. Hij legde een hand op Silvana's voorhoofd. 'Dit is je zoon. Hij heeft je nodig.'

'Blijft hij leven?' Silvana pakte de dokter bij zijn mouw. 'Als er iets mis met hem is, moet ik het weten. Ik moet weten of hij wel blijft leven...'

'De jongen is gezond, net als jij. Het enige wat hij nodig heeft is eens lekker drinken.'

Maar Silvana verlangde antwoorden. Ze probeerde het kind in de armen van de dokter te duwen.

'Ik moet weten of hij helemaal gezond is. Mijn broertjes zijn overleden. Het zit in mijn familie. De jongens in mijn familie... Wilt u het me alstublieft zeggen als er wat met hem aan de hand is?'

En toen sloeg de baby zijn oogjes open. Hij vouwde zijn vingertjes open, bewoog ermee alsof hij zijn handjes door het water sleepte – een deinende beweging als van waterplanten in een traag stromende rivier. Ze legde haar vinger tegen zijn handpalm en hij klemde zijn vingertjes eromheen. Ze streelde zijn wangetjes, telde zijn minuscule teentjes en kuste het zachte deukje in zijn schedel.

'Allerliefste,' fluisterde ze, en ze schaamde zich nu om haar uitbarsting. Hoe kon ze zo dwaas zijn geweest? Het was kristalhelder: haar leven zou voortaan om dit kind draaien. Terwijl de dag overging in de avond, legde Silvana in die kamer haar kindje aan de borst en hij begon te zuigen. Het verbaasde haar met hoeveel kracht hij dat deed. Ze wist niet precies hoe lang ze zo had gelegen, maar toen ze opkeek, stond Janusz naast haar.

'Mag ik hem vasthouden?'

Ze stak hem de baby toe, ook al vond ze het diep vanbinnen moeilijk om afstand van hem te doen.

'Dus ik heb een zoon,' zei Janusz verbluft.

Silvana voelde zich rustig worden. Misschien dat het ongeluk van haar moeder toch niet op haar was overgegaan. Ze had het gedaan; ze had een gezonde jongen gebaard.

'Aurek,' zei Janusz grinnikend. 'We noemen hem Aurek, naar mijn vader.'

'Mag ik hem weer?' vroeg ze, en ze sloot haar ogen van genot om het gewicht van haar kindje dat haar armen vulde.

Janusz

'Franek, waarom ga je niet even een kip voor ons vangen?' vroeg Bruno, die met zijn kepi een klap op het hoofd van de jongen gaf. 'Ik sterf van de honger.'

'Ik kan misschien wel een paar ganzen vangen,' zei Franek. 'Ik zou met gemak een beer op kunnen.'

'Afblijven van die ganzen,' zei Janusz. 'Die moet je met rust laten. Een kip is prima.'

Janusz had de twee mannen uitgenodigd om in het huisje met hem mee te eten. Hij was er nog steeds verbaasd over dat de weken zo snel voorbij waren gegaan sinds hij hier was. Hij keek hoe Franek naar buiten waggelde en de kippen op het erf achternarende.

'Wat heeft hij eigenlijk?'

'Hij is een kind,' zei Bruno. 'Een kind in het lichaam van een man. Hij is samen met zijn oudere broer in dienst gegaan, terwijl hij net zo goed thuis had kunnen blijven. Hij was niet slim genoeg om naar school te gaan, maar hij was wel een handige kracht op de familieboerderij. Daar had hij moeten blijven. Hij is gewoon geen soldaat. Het ging allemaal goed, totdat de Russen over de grens kwamen. Die trokken massaal het land in. Honderden. We wisten dat we niets tegen ze konden beginnen, maar Franek rende gillend en schreeuwend naar een van hen toe en zei dat Polen altijd vrij zou blijven. Dat kostte hem bijna zijn leven. Tomas, zijn broer, wilde deserteren, zodat hij zijn broer naar huis kon brengen.

We hadden het plan om hem terug naar zijn familie te brengen. Tomas en ik zouden dat eerst doen en ons dan aansluiten bij het verzet. We waren in een mars op weg naar een legerkamp toen we ertussenuit zijn geknepen en de bossen in zijn gerend. Franek struikelde. Dat joch heeft twee linkervoeten. Hij viel en ik moest stoppen om hem overeind te helpen.

De Russische bewakers kwamen ons achterna. Ik probeerde Franek overeind te krijgen, maar hij had zijn enkel ernstig verzwikt. De bewakers waren al heel dichtbij, toen Tomas zich omdraaide, stenen opraapte en op ze af liep. Hij gooide die stenen naar de bewakers. Hij stond ijskoud stenen naar ze toe te smijten, terwijl zij het vuur op hem openden. Ik kon Franek op tijd wegkrijgen en dwong hem weg te rennen. De jongen weigert om over dat voorval te praten. Hij heeft de naam Tomas nooit meer genoemd.'

Op het erf joeg Franek nog steeds achter de kippen aan. Eindelijk had hij er eentje te pakken. Hij tilde de kip hoog in de lucht en smakte het beest een paar keer hard tegen de waterpomp. Toen de kip slap hing, liet hij de vogel op de grond vallen. Hij bleef erbij staan alsof hij dacht dat de kip elk moment weer kon opstaan en wegrennen. Bruno liep het erf op, met Janusz erachteraan. Franek had de kip zo erg te grazen genomen dat het een bloederige troep was geworden van veren en versplinterde botten.

'Is ie dood?' vroeg Franek.

Janusz gaf de vogel een voorzichtig schopje. 'Ja, die is dood.'

'Wil je een andere? Ik kan er best nog eentje vangen.'

'Als jij er nou eentje vangt,' zei Bruno die een pennenmes uit zijn zak haalde, 'en hem aan mij geeft. Dan maak ik hem af.'

Janusz zag het pennenmes in Bruno's vlezige hand glinsteren. Hij zag dezelfde schittering in de ogen van Franek die opnieuw de kippen achternaging. Het maakte hem bang. De jongen leek behoorlijk gestoord.

Janusz liep naar binnen. Hij legde wat takken in de stookplaats en maakte een vuur aan. Buiten hoorde hij Franek roepen en schreeuwen op het erf. Hoe eerder hij naar Warschau vertrok, hoe beter, besloot hij.

IPSWICH

De school is een groot gebouw van rode baksteen met aan de voorkant een speelplein omgeven door een zwart ijzeren spijlenhek. Er zijn twee ingangen: boven de ene blauwe deur is MEISJES gebeiteld in de zware kalkstenen latei en boven de andere JONGENS. Meisjes zijn aan het hinkelen en touwtjespringen en jongens trappen tegen een bal of staan samenzweerderig in groepjes bijeen om sigarettenplaatjes te ruilen.

Aurek klampt zich aan Silvana vast, zijn vingers diep in haar jas geboord en zijn magere benen zo stevig om haar heen geslagen dat ze een kreetje van pijn slaakt. Zijn wangen zijn rood en zijn ogen kijken haar smekend aan, maar Silvana weet dat ze hem niet kan helpen. Janusz is onverbiddelijk. Aurek moet naar school.

'Het is maar voor een maandje,' had Janusz tegen hen beiden gezegd. 'Dan sluit de school voor de zomervakantie. Hij zal toch ooit moeten.'

De eerste dag probeert de juf Aurek los te trekken uit Silvana's armen.

'Het gaat vast allemaal prima, hoor,' zegt ze. 'Kom maar met me mee, jongeman.'

Als de onderwijzeres hem eenmaal te pakken heeft, is haar gezicht rood en zijn de aderen in haar magere hals van frustratie blauw opgezwollen. In haar stem klinkt de inspanning door die het haar kost om hem in bedwang te houden. Zo gaat het een hele week door totdat de onderwijzeres haar mouwen opstroopt zodra ze het plein op komen en Aurek in zijn kladden grijpt voordat hij de kans krijgt zich aan Silvana vast te klampen.

'Gaat u alstublieft snel weg,' snauwt ze tegen Silvana. 'De jongen gedraagt zich pas normaal als u er niet meer bent. Het zijn altijd de moeders die voor de problemen zorgen, niet de kinderen.'

Silvana gaat weg, maar haar hart breekt van het gehuil van Aurek.

De tweede week is er nog steeds geen verbetering.

'Kom,' zegt ze, en ze probeert zelfverzekerd te klinken. 'Toe, Aurek. Laat me nu los. Dit kan niet elke keer zo gaan.'

'*Nie.*'

'Toe, alsjeblieft?'

De juf komt het speelplein op en luidt met twee handen de schoolbel, op en neer, terwijl de kinderen langs haar stromen.

'Goedemorgen,' zegt ze. Ze legt de bel neer en balt haar vuisten, als een boer die een lastig kalf benadert, haar armen klaar voor de confrontatie. 'Wil je nog steeds niet naar je klas, jongeman?'

De andere moeders doen al weken net of ze Aurek niet horen krijsen als een speenvarken en niet zien hoe Silvana en de juf het driftige kind in bedwang proberen te houden. Silvana weet soms niet of ze moet huilen of een boze buiging moet maken voor haar publiek. Het begint erop te lijken of ze met Aurek een toneelstuk opvoert voor de ouders en de kinderen van de school. Een tragedie: *Poolse moeder laat zoon in de steek*. Neem watjes mee voor in uw oren.

Halverwege het schooljaar weet ze eindelijk het eentonige toneelstukje te doorbreken. Bij de schoolpoort geeft ze Aurek haar hoofddoekje en als hij dat eenmaal vast heeft, laat hij haar gaan. Ze vindt het gênant om haar grijze lokken aan de buitenwereld te laten zien, de kroezige krulletjes in haar weer wat aangegroeide haar. Maar er zit niets anders op.

Ze beent met ferme pas, hoofd geheven, rug recht, zo langs

de andere moeders. Na tien martelende minuten te hebben gelopen blijft ze staan. Haar hart klopt in haar keel, en ze holt terug naar school, waar ze naar het lege plein staart. Lang kan ze niet blijven, want ze moet snel terug om nog op tijd op haar werk te zijn, hoewel ze nu al weet dat ze te laat komt.

De hoge houten fabriekspoort van Paris Fashions wordt geflankeerd door twee lange bakstenen zuilen. De poort is altijd dicht, behalve als de vrachtwagens de stoffen komen brengen en kleding weer meenemen. In de houten poort zit een deur die opengaat om de werkneemsters binnen te laten.

Silvana ziet de andere vrouwen kletsen op weg naar de fabriek, maar ze zeggen nooit iets tegen haar. Wanneer ze door de fabriekspoort lopen, vallen ze allemaal stil en moeten ze goed opletten dat ze hun hoofd niet tegen de deurpost van de smalle ingang stoten of over de houten treden struikelen; als dat gebeurt, wordt diegene het eerste mikpunt van spot van de ochtend. Het gelach, dat de stilte voor en achter de grote houten poort verbreekt, houdt net zo lang aan totdat iedereen achter de naaimachine zit en de voorman langs de rijen loopt, goedkeurend knikkend als alle machines beginnen te snorren en iedere vrouw kijkt hoe haar naald door het stuk stof gaat.

Silvana heeft al verschillende keren moeten aankloppen en wachten op de voorman om voor haar open te doen. Hij kijkt op zijn horloge alsof het een smerig voorwerp is en blikt dan naar haar, alsof dat haar schuld is. Haar wangen branden als ze haar excuses aanbiedt dat ze te laat is en ze hoopt de indruk te wekken dat ze haar werk belangrijk vindt.

Ze buigt zich over haar naaimachine en doet haar best er ijverig uit te zien. Het geklets van de vrouwen om haar heen kabbelt voort – grapjes en roddels over mensen die ze niet kent. Af en toe doet een vrouw een poging om een praatje met Silvana aan te knopen, maar ze gaat daar niet op in. Ze doet net of ze druk bezig is met de rokband die ze moet vaststikken, in de hoop dat ze haar met rust zullen laten. Het werk op zich valt mee. Ze weet nog hoe ze moet naaien. Toen ze nog thuis woonde, maakte ze al haar kleren zelf. Toch wil ze liever de schijn wekken dat ze hard aan het werk is, zodat ze alleen kan zijn met haar eigen gedachten.

Elke dag moet ze vechten tegen de drang om weg te lopen van haar werk en Aurek van school te halen. Onder het omzomen stelt ze zich de dag met hem voor: hoe ze samen gezellig in bed tegen elkaar aan liggen om elkaar warm te houden; hoe ze het kleine kuiltje in zijn nek streelt en de klamme kinderlucht achter zijn oor opsnuift. Dat ze de kruiden verzorgt die ze samen met Janusz in de tuin heeft geplant terwijl Aurek speelt tot het tijd voor het avondeten is, dat ze samen klaarmaken. Aurek kneedt de deegnoedels en Silvana snijdt de aardappels in stukken.

Na het eten vertelt ze verhalen aan Aurek. Verhalen over Pan Zogloba, de luie edelman, en Jan Skrzetuski, de rechtschapen ridder. Verhalen over aristocraten en schone maagden, die door moed en durf uit de handen van snode lieden worden gered. Er galopperen paarden door de verhalen, er worden pijlen afgevuurd, wilde zwijnen gevangen, beren gejaagd. Nu ze ver weg van huis is vertelt ze hem dingen over haar familie, haar grootmoeder en haar jeugd. Ze wekt haar broertjes weer uit de dood, geeft ze een lang leven en zomers waarin ze vissen in het meer en in bomen klimmen, en stelt haar ouders voor als liefhebbende, eenvoudige mensen.

Janusz heeft het nooit over zijn zussen of zijn ouders. Dat begrijpt ze wel. Het is vreselijk om niet te weten waar ze zijn. Ze wilde dat ze nieuws over zijn familie voor hem had gehad. Janusz denkt dat ze misschien in Rusland zijn. Als gemeenteambtenaar is zijn vader vast en zeker opgepakt. Misschien wel erger. Janusz zegt er verder niets over. En zij dringt niet aan. Terwijl Silvana over haar kindertijd vertelt, leest Janusz hem liever voor uit de jeugdalmanakken die hij voor hem koopt.

Hoe snel gaat een kogel? Waarom roest ijzer? Wat zijn zonnevlekken? Hoeveel sterren zijn er?

Ze wordt wreed in haar dagdromen gestoord door de loeiende sirene. De naaimachines komen haperend tot stilstand en Silvana voegt zich in de stroom naar de uitgang.

'Juffrouw?'

Silvana kijkt op. Het is de voorman.

'Kan ik je even spreken?'

Zijn ogen staan neutraal, zijn uitdrukking is ietwat verveeld. Hij slaat zijn armen over elkaar en Silvana voelt zich krimpen onder zijn onbewogen blik.

'Denk je soms dat we hier genoeg verdienen om jouw gemijmer de hele dag te betalen? Ik hou je in de gaten. Niet meer te laat komen en niet meer zitten niksen. Begrepen?'

'Natuurlijk. Het spijt me. Het spijt me heel erg. Heb ik mijn baan nog?'

'Nog wel. Hup, vooruit, en staar me niet zo aan. Ik ben verdomme geen monster. Voortaan beter je best doen.'

Hij stapt opzij en zij bukt zich om door de houten deur te gaan, blij dat ze nog een kans heeft gekregen. Als ze met haar hoofd zo gebogen staat, moet ze even denken aan de kerkdienst waar ze op zondag met Janusz' familie heen ging. Werktuiglijk heft ze haar hand om een kruisje te slaan. Ze zal beter haar best doen. Niet meer dagdromen. Ze is zo geestdriftig geworden van haar voornemen dat ze terugloopt en de voorman vraagt of ze nog een paar uur mag doorwerken.

'Ga naar huis,' zegt hij goedmoedig. 'Vort, wegwezen.'

'Ik wil niet dat iemand naar mijn zoon kijkt.'

Janusz zucht. 'Het is maar een dokter.'

'Het is helemaal niet nodig om er anderen bij te betrekken,' zegt Silvana 'Er is niets met Aurek aan de hand.'

Janusz laat zich niet van zijn besluit afbrengen. Hij legt uit dat ze moeten weten hoe ze ervoor kunnen zorgen dat hun kind zich op school niet meer misdraagt, geen rare geluiden meer maakt en zich niet meer aanstelt als een idioot. Wat hij eigenlijk wil weten is hoe hij ervoor kan zorgen dat zijn zoon van hem gaat houden.

Als Janusz naar Aurek kijkt, is het net of hij de jongen door een gordijn heen ziet. Een doorzichtig gordijn dat je niet kunt vastpakken, een gordijn als een sneeuwjacht die het landschap transformeert en elke mogelijkheid tot begrip afsluit. Hij wil dat de dokter hem laat zien hoe hij erdoorheen kan kijken, hoe hij het kind in het licht kan krijgen.

In gedachten ziet hij een levendig, praatgraag Engels jochie met zakken vol sigarettenplaatjes, stuiters, touw, pennenmesjes en zelfgemaakte katapulten. Hij wil een jongen die hem vraagt hoe een vliegtuig werkt en hoe een apparaat in elkaar zit.

Ergens achter de afgezonderde sneeuwwereld die Aurek bewoont, bevindt zich zijn echte kind. Dat staat voor Janusz vast. Een dokter weet ongetwijfeld raad. De moderne geneeskunst zal Janusz zijn zoon teruggeven, en dan zal hij hem leren fietsen en modelvliegtuigjes maken. Samen zullen ze cricket spelen in de achtertuin en naar voetbalwedstrijden gaan.

Janusz en Silvana zitten in een drukke wachtkamer met het kind tussen hen in te wachten, omgeven door het geluid van benen die over elkaar geslagen en van elkaar gehaald worden, geblader in tijdschriften, het vochtige gesmak en gehuil van baby's, en het droge leed van scheurend gehoest en ingehouden genies. Janusz kijkt op zijn horloge.

'Er is niets met hem aan de hand,' zegt Silvana met klem.

'Dat hoop ik maar.'

Aurek begint te neuriën – een brommend snorren, als van zoemende bijen. Janusz probeert Silvana's blik te vangen; hij wil dat ze tegen de jongen zegt dat hij daarmee op moet houden, maar ze tuurt naar de uitgang alsof ze op een ontsnapping zint.

Naast de deur zit een jonge vrouw met haar voet heen en weer te wippen. Haar beige kous is gestopt bij de enkel. Ze doet hem aan Hélène denken. Onwillekeurig staart hij naar haar. De vrouw kijkt op van haar tijdschrift en hun ogen maken contact. Maar ze lijkt helemaal niet op Hélène. Die fout maakt hij voortdurend: Hélène in andere vrouwen zien, specifieke details menen te herkennen in een hoedrand, de beweging van een enkel, een kraagje, de welving van een hals, het zwaaien van een hand. Het is een zwakke plek van hem die niet van wijken weet. Een beschamende begeerte diep vanbinnen, als van een man die al jarenlang niet meer drinkt maar nog steeds hunkert naar de smaak van brandende wodka op zijn lippen.

Janusz voelt dat de vrouw haar blik verplaatst naar zijn echtgenote en zoontje naast hem. Dan richt ze zich weer op het tijdschrift op haar schoot, en hij voelt een warme golf van gêne. Het is haast een opluchting als ze eindelijk de spreekkamer binnen worden gelaten – een kleine, donkere kamer vol met boeken in vitrinekasten.

De dokter is een lange man met een gebogen rug en een volle bos grijs haar. Hij beweegt zich efficiënt, rustig. Janusz heeft vertrouwen in hem. Zoals zoveel Engelse mannen uit de betere kringen heeft de dokter dure maar afgedragen kleren aan: een dik wollen jasje dat bij de ellebogen tot op de draad is versleten, verwassen witte manchetten, onopvallende gouden manchetknopen. Gepoetste zwartleren schoenen die glanzen als olie.

Hij is vriendelijk tegen Aurek en benadert hem voorzichtig; toont zijn vlakke handen alsof hij wil laten zien dat hij niets verbergt. Geen onverwachte bewegingen. Kalm en rustig.

Bloeddruk, gewicht, lengte, schedelomtrek, hartslag.

Aurek, in zijn hemdje, is zo onrustig als een zwerfhond.

'Er is op zich niets met hem aan de hand,' zegt de dokter terwijl hij zijn stethoscoop afdoet en op zijn bureau legt. Hij tast in zijn zak en haalt er een snoepje uit. 'Alsjeblieft, jongeman. Een zuurtje voor de moeite. Zo, nu mag je moeder je weer aankleden.'

'Is het normaal...' Janusz aarzelt. Hij weet niet hoe hij dit moet formuleren. 'Is het normaal dat hij me niet schijnt te kennen?'

De dokter pakt zijn pijp van zijn bureau en begint die te stoppen met tabak uit een leren zakje dat ernaast ligt. Hij kijkt Janusz aan.

'Jullie zijn lange tijd van elkaar gescheiden geweest. U en uw vrouw kunnen hem natuurlijk helpen door te laten zien dat jullie samen gelukkig zijn. Dat is belangrijk voor de ontwikkeling van het kind. Maar echt, er is verder niets ernstigs met hem aan de hand.'

'Dat zeg ik al,' komt Silvana tussenbeide. 'Dat zeg ik al, maar hij wil niet luisteren.'

Janusz kucht, verplaatst zijn gewicht van zijn ene voet op de andere. 'Ik wilde alleen maar zeker weten dat er niets met hem aan de hand is.'

De dokter steekt zijn pijp op, lurkt eraan en gaat verder.

'Uw zoon is aan de magere en kleine kant voor zijn leeftijd. Hij vertoont symptomen van rachitis: zijn borst, dat knobbelige borstbeen. Maar dat is niet zo gek, gezien zijn verleden. Helaas zien we dat wel meer op dit moment.'

'Hij verstopt eten in huis.' Janusz kan het niet meer voor zich houden. 'Hij is anders dan andere kinderen. Hij gaat zijn eigen gang. Soms praat hij normaal en soms maakt hij vogelgeluiden. Wat is er toch met hem aan de hand?'

'Hij heeft een oorlog meegemaakt,' zegt de dokter vermoeid. 'Gun hem de tijd, zorg voor een veilig thuis, goed eten en voldoende discipline, en dan is hij binnen de kortste keren weer een kerngezonde jongen.'

De dokter schudt Janusz de hand en geeft een recept mee voor levertraan en biergist.

'Ik raad u aan petroleum te gebruiken tegen de luizen. Hij zit onder. Laat het zesendertig uur intrekken en zorg ervoor dat hij niet in de buurt van open vuur komt.'

Silvana geeft de dokter geen hand. Ze houdt Aurek stevig vast en bewaakt hem op de manier die Janusz heeft gezien bij krijgsgevangenen die bang waren dat hun laarzen en hun jas gestolen werden.

Onderweg naar huis probeert Janusz zichzelf moed in te praten. Er is niets mis met de jongen. Het enige wat hij nodig heeft is een thuis en tijd om te wennen. Dat klinkt goed. Voor hen allemaal.

In het speelkwartier glipt Aurek door het schoolhek, holt de straat over en loopt achter de zuivelcoöperatie langs waar op de gevel in blauwe, glimmende reuzentegels het opschrift MELK staat, langs het grote huis met de kapotte ruiten, en houdt stil bij de hoofdstraat. Er komt een politieagent zijn kant op en Aurek duikt de tuin van het leegstaande huis in.

Door verwilderde struiken, waarvan de bruine zaadjes aan zijn kleren blijven kleven, en door onkruid dat prikt op zijn huid baant hij zich een weg naar de achterkant van het vervallen pand. Niemand die hem hier zal zoeken. Hij wil met rust worden gelaten, dat is alles. In de makkelijke uren van de dag ongestoord kunnen rondzwerven en in de donkere nachten dicht tegen zijn moeder aan liggen slapen.

Hij klautert door een raam en komt neer in het halfduister van een grote kamer. Er staan kasten vol stof en vuil, met deuren die uit hun hengsels hangen. Hij schopt tegen de dikke laag vogelpoep en dorre bladeren zodat er een rode tegelvloer zichtbaar wordt. Er fladdert een duif door de kamer, het raam uit.

Dit is een vergeten huis. Hij zou hier best willen wonen. Alleen met zijn moeder. Geen aparte slaapkamers. Ze hebben een tijdje in een huis gewoond, een hutje in het bos. Hij dwaalt door de donkere kamers, krabt kantwerkjes van grijze schimmel van vochtige muren. In de keuken ontwaart hij een hoge muurkast waarvan de deuren er allang af zijn gevallen. Hij klimt de kast in en gaat tussen het stof en de duivendrek zitten.

Hij haalt zijn houten rammelaar uit zijn schooltas en legt die naast zich neer. Hij weet dat het een stom babyspeeltje is, te kinderachtig voor een jongen van zijn leeftijd, maar volgens zijn moeder bezit de rammelaar Poolse toverkracht en is hij uit toverhout gesneden. Aurek weet zeker dat ze het mis heeft, maar toch is hij er voorzichtig mee. Je weet maar nooit.

Hij kijkt naar zijn tweedehandsschoenen en strikt een van zijn veters opnieuw. Ze zijn een maat te groot en zijn smalle voeten schuiven rond in de afdruk van een ander. Aurek schopt tegen de grond en schuurt telkens met zijn schoen heen en weer. Er vliegen vogels het huis in en uit en hij luistert naar het applaus van hun vleugels, hun ronkende gekoer. Het is een heerlijk geluid. Vredig. Er zijn hier geen kinderen die hem uitschelden. Geen grote mensen van wie hij rechtop moet zitten en letters moet schrijven.

Zijn stem begint als een trilling in zijn keel, als het spinnen van een jonge poes. Hij houdt zijn hoofd scheef en probeert verschillende tonen: een muzikant die aan het stemmen is. Als hij de juiste melodie te pakken heeft, hetzelfde stijgen en dalen als in het wijsje van de vogels boven hem, doet hij zijn mond open en verheft zijn stem. Het geluid van duiven galmt door het huis.

Als de schemering invalt, ziet Aurek een man in de deuropening van het oude huis staan, een zwarte schim. De vijand heeft hem gevonden.

'Aurek?' zegt de vijand zachtjes. 'Kom maar mee, jongen. Het is tijd om naar huis te gaan.'

Aurek klimt uit zijn keukenkast en loopt door de bladeren en de tegelscherven achter hem aan naar buiten, met zijn handen omhoog, alsof hij zich overgeeft. Hij zal het niet bekennen maar hij is blij dat ze naar huis gaan, want hij voelt de warmte uit de heggen en de straatstenen trekken en hij ruikt de invallende avond al. Aurek is bang voor het donker. Het liefst sluit hij er zijn ogen voor en houdt ze gesloten tot het ochtend is.

Hij pakt een tak op, houdt die vast als een geweer en begint op ramen en deuren te schieten. Hij klemt de tak tegen zijn zij, draait zich vliegensvlug om en schiet voorbijgangers in de rug. Hij steekt zijn hoofd om de deur van een café en vuurt met zijn machinegeweer een kogelregen af in de halflege bar. Een jongen van zijn leeftijd zit aan een tafeltje en kijkt hem recht aan. Zijn gezicht is bezaaid met bruine sproeten en zijn wangen hebben de kleur van gerookt spek.

De jongen grijnst naar hem, knikt, drukt zijn vlezige kin tegen zijn dikke hals. Aurek schiet hem dood. Een kogel dwars door zijn hart. De jongen steekt goedkeurend zijn duim op en valt bewusteloos van zijn stoel, met zijn hand op zijn hart. Aurek blijft als aan de grond genageld staan. Dan schreeuwt de kastelein dat hij moet opdonderen en Aurek rent ervandoor, zwaaiend met zijn tak zoals soldaten doen om mensen op te jagen. Tegen de tijd dat hij thuis is, heeft Aurek iedereen gedood.

Hij zit aan de keukentafel brood met kaantjes te eten en Janusz breekt zijn stokgeweer in stukken.

'Afgelopen met die oorlogsspelletjes,' zegt hij. 'Ik wil het niet meer hebben.'

Aurek vindt het zinloos om zijn takgeweer kapot te maken. Hij weet dat er genoeg stokken en takken op de wereld zijn om geweren van te maken totdat hij een heel oude man is. Dat moet de vijand toch ook weten?

POLEN

Silvana

'Moet je echt weg?' vroeg Silvana. Ze zat op de enige stoel die ze hadden Aurek de borst te geven, terwijl ze zijn zachte babykrullen streelde en in stomme verwondering naar zijn bolle wangetjes en lange wimpers staarde. De jongen was nu veertien maanden en hij glimlachte aan één stuk door.

Janusz haalde zijn schouders op.

'Volgens mijn vader is het onvermijdelijk.'

Silvana verschoof Aurek op haar knie. Dit gesprek voerden ze nu al een week.

'Maar wat moeten wij dan?' vroeg ze.

'Jullie kunnen naar mijn ouders.'

'En als ik dat niet wil?'

'Dan moet je maar naar jóúw ouders,' antwoordde hij. 'Hoe dan ook, jullie kunnen niet in Warschau blijven. Dat is niet veilig.'

Op de dag dat hij vertrok en op weg was naar het station om zich aan te melden als soldaat, stond Silvana op de keukentafel door het dakraam naar buiten te kijken, in de hoop nog een glimp van hem op te vangen in het park. Ze wilde zien hoe hij zich bij de andere soldaten voegde die voor hun land gingen vechten, maar het enige wat ze zag waren drommen mensen die in de zon wandelden alsof het een doodgewone zomerdag in de stad was. Ze stapte van de tafel en voelde iets zwaars in haar maag. Een vettig blok angst. Ze was alleen. Nu pas besefte ze dat ze vriendinnen had moeten maken. Ze kende eigenlijk niemand in Warschau. Janusz en Aurek maakten haar hele leven uit. En nu was Janusz weg.

In de daaropvolgende weken maakte de zomerhitte plaats voor regenbuien en voor Duitse soldaten die op de maat van de stromende regen door de stad marcheerden, die in auto's door de winkelstraten en over de boulevards van Warschau reden en angst en verderf in de stad zaaiden, gebouwen met de grond gelijkmaakten en plunderend door de straten trokken. Silvana was te bang om samen met haar zoontje naar buiten te gaan, maar ook te bang om hem alleen thuis te laten. Ze zat dicht bij de kachel. Een paar dagen voordat ze zou vertrekken, had ze een brief van Ewa gekregen. Ze moest opschieten en komen. Ze maakten zich zorgen om haar veiligheid. Van haar eigen ouders had ze niets gehoord.

De avondklok werd ingesteld. Duitse trucks met luidsprekers reden stapvoets door de straten en blèrden het bevel rond dat iedereen binnen moest blijven. Er reden geen trams meer. Groepjes van drie of meer mensen waren verboden. 's Nachts werd ze wakker van het geknal van geweerschoten. Silvana's dagen trokken voorbij in een waas: slapen, zitten bij de kachel, spelen met Aurek, moed verzamelen om het huis uit te gaan en een manier vinden om de stad uit te komen naar Janusz' ouders.

Toen de kolen op waren, ging ze naar beneden en zat in de hal van de woningen op de eerste verdieping. Daar deden de radiatoren het nog en was het warmer. Veel bewoners waren al vertrokken en het flatgebouw voelde verlaten. Het echtpaar Kowalski, in wiens huis ze van Aurek was bevallen, was er nog wel. Zij waren nieuwe Duitsers geworden, *Volksdeutschen*, met een roodlinnen band om hun mouw waarop een zwarte swastika was geborduurd, en ze wilden niet meer met haar praten en deden alsof ze lucht was wanneer ze elkaar in de gang passeerden.

Silvana zat op de radiator toen ze een gezin uit een flat op de begane grond zag komen. Een man en een vrouw met een klein meisje. De man had twee koffers in zijn hand, de vrouw de derde. Daardoor wist ze dat deze mensen niet terug zouden komen.

Ze hadden de deur niet op slot gedaan en ze sloop naar binnen. In de keuken vond ze een oud brood, een paar aardappelen en wat uien. Er lag ook nog een beetje kool, dus stak ze het fornuis aan en maakte soep. Ze snuffelde rond in de flat. Het was net of ze in een plaatje uit een tijdschrift was beland. Over de piano, zwart met een glans waarin haar gezicht werd weerspiegeld, lag een lichtoranje zijden sjaal met lange, fijne franje. Silvana drukte de toetsen in. De noten klonken helder en Aurek bewoog zich in zijn wagentje.

Ze bleef er een week en dwaalde door de lege kamers. Ze stofte de snuisterijen af en schuierde de fraai gedessineerde tapijten. Als er iemand langskwam, zouden ze in elk geval zien dat ze goed voor het huis had gezorgd. Elke dag pakte ze haar zoontje warm in en ging naar buiten, waar ze probeerde met een bus de stad uit te komen. Elke dag stond ze urenlang in de rij en ging toch maar weer terug naar de flat.

Toen de soldaten kwamen, lag ze in de ouderslaapkamer te slapen. Ze werd door een hand bij haar arm gepakt en met een ruk het bed uit gesleurd.

'Je mag hier helemaal niet zijn,' zei een officier, die zich losmaakte uit de groep soldaten. 'Deze woningen zijn uitsluitend voor Duitse staatsburgers.'

Hij gaf de andere mannen opdracht te vertrekken, waarna hij zijn leren jas uitdeed en de foto's en spullen begon te bekijken.

'Dat is een mooie,' zei hij, en hij tilde een koperen kandelaar van de marmeren schouw. Silvana haalde haar schouders op. Het was niet haar kandelaar. Hij mocht hem hebben. Hij mocht alles hebben wat hij maar wilde. Hij keek naar Aurek, die op het kleed met zijn rammelaar zat te spelen, en opeens werd ze bang.

'Ik kom hier wonen,' zei hij. 'Ik heb een huishoudster nodig. Je moet maar iemand vinden die voor het kind kan zorgen.'

Hij legde zijn handen op haar schouders. 'Je bent een mooi meisje. Het is heel eenvoudig. Als je de juiste papieren hebt, kun je een Duitse worden. Dat zou beter voor je zijn. Dan kun je ook in Warschau blijven. Je wil toch niet naar Duitsland worden gestuurd en tewerk worden gesteld op een boerderij? Een stadsmeisje als jij? Nee. Natuurlijk niet. Zo is dat. Lach eens tegen me. Ik kan je helpen.'

Ze moest gaan liggen van hem en ze hoopte dat ze gespaard zou worden als ze meewerkte. Ze zou geen heibel schoppen. Ze zou anoniem blijven, niet interessant genoeg om te onthouden en te meegaand om haar pijn te willen doen. En dat alles besloot ze in de paar tellen die het hem kostte om haar jurk los te knopen.

Zijn kleren roken naar regen. Haar gezicht lag in de kussens gedrukt en ze moest haar nek verdraaien om naar de gordijnen voor het raam te kunnen kijken. Die waren bedrukt met een patroon van hand in hand dansende kinderen. De zoom was vergeeld en groezelig van het over de grond slepen. Ze moesten hoognodig worden gewassen. Eindelijk rolde hij van haar af.

'Braaf kind,' zei hij zwaar hijgend.

Hij trok zijn uniform recht en ging weg met de mededeling dat hij straks met de benodigde papieren terug zou zijn.

Silvana waste zich in de badkamer, wijdbeens staand in het bad, en droogde zich af met haar jurk. In de ouderslaapkamer vond ze een rok en een blouse, een paar kousen, ondergoed en een bontjas: oranje vossenbont met een voering van bruine zijde. Onder in de kast stond een paar blauwe leren schoenen met een strikje bij de hiel en naaldhakken.

Het was donker in haar oude flat. Ze stopte babykleertjes in een koffer en legde er haar album met filmsterren bovenop.

Ze maakte de vliegenkast in de keuken open en haalde er hun spaargeld uit. In augustus had Janusz al hun geld van de bank gehaald.

'Het komt wel goed,' zei ze tegen Aurek terwijl ze hem in een dekentje wikkelde. 'Het komt allemaal goed. Binnenkort komt papa weer thuis.'

Maar Janusz had haar in de steek gelaten. Zo voelde ze dat. Hij had haar verlaten, en nu was er dit gebeurd. Ze droogde haar tranen met haar mouw en vermande zichzelf. Ze waste haar gezicht en droogde het, stiftte haar lippen en bracht haar haar in model.

Het kostte haar uren om de stad door te komen. Overal waren gebouwen met kapotte ruiten en wegversperringen. Silvana liep naar de oever van de rivier. Ze kon nog steeds de militair voelen, het plakkerige jeuken op haar dijen, het pijnlijke stoten in haar, de schaamte. Ze stond naar het vliedende water te kijken. Het was heel simpel om zich door dat water mee te laten nemen.

Wankelend op haar gestolen hoge hakken kwam ze eindelijk bij het busstation.

'Vandaag gaan er geen bussen naar het noorden,' had de bewaker geantwoord op haar vraag.

'Ik heb geld,' zei ze. 'Ik kan het betalen. Het is alleen maar mijn zoontje en ik. Ik moet naar mijn schoonouders toe.'

'Ik kan geen wonderen verrichten,' zei de man, die verlekkerd naar de bankbiljetten in haar uitgestoken hand keek.

Hij wist een staanplaats in een overvolle bus voor haar te bemachtigen. Hij schreeuwde tegen de andere passagiers dat ze moesten doorlopen om ruimte te maken voor nog iemand, nam haar geld aan en wenste haar sterkte. De bus ging de verkeerde kant op, naar het oosten, maar dat maakte Silvana niet uit. Janusz was weg. Haar thuis was weg. Het enige wat ze had, was haar zoon, de kleren van een andere vrouw en een sterk verlangen om de stad te verlaten.

De bus reed door bosrijk landschap, dorpjes en stadjes en uitgestrekte velden. Toen hij pech kreeg, mocht Silvana meerijden achter op een boerenwagen. Ze vond een andere bus. Toen de benzine op was, stapte ze uit en ging verder lopen.

Op de weg bevond zich een lange stoet mensen met handkarren en aangespannen boerenwagens volgeladen met matrassen. Zwijgende vrouwen duwden kinderwagens voort. Dwars door dat alles heen zigzagden fietsers, die de drom langzame voetgangers probeerden te ontwijken.

Silvana verruilde de pumps voor een paar houten klompen en liep dagen achtereen. Ze had geen idee waar ze heen ging, maar dat leek eigenlijk niemand te weten. Aurek brulde vanwege de wind en kwijlde vreselijk. Om zijn mond was een vurige rode korst verschenen, die elke dag groter werd. Hij werd verkouden. Er droop groen snot uit zijn neus en hij voelde warm aan. Wat ze ook deed, niets was goed. Toen een vrouw die naast haar liep aanbood om hem over te nemen, aarzelde ze maar even voordat ze haar bontjas uitdeed, die om Aurek heen wikkelde en hem aan haar overhandigde, blij met de adempauze.

Al de hele middag hing er dreigend onweer in de lucht en er stak een venijnige oostenwind op. Silvana keek omhoog en zag donkere wolken in het westen. Ze bewogen zich snel en begonnen zich te verspreiden, joegen als gemorste inkt door de lucht, bedekten de hemel en hadden binnen enkele minuten het daglicht verduisterd. De eerste regenspetters vielen, ijskoud en vlijmscherp. Met een enorme donderslag brak het noodweer boven hen los.

Silvana was binnen de kortste keren doorweekt. Ze keek waar de vrouw met Aurek was gebleven, maar ze zag haar nergens meer.

Het geloei van de wind en de regen werd overstemd door nog een ander geluid. Het zwol aan tot een oorverdovende dreun. Silvana draaide zich in de richting van het lawaai. Een laagvliegende formatie vliegtuigen scheerde door de lucht; je zag hun glimmende landingsgestel.

Silvana draaide zich in paniek om en riep haar zoon. Hoe had ze hem aan een andere vrouw kunnen geven? Hoe had ze zo stom kunnen zijn? Kinderen werden van de wagens getild waarin ze zaten. Mannen en vrouwen renden door de regen. De paarden werden van de weg het weiland in gedreven, naar de bomen toe.

Toen zag ze haar. De vrouw met Aurek. Ze stak de weg over naar het weiland. Het brommen van de vliegtuigen werd luider. De lucht veranderde en een windvlaag joeg over haar heen. Silvana zette het op een lopen, naar de vrouw toe. Ze hoorde gegil en donderslagen, ze rook een schroeilucht. Ze keek omhoog en zag dat een van de vliegtuigen in een gierende duikvlucht naar beneden tolde. Vervolgens was er alleen een enorme hitte, alsof er een ovendeur was opengezet, en ze viel neer.

Toen ze haar ogen opendeed, had ze een stekende pijn in haar been. Haar handen waren geschaafd en bebloed, en in haar enkel zat een diepe wond. Het onweer was voorbij en overal lagen donker glanzende waterplassen. Silvana struikelde over de lichamen van vrouwen, kinderen en gevallen paarden. Ze was op blote voeten, gleed uit en viel in een plas bloed die als olie over de weg was uitgesmeerd. Ze kroop op handen en knieën verder. Ze kwam overeind en keek of ze Aurek ergens zag; ze was bereid haar hele leven aan onverschillig hoeveel heiligen te offeren als ze maar de vrouw vond die haar jongen had.

Haar moeders woorden schoten haar te binnen: *Niet te veel van je kind houden. Je weet niet hoe het is om van iemand te houden en hem dan te verliezen.* Voor het eerst begreep ze het. En ze voelde verdriet om haar moeder. Een intens verdriet.

Het eerste wat ze zag was de jas: oranje bont in de verte, als een gewond beest in de modder. De vrouw lag ernaast; haar benen waren geknakt, alsof ze van een grote hoogte was gesprongen en verkeerd terechtgekomen. Silvana raakte de jas aan. Die kleefde van het bloed. Haar hart sloeg over, bonsde en kwam tot bedaren toen ze de jas opendeed.

'Mijn kindje,' fluisterde ze. Hij lag met een onbewogen gezichtje in de zijden voering van de jas.

Janusz

'Ga met ons mee,' zei Bruno, maar Janusz schudde zijn hoofd.

Ze zaten in het huisje om de keukentafel.

'Je kunt hier niet blijven. De Russen komen je halen. De regering wil dat alle Poolse troepen verzet bieden. We moeten proberen naar Frankrijk te komen. Ik heb geld. Als we Boedapest halen zonder dat we aangehouden worden, kan het Poolse consulaat daar voor een doortocht naar Marseille zorgen, en dan kunnen we ons bij de Fransen en Engelsen aansluiten. Ga toch mee.'

Eerder die avond had Bruno de mand aardappelen onder de vensterbank vandaan gehaald en zichzelf tot kok uitgeroepen. Franek had de kippen geplukt en Janusz had water uit de put gehaald. Nu hadden ze gegeten en dronken samen het restje op van de wodka die Bruno uit zijn rugzak tevoorschijn had gehaald.

De twee mannen wilden graag weten wat Janusz nou precies in zijn eentje in dit huisje uitvoerde. Ze hadden hem zoveel vragen gesteld dat hij vanzelf de waarheid vertelde, om hun zo snel mogelijk de mond te snoeren.

'Hond!' zei Franek. Hij hoestte en lachte, sloeg zich op de knieën en spuwde op de vloer. 'Je zei dat je een hond aan het begraven was! Ik wist wel dat je loog. Ik wist het. Je bent een deserteur.'

Janusz keek hem dreigend aan. 'Jij was er niet bij.'

'Ik vind het juist verstandig van je,' zei Bruno. 'Als je in die trein was gebleven, zat je nu in een gevangenenkamp. Je bent nog steeds in staat te vechten en dat gaan we ook doen. Wij Polen hebben altijd voor onze vrijheid gevochten.'

'Vechten of vluchten. Uiteindelijk ga je er toch aan,' zei Franek. 'Zo staan de zaken er nu voor. Bij jou zit er vast een doodsengeltje op je schouder. Zo zie je er namelijk uit. Ze komen je binnenkort halen.'

Janusz negeerde hem. Ze zaten na het eten uit te buiken, met de hitte van het haardvuur in hun gezicht en een brandende olielamp op tafel.

'Mij maakt het allemaal niet uit,' zei Franek luid boerend. 'Eten, drinken en je riem losser maken. Heerlijk. Wie weet wanneer we dit weer kunnen doen, hè Bruno?'

Bruno zat wat aan de kipresten te plukken. 'We gaan vechten voor ons land en als we terugkomen, ga ik naar mijn huis in Torun. Ik was directeur van een zeepfabriek en ik heb een groot huis. We gaan Poolse wodka drinken tot we er laveloos bij neervallen. Dan worden we wakker en beginnen opnieuw. Op voorwaarde natuurlijk dat niet alles is leeggeplunderd. Afgelopen zomer zijn de misdaadcijfers krankzinnig gestegen. Volgens mij is het in Warschau nog het ergst.'

'Er stonden wat artikelen in de krant,' zei Janusz. Hij had bonkende hoofdpijn en een droge mond. De slaap drukte zwaar op zijn oogleden.

'Dieven zijn dol op oorlogstijd,' zei Bruno. Hij dronk het laatste drupje wodka op en gooide de fles op de vloer. 'Allemaal: Poolse dieven, Joden, Litouwers, Russen, Duitsers, Slowaken. Ze doen allemaal mee. Je moet die onzin niet geloven die de kranten verkopen over ons dappere volk dat tegen de Duitsers vecht. Er zijn genoeg spionnen en criminelen die al volop van deze oorlog profiteren.'

'Ik ben nooit in Frankrijk geweest,' zei Franek. Met het lemmet van zijn zakmes maakte hij zijn nagels schoon. 'Voordat ik in het leger ging, was ik nog nooit mijn dorp uit geweest. En jij, Janusz?'

Janusz keek naar de vlammen van het vuur. 'Ik moet terug naar Warschau. Mijn vrouw zoeken.'

'Ga met ons mee.' Franek zwaaide met zijn mes rond. 'Warschau is die kant op. Gewoon de Duitse tanks en geweren volgen. Leuk je ontmoet te hebben, dooie.'

Bruno veegde zijn handen af aan zijn broek. 'Je kunt maar beter uit Polen weggaan. Vrachtwagens vol manschappen zijn al op weg naar Roemenië en Hongarije. Je kunt 'm nu nog smeren. Op dit ogenblik is het nog relatief makkelijk om de grens over te steken, maar dat zal snel veranderen.'

Janusz stond op. Hij had geen zin in dit gesprek. 'Ik ga nog wat houtblokken halen. Het wordt koud vannacht.'

Hij ging naar buiten en voelde dat zijn hoofd weer helder werd door de avondlucht. Hij sjokte over het erf. Nu hij hier onder de sterreloze nachthemel stond, omringd door de vochtige geur van planten, was het heel goed denkbaar dat de twee mannen die in het huisje zaten alleen maar aan zijn verbeelding waren ontsproten. Ze zouden morgen weggaan en dan zou het net zijn of hij ze nooit had ontmoet. En ging hij terug naar huis. Hij raapte een paar houtblokken bijeen. Hij hoorde voetstappen op het erf, staakte zijn bewegingen en tuurde het donker in. Bruno kwam op hem af, met een lucht van kippenvet en geschroeid hout om zich heen.

'Ik dacht: kom, ik ga je even een handje helpen. Wat ik daarnet zei, dat meende ik. Ik kan niet in mijn eentje met Franek naar Frankrijk. Ik heb iemand nodig die zijn hersens weet te gebruiken. Bovendien kun je hier niet blijven. Franek heeft gelijk. Je wordt als een deserteur beschouwd...'

'Ik ben mijn eenheid kwijtgeraakt.'

'En toen heb je je hier verstopt. Ik heb gezien wat ze met deserteurs doen. Niemand weet nog wat er in godsnaam aan de hand is. Mensen zijn doodsbang. Ze weten niet meer wie ze kunnen vertrouwen. Een paar dagen terug zag ik hoe iemand werd geëxecuteerd. Een jongen in burgerkloffie met soldatenlaarzen aan. Hij werd door een luitenant aangehouden. Hij moest midden op de weg gaan staan, terwijl de troepen langs hem marcheerden. De luitenant zei dat deserteren een teken van lafheid was. Toen schoot die gestoorde zak hem zo dood. Geen krijgsraad, niks. De jongen had gewoon soldatenlaarzen en burgerkleren aan; dat was genoeg. In het hele land wemelt het van de legereenheden. Als ze jou hier vinden...'

Janusz raapte een stuk hout op en legde dat op de wankele stapel in zijn armen. 'Ik ben geen deserteur.'

'Dat maken zij wel uit. Ga toch mee met ons. Ik heb geld. Genoeg om ermee naar Frankrijk te komen.'

Janusz vroeg maar niet hoe Bruno aan dat geld kwam. Het leek hem beter dat niet te weten. Terwijl hij overeind kwam, zag hij iets in het donker flitsen.

'Ik zie een lichtje. Daar, verderop.'

Een zachtgele lichtbundel verplaatste zich door de bomen. Het geluid van een motor in de verte.

'Het is een motorfiets,' zei Bruno. 'Ik schat een kilometer hiervandaan. Er zijn troepen in de omgeving.'

'Poolse?'

'Russische, denk ik eerder. Daar heb je het weer. Hoor eens, je kunt hier blijven en je laten oppakken. Of met ons meegaan.'

'Het klinkt alsof ik geen keus heb.'

'Die heb je ook niet.'

Franek deed de deur van het huisje open, met de olielamp in zijn handen. 'Waar blijven jullie toch? Het vuur is bijna uit. Ik vernikkel van de kou.'

Het lamplicht fonkelde in het donker. Janusz liet zijn houtblokken vallen en rende naar hem toe. 'Doe die lamp uit.'

'Ga je laarzen halen, Franek,' zei Bruno, die hem van achteren naderde. 'We gaan weg. Schiet op.'

Janusz liep achter Franek het huisje in en Bruno trok de deur dicht. Vlak voordat hij de lamp doofde, zag hij nog een flits van Bruno en Franek, die hun schoenen en jas aandeden: een dikke man die eigenlijk te oud was om te vechten en een magere angsthaas van een jongen. Bruno tikte op zijn schouder.

'En? Ga je mee? Kom je mee naar Frankrijk?'

Janusz knikte. Hij besefte hoe onontkoombaar de situatie was. Als hij voor desertie zou worden opgepakt, kreeg hij waarschijnlijk de kogel. Als hij erin slaagde Warschau te bereiken, zou hij gevangen worden genomen.

'Nou?' vroeg Bruno.

'Ik ga mee.'

Hij ging met deze mannen mee en voor zijn land vechten. Hij trok zijn jas aan en stapte de donkere nacht in.

IPSWICH

Janusz loopt de keuken in, doet de provisiekast open en haalt er een houten kistje met schoenpoets, borstels en zachte doeken uit. Hij kijkt even uit het raam. Silvana is in de tuin en Aurek danst als een schaduw achter haar aan.

Hij steekt zijn hand in de borstels en doeken, en haalt er een stapeltje brieven uit. Zorgvuldig bladert hij erdoorheen. De eerste brief die hij van Hélène kreeg. Dat is de brief die hij opnieuw wil lezen, ook al kent hij hem woord voor woord uit zijn hoofd. Geschreven op blauw vloeipapier, in hanenpoten, alsof ze haast had om de woorden neer te pennen. De accenten en leestekens zijn met een lekkende vulpen geschreven, zodat de brieven eruitzien als handgeschreven notenbalken.

De woorden zijn eenvoudig en hoopvol, simpel zoals alleen liefdesbrieven dat zijn. Beide kanten zijn bedekt met haar inktblauwe gedachten, en Janusz leest ze terwijl zijn vingers over haar woorden gaan. Hij is in een landhuis in de heuvels achter Marseille. De stenen gebouwen om hem heen zijn log en glanzen als honing in het zonlicht. Hélène staat in de verte naar hem te zwaaien en komt zijn kant op lopen. Hij dwingt haar om dichterbij te komen, maar dat lukt niet. Zijn verbeelding houdt haar telkens op afstand.

Als Janusz opkijkt, ziet hij Silvana door de tuin lopen. Er piept een plukje haar onder haar sjaal vandaan en Janusz staart ernaar, ziet hoe het als een grijs vraagteken over haar voorhoofd krult. Hij haast zich om de brieven terug te leggen en zet het kistje met snelle, stiekeme bewegingen weer in de provisiekast.

'In dit weer droogt de was nooit,' zegt Silvana als ze de achterdeur opentrekt. 'Regent het hier altijd 's zomers?'

Ze zet de wasmand met een klap op de keukentafel. Aurek drentelt achter haar aan en zij doet de deur achter hem dicht.

'Hier,' zegt Janusz. 'Geef maar aan mij. Ik zal de haard aansteken, dan kunnen we de kleren zo drogen.'

Hij steekt zijn hand uit en terwijl ze de mand optilt om die aan hem te geven, voelt hij haar hand langs de zijne strijken. Bij de gedachte aan de brieven die hij in de provisiekast heeft verstopt slaan de vlammen hem uit, en het ergste is nog dat hij weet dat hij niet zonder ze kan. Zolang hij de brieven heeft, heeft hij Hélène. De klank van haar stem, de stroom van haar gedachten, de aanraking van haar vingers die de vouwen in de blauwe velletjes hebben gemaakt.

'Alles goed?' Silvana kijkt hem met een bezorgd gezicht aan.

Hij laat de wasmand vallen en trekt haar naar zich toe, omklemt haar magere schouders met zijn handen. Haar hoofd voelt zwaar tegen hem aan, gehoorzaam, alsof ze zich overgeeft aan zijn dwingende omhelzing.

'Het spijt me,' fluistert hij. 'Het spijt me heel erg.'

'Mij ook,' zegt ze, en ze slaat haar armen om hem heen. Hij voelt nu hoe ze hem binnenhaalt.

Hij wil van deze beschadigde vrouw houden. Ze staat hem tussen een hoop natte kleren overeind te houden, terwijl het andersom zou moeten zijn; híj moet de sterkste zijn. Hij staat bijna op het punt haar te vertellen dat hij nog steeds van Hélène houdt, alsof die bekentenis hem van de pijn die hij voelt kan bevrijden. De enige die hij kan bedenken om in vertrouwen te nemen is uitgerekend de enige die het niet mag weten.

Hij laat haar los en pakt de wasmand op.

'Heb je zin in thee?' vraagt ze.

'Ja,' antwoordt hij. 'Een kopje thee. Dat hebben we nodig.' Hij kijkt op en onderschept haar blik. 'Het is lastig om een nieuw leven te beginnen.' Hij zoekt naar woorden, een manier om uit te leggen dat hij haar nodig heeft om zijn leven betekenis te geven. De afgelopen zes jaar hebben hem in verwarring achtergelaten. Alles wat er gebeurd is, zijn definitieve vertrek uit Warschau, de liefde die hij voor een andere vrouw voelt, de oorlog met al zijn bloederige verschrikkingen: voor hem is het één grote warboel van puzzelstukjes en hij weet nooit welk stukje hij zal oppakken.

Al die tijd verlangde hij naar vrede, en nu is het vrede en voelt hij zich als iemand die na jarenlang onder de grond te hebben gezeten opeens weer licht ziet. Het zou prachtig moeten zijn, verdorie, maar dat is het niet. Hij maakt zichzelf wijs dat alles in orde is, maar de waarheid is dat zijn zoon hem haat, dat zijn vrouw elke nacht in haar bed ligt te huilen en dat hij nog steeds droomt van de vrouw die hij heeft verlaten.

'Jij en ik,' zegt hij. 'Het is of we de kans hebben gekregen om iets goed te maken, maar na al die jaren dat we van elkaar gescheiden waren weet ik niet goed meer hoe.'

'We zijn een gezin,' zegt Silvana, alsof die constatering op zich hen erdoorheen zal slepen. 'Jij bent de vader van Aurek.'

Hij werpt een blik op Aurek, die achter zijn moeder gehurkt zit. Janusz' hart voelt zo zwaar als de natte was die hij van de vloer heeft opgeraapt.

'Wat is er gebeurd?' vraagt hij. 'Waarom heb je je met de jongen in de bossen verstopt? Waarom heb je dat gedaan?'

Silvana bukt zich om hem te helpen met de natte kleren. 'Je weet toch wat er is gebeurd? Waarom moet je dat elke keer opnieuw vragen? Ik heb geprobeerd naar het huis van je ouders te komen, maar de bus waar we in zaten kreeg pech. Ik was bang dat ik door soldaten zou worden aangehouden en op een Duitse boerderij tewerk zou worden gesteld. Dat is een heleboel vrouwen overkomen. Ik wilde niet dat Aurek van me werd afgenomen. Toen de bus pech kreeg, sloot ik me aan bij een groep mensen. Een aantal van hen ging het bos in en zocht daar een schuilplaats. Toen de oorlog voorbij was, kwamen we in een kamp terecht, en daar heb jij ons gevonden.'

Ze geeft hem een vochtige handdoek en vraagt nog een keer of hij zin heeft in thee.

'Ja,' zegt hij. 'Een kopje thee.'

Dit is vast niet het hele verhaal. Hij weet zeker dat hen beiden iets vreselijks is overkomen.

'Aurek,' zegt hij. 'Ga eens naar je kamer. Ik wil even met je moeder praten.'

De jongen sluipt langs hem heen en Janusz doet de deur dicht.

'Vertel nou eens wat er in de oorlog is gebeurd. Ik heb... Soms kijk ik naar Aurek en dan vraag ik me af of hij echt het kind is dat ik heb achtergelaten.'

Haar ogen worden donker van de tranen. 'Hij heeft een oorlog meegemaakt. Dat begrijp je toch wel?'

Misschien is het onverstandig om het erbij te laten zitten, maar Janusz kapt het gesprek af. Hij biedt zijn excuses aan. Hij pakt drie theekopjes uit de kast, zet ze op de keukentafel en roept Aurek terug.

'Ah, daar ben je,' zegt hij tegen de jongen als hij weer in de keuken is. 'Kom gezellig een kopje thee met ons drinken. Jij wilt toch heel veel melk in je thee, hè?'

Aurek gaat zitten – ellebogen op tafel, hoofd in zijn handen. Dat kind heeft totaal geen manieren. Silvana pakt hem beet en drukt een kus op zijn kruin. Het is een fel gebaar, vol bezitsdrang, zoals een moederpoes haar kleintje in zijn nekvel pakt.

Als kind mocht Janusz nooit zo zitten aan tafel. Opeens ziet hij de eetkamer in zijn ouderlijk huis weer voor zich, de tafel die voor het middageten is gedekt, met het mooie zilveren bestek, en hij en zijn zusjes kaarsrecht op hun stoel. De geforceerde plichtplegingen van zijn eigen opvoeding. Hij kijkt de kamer rond, naar de groezelige gordijnen, de fluitketel die op het fornuis staat te koken, Silvana die met de theepot klaarstaat, precies zoals hij haar heeft geleerd. Breng de pot naar de ketel, niet andersom. Hij zucht. Laat die jongen maar lekker hangen.

'Geef Aurek maar een extra schepje suiker,' zegt hij tegen Silvana, die de thee inschenkt. Hij glimlacht tegen zijn zoon. 'En een koekje, als we dat nog hebben.'

De beste dag van de week is zondag. Dan ontbijten ze samen als gezin in de keuken: brood, thee, melk, ieder een gekookt ei.

Silvana en Aurek maken de rest van de kwartliter gele, zure melk op. De jongen en zij drinken met smaak, alsof de bedorven melk lekker romig en vers is. Godzijdank is er niemand getuige van dit vertoon van armoede. Maar dat wakkert eveneens Janusz' verlangen aan om voor hen te zorgen, om ze te beschermen als tere planten tegen een strenge winter. Hij pakt de krant, een pen in de aanslag, een stukgelezen exemplaar van de *Oxford Dictionary* naast zich.

Silvana en Aurek hebben een kaart op de tafel uitgevouwen.

'Kijk,' zegt Silvana, die naar een groen gebied buiten de stad wijst. 'Daar is een bos. Een echt bos. Kunnen we daarheen?'

Janusz legt de krant neer. 'Wat is er mis met het park? We kunnen vanmiddag gaan wandelen in het park, waar andere kinderen zijn voor Aurek om vriendjes mee te worden.'

Aurek leunt tegen de arm van zijn moeder en Janusz heeft zin om die twee uit elkaar te trekken.

'Of we zouden een wandeling langs de vaart kunnen maken. Is dat geen beter idee? Kom eens, Aurek. Kom eens bij mij zitten. Laat je moeder eens even één momentje los.'

Aurek verroert zich niet en Janusz houdt de krant voor zijn gezicht en doet net of hij leest. Hij laat de krant weer zakken.

'Wat moeten wij nou in het bos? Mensen laten daar hun hond uit. Wij hebben geen hond. Het zou er raar uitzien als we daar gewoon wat rondlopen. In het park zijn mensen met en zonder hond.'

Silvana tekent met haar vingers rondjes op het tafelblad. Aurek zit het oudbakken brood te eten dat Janusz apart heeft gelegd om de eendjes in het park mee te voeren. Het kind ziet er merkwaardig mooi uit, met zijn kleine wipneusje, zijn rechte mondje. Janusz zou het liefst zijn sierlijke kinnetje tussen duim en wijsvinger pakken. Hij probeert de blik van de jongen te vangen, maar dat lukt niet en hij zucht.

'Als jullie het echt willen, moeten we de bus naar de papierfabriek nemen en van daaraf gaan lopen. Jullie mogen het zeggen.'

Aurek grijnst. Een brede ondeugende grijns, die Janusz met een onverwachte vreugde vervult.

Ach, denkt hij. Ik kan de jongen tenminste blij maken. Dat is al heel wat.

Ze nemen de bus die onder aan de heuvel stopt, en Aurek gaat bij het raampje zitten om naar buiten te kunnen kijken, naar de rijen huizen, de winkels, de smalle straten en de mannen en vrouwen; mechanische mensen die allemaal in hetzelfde tempo lopen. Terwijl de bus stapvoets door de smalle straten rijdt, kan Aurek bij de bewoners van de rijtjeshuizen naar binnen kijken. Een vrouw die strijkt. Een man die voor zich uit staart. Zitkamers vol oude mensen en huilende baby's. Hoe moet het zijn om een van de kinderen te zijn die in zo'n huis wonen? Om altijd een huis te hebben om in te wonen en familie die als haringen in een ton opeengepakt zitten, vol broertjes en zusjes, tantes en ooms?

Hij stelt zich het kabaal voor: het gillen en smijten, het lachen, het oorverdovende geschreeuw, het bonken van voeten, borden, deuren. Dat zijn de geluiden die hij hoort als de voordeuren openstaan en hij even durft te blijven luisteren. Daarmee vergeleken is zijn eigen huis stil. Niemand maakt lawaai. De vijand zegt dat hij van rust houdt. Zijn moeder zegt sowieso niet veel.

Eindelijk arriveert de bus bij Papermill Lane. Ze stappen naast de fabriek uit en worden begroet door het geluid van kolkend water onder een smalle brug. De vijand lacht tegen hem. Hij laat Aurek zien hoe je takjes aan de ene kant in het water moet gooien en kijken hoe ze door de stroom onder de brug worden meegenomen en aan de andere kant weer tevoorschijn komen. Het is een spelletje dat hij dagenlang zou kunnen doen, als hij het voor het zeggen had. In het roerige water in de diepte ziet hij groen kroos dat over stenen en rotsblokken wiegt, glad, lang en vol kristallen luchtbelletjes.

Aureks takje is geknakt. De schors is donker, maar in de breuk is nieuw hout zichtbaar zo bleek als een bot, scherp aan zijn vingertoppen.

'Dan kun je je eigen tak goed herkennen,' zegt Janusz. 'Klaar voor de start?'

Ze staan met z'n drieën op de brug, hun tak boven het water gestoken.

'Eén, twee, drie – los!'

Aurek laat met zijn ogen stijf dicht het takje los, terwijl hij zich voelt zwellen van hoop. Het stokje verdwijnt en komt als eerste weer onder de brug vandaan. Als hij wint, kraait hij van vreugde.

Silvana en Janusz vallen hem lachend bij. Hoe harder Silvana lacht, hoe leuker Aurek het vindt. Haar lach is warm en veilig, net als toen hij vroeger in het bos lekker onder haar jas zat weggekropen. Het spelletje is zo leuk dat Silvana hem weg moet trekken, met de belofte dat er bomen zijn om in te klimmen en eekhoorntjes om te ontdekken.

Met tegenzin laat hij zijn winnende takjes achter, en gedrieën lopen ze over landweggetjes, steken dwars door velden naar het bos. Aurek gooit zijn pet af en holt vooruit, struikelt door braamstruiken en netels, plonst door plassen en springt over omgevallen bomen, kraaiend van opwinding.

Niemand kan hem pakken. Geen boze geesten of boselfen, geen toverkollen of enge griezels die rondwaren in de oerbossen kunnen hem krijgen. Hij is sneller dan een tak in een stromende beek. Hij vliegt als een vogel weg van alles. Weg van school waar de kinderen hem een smerige vluchteling noemen. Een idiote Pool. De stomme. Hij is sneller dan iedereen en heeft helemaal geen onderwijzers nodig. Hij kan het prima in zijn eentje af.

Aurek heeft zichzelf leren fluiten, zwemmen, ballen vangen en konijnen villen. Geen boom of hij kan erin klimmen. Hij kan een vuur aanleggen en een slang doden, en de sterren vormen zijn kompas. Niemand kan hem iets doen. Hij is een kind van het woud.

Stuiterend van energie loopt Aurek te joelen en te juichen; hij glijdt uit, valt en staat weer op. Voor hem verschijnt een fazantenhaan, met een schitterende roodgouden glans, en Aurek tilt zijn armen als vleugels op. Hij is ervan overtuigd dat hij de vogel in zijn lompe vlucht omhoog kan volgen.

Achter hem staan zijn ouders naast elkaar – zijn vader met zijn hoed in zijn handen, zijn moeder met een veldboeket in haar armen. Ze zien er verdwaald uit, als twee mensen die de weg naar huis niet goed meer weten. Maar Aurek kan niet blijven stilstaan om ze te helpen. Hij rent door het bos, almaar sneller. Verder tussen de bomen. Hij laat zijn armen als molenwieken naar achteren draaien om zichzelf af te remmen, maar zijn benen zijn te sterk. Niets kan hem tegenhouden. Als hij wist waar hij naartoe ging, zou hij zijn op hol geslagen benen die kant op sturen. Maar hij weet het niet. Hij weet alleen dat hij niet meer kan ophouden met rennen.

Maandagochtend brengt Janusz Aurek naar school. Aurek begroet zijn juf en doet zijn pet af, precies zoals zijn vader hem dat heeft geleerd.

'Goed gedaan, jong,' zegt Janusz. 'Vandaag niet vechten, hè? Doe je best en probeer wat vrienden te maken.'

'*Las*?'

'Engels praten, Aurek. Maar inderdaad, we kunnen nog eens naar het bos gaan. Je hoeft nog maar een week naar school en dan krijg je vakantie. Dan kunnen we heel veel dingen gaan doen samen.'

Aurek kijkt hoe de vijand wegloopt. Als hij weg is, loopt hij achter de andere kinderen aan die naar de klas gaan, maar op het laatste moment duikt hij de hoek om en verstopt zich in de school-wc, een koud hok waar niemand hem zal zoeken. Hij gaat tegen de bakstenen muur zitten en kijkt naar een spinnenweb dat zachtjes in de tocht heen en weer wiegt. Het is er fijn en rustig.

De deur gaat met een ruk open en Aurek springt verschrikt op.

Een dikke jongen staart hem aan.

'Je bent goed de pineut als juffrouw West je hier vindt.'

Hij ploft naast Aurek neer en biedt hem een dropsleutel aan.

'Spreek je Engels?'

Aurek knikt. Van de soldaten in het vluchtelingenkamp heeft hij wat Engels opgepikt, voordat hij met zijn moeder op de boot vertrok. Zijn kennis van het Engels bestaat voornamelijk uit een uitgebreide verzameling scheldwoorden. Hij probeert er een paar en de jongen slaat zich op zijn benen van het lachen.

'Laat de juf dit maar niet horen. Hoe heet jij eigenlijk? Ik ben Peter.'

Aurek kijkt hem aan. Hij heeft deze jongen al eerder gezien. In het café. Het is de jongen die dood van zijn stoel viel.

De drop smaakt zoet. Aurek stopt de dropsleutel in één keer in zijn mond en kauwt, terwijl zwart speeksel aangenaam over zijn kin omlaagdruipt.

De dikke jongen lacht. 'Mijn vader heeft een dierenwinkel. We hebben een heleboel beesten. Ik heb een hond die op konijnen jaagt. Hij heeft een keer iemands kat doodgebeten. Een rode kater. Met darmen en al opgevreten, en daarna op het kleed van mijn oma er weer uit gekotst. De vacht die de hond uitkotste had een andere kleur gekregen. Hij was bruin.'

'Je moet de darmen ook niet opeten,' zegt Aurek. 'Die zijn niet goed. Dáárom heeft je hond overgegeven.'

'Hoe weet jij dat? Heb jij weleens kat gegeten?'

Aurek haalt zijn schouders op. 'Misschien.'

'Hoe smaakt het?'

'Een beetje als kip.'

Peter zet grote ogen op.

'Heb je zin om te spijbelen? We kunnen naar het park en dan de eenden in de vijver opjagen.'

Aurek en Peter glippen door het hek aan de achterkant van de school. Ze hollen door de straten, verstoppen zich achter auto's en schieten af en toe een steegje in, totdat ze bij het park zijn.

De vijver ligt aan de voet van een groene heuvel. Aurek rent de heuvel af en glibbert zo het water in. Hij staat er tot aan zijn knieën in en zijn benen worden paars van de kou.

'Heb je zin om oorlogje te spelen?' vraagt Peter. Hij raapt een steen op en gooit die naar Aurek.

'Dood aan de nazi's!'

Hak ze in stukjes, denkt Aurek. Hij snijdt met zijn hand door de lucht en stapt de poel weer uit. Peter gooit lachend nog meer steentjes naar hem toe. Er komt er eentje tegen zijn schouder. Een ander steentje scheert langs zijn hoofd, en Aurek verliest zijn evenwicht. Hij wilde dat hij ook steentjes had om te gooien. Hij stapt achteruit en zoekt met wegglijdende voeten naar vaste grond. Hij slipt en de vijver dompelt hem onder; het koude water graait naar zijn hart en drukt zijn longen samen.

Alles voelt zwaar. Hij slaat met zijn armen en probeert met zijn gezicht naar boven te zwemmen, maar hij gaat telkens kopje onder. Dan wordt hij door twee handen omhooggetrokken en Aurek hapt proestend naar lucht. Zijn longen brandden. Peter is bij hem en trekt hem aan zijn schouders mee naar de oever, waarbij ze steeds uitglijden en kopje-onder gaan.

'Vorig jaar heeft iemand een baby in de vijver gegooid,' zegt Peter.

Ze zitten onder het dekzeil in de botenloods bij het meer. 'Duikers hebben hem eruit gehaald. De baby zat helemaal onder de waterplanten en de vissen hadden zijn vingers opgegeten. Hij zat vol met bloed en zijn gezicht was één grote brij.'

Aurek trekt het dekzeil wat dichter om zich heen. Hij is niet onder de indruk van Peters verhalen. Hij kent nog veel ergere. Hij vraagt zich af of Peter weleens van *rusalkas* heeft gehoord, de vrouwelijke geesten die in meren leven of in bomen verscholen zitten en mannen de dood in trekken.

'Volgens mij is het nog geen tijd om naar huis te gaan,' zegt Peter. 'Als ik te vroeg thuiskom, dan weet mijn pa dat er iets aan de hand is. Heb jij een moeder?'

Aurek fronst. Wat is dat nou voor vraag?

'Mijn moeder is dood,' zegt Peter. 'Ze had een slopende ziekte. Die krijg ik later waarschijnlijk ook. Ik heb een zwakke gezondheid. Wat heeft jouw vader in de oorlog gedaan?'

Aruek denkt na. Hij weet het niet. Bovendien probeert hij zich voor te stellen hoe Peter zonder moeder leeft..

'Mijn vader is spion voor de Britse inlichtingendienst geweest,' zegt Peter. 'Hij heeft medailles en zo gekregen. Toen hij weg was, woonde ik bij mijn opa en oma, maar ik mocht niemand vertellen waar hij was. Iedereen z'n vader was weg. De vader van Lizzie Crookshank is gestorven en haar moeder werd gek. Lizzie zit nu in een weeshuis en plast elke nacht in haar bed. Volgens mijn oma wordt Lizzie later ook gek. Herken je me niet meer? Je hebt me doodgeschoten. In het café. Ik viel van mijn stoel.'

'Dat weet ik nog,' zegt Aurek, maar Peter luistert niet. Hij heeft zijn hand als een pistool uitgestoken en schiet denkbeeldige kogels in Aureks borst.

'Nou,' zegt hij als hij genoeg schoten op Aurek heeft gelost. 'Zullen we naar jouw huis gaan, stommie?'

Ze rennen door het park, hun gezichten vuurrood van de kou. Aurek voelt het nog branden in zijn keel en hij heeft hoofdpijn, maar hij is blij dat hij met deze jongen kan hollen. *Vriend*, fluistert hij tegen zichzelf – een nieuw woord voor hem. Die moest hij zoeken, had de vijand gezegd. *Een vriend.*

Silvana is op straat, op zoek naar Aurek. Toen ze hem vandaag van school ging halen, had de onderwijzeres verteld dat hij met een andere jongen aan het spijbelen was. Janusz wordt vast razend als hij het hoort. En wie is die andere jongen?

Ze ziet Aurek de heuvel op komen lopen en ze holt hem tegemoet, drukt hem stevig tegen zich aan en kust hem. De opluchting dat ze hem heeft gevonden is groter dan haar boosheid. Hij is terug; dat is het enige wat ertoe doet.

De andere jongen is klein en gezet. Ze kijkt met verbazing naar deze dikke jongen. Zo'n weldoorvoed kind zie je zelden. Misschien is hij de zoon van een boer. Volgens Doris zijn de boeren uit Suffolk de enigen die niet onder de voedseldistributie te lijden hebben; zij proppen zich gewoon vol met eieren, pasteien en zelfgerookte hammen en worsten. Ja, natuurlijk. Hij is de zoon van een boer. De zoon van een welvarende boer, en zijn ouders worden vast hels als ze ontdekken dat hij samen met Aurek is.

'De juf zegt dat jullie niet op school waren,' vaart Silvana tegen Aurek uit. 'Ze zegt dat ze de volgende keer de politie erbij haalt. De politie!' Ze rammelt hem door elkaar. 'Wil je soms dat ze je bij me weghalen? En dan heb je nog een jongen bij je. Wat zullen zijn ouders wel niet zeggen? Wat zal je vader zeggen? Kom binnen, doe die natte kleren uit en ga bij het vuur zitten. Je lijkt wel bevroren. Kom. Schiet op.'

'Wat zegt ze?' fluistert Peter tegen Aurek.

'We moeten naar binnen.'

'Ja,' snauwt Silvana. 'Ja. Naar binnen. Hup!'

In de voorkamer helpt Silvana Aurek uit zijn kleren en vraagt hoe de jongen heet.

'Peter Benetoni.'

'In het Pools zou je Pjotr heten. Maar omdat je een jongen bent en nog geen man, zeggen we Pjotrek.' Ze zwijgt even. Hij luistert niet naar haar. Hij kijkt naar Aurek alsof ze samen een grappig geheimpje hebben, lachend om haar accent.

'Jij ook,' zegt ze tegen Peter, onvriendelijker dan ze bedoelt. 'Jij moet ook je kleren uittrekken. Je bent doornat.'

Ze geeft hem een handdoek. Dan loopt ze de kamer uit en ze komt pas terug met droge kleren als ze denkt dat de dikke, gniffelende jongen tijd genoeg heeft gehad om zich uit te kleden en af te drogen.

Net als ze bezig is Aurek te helpen zijn trui aan te doen wordt er op de deur geklopt.

'Dat is mijn vader,' zegt Peter. 'Die maakt me af.'

'Niemand gaat jou afmaken,' merkt Silvana op. 'Ik praat wel met hem. Ik zal zeggen dat jullie een fout hebben gemaakt.'

Ze staat in de vestibule en ziet de donkere omtrek van een man achter het gekleurde ruitje in de deur. Ze knoopt haar sjaal strak om haar hoofd en doet open, terwijl ze in gedachten de woorden alvast formuleert. Ze zal hem uitleggen dat de jongens geen kwaad in de zin hadden.

'Goedemiddag,' zegt de man, en hij tilt zijn hoed op. 'Ik ben Peters vader. Mijn naam is Benetoni.'

Silvana weet niet meer wat ze wilde zeggen. Zijn glimlach heeft iets wat haar het spreken belet. Alles aan hem, van zijn gepoetste schoenen tot aan zijn trilby-hoed, en zelfs zijn volle bos haar, glanst van nieuwigheid. Het zou haar niets verbazen als de prijskaartjes nog aan zijn kleren hingen.

Ze beseft dat ze hem aangaapt als een imbeciel en kijkt snel naar beneden, alsof ze iets heeft laten vallen. Hij heeft bruinleren veterschoenen aan. Elegante schoenen. Vast en zeker handgemaakt. Haar oog valt op de omslag van zijn broek met een scherpe vouw. De man ziet er nieuwer uit dan alles wat ze de laatste jaren heeft gezien.

'Ik ben Peters vader,' zegt hij, en hij steekt zijn hand uit.

Ze drukken elkaar de hand, maar ze kijkt nog steeds niet op, omdat ze nu moet blozen. Hij heeft een brede, vlezige hand en hij omsluit voorzichtig haar smalle vingers, zoals je een klein vogeltje zou vasthouden.

'Peter is toch hier, hè?'

'Ja,' zegt ze terwijl ze zich probeert te vermannen. 'Ja, die is hier.'

Ze vraagt hem binnen te komen en hij vult de hele vestibule. Hij ziet er even weldoorvoed uit als zijn zoon: een onderkin onder een gezicht met een grote neus en felle, bezorgde ogen. Hij heeft donkere krullen die glinsteren van de brillantine. Dit is geen gewone boer. Absoluut niet. Silvana kijkt naar zijn brede borst en vindt hem iets van een operazanger hebben.

'Het spijt me heel erg, meneer Benetoni,' zegt ze. 'Wees alstublieft niet boos op de jongen. Aurek heeft erg veel spijt.'

'Zeg maar Tony,' stelt hij voor. Hij praat langzaam: zijn stem is bedachtzaam en monotoon. 'Ik ben niet boos. Wat maakt een gemiste dag op school nou helemaal uit? Peter komt op school vaak in moeilijkheden. Hij heeft geen gemakkelijk leven gehad.'

En dan steekt hij van wal met zijn persoonlijke verhaal, dat helemaal niet nieuw is. Ze staan in de vestibule met de deur halfopen en Silvana heeft niet eens gevraagd of hij zijn jas wil uitdoen, en nu staat hij haar al te vertellen over zijn vrouw die is overleden.

'Ik heb haar vlak na de geboorte van Peter verloren,' zegt hij met uitgestoken handen en met zijn dikke vingers gespreid, alsof er zand doorheen stroomt.

Silvana zou willen dat hij zijn mond hield. Ze zit niet te wachten op zijn zielige verhalen. Ze heeft genoeg aan haar eigen sores en bovendien zijn er op de wereld zielige verhalen genoeg. Maar deze man praat maar door, alsof hij speciaal daarvoor naar haar huis is gekomen, en ze wordt naar hem toe gezogen. Ze voelt dat ze haar hoofd al luisterend scheef houdt.

Hij is ook een buitenlander. Italiaanse ouders die naar Suffolk zijn gekomen en in de appelgaarden hebben gewerkt voor de productie van cider. Zelf is hij geboren en getogen in Engeland en hij heeft zijn moeder al op jonge leeftijd verloren. Toen hij klaar was met zijn school, is zijn vader naar Kent verhuisd, maar Tony bleef achter in Suffolk, waar hij met de dochter van een plaatselijke landeigenaar trouwde. Tot grote woede van haar ouders. Ze was beneden haar stand getrouwd.

'Beneden?' Silvana weet niet goed wat hij daarmee bedoelt.

'Beneden. Ze kwam uit de hogere klasse en ze vonden dat ik niet goed genoeg voor haar was. Toen we Peter eenmaal hadden, veranderden ze van mening. Ze zijn erg aardig voor ons geweest. En na de geboorte van Peter werd mijn vrouw ziek en ging dood.'

Hij vertelt dat hij geïnterneerd werd toen Italië bij de oorlog betrokken raakte en dat hij werd weggehaald bij zijn schoonouders en zoontje en gevangen werd gezet, ondanks alle invloed die zijn vader aanwendde.

'Vriendjespolitiek,' zegt hij. 'Een heleboel mensen hebben van de oorlog geprofiteerd, maar mijn schoonvader lag indertijd bij bepaalde lieden niet zo goed. Hij heeft me uiteindelijk wel uit de gevangenis weten te krijgen, maar het heeft een tijdje geduurd.'

Silvana heeft er moeite mee om zijn verhaal te volgen; het is een lang, wijdlopig verhaal en er komen allerlei plaatsen in voor: het eiland Wight, een gevangenis in Kent, andere plaatsen in Engeland waarvan ze nog nooit heeft gehoord, en intriges van gemeentebesturen en corrupte ambtenaren. Eindelijk weet ze langs Tony heen te sluipen en doet de voordeur dicht. Maar dan zit ze vast tussen hem en de trap. Peter doet de deur van de zitkamer open.

'Hallo, pa.'

'Peter, wat heb je nou aan?'

'Ik ben nat geworden. Dit zijn Eriks kleren. Die heb ik van hem geleend.'

Ze zijn duidelijk veel te klein voor hem en Silvana wil het liefst haar excuses aanbieden dat de jongen er door haar toedoen zo mal uitziet. 'Niet Erik,' zegt ze. 'Aurek.'

'Nou,' zegt Tony, 'we zullen ervoor zorgen dat hij ze weer terugkrijgt. Wat moet ik toch met jou, Peter? Nu breng je ook al andere jongens in de problemen.'

'O, nee,' zegt Silvana, die op een traptrede gaat staan, zodat ze een beter overzicht heeft. 'Niet boos zijn op Peter. Aurek vindt school ook niet leuk.'

'Hij is mijn vriend,' zegt Peter.

Silvana vindt het opeens een aardige jongen. Als hij een vriend van Aurek is, dan is hij ook haar vriend. Ook al is hij een kind zonder veel natuurlijke charme.

'Dat hij zo ondeugend is, heb ik helemaal aan mezelf te danken,' zegt Tony. Hij richt zich tot haar alsof ze alleen zijn. 'Ik had zelf vroeger altijd een hekel aan school, en dat weet Peter. Het is mijn eigen schuld.'

Opeens bedenkt Silvana dat ze hem nog niets te drinken heeft aangeboden. Janusz zou dat onvergeeflijk vinden. Wat moet het zijn, thee of sherry?

'Sorry, ik zal wat thee voor u zetten.'

Ze stapt gehaast van de traptrede af, zet haar voet verkeerd neer, wankelt en valt voorover. Peters vader vangt haar op.

Hij heeft sterke armen, deze man. Ze ruikt zijn citroenachtige geur. Een schone zeeplucht. Wat haalt ze zich in vredesnaam in haar hoofd? Op zijn wangen zit een donker zweem van stoppels. Charmant. Dat woord heeft ze onlangs op een filmaffiche zien staan.

Deze man is charmant.

Hij begint weer te praten, zet haar overeind, negeert haar verontschuldigingen en gêne, alsof het de gewoonste zaak van de wereld is dat vrouwen in zijn armen vallen, en vertelt over het fokken van kanaries en over zijn dierenwinkel.

Geen operazanger dus.

'Nee, heel vriendelijk maar we zullen u verder niet lastigvallen,' zegt Tony. 'Het was me een waar genoegen kennis met u te maken, mevrouw...'

'Ach, zeg maar Silvana.'

'Silvana. Wat een mooie naam. En ik zal ervoor zorgen dat Peter de kleren die hij heeft geleend weer teruggeeft.'

Als Silvana en Aurek met hen naar hun auto lopen, komt Janusz net de heuvel op, uit zijn werk, met een krant en woordenboek onder zijn arm, en een gezicht dat besmeurd is met olie en vuil.

'Dat is mijn man,' zegt ze, blij dat ze Janusz' warme glimlach ziet. Ze is doodmoe van Peters vader en zijn verhalen, doodmoe van haar eigen meisjesachtige reactie van daarnet. Ze wil haar man naast zich. Hij weet hoe je met mensen moet praten. Die vaardigheid heeft zij al lang geleden verloren.

'Wat een prachtig uitzicht heb je hier,' zegt Tony tegen Janusz als ze elkaar een hand hebben gegeven. 'Dit heb ik altijd een prettig buurtje gevonden. Ik ken een echtpaar dat in deze straat woont, de Holborns.'

'Doris en Gilbert? Dat zijn onze buren,' zegt Janusz. 'Ja, die kennen we heel goed.' Hij klinkt trots. 'Iedereen is hier nogal op zichzelf – je weet hoe dat gaat –, maar de Holborns zijn erg aardig.'

'Ik moet ze weer eens opzoeken. Ik heb Gilbert in geen tijden gezien. Als je ze ziet, doe ze dan mijn hartelijke groeten. En zeg maar dat ze even een gil moeten geven als ze iets nodig hebben.'

Die avond geeft Janusz Aurek geen uitbrander. Niemand heeft het nog over het spijbelen. Janusz zegt alleen dat hij blij is dat Aurek een vriendje heeft gevonden.

'Een zwarte Wolseley? Dat is een prachtige auto. Ik zou ook wel mijn eigen auto willen hebben. Wat zeg je ervan, Aurek? Op een goede dag hebben wij ook onze eigen auto en dan breng ik je daarmee naar het bos om te gaan spelen.'

Silvana denkt terug aan Janusz als jonge man; toen al was hij autogek. Het voert haar terug naar hun verkeringstijd. Hij is niet veranderd. Ze voelt iets door haar heen gaan, alsof iemand zijn hand op haar hand heeft gelegd en erin knijpt. Het is liefde. Niet gewoon dankbaarheid, maar echte liefde.

'Je ziet er anders uit,' merkt hij op.

'O ja?'

'Ja. Je bent anders dan anders vandaag.'

Ze lacht – een vrouwelijk geluid. Ze voelt een warmte in zich, alsof de zon in haar is gaan schijnen. Janusz slaat zijn arm om haar middel en kust haar. Ze doet haar ogen dicht en ademt de geur van zijn huid in. Het roept herinneringen op aan de oever van de rivier waar ze elkaar hebben ontmoet, aan de stoffige stoelen van hun dorpsbioscoop, waar hun handen elkaar aanraakten.

Zou het mogelijk zijn dat de ontmoeting met Peters vader, de man met een gloednieuwe glimlach, het blok ijs dat al zo lang in haar zit heeft doen smelten?

POLEN

Silvana

Silvana liet het vliegtuigwrak achter en kwam bij een kruispunt waar ze naast een houten handkar ging zitten die iemand had laten staan en een stapel dekens op de grond. Daar bleef ze heel lang zitten. Ze had haar bontjas aangetrokken en wiegde haar kindje erin. Hij huilde zijn longen uit zijn lijf en dat was voor haar het mooiste geluid dat er bestond.

Er bleef iemand voor haar staan en ze keek op. Een vrouw torende boven haar uit.

'Ga weg,' zei Silvana. 'Ga weg. Ga weg bij mijn kindje.'

'Doe niet zo mal,' zei de vrouw kortaf. 'Ik wil je kindje niet. Ik wil dat je opstaat. Je vriest nog dood als je hier blijft zitten.'

Ze was ouder dan Silvana, maar zelfs in dit vreselijke weer en ondanks het feit dat ze een mannenjas en boerenlaarzen droeg, had ze iets mondains over zich, een beschaafde uitstraling waardoor Silvana haar niet zag zoals ze was – in gescheurde kleren en met een mager bleek gezicht –, maar zoals ze er vroeger waarschijnlijk had uitgezien: een mooie vrouw met een rood pruilmondje en diamanten in haar haar.

'Hup,' zei de vrouw en ze trok haar geëpileerde wenkbrauwen zo hoog op dat er een rimpel in haar voorhoofd verscheen. 'Kom van je luie kont af.'

Silvana ging rechtop zitten en probeerde haar haar te fatsoeneren. 'Laat me met rust. Ga weg.'

'Ik ga niet weg. Jij en je kindje komen straks nog om van de teringkou als je nu niet snel opstaat. En waarom laat je die dekens gewoon zo in de modder liggen? Raap ze op en sla ze om je kindje heen. Volgens mij is hij half bevroren.'

De stem van de vrouw, de onmiskenbaar autoritaire toon, had iets waardoor Silvana meteen opstond en de dekens opraapte.

'Hij heet Aurek,' zei ze. Ze tilde de jongen op zodat de vrouw hem kon zien. 'Dit is mijn zoon. Ik ben zijn moeder. Ik was hem eerst kwijt en nu heb ik hem weer gevonden.'

'Echt waar? Nou, zo'n meelijwekkende moeder heb ik nog nooit gezien.'

De vrouw hield een paar platte leren veterschoenen op. 'Hier, trek aan. Je kunt niet op blote voeten lopen; dan vriezen ze eraf. Andere heb ik niet. Het zijn dansschoenen, al zul je met die wond op je enkel de eerstkomende tijd vast niet uit dansen gaan.'

De vrouw heette Hanka. Ze zei dat ze nachtclubzangeres in Warschau was geweest en ze noemde gelegenheden die Silvana niets zeiden.

'Ik stond net op het punt om door te breken en met een Amerikaans orkest te gaan zingen, toen Hitler de boel voor me verpestte.'

Hanka lachte. 'Je mag blij zijn dat je me hebt ontmoet. Ik zorg wel voor je. Voor jou en je armetierige kindje.'

Samen liepen ze over de modderige wegen en eindeloze paadjes, totdat Hanka eindelijk een boer zover wist te krijgen dat ze in zijn schuur mochten overnachten.

'Heb je geld bij je?'

Silvana schudde van nee. Ze had het spaargeld van Janusz en haarzelf uitgegeven aan de busreis en aan eten voor onderweg.

'Sieraden?'

Silvana keek naar haar trouwring. Ze legde haar hand op haar keel en raakte het glazen hangertje aan dat ze van Janusz had gekregen.

'Nee,' zei ze.

Hanka zette fronsend haar handen in haar zij. Ze pakte Silvana's hand.

'Geef me je ring. We hebben toch eten nodig? Geef me dan je ring.'

Silvana keek toe hoe Hanka haar trouwring aan de boer overhandigde.

'Is dat alles?' vroeg de man.

Hanka zette een hand in haar zij en keek hem schalks aan. 'Wat wil je dan nog meer?'

Ze liep weg en hij ging achter haar aan de stal in. Silvana bleef op het erf staan wachten. De boer kwam na een tijdje naar buiten en gespte zijn riem vast om zijn broek, met de mededeling dat ze zo lang mochten blijven als ze maar wilden.

'Kom op, kijk niet zo bang,' zei Hanka later tegen Silvana toen de boerin hun zwijgend borden bietensoep en mokken hete thee had gebracht.

'Hij raakt jou met geen vinger aan. Ik heb hem gezegd dat jij verboden terrein bent. Je moet je harden. *Hart ducha*. Dat betekent wilskracht. Dat heb je nodig, Silvana. Als het moet kan ik mijn lichaam verkopen, maar ik blijf mijzelf. Ik doe mijn eigen zin. Als ik jou zo zie, denk ik dat je met een boer bent getrouwd en dat dit jullie kind is. Je denkt dat hij je op een goede dag rijk zal maken.'

'Mijn man is geen boer,' antwoordde Silvana. 'Hij is ingenieur.'

'Aha, een slimme boer,' zei ze. 'En waar is hij nu?'

'Dat weet ik niet,' zei Silvana. Ze probeerde niet aan Janusz te denken en concentreerde zich maar op de warme mok in haar hand en op de damp die ervan afsloeg.

'En jij dan?' vroeg ze aan Hanka.

'*Szlachta*,' zei Hanka met een rukje van haar hoofd. Adel. En daarmee was het onderwerp afgedaan.

De schuur waar Silvana met Hanka, de adellijke dochter,

verbleef was een klein gebouwtje van hout en pleisterwerk, met een rieten dak. De boer en zijn vrouw hielden er konijnen voor vlees. Er zaten ratten, die 's nachts bij de hokken kwamen snuffelen, maar door hun bed op blokken te zetten wisten de vrouwen ze op afstand te houden.

Ze zorgden voor de dieren op de boerderij en in ruil daarvoor kregen ze eten en onderdak. Soms, als het erg koud was, stond Hanka erop dat de boer Silvana en Aurek in het huis liet slapen, maar dat wilde Silvana niet. Ze wist dat de boerin haar niet mocht en ze was bang dat de boer haar iets te veel mocht.

De boerderij lag afgelegen en er waren weinig dorpen in de directe omgeving, maar elke keer dat de boerin iets tegen haar zei, ging het over de Duitse troepen en dat ze de twee vrouwen niet zou verbergen als er soldaten voor de deur stonden. Silvana had het idee dat het alleen maar een kwestie van tijd was voordat ze zouden worden gevonden. De boerin zei dat vrouwen uit het naburige dorp op Duitse boerderijen tewerk waren gesteld. Hun kinderen waren weggehaald.

Hanka zei dat dit allemaal onzin was. 'Hoor eens, dat mens heeft ons gewoon nodig. Wij werken even hard op de boerderij als zij twee. Ze gaat ons heus niet aan de soldaten uitleveren.'

'Het is de manier waarop ze naar me kijkt,' zei Silvana. 'Alsof ze me haat.'

'Nou, ze haat je ook. Jij bent jonger en knapper dan zij. Hé, als je liever in de schuur wilt blijven, moet je dat doen. Maar als je naast me wilt liggen, moet je niet meer zo jammeren in je slaap. Ik heb geen zin elke nacht wakker te worden van jouw nachtmerries.'

Silvana bloosde diep en Hanka stak haar hand uit en raakte even haar wang aan. 'Het geeft niet, *moja droga*. Luister maar niet naar mij, schat. Ik bedoel het niet kwaad. We hebben allemaal onze nachtmerries. Dit is de ergste oorlog die we ooit hebben meegemaakt. Vertel eens: waarvan moet je zo huilen?'

Silvana streelde Aureks hoofdje en probeerde de tranen die in haar ogen prikten tegen te houden.

'Ik weet niet,' fluisterde ze. 'Ik mis mijn man. Dat is het vooral, geloof ik.'

Janusz

Voor hen strekten zich vlakke uiterwaarden en brede akkers uit. Janusz had het idee dat in die eerste weken van hun reis overal dreiging en gevaar op de loer lag. Het weer sloeg om, er stak een razende storm op, die de bomen ontwortelde en de omgeving met schermen van grijze regen afsloot, zodat Janusz vaak maar een paar meter voor zich uit kon kijken. Het begon te sneeuwen, de kou trok diep in zijn botten en de verblindend witte sneeuw deed pijn aan zijn ogen. En met elke stap werd hij verder weggevoerd van Silvana en zijn zoon.

Ze kwamen door dorpen waar het wemelde van de Poolse legereenheden: groepen mannen die hun wapens uitleverden aan het Russische leger dat uit het oosten Polen was binnengetrokken. Ze zagen de marcherende soldaten van het Rode Leger die hun geliefde volksliederen zongen. Heel veel uitgeputte mensen en magere paarden. Bruno loodste hen altijd weg bij de mensenmassa's, ook al vond Janusz eigenlijk dat ze zich bij de andere soldaten moesten aansluiten. In elk dorp en in elke stad was het op de besneeuwde wegen een drukte van mensen, paard-en-wagens, geschut en mistroostige keukenwagens.

Janusz verlangde naar Warschau. Hij wilde hoge gebouwen en brede boulevards, plaveisel onder zijn voeten, klingelende trams, theaters en winkels met etalages. Daar waar hij vroeger zo'n hekel aan had, miste hij nu: de bendes zakkenrollers, dieven, de Joodse straatventers, de *koniks* en de taxichauffeurs. Hij miste de kleuren van de vioolspelende zigeuners, met hun rode broeken en veelkleurige sjaals, die in de zijstraten van de Koninklijke Weg hun waren aan de man brachten en weggelopen leken uit de vorige eeuw.

Maar het meest miste hij nog Silvana. Haar aanraking, de strenge frons die ze als een schild tegen de buitenwereld droeg, haar armen 's nachts stevig om hem heen, het geluid van de ademhaling van zijn zoon die naast hen in zijn wiegje lag. In plaats daarvan maakte hij nu deze onontkoombare tocht en liep zwijgend achter Bruno en Franek aan, als een hond die een wagen volgt, gehypnotiseerd door het metalige rammelen van de wielen.

Ze klopten aan bij boerderijen, waar ze op zolder of in een schuur mochten schuilen. Bruno had de waarheid gesproken toen hij zei dat hij geld bij zich had. Hij kocht suiker, zout, azijn en zeep als hij dat toevallig ergens zag liggen. Dat waren kostbare artikelen geworden en meer waard dan contant geld. Door af te dingen wist hij voor hen alle drie burgerkleren te bemachtigen.

Na verloop van tijd merkten ze dat er een ondergrondse beweging van mannen en vrouwen actief was. Die werd het Thuisleger genoemd. Mensen die trots waren op hun Poolse nationaliteit en die op alle mogelijke manieren wilden verdedigen. Door hen werden ze naar veilige schuilplaatsen gebracht en kregen ze te horen welke dorpen en steden ze moesten vermijden.

Er waren nog meer mannen van andere regimenten die naar Frankrijk wilden ontsnappen, en samen bespraken ze de laatste berichten. Via geruchten en illegale pamfletten vingen ze het laatste nieuws op, maar het was altijd ongunstig. In het oosten hadden de Russen grootscheepse razzia's gehouden: overheidsfunctionarissen, politiemensen, geestelijken. Altijd 's nachts. Niemand was nog zeker van zijn nachtrust.

Janusz was een lichte slaper. Hij werd al wakker van het minste geluid, klaar om ervandoor te gaan. In een spiegel in een huis zag hij zichzelf, maar de man met de stoppelbaard en rode ogen die hem angstig aankeek herkende hij niet. De eenzaamheid onderweg maakte hem kortaangebonden. Hij had het gevoel dat ze bij elke bocht opgepakt konden worden. Elke nieuwe dag moesten er vele kilometers worden afgelegd. Zijn voeten deden pijn. Hij had blaren gekregen, die zonder verzorging in zweren ontaardden.

Bruno was sterker. Hij zei dat hij het aan Polen verplicht was om vrij te blijven. Als ze daardoor moesten onderduiken, dan moest dat maar. Frankrijk was hun enige kans. Daar konden ze een militaire training krijgen en dan de Duitsers en de Russen een pak slaag geven.

'Ik heb het medaillon van mijn moeder dat me beschermt,' legde Franek uit. Hij liet een kettinkje zien met daaraan een rond zilveren hangertje. Ze zaten in een schuur te wachten op een gids die hen naar de volgende schuilplaats zou brengen. Buiten raasde een storm en de schuur kraakte en schudde als een schip op hoge golven.

'De heilige Sebastiaan is mijn behoud. Ik word nog niet door God geroepen. Hij roept degenen van wie hij houdt, maar het is nog niet mijn tijd.'

Bruno klopte op zijn plunjezak. 'Hierin zit mijn verzekering. Een paar mooie gouden klokkies en manchetknopen om zaken mee te doen. Plus een kilo bloem. En jij, Janusz? Wat wordt jouw redding?'

Janusz keek naar zijn voeten. 'Ik heb mijn laarzen,' zei hij. 'Maar ik denk niet dat die me gaan redden. Sterker nog, ik denk eerder dat ze mijn dood worden.'

Bruno en Franek keken naar hem. Bruno begon te lachen en Franek deed mee. Een halve minuut na de grap barstte ook Janusz in lachen uit.

Het was lang geleden dat hij iets grappig had gevonden.

Een paar weken later stonden ze op de oever van een bevroren rivier, op het punt Polen te verlaten en Roemenië binnen te gaan. Ze hadden de plaatsen waar veel soldaten zaten vermeden en met een gids hadden ze 's nachts kilometers langs de oever gelopen. En nu, tegen de ochtend, werd Janusz bekropen door een verdoofd gevoel in zijn borst, alsof zijn hemd te strak zat. Hij knoopte zijn jas open en maakte de das om zijn keel losser, maar het verdoofde gevoel verspreidde zich naar zijn hoofd en drukte op zijn ogen. Hij ging weg uit zijn land en hij wist niet of hij ooit nog terug zou komen. Achter hem lagen vlakke akkers en aan de overkant van de rivier lonkten dichte bossen. Hij overwoog nog terug te keren. Opnieuw de weg door Polen afleggen, naar het noorden, terug naar Silvana.

'We gaan er te voet overheen,' zei Bruno, die op Janusz' arm tikte en hem uit zijn mijmeringen deed opschrikken. 'Het ijs houdt ons wel.'

Het kostte hun niet meer dan een paar minuten: zich op het ijs wagen, voelen of het hard genoeg was en daarna naar de overkant lopen en zich snel tussen de bomen verbergen.

Janusz hield zijn pas in en keek achterom naar de grens van zijn vaderland. Hij bleef even zwijgend zo staan, alsof hij aan het graf van een vriend stond. Het kwam dan ook als een verrassing dat hij zijn hart opgewonden voelde bonzen – een opwelling van hoop. Wat hij ook precies dacht te voelen of hoe hij ook zijn best deed het laatste beeld van zijn vaderland in zijn geheugen te prenten, hij werd gegrepen door het onverwachte van het avontuur en rende achter de anderen aan, het bos in, de toekomst tegemoet.

IPSWICH

In de schuilplaats onder de grond ruikt het naar boomwortels; dat vindt Aurek fijn. Hij zit hier lekker verstopt. Hij hoort dat zijn moeder hem roept, maar hij verroert zich niet. Ze kan in het hol bij hem komen zitten, net als vroeger. Hij mist nog altijd het gevoel van haar lichaam tegen zich aan.

Gisteren, op de laatste schooldag voor de vakantie, noemde de juf hem een snotaap. Een heidens kind dat voor zijn ondeugende gedrag gestraft diende te worden. Hij moest zijn schoen van haar uitdoen en daarna sloeg ze ermee tegen zijn benen. Hij had haar in haar hand gebeten, zijn schoen gepakt en het op een lopen gezet. Een poosje later belde ze bij hen aan, met haar hand in het verband. De vijand zei dat hij het heel erg vond en dat Aurek straf zou krijgen.

Aurek kan het niets schelen. Ze hebben het allemaal mis. Hij is geen heidens kind, wat dat ook moge betekenen. Hij is een wild zwijn met een dikke zwarte vacht en een natte snuit – wroeten in de aarde, in het donker boomwortels opgraven.

Hij spuugt op de grond, haalt zijn vinger erdoor en smeert modder over zijn gezicht. Door een gat in het metaal ziet hij Silvana bezorgd om zich heen kijken. Ze loopt zijn kant op, maar ze kruipt niet naar binnen om bij hem te zijn. Ze bonst op de planken en er valt een lawine van waterdruppels op hem neer. Aurek graaft nog wat meer modderige grond uit en maakt het zich gemakkelijk.

'Aurek!' roept Silvana. 'Peter is er. Hij heeft je kleren teruggebracht. Waarom kom je niet even naar buiten om gedag te zeggen?'

Aurek doet net of hij haar niet hoort. Hij verlangt naar de dichte geborgenheid van de bomen van vroeger. In het bos praatten de bomen op groene fluistertoon tegen hem; ze vertelden hem geheimen die buitenstaanders niet mochten weten. Hij liep tussen de bomen en voelde hun woorden als vallende bladeren, zacht en begripvol. Hij houdt niet van Engeland, waar hij zijn schoolpet netjes op zijn hoofd moet zetten, rechtop moet zitten en het Onzevader uit zijn hoofd moet leren. Hij hoort niet thuis in een land waar hij in de bus niet met zijn benen heen en weer mag zwaaien, waar hij niet met zijn handen mag eten en in de klas de pijn van een liniaal op zijn vingers moet verbijten. Hij graaft nog dieper in de grond, nijdig holt hij de aarde uit.

'Zit Aurek daar?'

Aurek verroert zich niet. Het is een mannenstem die hij hoort.

Zijn moeder antwoordt: 'Ja. Ja, hij heeft zich daar verstopt. Maar hij komt zo wel naar buiten.'

'Dat geeft niet. We kunnen best een ander keertje terugkomen. Misschien dat hij zin heeft om in de dierenwinkel te komen spelen?'

Door een spleet ziet Aurek Peter en zijn vader staan.

'Waarom kruip je er niet bij?' oppert Peters vader.

'Pa, je weet toch dat ik niet door die spleet kan? Hé, Aurek! Kom je er nog uit?'

Aurek dubt wat hij moet doen. Hij wil graag Peter zien, maar het is niet eenvoudig om zijn zwijnengedaante af te schudden. Hij is nog niet in staat om meteen weer een gewone jongen te zijn.

Hij ziet Tony Benetoni naar zijn moeder grinniken. Hij ziet het achterovergekamde, glanzende haar van de man, zijn grote neus, zijn witte tanden in zijn open mond. Peter zuigt aan een roze zuurstok. Aurek hoort zijn moeder haar verontschuldigingen aanbieden en ziet hen samen weglopen. Hij bromt, gromt, stoot een woedende kreet uit en rolt als een gewond dier door het zand.

Als ze weg zijn, zet Silvana de bloemen die Tony haar heeft gegeven in een jampot op de vensterbank en is ze een tijdje bezig met schikken. Ze verplaatst een dahlia, en nog eentje, alsof ze een ingewikkeld kleurenschema opstelt, maar in werkelijkheid zijn alle bloemen wit.

Ze weet niet meer hoe lang geleden het is dat iemand bloemen voor haar meebracht. In het dorp van haar grootmoeder stonden dahlia's bekend als vrijersbloemen. Als een vrijgezel een meisje witte dahlia's gaf, betekende dat dat hij haar leuk vond. Ze mijmert hier een beetje op door, maar doet het vervolgens af als malligheid. Natuurlijk weet hij niets van Poolse tradities.

Op haar huwelijk had ze witte bloemen, een armvol peperig ruikende anjers. Die kweekte Janusz' vader in zijn moestuin. Ze pakt de bloemen van de vensterbank en zet ze op de keukentafel. Daarna gaat ze met een kopje thee voor Janusz naar boven.

'Ben je wakker?'

Janusz zit rechtop in bed te geeuwen.

'Ik zal blij zijn als ik niet langer nachtdiensten hoef te draaien. Ik vind het niet fijn om 's middags te slapen. Hoorde ik nou stemmen beneden?'

Ze zet het kopje neer, gaat op de rand van het bed zitten en denkt weer aan de bloemen.

'Tony heeft Peter meegebracht om met Aurek te spelen. Maar Aurek zit in zijn schuilplaats achter in de tuin en wil er niet meer uit. Tony en Peter zijn net weg.'

'Ik wou dat Aurek wat betere manieren had. Die jongen is zijn enige vriend. We moeten die schuilplaats misschien maar afbreken.'

'Om Aurek te straffen?'

'Voor zijn gedrag op school? Nee. Ik ga hem geen straf geven. Ik ben van plan om de schuilplaats af te breken en in plaats daarvan een boomhut voor hem te maken.'

'Een boomhut?' Silvana glimlacht. 'Dat zal hij geweldig vinden.'

'Waar zit Aurek nu?'

'Nog in de tuin. Hoezo?'

'Omdat ik jou even helemaal voor mezelf wil hebben.'

Hij kust haar en trekt haar boven op zich.

'Jij bent het enige wat ik wil,' fluistert hij. 'Wist je dat? Jij en de jongen.'

Zijn ogen zijn stralend blauw. Er schijnt een waarachtig licht in, dat haar beschaamt.

Ze doet haar eigen ogen dicht, en legt hem met een kus het zwijgen op en drukt zich tegen zijn warme lichaam, maar ze wordt omcirkeld door herinneringen, als wolven in een bos – dezelfde herinneringen die haar in haar dromen bespringen. Ze kreunt en Janusz houdt dat voor een kreun van genot. Hij trekt haar onder zich en ze dwingt haar lichaam zich naar zijn verlangen te schikken, alleen hobbelt haar geest erachteraan. Ze klampt zich aan hem vast en haar lichaam plooit zich naar zijn vorm, terwijl een gevoel van dankbaarheid haar onverwachts naar een plek van heftig verlangen voert. Een plek waar ze niet wordt gehinderd door haar herinneringen en ze kortstondig haar volledige zelf is, zoals ze ook voor de oorlog was.

'Dank je wel,' zegt ze na afloop.

Ze liggen naast elkaar en hijgen nog na.

'Wat bedoel je?'

Dat vraagt ze zich zelf ook af. Waar bedankt ze hem voor? Dat hij met haar heeft gevrijd? Of dat hij haar helpt, al is het maar voor even, de herinneringen te vergeten die ze maar niet van zich af kan schudden?

‘Ik weet niet. Gewoon, dat je ons hebt gevonden.’

Ze gaat zitten, slaat het laken om zich heen en tilt het gordijn op om te kijken of alles goed is met Aurek in de tuin.

‘Ik hou van je,’ zegt Janusz, die ook is gaan zitten en zijn sigaretten pakt. Ze draait zich om en kijkt hem aan.

‘Dank je wel,’ zegt ze nogmaals, en ze moeten alle twee lachen.

‘Kom weer in bed.’

Ze kruipt terug in zijn omhelzing en kijkt toe hoe hij rookt, terwijl er een flauw lachje om zijn mond speelt.

Ik hou ook van jou, denkt ze en ze doet haar ogen dicht.

Later, als Janusz naar zijn werk is, steekt Silvana een arm in de schuilplaats, als een kat die op zoek is naar een muis. Aurek aait haar hand. Ze pakt zijn vingers vast en trekt hem door de kapotte planken naar zich toe. Met haar handen om zijn hoofd trekt ze eerst zijn ene schouder en dan de andere door het gat, totdat eindelijk ook zijn benen op het vochtige gras belanden. Hij slaakt een kreet, en als hij voor haar staat, glibberig en nat van de modder, drukt ze hem stevig tegen zich aan.

‘Je hoeft je niet meer te verstoppen,’ fluistert ze. ‘Dit is nu ons nieuwe leven. Hier bij je vader zijn we veilig. Erewoord.’

Ze voelt dat zijn greep verslapt, en met een overweldigend gevoel van dankbaarheid beseft ze dat hij eindelijk gelooft wat ze zegt.

De volgende dag sloopt Janusz de schuilplaats, met veel trekken en rukken, en graaft scherpgerand metaal uit de grond.

‘Moet ik je helpen?’ Gilbert Holborn kijkt over het hek.

Janusz schudt zijn hoofd. ‘Ik ben bijna klaar. Ik maak ruimte vrij voor bloembedden.’

‘O ja, natuurlijk. Weg met die oude troep, hè? Weet je dat Doris maar geen afscheid kan nemen van onze schuilplaats? We hebben er heel wat muziekavondjes gehouden, samen met

Geena. Onze Anderson-schuilplaats is onze rots in de branding. Gek, hè?'

'Ja,' antwoordt Janusz, die Gilbers plattelandsaccent nabauwt. 'Gek, hè.'

'En jullie zoontje dan?' vraagt Gilbert. 'Wat moet hij als hij niet meer in zijn hol kan spelen?'

'Ik ga een boomhut voor hem bouwen.'

'Dat is een schitterende boom,' zegt Gilbert met een blik op de eik. 'Zeker zo'n honderd jaar oud, schat ik. Niet veel huizen in deze omgeving hebben zulke mooie bomen in de tuin, dat kan ik je wel vertellen. En je hebt gelijk. Hij is geknipt voor een boomhut.' Hij haalt een pakje sigaretten tevoorschijn en biedt er Janusz eentje aan. 'Een boomhut en een bloementuin. Dan blijf je lekker bezig. Ik heb nog wat dahliaknollen over, die mag je hebben, als je wilt. We hebben een clubje opgericht, houden tentoonstellingen en zo. Jij zou ook lid kunnen worden. In welk onderdeel zat jij, Jan? In de oorlog, bedoel ik. Ik was zelf bij de burgerbescherming.'

Hij reikt hem een doosje lucifers over het hek aan en Janusz pakt het en steekt zijn sigaret op, zijn handen er beschermend omheen.

'Ik heb her en der gezeten. Schotland, Kent, Devon. Ik zat bij de genie.'

'Dat was best leuk, lijkt me. Als je de volgende keer hulp nodig hebt, geef je maar een gil.'

'Dank je, doe ik.' Janusz probeert nog iets te bedenken om tegen hem te zeggen, iets om het gesprek met zijn buurman gaande te houden.

'Ik ken een vriend van je,' zegt hij. 'Tony Benetoni?'

'Tony Spaghetti? Ach, dat is een echte heer. Ik heb hem al een hele tijd niet gezien. En heeft hij nog wat over mij gezegd?'

'Hij zei dat je, als je iets nodig hebt, contact met hem moet opnemen.'

'O ja? Zei hij dat echt tegen je? Ja, iedereen kent hem hier. Hij is de plaatselijke zakenman.'

'Aurek is met zijn zoon bevriend.'

'O ja?' Gilbert slaat zijn handen om de bovenkant van het houten hek. Hij laat zijn stem tot fluistertoon dalen en Janusz doet een stapje dichterbij.

'Tony is een kerel waar je wat aan hebt. Het begrip distributie kent hij niet, als je snapt wat ik bedoel. Tony kan alles voor je regelen wat je wilt. Maar hij is geen zwarte handelaar. Dat moet je niet denken. Nee, Tony is op en top een heer, zoals ik al zei. Maar hij kan alles wat je maar wilt zonder bonnen voor je krijgen. Hoor eens, ik heb nog een halve fles whisky in de schuur staan. Kom eens langs, als de vrouwen boodschappen aan het doen zijn. Dan kan ik je mijn tuincatalogi laten zien en kunnen we fijn kletsen over de oorlog en zo.'

Janusz wil het helemaal niet meer over de oorlog hebben.

'Dat lijkt me leuk,' zegt hij, en hij geeft Gilbert zijn lucifers terug. 'Hartelijk dank.'

Het is een warme, benauwde zomerdag, maar Engelse huizen hebben geen luiken voor de ramen, dus Silvana kan de hitte niet buiten houden. Daarom doet ze wat de Engelsen doen en zet alle ramen en deuren open, in de hoop op een verkoelend windje. In de keuken hangt een zoete baklucht en op de tafel staat een plaat met koekjes licht te dampen, afgedekt met een theedoek om de vliegen te weren. Ze doet haar schort af en kijkt op de klok hoe laat het is. Aurek en Janusz komen zo terug. Ze zijn een uur geleden vertrokken om naar een cricketwedstrijd in Christchurch Park te kijken. Ze hoopt dat Aurek niet al te lastig is. De vorige keer dat Aurek met Janusz naar het park ging, was hij weggelopen en op eigen houtje terug naar huis gegaan.

Wanneer ze aan het afwassen is, hoort ze het geklepper van paardenhoeven, gevolgd door een schelle jammerkreet: 'Voddûh, voddûh!'

Op straat staat een zwart-met-wit paard voor een houten wagen gespannen waarop een grote berg kleren, kapotte meubels, potten en pannen ligt.

De voddenboer stapt van zijn wagen en grijnst met zijn zwarte tanden tegen Silvana, die haastig de voordeur uit komt lopen en haar handen afveegt aan haar schort.

'Mag ik even kijken?' vraagt ze.

'Gaat uw gang, juffrouw.'

Ze ziet een paar leren herenschoenen uit een porseleinen nachtspiegel steken. Zwarte met veters. Ze zien er zo goed als nieuw uit; ze hoeven alleen maar gepoetst te worden. Het leer is amper versleten. Ze houdt ze de voddenboer voor.

'Hoeveel?'

'Als u een glaasje water voor me hebt, mag u ze voor twee shilling hebben.'

'Ja. Momentje. Ik ben zo terug.'

Janusz bewaart het geld in de keukenla; geld waarvan hij op vrijdag na het werk met Gilbert een borrel gaat drinken in de kroeg van het Britse Legioen. Ze ziet het geld gepast liggen en brengt de man een glas water en een paar biscuitjes op een dienblad. Hoe langer ze naar de schoenen kijkt, hoe meer ze ervan overtuigd is dat Janusz ze mooi zal vinden.

'Hartelijk dank, juffrouw,' zegt de voddenboer, die zijn mond met zijn mouw afveegt. 'U bent een echte dame.'

In de keuken zet ze de schoenen op de tafel op een krant, doet de provisiekast open en pakt Janusz' schoenpoetskist. Dat is een grote houten kist met een koperen slotje aan de voorkant. Ze wil dat Janusz zich in de schoenen kan spiegelen. Ze wil dat hij iets gloednieuws heeft.

Opgetogen zoekt ze in de kist naar een borstel, waarbij haar oog toevallig op een lichtblauwe luchtpostenvelop valt, een klein stukje. Ze trekt hem eruit. Het handschrift op de envelop doet haar denken aan het onberispelijke schuinschrift dat ze op school moesten leren. Ze steekt haar hand dieper in de kist en haalt er nog meer brieven uit – een heleboel.

Ze gaat aan de keukentafel zitten en haalt de brieven uit de enveloppen, een voor een, en strijkt de scherpe vouwen in het papier glad. Er zijn maar een paar Franse woordjes die ze kent. '*Je t'aime*' is een uitdrukking waarvan ze de betekenis weet. De brieven staan er vol mee. Het valt erg op. Silvana doet haar best om rustig na te denken. Ze probeert kalm te blijven ademhalen. Ze mag vooral niet in paniek raken.

Dus dat is er met hem tijdens de oorlog gebeurd.

Hij is verliefd geworden.

Ze begrijpt het niet. Waarom heeft hij haar naar Engeland gehaald als hij van een ander houdt? Dat kan niet waar zijn. Dit kan niet waar zijn. Terwijl zij net dacht dat Aurek en zij veilig waren. Ze vouwt de brieven op, waarbij ze ervoor zorgt dat er geen tranen op vallen. Met trillende vingers legt ze ze terug onder de doeken en borstels, even voorzichtig als eieren onder een broedende kip. Haar maag keert zich om en even is ze bang dat ze moet overgeven, zo verzengend is deze pijn.

Wankelend loopt ze door de gang naar buiten, slaat de voordeur achter zich dicht en gaat haastig de heuvel af naar het zondoorstoofde stadscentrum. Haar haar plakt van het zweet aan haar voorhoofd en tranen prikken in haar ogen.

Ze loopt doelloos door de smalle straten van het stadje, langs de groenteboer en de ijzerwarenwinkel, waar nieuwe steelpannen, jampannen, snelkookpannen, weckpotten en inblikmachines haar tegemoet glimmen. Alles fonkelt met een zilveren glans – schitterende levensbehoeften. En waarom geen trouwring van zilver? Die inmaakpan met zijn handige dikke bodem – van een flintertje zou je al een ring kunnen maken. Waarom had ze niet aangedrongen op een trouwring toen het nog kon? Zonder ring is ze geen fatsoenlijke echtgenote. Misschien heeft die andere vrouw wel een ring. En dan komt er nog een gedachte bij haar op. Een vreselijke gedachte, erger dan alle andere. Stel dat hij hen in de steek laat en dat

Aurek zijn vader verliest? Ze voelt opnieuw de tranen in haar ogen prikken als ze opeens haar naam hoort roepen.

'Silvana! Boodschappen aan het doen?'

Tony staat naast haar. Hij heeft een bruine overall aan en zijn mouwen zijn tot aan zijn ellebogen opgerold, zodat zijn zwaarbehaarde onderarmen zichtbaar zijn. Hij gebaart met zijn arm naar het geschilderde opschrift boven de ingang: BENETONI'S DIERENPALEIS.

'Waarom kom je niet even binnen kijken? Ik heb de mooiste dierenwinkel van heel Suffolk.'

Ze probeert iets te bedenken om te zeggen.

'Ik ben op zoek naar pannen. Voor de keuken.'

'Zeg maar wat je zoekt en ik zorg ervoor dat je het krijgt... Hé! Gaat het wel?' Hij komt dichterbij, steekt zijn armen naar haar uit. 'Je huilt.'

Even komt ze in de verleiding hem te vertellen waarom. Maar dat kan niet. Natuurlijk niet.

'Het spijt me, ik moet ervandoor.'

'Wacht nou even...'

Ze zet het op een lopen, zonder zich er iets van aan te trekken dat niemand hier door de straten holt. Ze is een buitenlandse. Ze ziet er toch anders uit dan anderen; ze kan net zo goed haar rokken oppakken en wegrennen. Als ze de hoek om loopt, hoort ze hem nog een keer haar naam roepen, maar ze kijkt niet achterom.

Ze heeft geen idee waar ze heen gaat, en op een gegeven moment is ze bij de haven. In de verte ziet ze gedeeltelijk gesloopte pakhuizen, bergen puin en officieel ogende waarschuwingsborden waarop staat dat veel van de gebouwen gebombardeerd zijn en gevaarlijk om te betreden. Sommige pakhuizen zijn nog in gebruik en er zijn mannen bezig zakken graan naar binnen te sjouwen. Overal liggen opgerolde kabels en er zweeft stof en rommel door de lucht.

Voorzichtig over touwen en stapels jutezakken heen stappend loopt ze over de kade, langs zeelui en sjouwers, zonder acht te slaan op hun verlekkerde blikken, naar waar het water overgaat in de horizon en de meeuwen door de lucht scheren en zwenken.

Zware houten schuiten met rode zeilen varen langzaam over het groenige water. De lucht is doordrenkt met de zilte geur van rivierklei en over de glimmende zwarte zandplaten bij de droogdokken waggelen zeevogels. Ergens in de verte ligt een schip dat bedekt is met oranje roest en bladderende verf. Een reusachtig stalen oorlogsschip dat door enorme ijzeren kettingen op zijn plaats wordt gehouden, alsof degene die het heeft vastgelegd bang was dat het zou proberen naar zee te ontsnappen.

Ze herinnert zich nog hoe vreselijk zeeziek ze was op weg naar Engeland. En dat ze, toen ze eindelijk over de loopplank naar de Engelse wal strompelde, zeker wist dat ze nooit meer naar Polen zou teruggaan.

Ze is hier net zo vreemd als het schip op de rivier. Verdwaald. Verlangend naar een land dat niet meer bestaat. In Polen zijn nu de communisten aan de macht. Ze kan nooit meer terug. Daar moet ze mee leven.

Ze loopt terug in de richting van haar huis, weer wat rustiger geworden. Ze was er zo van overtuigd dat zij de slechterik in dit huwelijk was, dat het geen moment bij haar was opgekomen dat Janusz misschien iets voor haar verzweeg.

Maar ze moet zich vermannen. Hem vragen naar de brieven zou hun gezin in gevaar kunnen brengen, en Aurek heeft een gezin nodig. Dat heeft ze hem beloofd. De kans is groot dat het voorbij is. Een oorlogsbevlieging. En als Janusz nog wel iets met deze vrouw heeft, dan moet ze zich er niet mee bemoeien. Ze moet sterk en streng zijn en haar mond houden. Ze heeft geen keus. Ze moet teruggaan en een goede vrouw zijn. Laat Janusz maar zijn geheimpjes hebben. Zij is in elk geval niet meer de enige in dit huwelijk die iets te verbergen heeft.

Wanneer ze door de gang naar de keuken loopt, wordt ze opgewacht door Janusz en Aurek.

'Ze zitten als gegoten!' roept Janusz.

Ze kijkt hem niet-begrijpend aan.

'De schoenen! Die heb jij toch op de tafel neergezet?'

'Ach, Ja. Ja. Ik heb ze bij de de voddenboer gekocht.'

'Ik heb ze gepoetst. Samen met Aurek. Met een likje schoensmeer zien ze er weer uit als nieuw. Engels leer. Weet je nog dat we met Aurek naar de dokter gingen? Die had volgens mij ook zulke schoenen aan.'

'Ik ben blij dat je ze mooi vindt.'

'Ik bewaar ze uiteraard voor speciale gelegenheden.'

'Doe dat,' zegt ze, terwijl ze zich op een stoel laat zakken en Aurek wenkt om op haar schoot te komen zitten. 'Bewaar ze maar voor speciale gelegenheden.'

POLEN

Silvana

De maanden verstreken en Aurek was een bron van vermaak en vreugde voor Silvana en Hanka. Hij zat vol energie, speelde in de konijnenhokken en deed hardloopwedstrijdjes met de honden. Voorovergebogen, met zijn handen op de grond om zijn evenwicht te bewaren, zette hij zich dan af. Hij was razendsnel.

Hanka noemde hem een kleine beer. Ze vertelde Silvana een verhaal over een jongen die in de bossen van Litouwen door een beer was grootgebracht. Met z'n drietjes lagen ze diep onder de dekens op hun matras van stro, Aurek tegen Silvana's borst aan.

'Niemand wist waar hij vandaan kwam,' zei Hanka, die Aureks vingers kietelde. 'De beren beschouwden hem als hun eigen kind. Hij liep op zijn handen en voeten, en kreeg een vacht op zijn rug. Hij leefde van wilde appels en honing. Hij werd gevangen door een jager, die hem aan de koning van Polen als geschenk gaf. De koning probeerde hem te leren praten, maar hij kwam nooit verder dan wat gegrom.'

Aurek moest lachen om het verhaal. Hanka bromde en gromde als een beer, tot Silvana bang was dat Aurek zich nog een breuk zou lachen. Ze giechelden, gromden en brulden, en toen ze ten slotte uitgeput van het lachen op het stro vielen, drukte Silvana haar gezicht tegen Aureks kruin en voelde de tranen over haar wangen stromen.

'Mijn kleine beer,' fluisterde ze tegen hem. 'Mijn verdwaalde kleine beer.'

'Moet je zien,' zei Hanka op een avond waarop de sterren eruitzagen alsof ze scherp genoeg waren om de zwartfluwelen nachthemel aan repen te snijden. Ze hield een gedroogde pruim omhoog, donker en gerimpeld. Silvana begon al te watertanden bij de aanblik.

'Denk je dat hij die lekker vindt?'

Silvana keek naar Aurek, die in haar armen lag, met zijn hoofd naar haar toe. Ze wist het niet. Hanka zei sussend: 'Alle kinderen vinden ze lekker.'

Ze hield Aurek de vrucht voor en hij propte hem gretig in zijn mond.

'Zie je wel? Ik zei het toch?'

'Wat gaan we doen als het zomer wordt?' vroeg Silvana. 'Blijven we dan hier?'

'Warschau.' Hanka boog zich voorover en veegde wat kwijl van Aureks mond. 'Ik ga naar Warschau. Je mag mee als je wilt.'

'Ga je naar de stad?'

Dat verraste Silvana. Ze had aangenomen dat Hanka naar huis zou gaan. Hanka had haar verteld over haar ouderlijk huis: een witgepleisterd pand met een oprijlaan van linden en een gevel bedekt met wilde wingerd. Een *pavillon de chasse*, noemde ze het. Ze had de jachttrofeeën in de hal beschreven: de koppen van wilde zwijnen en herten, de glazen stolpen met fazanten en auerhoenen, en de marmeren vloeren. Buiten waren moestuinen, een karpervijver, een melkerij en een wasruimte. Het klonk als een heerlijk oord.

'Waarom ga je niet naar huis?' vroeg ze.

Hanka schudde haar hoofd.

'Ik ben opgegroeid tijdens de Grote Oorlog. Ons huis werd ingepikt door de Duitsers. In de schuren bij de moestuin repareerden ze hun motoren. Mijn ouders hadden bijna al onze spullen verstopt: de schilderijen, beelden, het zilver en ga maar door – alles opgeslagen in de kelder. Tegen het einde van de oorlog hadden we al onze kostbaarheden nog, maar toen ging mijn moeder dood. Ze had tyfus opgelopen van een van de soldaten. En nu is er weer oorlog en is ons huis opnieuw bezet. Mijn vader heeft niet eens de moeite genomen de erfstukken te verbergen. Het enige wat hij belangrijk vindt is dat zijn kinderen gespaard blijven. Hij heeft ons verboden om naar huis te gaan totdat de oorlog is afgelopen. Ik kan niet naar huis en ik kan ook niet zo doorleven. Ik moet terug naar de stad.'

Inderdaad, Hanka zag eruit of ze thuishoorde in de stad. Haar benen en armen waren te tenger voor werken op de boerderij, haar handen te zacht.

'Ik ga terug naar mijn minnaar,' zei Hanka. Silvana zag haar gezicht langzaam betrekken, zag de vermoeidheid in de kringen onder haar ogen.

'Hij is muzikant. Hij speelt Amerikaanse jazz, en de laatste keer dat ik hem zag zei hij dat ik de stad uit moest. Hij wilde niet dat ik voor een Duits publiek zou optreden. Dus ben ik weggegaan. Maar ik mis hem. Ik moet terug, ik moet hem zien. En het kan me niet schelen voor wie ik optreed. Ik wil gewoon mijn oude leven terug.'

Silvana wiegde Aurek heen en weer op haar schoot en Hanka glimlachte tegen haar.

'En, kleine Silvana, ga je met me mee?'

Silvana voelde een steek in haar hart. 'Ja,' antwoordde ze. Al joeg de gedachte om terug te gaan naar Warschau haar grote angst aan.

Janusz

Op een maanloze nacht werden Janusz, Bruno en Frank door een gids de Hongaarse grens overgebracht. Ze waren inmiddels gewend aan elkaar en Janusz had zelfs een zwak gekregen voor Franek en zijn gekkigheden. De jongen had het hart op de juiste plaats en hij was heel dapper. Ze hadden identiteitsdocumenten gekregen, maar toch was het beter om 's nachts de grens over te steken, in het geheim. Ze verborgen zich achter een overhangende rots en observeerden de bewakers met honden die langs de weg patrouilleerden.

'Volgens de gids hebben we nog een kwartier voor ze weer terugkomen,' zei Bruno terwijl de bewakers net om de hoek verdwenen.

'Ik moet een machinegeweer hebben,' zei Franek.

Hij trilde en beefde, en Janusz wilde het liefst tegen hem uitvaren dat hij verdomme moest ophouden met al dat drukke bewegen.

'Om ze allemaal kapot te schieten,' zei Franek. '*Beng, beng, beng.* Allemaal dood. Als ik hier mijn oude geweer van thuis had, zou ik dat zo kunnen doen.'

'Wanneer gaan we?' vroeg Janusz. Hij was misselijk en merkte dat ook hij trilde.

'We gaan nu,' zei Bruno. 'De bewakers verwachten geen bijzonderheden vannacht. Niemand gaat op zo'n nacht op pad. Zelfs de wolven vinden het te koud. Een voor een. Met een tussenpoos van drie minuten. Dat geeft ons genoeg tijd om over te steken. Jij eerst, Jan. Dan Franek en dan ik. Maak je geen zorgen, we zijn vlak achter je.'

Janusz voelde zijn benen gewoon niet meer. Hij vroeg zich af of hij wel in staat was om te rennen. Zijn ademhaling ging snel en gejaagd. Hij trilde van vermoeidheid en zijn hart bonkte.

Bruno knikte. Hij gaf Janusz een duwtje. 'Oké, het is tijd,' fluisterde hij. 'Succes. Vooruit!'

Janusz stond op en zette het op een lopen; hij klauterde de rotsen af.

Hij keek niet achterom. Als dit zijn dood werd, moest dat maar zo zijn. Zijn benen luisterden niet naar zijn hersenen; ze zwabberden onder hem, maar hij dwong zichzelf om door te lopen. De weg was leeg. Hij stak over, liet zich in de diepe sneeuw vallen en rolde naar beneden. Glibberend en glijdend knalde hij tegen een spar. Hij krabbelde overeind en rende ervandoor. Na een tijdje kwam hij bij de beschutting van bomen en kroop op handen en knieën door een woud van donkere naaldbomen en bleef ergens liggen. Hij proefde bloed op zijn lip en in zijn hals klopte een ader. Hij kon het voelen: het bloed dat in hem werd rondgepompt, het gevoel dat hij leefde. Hij bleef onbeweeglijk liggen terwijl zijn hart bonsde, zijn oogleden trilden van de angst en een spiertje in zijn wang nerveus trok. Hij baande zich een weg dieper het bos in en groef zich in in de sneeuw. Hij rilde en hoorde overal om zich heen geluiden. Krakende takken en geschuifel. Hij hoopte maar dat Bruno gelijk had en dat deze nacht inderdaad te koud voor wolven was.

Franek verscheen in zijn blikveld, rennend en springend door de sneeuw, en botste in volle vaart tegen hem aan. Hij sloeg Janusz met zijn elleboog recht in zijn gezicht.

'Sorry,' hijgde Franek. 'Ik zag je niet.'

'Jezus, Franek,' fluisterde Janusz. 'Ik geloof dat je mijn neus hebt gebroken, sukkel.'

'Godsamme, nee, het spijt me...'

'Laat maar, grote oen. Je hebt het gehaald. Wij alle twee.'

'Ik heb het gehaald,' zei Franek. 'Ik ben een goed soldaat.'

Hij klonk apetrots, en Janusz kon zich amper bedwingen de jongen even stevig te knuffelen.

IPSWICH

De stapel planken onder de eik groeit gestaag en Aurek klimt er de hele tijd bovenop, springt op en neer en voelt het hout onder zich doorbuigen. Als de stapel nog groter wordt, kan hij gemakkelijker in zijn boom klimmen. Als hij dan op de houtstapel op en neer springt, kan hij de onderste takken van de boom bereiken. Er zo in springen, als een mus die op insecten jaagt.

Hij ziet Janusz in de tuin lopen en houdt op met springen. Toevallig trapt hij nu niet op kostbare planten, maar hij weet dat de vijand niet van wild gedoe in zijn keurige, aangeharkte tuin houdt.

De vijand staat met zijn handen in zijn zij het tafereel te bekijken. Hij fronst; zijn blauwe ogen gaan schuil onder zijn wenkbrauwen. Aurek gaat net als Janusz staan, met zijn handen in zijn zij. Hij weet dat het niet lang zal duren voordat hij een standje krijgt om deze brutaliteit. Hij fronst zijn wenkbrauwen net zoals de vijand. Hij probeert te voelen hoe het is om zijn vader te zijn.

Voordat ze naar Engeland kwamen, had Aurek gedacht dat zijn vader er anders uit zou zien. Mama had gezegd dat hij blond haar had, maar dat is niet zo. Het is grijzig en als hij er brillantine in doet, wordt het een tint donkerder, als metaal. Dat maakt hem oud, ouder dan Silvana. Misschien is het niet zijn vader. Misschien heeft zijn moeder zich vergist. Soms vraagt Aurek zich af of zijn echte vader nog in Polen is en de bossen uitkamt op zoek naar hem en zijn moeder. Hij bestudeert de vijand nog eventjes. Ach, hij is zo kwaad nog niet. Soms vergeet Aurek zelfs dat hij hem eigenlijk haat.

Janusz maakt een beweging en slaat zijn armen over elkaar. Aurek doet het ook. Hij voelt een lach opkomen, maar houdt zich in. De vijand salueert. Met een effen gezicht doet Aurek hem na. Dan tilt Janusz zijn been op, als een hond, en laat een knetterende scheet.

Aurek barst in lachen uit; het borrelt nog sneller naar boven dan priklimonade in een fles die geschud is en schiet zijn neus in, zodat zijn ogen beginnen te tranen. Hij schuddebuikt van het lachen.

'Je bent een gek kereltje,' zegt Janusz. 'Maar het is heerlijk om je te zien lachen. Kijk uit op die houtstapel. Ik wil niet dat je splinters oploopt.'

Hij gaat weer naar binnen en Aurek wilde dat hij terugkwam om nog een keer het spelletje te doen.

'*Ojciec*,' roept hij. 'Vader?'

Maar Janusz hoort hem niet en gaat de keuken in. Aurek salueert toch naar hem.

De zaterdag erop komt Tony Peter brengen en Janusz nodigt ze uit in de tuin, blij dat hij hun kan laten zien dat het gezin gezamenlijk de bloembedden en het gras verzorgt. Hij wijst naar Aurek, die gehurkt tussen de rozen zit en in de aarde wroet.

'Aurek heeft daar zijn eigen moestuintje,' legt hij uit, terwijl hij wilde dat de jongen niet zo stiekem deed. Zo heeft Aurek vanochtend de wortelen uitgegraven waarvan hij juist moest afblijven. Janusz heeft al zo vaak uitgelegd dat het nog te vroeg in het seizoen is en dat de wortelen nog te klein zijn, maar Aurek vindt het gewoon leuk om ze uit te trekken, de aarde ervanaf te vegen en ze op te eten. Janusz werpt een blik op Tony, maar die lijkt het gedrag van Aurek niet op te merken. Hij kijkt naar Silvana.

Silvana zit geknield op het gras, met een schepje in haar hand, het onkruid te wieden, zoals hij haar heeft laten zien. Ze mompelt in zichzelf, een geconcentreerde liturgie van Poolse woorden en hun Engelse vertaling: *jaskier ostry*, *powój polny*, *mniszek pospolity*, *cieciorka pstra*: boterbloem, akkerwinde, paardebloem, madeliefje.

Janusz roept haar naam en ze kijkt op van haar werk. Haar rode hoofddoekje wappert een beetje in de wind. Gehaast komt ze overeind en veegt haar handen af aan haar schort, terwijl ze zich verontschuldigt dat ze niet had gezien dat er bezoek was.

'Ik wil jullie niet storen, hoor,' zegt Tony. 'Jullie bloembedden zien er prachtig uit. Van die oorlogstuinen met groenten en kruiden word je alleen maar depressief. Dit is een echte vredestuin.'

'Precies,' zegt Janusz.

Silvana steekt haar hand uit. 'Goedemorgen, Tony.'

'Silvana, wat leuk je weer te zien. Ik zei net dat jullie zo'n prachtige tuin hebben.'

'Dat is Janusz' grote trots. Vandaag gaat hij een boomhut voor Aurek maken.'

'Een boomhut?' Tony klapt in zijn handen. 'Wat een geweldig idee. Heb je hulp nodig?'

'Graag,' zegt Janusz, opgetogen dat Tony zo enthousiast is. Tony doet hem aan Bruno denken: het type dat zich altijd uit de penarie weet te redden. Hij is een einzelgänger, voor zover Janusz kan zien, een man die het te druk heeft met zijn zaak om behoefte te hebben aan gezelligheid en een geregeld leven. Anders dan Janusz, die een vrouw en een gezin nodig heeft om zijn dagelijks bestaan betekenis te geven. Janusz wil de glimmende voordeursleutel in zijn zak hebben, een haakje aan de muur om die sleutel aan te hangen als hij thuiskomt, zijn krant en woordenboek naast zijn stoel in de zitkamer, maaltijden aan tafel met het gezin. Maar desondanks heeft hij sympathie voor Tony, omdat die anders is dan hijzelf.

Achter in de tuin is Janusz planken aan het zagen en Tony haalt met een klauwhamer de oude spijkers uit het hout.

'Ik zal jullie laten zien hoe je een zwaluwstaartverbinding maakt,' zegt Janusz tegen Aurek en Peter. Hij steekt zijn handen omhoog, maakt met de ene een vuist. 'Dit is de groef. De zwaluwstaart ziet er zo uit.' Met zijn andere hand geeft hij met gestrekte vingers een pijl aan. 'Op die manier passen ze in elkaar.' Hij steekt zijn gestrekte vingers in het gat midden in zijn vuist.

Peter doet hem na. Net als Aurek. Janusz lacht tegen Aurek. Hij is blij dat zijn zoon eindelijk een vriend heeft. Misschien dat ze met z'n tweetjes op school soms ondeugend zijn, maar het is onschuldig kattenkwaad. Een beetje keten. Normaal voor jongens van hun leeftijd. En Aurek spreekt inmiddels goed Engels, zonder een spoor van een buitenlands accent. Dat vervult Janusz met trots. Kinderen pikken heel snel dingen op. De jongen maakt niet eens meer vogelgeluiden. Janusz beseft dat hij zijn zoon nogal hard aanpakt, maar hij moet het leren. Als hij in september weer naar school gaat, zal hij geen enkel aanpassingsprobleem meer hebben.

Ze hijsen het hout de boom in. Janusz en Tony doen het zware tilwerk, terwijl de jongens de spijkers erin mogen hameren. De boomhut heeft vier wanden, een vloer en een dak van golfplaat. De volmaakte hut voor een jongen achter in een volmaakte Engelse tuin.

Alles draait om de tuin. Dat is een plek voor hen als gezin. Janusz heeft er kruiden en rozen voor Silvana geplant. Salie en hysop, majoraan, opgeschoten munt en lage struikjes tijm die onder roze bloemen groeien. Het grasveld is effen, gemaaid en fluwelig groen. De borders staan vol met dahlia's, stokrozen, gele en witte irissen, seringen en juffertjes in 't groen. Daarachter is een moestuin. Je ziet de groene bladeren van de rijen gepote aardappelen. De uien piepen als bleke bolletjes uit de aarde. En dwars door alles heen bloeien de goudsbloemen.

Die zijn goed voor de groenten en ze weren insecten. En straks zal Aureks boomhut op dit alles neerkijken. Janusz had gewild dat zijn vader de tuin had kunnen zien, zijn kleinzoon die in zijn hut speelt.

'Je bent een handige man, Janusz,' zegt Tony, die zijn gepeins onderbreekt. 'Ik kan nog geen twee planken aan elkaar timmeren.'

'Als jongen had ik ook een boomhut,' zegt Janusz. 'Daar verstopte ik me met mijn katapult en kon ik helemaal aan de andere kant van de tuin een vogelnest raken.' Hij zwijgt even maar als hij ziet dat Aurek luistert, gaat hij door met zijn verhaal, zijn blik op Aurek gericht. 'Ik had een fluitje van mijn vader gekregen. Daar kon ik in mijn boomhut uren mee zitten spelen. Het maakte een vreselijk lawaai. Ik ben niet muzikaal. Niet zoals mijn zusje Ewa. Die speelt hemels viool. En ik verzamelde slakken om wedstrijdjes mee te houden. Dat vond ik geweldig. Mijn vriendjes kwamen ook met slakken en dan lieten we ze over de boomstam naar beneden racen. De eerste die beneden was, had gewonnen.'

'Nou, dat lijkt heel erg op mijn eigen jeugd,' zegt Tony. 'Ik had een hele stal met raceslakken. Mijn vader was er dol op. Ik kweekte de slakken en hij stoofde ze in knoflookboter.'

Peter trekt een vies gezicht.

'Kijk niet zo, Peter. Als die jongen het voor het kiezen had, at hij elke dag rosbief met Yorkshire pudding. Ik zal je nog eens meenemen naar Italië, jongeman; dan leer je wel hoe echt eten smaakt.'

Janusz' interesse is gewekt. 'Ik ben in Zuid-Italië geweest. Maar een maand of zo, in '43. We vlogen over het platteland om pamfletten uit te strooien. Het zag er prachtig uit. Uit welk deel van het land kom jij?'

'Mijn ouders komen uit Genua. Daar ben ik ook geboren, en mijn hart ligt in Italië. Ik eet als een Italiaan. Ik ben dol op eten.' Hij slaat op zijn buik en spreidt dan zijn armen. 'Kijk eens aan,' zegt hij. 'Daar komt je lieve vrouwtje met het theeblad. Kan het beter?'

Ze gaan aan de voet van de eik op een geruite deken zitten. Silvana schenkt de thee in en Tony helpt haar de kopjes rond te delen. Janusz ligt op zijn rug naar de groene takken en de blauwe lucht erachter te kijken.

'Waar kijkt u naar?' vraagt Peter. 'Vijandelijk vuur?'

Tony pakt een kopje aan van Silvana. 'Je hebt inderdaad een prachtig uitzicht hier.'

'Genoeg blauw om voor tien politieagenten een broek van te maken,' zegt Janusz.

'Ach, wij zeggen juist een broek voor een matroos,' zegt Tony. 'Er schuilt wel een dichter in jou, hè? Maar ja, je hebt dan ook Silvana. Je mooie muze.'

Janusz kijkt even opzij naar Silvana. Ze lijkt niet te luisteren. De laatste tijd gaat ze erg op in haar eigen gedachten.

'Toen ik je laatst zag leek je nogal haast te hebben,' zegt Tony tegen Silvana.

'Hoezo laatst?' vraagt Janusz. Ze heeft helemaal niet verteld dat ze Tony is tegengekomen.

'Een week geleden of zo. Ik zag je vrouw. Ze was boodschappen aan het doen.'

'Ik had haast,' antwoordt Silvana. 'Ik had geen tijd om een praatje te maken.'

'De volgende keer moet je toch echt even in mijn winkel komen kijken.'

'Goed,' zegt ze. 'Dat doe ik.'

Tony richt zich tot Janusz. 'Wat bof jij toch, dat je een vrouw hebt die zo goed voor je zorgt.'

Tony lacht en Silvana bloost. Janusz leunt op zijn elleboog, blij dat zijn vrouw eindelijk weer eens plezier lijkt te hebben. Hij moet de opwelling onderdrukken om haar even aan te raken. Ze zit dan wel vlak naast hem, maar Janusz voelt dat ze van hem wegdrijft. Verder weg dan de blauwe hemel boven hem.

POLEN

Silvana

Toen het lente werd, zei de boer dat hij het te riskant vond om Silvana en Hanka nog langer onderdak te bieden. Hij zag er gespannen uit, alsof hij bang was dat de vrouwen amok zouden maken. Maar Hanka haalde haar schouders op en zei dat het toch al tijd werd om op te stappen.

De boer gaf Silvana een paar laarzen en Aurek een deken. Zijn vrouw gaf ze een voedselpakket mee voor onderweg en zei dat ze onder geen beding terug mochten komen; anders zou ze er persoonlijk voor zorgen dat de Duitsers hen zouden vinden.

Het was mei toen ze van de boerderij vertrokken, en door de zon waren de modderige wegen en weiden al aan het inklinken. Silvana keek hoe Aurek voor haar uit waggelde. Hij was gegroeid en zijn babykrulletjes waren verdwenen. Daarvoor in de plaats was een dikke bos steil, donker haar gekomen, als de zomerschaduw. Hij was zongebruind en zag er blij uit, zoals hij over de weg dartelde, achter vlinders aan joeg en uitbundig ronddanste.

Bij een rivier zetten ze hun kamp op. Ze wasten hun kleren in het water en legden ze te drogen op de oever in de zon.

'Mijn ketting,' zei Silvana met een hand op haar keel. Ze zat naakt op de oever. Hanka had namelijk beweerd dat naaktheid iets schitterends was en Silvana wilde niet voor haar onderdoen, al had ze het liefst weer haar kleren aangetrokken.

'Mijn glazen hangertje. Dat is weg.'

'Die ouwe schurk van een boer,' zei Hanka. Ze streelde Silvana's hals. 'Die zal het vast hebben gejat voor zijn vrouw. Boeren zijn gewoon niet te vertrouwen. Wil je dat ik het terughaal? Dat doe ik zo, hoor.'

'Nee,' zei Silvana. 'Nee. Het is weg.'

Hanka maakte een ketting van madeliefjes voor haar.

Silvana deed hem om en voelde zich opnieuw dankbaar dat ze zo'n lieve vriendin had.

'Hier,' zei ze. Ze hield haar bontjas op. Ze wilde Hanka iets geven, een cadeau voor haar vriendschap, en dit was het enige wat ze had. 'Deze is voor jou.'

'Echt?' Hanka hing de jas om haar schouders en streelde het bont.

In ruil gaf ze Silvana haar overjas. Die middag paradeerde Hanka in haar bontjas op en neer over de rivieroever, met geheven hoofd, als een mannequin. De verklitte, opgedroogde bloedvlekken in de pels en de scheuren waar de zijden voering doorheen kwam leek ze niet op te merken.

'Ik had hem toch al van je willen pikken,' bekende Hanka. 'Bont staat jou niet. Je bent er te mager voor.'

Ze zaten naast elkaar op de oever.

'We gaan terug naar Warschau,' zei Hanka. 'Ik neem je mee naar de Adria-club, waar ik vroeger zong met het orkest van Henryka Golda. We gaan uit dansen. Je kunt me horen zingen en ik zal je laten zien hoe je je moet kleden. Parels! We doen parels en diamanten om!'

Silvana lachte. 'Maar wat moet ik dan doen?'

'Doen? Zingen. Dansen leren. Dat lichaam van je aan het werk zetten.'

Silvana schudde haar hoofd. 'Ik geloof niet dat ik mee kan naar Warschau.'

'Wil je niet met me mee?'

Silvana moest denken aan de militair in de flat, de lucht van regen in zijn kleren en de blauwe plekken die hij op haar bovenbenen had gemaakt.

'Ik kan het niet, Hanka.'

Hanka gooide de bontjas op de grond en ging in de zon liggen.

'Goed,' zei ze. 'Dan gaan we niet.' Ze draaide zich op haar zij, zodat Silvana alleen nog naar haar witte blote rug kon kijken.

Silvana viel die nacht onder de sterren in slaap. Het was nog te vroeg in het jaar om last te hebben van muggen en ze kroop lekker dicht tegen Hanka aan. Misschien kon ze wel terug naar Warschau? De militair was vast allang vertrokken. En ze kon haar naam veranderen. En die van Aurek. In gedachten zag ze zichzelf met de jongen in de dierentuin van Warschau om naar de olifanten te kijken. En het park waar je een bootje in de vijver kon laten varen. Toen dacht ze aan Janusz en ze werd overmand door verdriet. Leefde hij nog? Ze deed haar ogen dicht. Alles was zo ingewikkeld.

Ze werd wakker toen het nog donker was en ze voelde zich warm, alsof ze tussen zijden lakens lag. Het was het heerlijke gevoel van Hanka's armen om zich heen. Ze dommelde weer in slaap en in haar verbeelding waren het Janusz' armen.

De volgende ochtend schoot ze wakker en besefte dat ze alleen met Aurek was. Naast haar lag iets glimmends in de zon: haar glazen hangertje. Ze pakte het, hield het tegen het licht en keek naar de glanzende kleuren erin. Ze zocht Hanka, maar die was nergens te bekennen.

Silvana wachtte de hele dag. Aan het eind van de middag werd het zonlicht stroperig en gaf alles een gouden gloed. Uit de boomkruinen daalden zwermen insecten neer en ze vormden zwarte wolken boven de rivier. De zon ging gloeiend rood onder; de bomen tekenden zich af tegen het brandende licht. Silvana wist dat Hanka niet terug zou komen.

De volgende dag zat Silvana nog steeds op de oever toen er een man over het pad aan kwam lopen. Hij was lang, met hoge jukbeenderen, een fijngesneden neus en een brede mond. Silvana pakte Aurek en stond op.

‘Goedemorgen,’ zei hij en hij had een prettige stem. Er klonk een Russisch accent in door. Hij stak zijn hand uit en Silvana drukte die.

‘Gregor Lazovnik,’ zei hij. ‘Zeg maar Gregor.’

Janusz

Soms had Janusz het idee dat ze de winter nooit zouden overleven. De weersomstandigheden waren vreselijk. Constant werden ze opgejaagd, belaagd, doorweekt en verkleumd door het weer. Hun volgende schuilplaats bevond zich aan de rand van een dorp, waar een lange straat doorheen liep en rijen houten huizen tegen de winter waren dichtgespijkerd. Er lagen vuile sneeuwbanken tegen de ramen en aan weerskanten van de weg. Lopen ging moeizaam; ze struikelden met z’n drieën door maagdelijke, diepe sneeuw.

Het huis stond verscholen achter een groepje berken: een houten huis van drie verdiepingen met balkonnetjes van houtsnijwerk. Bij de voordeur stonden een heleboel melkbussen, zinken emmers en rieten manden. Ze werden opgewacht door een grote man met een woeste baard en grijzend haar. Hij heette Ambrose en hij hielp ze uit hun jas en controleerde hun verkleumde gezichten en vingers op tekenen van bevriezing.

‘We gaan proberen jullie naar Joegoslavië te krijgen. Van daaruit nemen jullie de boot naar Frankrijk. Jullie moeten voorzichtig zijn, vanzelfsprekend. Als iemand ontdekt wie jullie zijn, worden jullie opgepakt. Maar we krijgen jullie het land uit, heus. Goeie genade, jullie zien er uitgehongerd uit. Kom, we gaan wat eten.’

In een keuken vol met koperen pannen en manden met kruiden gebaarde Ambrose dat ze aan een houten tafel moesten plaatsnemen. Hij gaf hun wodka, gekookte vissenkoppen en een warme vleesprut die Janusz het allerlekkerste vond wat hij ooit had geproefd. Zelfs toen hij er ’s nachts diarree van kreeg en voortdurend de sneeuw in moest rennen, zijn riem losmaken en zijn broek omlaagtrekken had hij nog steeds zin in die warme stoofpot.

De volgende dag gingen ze met Ambrose aan de oevers van een bevroren meer op herten jagen, een geweer over hun schouder. Er kwam een dichte mist opzetten, die over het meer naar hen toe zweefde. Janusz keek hoe Franek met de jachthonden speelde die naast hen meedraafden. Het waren ruwharige honden met een lange snuit, die naar elkaars poten hapten en zo hard met hun staart sloegen dat ze overal een sneeuwstorm van zilveren vorstsplinters deden opstuiven. De jongen zag er net zo blij uit als de honden en Janusz had het idee dat hij misschien beter in dit afgelegen dorpje kon blijven, waar hij vast en zeker tot het einde van de oorlog veilig zou zijn.

'Ik had vroeger ook zo'n hond,' zei Franek, die een grote oranje, enthousiast kwispelende hond aaide. 'Die had ik van mijn broer gekregen.'

Hij hield op met aaien en keek opeens met een ernstig gezicht naar Bruno. 'Ik wil mijn hond zien. Wanneer gaan we naar huis?'

'Dat ijs ziet er dik uit,' zei Bruno en Janusz was benieuwd of Franek zich zo gemakkelijk liet afleiden.

'Daar is het wel stevig, maar verderop is het dunner,' antwoordde Ambrose. 'Dit meer vriest nooit helemaal dicht. Er zitten altijd wakken in.'

Franek liep naar de rand van het meer. 'Moet je zien,' lachte hij. 'Moet je die honden zien.'

Iedereen lachte. De honden probeerden allemaal naast Franek over het ijs te rennen, met poten die naarstig houvast zochten, maar steeds weggleden, en uiteindelijk schoven de honden op hun buik over het ijs.

Ambrose gebaarde dat ze stil moesten zijn. 'Sst. Herten. Daar. Tussen de bomen.' Hij legde zijn geweer aan.

Franek kwam haastig van het ijs en haalde zijn geweer van

zijn schouder. Bruno en hij spanden de haan en wachtten. Janusz deed niets. Hij had een hekel aan jagen. Hij wilde niets doodschieten.

De mannen vielen stil; hun adem dampte. Janusz sloeg ze gade: de gespannen geweren, de rode wangen, de fonkelende rijp in hun wimpers. Stel dat ze hier hun reis beëindigden? Stel dat ze in deze besneeuwde wereld zouden blijven wachten totdat de oorlog voorbij was? Ze konden hier vast wel ergens schuilen.

Ambrose zuchtte luid. Hij liet zijn geweer zakken en deed de veiligheidspal er weer op. 'Nee, ik hoorde ze wel, maar ik zie ze niet.'

Bruno deed hetzelfde. Hij hoestte nu de spanning was verdwenen en begon met zijn voeten te stampen, alsof hij stijf was geworden van het onbeweeglijk blijven staan.

'Ik heb in geen tijden hertenvlees gegeten,' zei hij.

'Ik heb thuis nog hertenworstjes liggen,' zei Ambrose. 'De truc is dat je er heel veel paprikapoeder door moet doen.'

Janusz wreef in zijn handen. 'Dat klinkt heerlijk. En ik ben uitgehongerd.'

'Er zijn hier ergens herten,' zei Franek. Hij hield zijn gespannen geweer nog steeds in de aanslag.

'Het is gevaarlijk om in deze mist te jagen,' zei Janusz, die graag snel naar huis wilde om die worstjes te eten.

Franek sloeg zijn geweer om zijn schouder, brak een takje van een boom af en gooide dat op het ijs voor de honden om te apporteren. De grote oranje hond rende het achterna en kwam met het takje in zijn bek terug, maar gleed uit en viel languit op het ijs.

Daarna ging het allemaal heel snel. Janusz zag hoe de hond overeind probeerde te krabbelen en hoorde toen het ijs kraken en breken, en keek met afschuw toe hoe de hond door een scheur heen viel.

'Burek!' riep Ambrose. 'Burek, stomme hond!'

Ambrose deed zijn rugzak af en stapte het bevroren meer op, waarbij hij zich snel op zijn buik liet vallen en over het ijs verder gleed.

'We moeten het ijs kapotslaan!' riep hij. 'De hond eronder vandaan halen.'

'Ik ga hem wel pakken!' schreeuwde Franek. Janusz zag de opwinding in zijn ogen, de vastberadenheid waarmee hij het ijs op rende, langs Ambrose.

'Nee!' riep Bruno. 'Ga van dat ijs af! Het is te gevaarlijk!'

'Burek!' brulde Franek. 'Burek! Hij is hier! Ik zie hem. Ik krijg hem er wel uit.'

Franek beukte met de kolf van zijn geweer op het ijs. Hij gaf twee, drie harde klappen. Maar daardoor ging het geweer af en vloog er een zwerm zwarte kraaien verschrikt uit de boomtoppen op. Het geweer ging nog een keer af en Franek viel stuiptrekkend neer. Ambrose gleed over het ijs naar hem toe, stak zijn arm in het gat en trok de oranje hond uit het water.

Janusz' aandacht werd ergens door getrokken. Achter hem bewoog iets, en hij draaide zich om. Vier rode herten met warme dampende adem waren uit het bos gekomen en galoppeerden het besneeuwde landschap in. Janusz keek ze na. Toen hij zich weer naar het meer omdraaide, lag Franek daar roerloos, zijn afgevuurde geweer naast zich, terwijl een plas rood bloed zich over het ijs verspreidde.

IPSWICH

Met haar volle boodschappentassen in de hand steekt Silvana bij de tramhalte over en loopt een drukke straat af, en dan nog een, totdat ze voor de dierenwinkel van Tony staat. Ze aarzelt. Wat moet ze tegen hem zeggen? Ze weet niet eens waarom ze hier is, alleen dat hij dat heeft gevraagd en dat zij ja heeft gezegd. Ze duwt de deur open en wordt begroet door een kakofonie van vogelgekwetter. Het ruikt er naar zaagsel en schoonmaakmiddel, en Silvana probeert niet te hoesten als ze de warme lucht inademt.

Het is inderdaad een paleis. Er staan kooien waar jonge hondjes, katjes, konijnen en zelfs eenden en kuikens op stro liggen te slapen. In grote kooien van ijzerdraad scharrelen witte muizen rond en één muur wordt in beslag genomen door een volière met luidruchtige papegaaien, kanaries, parkieten en piepkleine zebravinkjes. Achter in de winkel ziet ze donkere aquaria met vissen: alle kleuren van de regenboog, oranje en goud schieten in en uit het troebele water.

'Ik kan je elk dier bezorgen dat je maar wilt,' zegt Tony. Ze kijkt op en ziet hem met een grote glimlach achter de houten toonbank staan. Ze is blij dat ze is gekomen. Hij kijkt opgetogen en ze voelt zich vanzelf gevleid. Hij lijkt oprecht blij om haar te zien.

'Wat zou je willen hebben?' vraagt Tony. 'Een chinchilla? Een schildpad? Ik lever aan dierentuinen en circussen. Misschien een olifant voor je zoon om op naar school te rijden? Een ooi uit Suffolk of een ram uit Norfolk?'

'Ik liep toevallig langs,' zegt Silvana, die haar tassen neerzet en haar handschoenen uittrekt, 'en ik wilde de dieren eigenlijk weleens zien.'

Tony drukt haar een jong katje in haar handen en dan een witte muis, die in haar mouw probeert te kruipen. Daarna zet hij een zwart konijntje op haar vlakke hand.

'Die krijg je van mij cadeau. Hij vindt je leuk.'

'Wat een schatje,' zegt Silvana. 'Maar ik wil je er geld voor geven.'

'Ach, deze is niet te koop. Die is alleen als geschenk verkrijgbaar.'

Ze kijkt bedenkelijk; ze weet niet goed wat ze moet zeggen. Lacht hij haar uit?

Hij leidt haar door de winkel rond, langs schappen met hondenkoekjes en vogelzaad en bakken met leren kauwspeeltjes voor honden.

Silvana kijkt in een grote houten krat dat naast haar staat. Die zit vol gelige botten. Ze zien eruit als de beenderen van doden. Ze wil zich afwenden, maar dat lukt niet; de botten trekken haar aandacht. Ze roepen haar, al die glimmende kogelgewrichten, de ruwe ellepijpen en knobbelige uitsteeksels. Hele bergen, waar ze ook kijkt. Ze voelt haar knieën knikken.

'Die zien er luguber uit, hè?' zegt Tony opgewekt. 'Voornamelijk dijbotten.' Hij haalt er eentje uit de bak en laat het dan weer op de stapel vallen om Silvana, die onderuitgaat, op te vangen. 'O, goeie genade, het spijt me. Gaat het?'

'Ik heb wat frisse lucht nodig. Het is me binnen te warm.'

Tony pakt haar arm beet en loodst haar door de winkel naar de achterdeur. Die duwt hij open en hij loopt snel met haar het binnenplaatsje op.

'Je ziet zo wit als een doek. Wat vind ik dit erg!'

Silvana neemt een forse teug frisse lucht en hervindt haar evenwicht.

'Het is binnen zo warm voor de dieren,' zegt Tony. 'Of

kwam het door de botten? Het spijt me. Wat ben ik toch een sukkel. Ik had het kunnen weten.'

'Wat kunnen weten?' vraagt Silvana, die haar voorhoofd bet met een zakdoek.

'Wat die voor effect zouden hebben. Vind je ze heel eng? Ik weet wat je allemaal hebt doorgemaakt. Wat er in je vaderland is gebeurd. Dat heb ik gelezen. De kampen. Het spijt me. Het spijt me heel erg.'

Silvana doet een stapje naar achteren. 'Ik moet nu weg.'

'Nee, zeg, ben je mal? Nog niet. Kom, ik wil je in elk geval een kopje thee aanbieden. Je mag nog niet naar huis.'

Zijn donkerbruine ogen kijken haar strak aan. Als ze valt, vangt hij haar op. Dat weet ze. Daarom is ze ook hier. Ze wil iemand hebben die ze kan vertrouwen, nu Janusz haar zo vreselijk heeft gekwetst.

Hij legt zijn hand om haar elleboog. 'Vergeef me dat ik het zeg, maar je ziet er zo eenzaam uit, Silvana.'

'Ik...'

'Begrijp me niet verkeerd. Ik ben blij dat je bent gekomen.'

'Ik kan beter weer gaan...'

'Pas als je me hebt verteld waarom je zo verdrietig bent. Heb je iets nodig? Ik kan alles voor je regelen. Wil je me vertellen wat eraan schort?'

Silvana moet aan de brieven denken. 'Spreek jij Frans?'

'Frans? Nee. Hoezo?'

'Kun je Frans lezen? Het lijkt toch veel op Italiaans?'

'Volgens mij niet. Maar ik heb wel een Frans-Engels woordenboek ergens. Heb je daar iets aan?'

'Ja. Als ik het mag lenen.'

'Je mag het houden.'

'En.... En vertel het alsjeblieft niet aan mijn man.'

Tony slaat zijn arm om haar middel en ze voelt zijn lichaamswarmte door haar kleren.

'Ik rep er met geen woord over. Vertel je me dan nog een

keer waarom je een woordenboek nodig hebt? Je bent toch niet van plan om op vakantie naar de Côte d'Azur te gaan, hè?'

Hij laat haar zachtjes lachend los en zij probeert ontspannen te kijken.

'Nee. Geen vakantie. Ik wil alleen een paar brieven vertalen.'

'Mooi. Ik zou het vervelend vinden als je wegging. Nou,' zegt hij, en hij doet een stap naar achteren zodat de intimiteit tussen hen oplost. 'Een kopje thee dan?'

Wanneer hij aanbiedt een boterham voor haar klaar te maken in zijn appartement boven de winkel beseft ze pas dat ze al dagenlang honger heeft.

Het kantoortje van de voorman voelt vol, ook al zijn ze maar met z'n tweeën. Silvana staat voor het bureau, dat bedekt is met wiebelende, slordige stapels papier. De voorman zit erachter en trekt aan de sigaret die uit zijn mondhoek hangt, terwijl hij door de papieren bladert. Naast hem is een raam dat uitkijkt op de werkvloer, en Silvana wenst vurig dat ze nu achter haar machine naast de andere vrouwen zat te werken.

'Het spijt me, mop,' zegt de voorman, die eindelijk een papier uit de stapel documenten trekt. 'Je begrijpt het zeker wel? Je bent ontslagen. We betalen je nog wel uit, maar je hoeft niet meer terug te komen.'

'Alstublieft. Ik kan sneller naaien.'

'Je kunt de rest van de werklui niet bijbenen. We gaan geen arbeiders betalen die het werk niet aankunnen.'

Ze overweegt nog om hem op haar knieën te smeken. Maar ze weet ook dat dat niets uithaalt. Ze is een naaister van niks. Dus knikt ze maar, stemt met hem in en biedt haar excuses aan.

Als ze de binnenplaats oversteekt, is ze verbaasd dat ze zich zo opgelucht voelt. De zon schijnt warm op haar gezicht en ze hoeft nooit meer naar die stoffige, donkere fabriek.

Er is niemand wanneer ze thuiskomt. Janusz heeft Aurek waarschijnlijk van school gehaald en is met hem gaan wandelen. Hoe moet ze Janusz het nieuws vertellen? Hij zal het als falen beschouwen.

Ze loopt de tuin in en hoort aan de andere kant van het hek Janusz' stem. Ze tuurt over het hek en ziet hem met Gilbert en Tony voorovergebogen aan een speeltafeltje zitten. Hun hoofden raken elkaar bijna en hun ellebogen steunen op het blad.

Ze gaat weer naar buiten en loopt naar de openstaande voordeur van Doris.

'Hallo, schat,' zegt Doris. Ze staat in de vestibule een sigaret te roken. 'Je hebt de mannen zeker gezien?' Ze wijst met een duim over haar schouder. 'Ze zitten in de tuin te pokeren. Tony kwam met een paar flessen drank aanzetten en heeft een onverwacht partijtje georganiseerd. Je zoontje zit bij mij in de voorkamer. Loop er maar heen. Het is wel een schrokop, hè? Waar hij het allemaal laat, is me een raadsel. Hij heeft al ik weet niet hoeveel boterhammen met jam op.'

De voorkamer is een donker vertrek waar meer meubels staan dan Janusz en zij in hun hele huis hebben. De muren hebben een behang van witte en olijfgroene strepen. Boven de haard hangt een spiegel, geflankeerd door twee grote roodwitte porseleinen honden. Overal staan snuisterijen.

Aurek is met een speelgoedtractor aan het spelen, waarmee hij over de vloer heen en weer rijdt, laverend tussen stoelpoten door.

'Hij is al uren zoet aan het spelen, ik heb geen kind aan hem. Ik ben blij dat je langskomt, want ik hebt iets voor je. Hier. Haarverf. Vat het niet verkeerd op, maar ik dacht dat je weleens van dat grijs af wilde. Mijn Geena heeft het weer van de kapper van Leslie. Die heeft ze voor een prikkie van Woolworths kunnen krijgen na het bombardement. Warm kastanjebruin. Ziet er prachtig uit op de verpakking, toch? Als jij nou even gaat zitten, kunnen we het erin doen.'

Silvana aarzelt. 'Ik weet niet.' Ze legt haar hand op haar hoofddoek. 'Misschien moet ik het eerst even aan Janusz vragen.'

'Ach, laat die toch lekker kaarten. Dit is iets van vrouwen onder elkaar. In dit land hoef je je man niet om toestemming te vragen als je van kapsel wilt veranderen. We leven niet meer in de middeleeuwen. Het is beter om helemaal niets aan je man te vragen. Wat niet weet, wat niet deert. Kom op, ik heb een blauwe maandag bij een kapperszaak gewerkt voordat ik met Gilbert trouwde. Ik weet wat ik doe. Weg met die hoofddoek, we gaan een moderne vrouw van je maken.'

Nadat haar haar is gewassen en haar hoofdhuid gemasseerd, voelt Silvana zich slaperig en ontspannen.

'Ik had vroeger lang haar,' zegt ze tegen Doris. 'Lang rood haar.'

'Echt waar? Tja, we zijn allemaal een dagje ouder nu. Er komt een tijd dat kort haar een vrouw beter staat.'

Doris wikkelt een handdoek als een tulband om Silvana's haar en ze drinken thee terwijl ze wachten tot de kleur is ingetrokken. Vanuit de tuin horen ze de stemmen van de mannen, bulderend gelach en gepraat. Silvana hoort Tony's lach, luider dan die van de andere twee.

'Ken je meneer Benetoni al lang?' vraagt ze.

Doris pakt een tasje met krulspelden en begint ze op haar schoot te sorteren.

'Tony? Al jaren. Ik heb ook zijn moeder gekend. Dat was een heel aardig mens. Gestorven toen hij nog vrij jong was. En dan verliest die arme kerel ook nog zijn vrouw. Dat was een vreselijke tragedie. Tony was weg tijdens de oorlog. Er werd gezegd dat hij zich met illegale praktijken bezighield, maar dat geloof ik niet. Volgens Gilbert was het eerder zo dat hij in de bak belandde omdat ze dachten dat alle buitenlanders spionnen waren. Een paar jaar geleden kwam hij terug en toen heeft hij die dierenwinkel geopend. Het was heerlijk om hem terug te zien. Het is een fatsoenlijke man.'

'En heb je zijn vrouw gekend?'

'Niet echt. Dat was een heel knappe jonge meid. Uit een welgestelde familie. Eigenlijk veel te deftig voor Tony, maar zij is als een blok voor hem gevallen. Hij was een enorm stuk vroeger. Nog steeds, of is je dat niet opgevallen?' Doris lacht schor. 'De vrouw die hem weet te strikken, mag haar handjes dichtknijpen. Tony is de ideale vrijgezel. Jammer dat zijn zoon niet de charme van zijn vader of het uiterlijk van zijn moeder heeft. Beetje vreemde knul, hè? Maar hij is de oogappel van zijn grootouders. Die verwennen hem. Het is een enorme hollebollegijs. Jouw zoon zou wel wat kilo's van hem kunnen gebruiken. Kom, even kijken naar je haar. Ja. Precies de goede kleur. Dan gaan we nu de krulspelden inzetten.'

Als Doris Silvana's haar heeft gekruld en gekapt, haalt ze de porseleinen hondjes en kalenders van de schouw, zodat Silvana zichzelf in de spiegel kan zien.

'Vind je het mooi? Tijdens de oorlog noemden we dit de "victoriestijl".'

Silvana bekijkt zichzelf van alle kanten. Haar haar is nu donker kastanjebruin, met op haar voorhoofd kleine krulletjes en grovere krullen in haar nek. Ze herkent zichzelf niet.

'Momentje.' Doris graait in haar handtas en haalt er een gouden lippenstifthuls uit. 'Hier. Doe wat op.'

Silvana lacht. Doris is helemaal opgewonden om haar. De vrouw klapt in haar handen, alsof ze een kunstenares is die zojuist haar nieuwste meesterwerk heeft onthuld. De metamorfose van de Poolse vrouw. En waarom ook niet? Ze geeft Doris een zoen op haar bepoederde wang en voelt de pokdalige huid onder haar lippen, wat haar doet beseffen dat zij ook een zwaar leven achter de rug heeft. 'Je bent een lief mens,' fluistert Silvana.

'Doe niet zo raar.'

'Je doet me denken aan een vriendin van vroeger,' zegt Silvana terwijl ze zich bukt om Aurek over zijn hoofd te aaien. 'Hanka. Een Poolse vrouw. Die was erg aardig, net als jij.'

'Ach, hou toch op. Ik ben je buurvrouw maar. Om je de waarheid te zeggen, ik vind het fijn dat je hier vaak bent. Sinds Geena het huis uit is, mis ik vrouwelijk gezelschap. Het was leuk dat mijn dochter hier woonde, maar ze worden zo snel groot. Neem nou dat kereltje van je. Hij houdt van je, hè? Ik heb nog nooit een moeder en kind zo hecht met elkaar gezien. Gilbert noemt jullie de matroesjkapoppen, wist je dat? Van die houten poppetjes die in elkaar passen. En de jongen lijkt als twee druppels water op jou.'

'Vind je?'

'Hij is precies jouw evenbeeld. Laten we de mannen erbij roepen. Ik wil ze laten zien dat Vivian Leigh in hoogsteigen persoon in mijn zitkamer staat.'

'Nee. Nee, niet doen. Ik laat het Janusz straks wel zien.'

'Onzin. Ze hebben misschien wel wat drank achter de kiezen, maar ze zullen mijn kapperskunsten heus wel weten te waarderen.'

En voordat Silvana er erg in heeft, is Doris de kamer al uit.

De drie mannen drommen naar binnen en Doris legt haar handen op Silvana's schouders en draait haar van links naar rechts.

'En, wat vinden jullie ervan?'

'Ik herkende je niet eens,' zegt Janusz. Hij staat onvast op zijn voeten en het is duidelijk dat hij iets te veel op heeft.

Ze schaamt zich voor zijn vaagheid, hoe hij lodderig naar iedereen staat te lachen. Ze kijkt naar Tony en beseft dat ze zijn mening over haar kapsel wél belangrijk vindt. Ze wacht met spanning op zijn reactie. Stel dat hij vindt dat ze er belachelijk uitziet? Ze kijkt strak naar Janusz, naar zijn uitgezakte figuur, de sigaret in zijn hand, de rook die lichtjes boven zijn hand en pols kringelt.

'Je ziet er prachtig uit, Silvana,' zegt Tony, alsof hij haar gedachten heeft gelezen. Hij vat Doris bij haar middel en walst met haar door de kamer. 'En u ook, mevrouw Holborn.'

'Ach, hou toch op. En zet me neer.'

'Berg je maar als ze gaat dansen,' zegt Gilbert. 'Zo heeft ze mij gestrikt. Ik was nog maar een jonge vent. Ze sloeg haar armen om me heen en toen was het gedaan. Ik zat vast als een worm aan een vishaak.'

'Je bazelt maar wat,' lacht Doris. 'Onze Geena is de danseres van de familie. Je moet haar eens bellen, Tony. Ik weet zeker dat ze op haar vrije avond graag met je gaat dansen in de stad.'

'Dat zou ik leuk vinden,' zegt Tony. 'Ik heb in geen tijden gedanst.' Hij onderschept Silvana's blik en geeft haar een knipoog.

'Aurek?' Silvana draait zich om naar haar zoon. 'Kijk, kijk eens naar mama. Hoe vind je me, Aurek?'

Aurek schudt zijn hoofd. 'Tractor,' zegt hij, en hij duwt het speelgoed over het kleed, waarbij hij tegen een stoelpoot botst en de koperen kolenkit omvalt zodat een tang de haard in vliegt.

'Kijk uit wat je doet, jongeman,' zegt Doris.

'Goed.' Gilbert wrijft in zijn handen. 'Zullen we verdergaan, heren? Nog een potje?'

Tony zet Doris weer neer. Hij groet haar. 'Goed idee. Nog een spelletje. Ik haal nog wat te drinken uit de auto. Ik heb ook cadeautjes voor de dames. Sorry, ik ben zo terug.'

'Oké,' zegt Gilbert, 'maar als je langer dan vijf minuten wegblijft, zetten we een zoektocht op touw.'

Tony komt terug met twee dozen bonbons en een suikermuis.

'Zo. Chocolaatjes en iets voor Aurek.'

'Ach,' zegt Doris, terwijl hij haar een doosje met een rood lint eromheen geeft. 'Het is jaren geleden dat ik bonbons van een man heb gekregen.'

'Verwen haar maar niet te veel,' merkt Gilbert op. 'God weet wat ze hierna wil.'

'Ik kom tenminste nog uit mijn woorden,' zegt Doris. 'Ik zal wat thee voor jullie zetten. Jij ziet eruit of je dat wel kunt gebruiken, Jan. Kom maar naar de keuken.'

Doris gaat hun voor, de zitkamer uit, zodat Tony en Silvana alleen achterblijven. Aurek rijdt met zijn tractor tussen hun benen door.

'Maak maar open,' zegt Tony, terwijl hij haar een doos bonbons geeft.

Silvana haalt het lint eraf en tilt het deksel op. Er zitten geen bonbons in. Alleen een klein rood boekje. Een woordenboek.

'Dat wilde je toch hebben, hè?'

Ze knikt en probeert iets te bedenken om te zeggen.

'Sst,' zegt hij, 'geen woord.' Hij raakt even haar wang aan met zijn vingertoppen, geeft haar een scheef lachje en is de kamer uit.

Die nacht, als Janusz in bed ligt, gaat Silvana aan de keukentafel zitten met het rode woordenboek op haar schoot en het Engels-Poolse woordenboek van Janusz naast zich op tafel. Woord voor woord vertaalt ze de eerste paar regels van een van de brieven. Het is een heel gedoe; ze moet telkens in de boeken bladeren, de woorden in het Engels opschrijven en ze dan in het Pools opzoeken. Ten slotte staat er iets wat ze kan begrijpen:

Liefste,

Je moet je niet schuldig voelen. Als je geen nieuws van je vrouw hebt, heeft ze misschien een ander gevonden? En vergeet niet: jij wilde niet verliefd worden. Het gebeurde gewoon. Ik heb vandaag iets gelezen: waar liefde is, is vergeving. Daar geloof ik in.

Silvana gaat naar de provisiekast en stopt de brief terug in de kist, draait het licht uit en loopt in het donker de trap op naar bed. Ze weet hoeveel treden er zijn, ze kent de draai op de overloop. Weet hoe de leuning onder haar hand voelt. Dit huis is haar thuis geworden. Maar het is een huis vol leugens.

En zou Janusz het geheim van Silvana kunnen vergeven als hij het wist? Ze kan de gebeurtenis niet met woorden beschrijven. Nee, het is beter om haar geheim te bewaren, om het koel en donker weg te zetten, als een vergeten weckpot die zo ver achter in de provisiekast is geschoven dat zelfs zij niet meer weet wat erin zit.

In de slaapkamer legt ze het rode woordenboek in de la naast haar hoofddoekje. Silvana denkt aan Doris als ze in bed stapt, aan wat ze over Aurek zei: dat hij zoveel op haar lijkt. Ze doet haar ogen dicht. Soms heeft ze het gevoel dat Doris alles en tegelijkertijd helemaal niets weet.

Naast haar hoort ze Janusz bewegen in zijn slaap.

'Wat was je aan het doen?'

Silvana schrikt van het geluid van zijn slaperige stem.

'Ik heb een kopje chocola gedronken. Sorry dat ik je wakker heb gemaakt.'

Ze trekt de dekens om zich heen en dwingt zichzelf niet meer aan de brieven te denken. Dat doet te veel pijn.

'Janusz? Ik ben ontslagen. Ik ben mijn baan kwijt.'

Silvana doet het bedlampje aan.

Janusz, die knippert tegen het licht, ziet eruit of hij een kater heeft, met waterige ogen en rechtopstaande plukken haar. Hij vraagt haar het licht weer uit te doen.

'Je vond het toch geen leuk werk,' zegt hij. 'We hebben het er nog wel over. Ik moet nu slapen.'

Silvana luistert hoe zijn ademhaling tot rust komt. Ze denkt aan het gezicht van Tony toen hij haar het woordenboek gaf, ze voelt zijn vingers tegen haar wang. Haar hand ligt op haar borst en glijdt haar nachtpon in; ze omvat haar borst, trekt met haar vingers rondjes om haar tepel. Dit is wat ze heeft bereikt. Haar doelen voor de rest van haar leven zijn duidelijk: het huwelijk, het moederschap en dit huis. Eenderde van haar leven voor elk doel. Terwijl ze hierover nadenkt, knoopt ze haar nachtpon dicht, nestelt zich in het kussen en laat zich door de slaap naar donkere dromen voeren.

POLEN

Silvana

Gregor was een knappe man, die zich daar ook van bewust was. Een slanke man, met lange armen en benen, in een tweed maatpak onder een lange regenjas en met een mosterdgele sjaal, die hij strak om zijn lange hals had gewikkeld. Hij zei dat hij arts was. Hij had in Rusland gewerkt, in gehuchten in de Oeral gewoond, ver van de bewoonde wereld. Hij was een *znakhar*, een beoefenaar van volksgeneeskunde. Hij had een klein groepje mensen bij zich: drie vrouwen en een man. De eerste dag dat Silvana zich bij hen aansloot, had Gregor haar opdracht gegeven op zoek te gaan naar mierenhopen. De oude man had last van artritis.

'Ik moet mieren vinden die hun nesten bovengronds bouwen. Als je die vindt, moeten we de nesten in hun geheel uitgraven. De afscheiding die de mieren gebruiken om hun nest mee te bouwen is uitstekend geschikt als middel tegen gewrichtspijn.'

'Hij weet waar hij het over heeft,' zei een van de vrouwen tegen Silvana. 'Hij heeft mijn kindje gered.' Ze wreef over haar buik. 'Ik ben nog niet ver. Net acht weken zwanger, maar ik ben al kotsmisselijk. Ik kom uit een dorp zeventig kilometer ten noorden van hier. Ik heb Gregor een paar weken terug ontmoet. Ik kreeg een bloeding en hij heeft me een middel gegeven waardoor het bloeden ophield. Moet je me nu zien. Niets aan de hand. Hij is een fantastische man.'

De vrouw heette Elsa. Ze had een rond gezicht met sproeten, omlijst door dik donker, glanzend haar in een bobkapsel. Haar grote ogen hadden lange wimpers en haar mond was vol, geneigd tot pruilen. Ze liep als een hondje achter Gregor aan. Als ze te moe was om van haar slaapplek te komen, bleef ze op de uitkijk zitten.

Verder was er een oud echtpaar. Hij deed niets liever dan klagen over de kou en dan over zijn kale kop wrijven, schertsend dat hij hoognodig geknipt moest worden. Zij had brede heupen en een los vel. Haar haar was in vlechten boven haar oren gewikkeld, als twee grijze worstjes. Ze maakte alles klaar waar Gregor maar mee kwam aanzetten. De rest van de tijd bekommerde ze zich om haar ziekelijke man.

De laatste was een vrouw met donker haar die Lottie heette. Silvana noemde haar de pianiste. Ze droeg haar haar in een strakke knot en ze had sierlijke handen, waar ze vaak langdurig naar staarde.

Gregor liet Silvana zien hoe je met een mes dieren moest villen en hoe je een val moest zetten, en het verbaasde haar dat ze zo snel leerde hoe je in de bossen kunt overleven.

'Hier,' zei hij en hij gaf haar op hun eerste gezamenlijke jacht een dood konijn. 'Niet bang zijn. Pak maar een van mijn messen, dan laat ik je zien hoe het moet.'

Ze waren diep in het bos, omringd door varens en doornstruiken.

Silvana knikte. Tijdens de winter die ze met Hanka op de boerderij had doorgebracht, had ze al eens konijnen gevild. Ze zou deze man laten zien dat ze precies wist hoe het moest. Ze pakte het mes dat hij haar aanreikte, een stomp jachtmes met een kort heft. Aurek hurkte naast haar neer.

Gregor glimlachte tegen haar, alsof ze zijn lievelingsleerling was.

'Begin bij de achterpoten. De vacht moet heel blijven. Als het koud wordt, zul je maar wat blij zijn met handschoenen van konijnenbont. Je moet een snee dwars over het dijbeen maken. Niet te voorzichtig te werk gaan. Niet bang zijn, het is helemaal...'

Silvana pakte het mes en maakte een snelle haal. Even later hield ze een bloederig konijnenvel omhoog. 'Zoiets?'

Gregor lachte. 'Wat zullen we nu krijgen? Een boerin? Ik dacht dat je zei dat je uit Warschau kwam? Je bent geen stadsmeid, maar je komt ook niet van het platteland. Wat doe je eigenlijk in je eentje in het bos met je donkerogige zigeunerkind?'

Ze keek hem recht in de ogen, in de hoop dat hij zou wegkijken. Maar dat deed hij niet.

'Mijn man is Pools soldaat. Nu hij weg is, is het aan mij om ons zoontje te beschermen.' Ze sloeg haar arm om Aurek heen. 'Het bos is een goede plek om hem te verbergen. Na de oorlog zal mijn man ons komen halen en dan gaan we weer in Warschau wonen.'

'Hmm. Dat is jouw verhaal. Toen ik je voor het eerst zag, dacht ik dat je een geest was. Nu denk ik dat je misschien een bosnimf bent. Een mooie maagd die door het bos wandelde en kruiden plukte en wortels uittrok. Ze stal de maan en ze at de zon.'

Hij pakte het gevilde konijn en schudde de vliegen eraf die er al op waren neergestreken. 'Dat is een Russische bezweringsformule. Om heksen weg te jagen. Maar jij laat je niet wegjagen, dus misschien ben je wel wie je zegt dat je bent. Het is hoe dan ook fijn om iemand erbij te hebben die met een mes overweg kan. Kom, laten we kijken of er al iets in onze vallen zit. Als je geluk hebt, kun je misschien dat paar handschoenen van konijnenbont krijgen.'

Soms werd ze wakker en dan lag Gregor naast haar.

'Slaap je? Als je het koud hebt, kan ik naast je komen liggen.'

'Ga alsjeblieft weg.'

'Kom, laat me je warm houden.'

'Ga weg.'

'Pech voor jou,' fluisterde hij terwijl hij opstond. 'Niet voor mij.'

Midden in de nacht, wanneer het geluid van slapende mensen het geluid van het bos overstemde, hoorde Silvana hem eerst naar Elsa en daarna naar Lottie sluipen, waarbij de takjes onder zijn voeten kraakten.

In de zomermaanden nam hij Silvana mee als hij ging jagen, omdat zij, volgens zijn zeggen, sneller en behendiger was dan de andere vrouwen. Ze genoot van die dagen, zij tweeën samen met Aurek, door de bossen sluipend. In een greppel vonden ze een rieten mand, waarin ze een tak propten met daaraan een lang stuk touw. Ze vingen eekhoorns, wezels, zelfs een keer een jong wild zwijntje. Gregor pakte het harige, gillende beestje op. Silvana greep Aurek beet en daarna zetten ze het op een lopen, bang dat de woedende moeder ergens in de buurt zou zijn.

Op een dag aan het einde van de zomer gingen ze met Gregor paddenstoelen zoeken en vonden een dood hert, de ogen gebroken, de kop uitgestrekt, alsof het al rennend was gestruikeld. Gregor boog zich over het dier.

'Hij is doodgeschoten. Help eens met tillen. Degene die hem geschoten heeft, zal hem ongetwijfeld komen halen. We moeten hem snel wegslepen. Hiervan kunnen we met z'n allen eten.'

Silvana pakte de voorpoten en hielp Gregor om het hert op zijn schouders te tillen. Ze liep naast hem, met Aurek in haar armen. De jongen woog niet veel en hij hield zich stevig aan haar vast, zodat zij haar handen vrij had om Gregors zware last in evenwicht te houden.

Hij bleef op een open plek staan en liet het karkas op de grond vallen.

'Ik kan niet meer. Het is te zwaar. We moeten hem hier aan stukken snijden.'

Silvana zette Aurek neer.

'Hier?'

Hij haalde twee messen uit zijn jas en gaf er eentje aan haar. Toen boog hij zich over het lichaam en sneed de buik van het hert open. De darmen kwamen eruit, een zijdeachtige massa van rode en blauwe tinten, en het lijf leek te zuchten, alsof in één klap alle lucht eruit was.

'We moeten de ingewanden weggooien,' zei Gregor, terwijl hij zijn handen in het bloederige karkas stak. 'En we moeten het vlees nu begraven. Als we het in de buitenlucht laten liggen, leggen de vliegen er eitjes in. We kunnen geen vlees met wormen eten, hoeveel honger we ook hebben. Als het vlees is begraven, blijft het wel even goed. We moeten zorgen dat er vooral geen vliegen in komen, dat is alles.'

Silvana wendde zich af; haar maag speelde op door de stank die van het vlees sloeg. Gregor keek even op.

'Kun je dit?'

Silvana knikte. Ze mocht nu niet aan zwakte toegeven. Ze hadden vlees nodig. Aurek moest eten.

'Ja,' zei ze. 'Ja, natuurlijk.'

Ze ging op haar knieën zitten en hij zei wat ze eruit moest snijden, hoe ze het lichaam moest ontleden. De darmen waren warm en ze voelde haar hart in haar lijf bonken – sneller toen ze de ingewanden weghaalde en er een ondiepe kuil voor groef.

'Heb je weleens een gewonde gezien?' vroeg Gregor. 'Iemand die ernstig bloedt?'

'Nee. Hoezo?'

'In deze bossen leven mannen die tegen de Duitsers vechten. Die kunnen mensen als jij goed gebruiken. Je zou je bij ze kunnen aansluiten. Jij staat je mannetje. Ik kan je naar hun kamp brengen, als je wilt. Je kunt leren omgaan met een wapen. En als je niet wilt vechten, kunnen ze ook altijd goede verpleegsters gebruiken. Vrouwen die niet flauwvallen van een drupje bloed. Jij zou er geschikt voor zijn.'

Silvana was bezig de lichaamsholtes van het hert met gras schoon te maken. Ze stopte even, veegde haar gezicht af met haar mouw en keek naar Aurek, die vlinders probeerde te vangen. Zijn gezicht en kleren zaten onder de bloedspetters.

'Ik moet voor mijn zoontje zorgen. Voor hem doe ik alles wat ik maar kan. Tot meer ben ik niet in staat.'

Gregor veegde zijn zakmes schoon aan de grond. 'In oorlogstijd kunnen mensen veel. Kom, laten we snel een gat graven. We moeten het grootste deel van het hert begraven.'

Op een maanovergoten nacht, tegen het einde van de zomer, toen alles in blauw en zilver licht baadde, zag Silvana dat Gregor bij de oude vrouw was gaan liggen. Haar vlees puilde uit onder zijn grote hoekige lichaam en Silvana kon zweren dat ze de vermoeide botten van de oude vrouw hoorde kraken terwijl Gregor langzaam over haar heen en weer ging, als een deegroller over een plak deeg. Naast hen lag haar man, die net deed of hij sliep, opgerold als een baby hulpeloos op zijn duim te sabbelen.

Silvana deed haar ogen dicht, verontrust door het verlangen dat in haar was losgemaakt.

Janusz

Janusz wilde blijven. Om te proberen te begrijpen wat er nu precies gebeurd was. Ambrose zei dat ze niets meer konden doen. Franek zou in het dorp begraven worden. Ambrose zou de familie schrijven dat hun zoon bij het jagen was omgekomen. Bruno werd boos en zei dat hij de brief zelf zou schrijven. Het gaf geen pas dat de familie een brief van een vreemde kreeg. In de brief zou staan dat Franek op het slagveld was gesneuveld. Nergens voor nodig om te zeggen dat hij zichzelf met een geladen geweer per ongeluk had doodgeschoten.

Janusz keek hoe hij in de keuken de brief opstelde en de ene kladversie na de andere weggooide, totdat hij eindelijk tevreden was.

De volgende ochtend vroeg arriveerde er een arrenslee die was bedekt met geitenvellen en in het donker namen ze afscheid van Ambrose.

'Stuur die brief aan de ouders van Franek,' zei Bruno bij hun vertrek. 'Beloof me dat je hem vandaag nog verstuurt.'

Het was een lange, droevige tocht, die door dorpjes voerde, over wegen met hoge sneeuwbanken, witte tunnels waarin de lucht blauw was en de bomen zwart. Janusz en Bruno zwegen allebei. De stank van de vellen waar ze op zaten overstemde alles: een vettige geitenlucht waarvan Janusz misselijk werd.

Ze kwamen bij een school, waar ze wodka gemengd met eendenvet te drinken kregen.

'Een hartversterkertje,' zei iemand, die Janusz een glas met het troebele goedje gaf. 'Een goed middel tegen alles wat jullie hebben meegemaakt.'

Hij dronk het in één teug leeg en vroeg om nog een glas. En nog eentje.

Diezelfde dag werden Janusz en Bruno door twee meisjes naar het treinstation gebracht. Ze kusten hen gedag alsof ze geliefden waren.

'Niet vergeten,' zei het meisje naast Janusz, 'om in een ander rijtuig dan je vriend te gaan zitten. Je moet in je eentje reizen. Twee mannen samen worden door de politie aangehouden.'

'Tot ziens,' zei Janusz. Hij tolde helemaal van de wodka. Er blies een wind over het perron, die de sneeuw deed opstuiven en ronddwarrelen, en Janusz posteerde zich tussen de ijskoude windvlaag en het meisje om haar tegen de ergste kou te beschermen.

Ze had bruin haar, dat kort en krullend onder haar muts vandaan kwam. Haar kleine ogen stonden schuin en ze had zware wenkbrauwen. Het puntje van haar neus was rood van de kou. Ze ging op haar tenen staan en kuste hem. 'Maak er een mooi toneelstukje van,' fluisterde ze. 'Het moet lijken of je hier uit de buurt komt. Doe maar net of je afscheid neemt van je vriendinnetje.'

'Ik zal je missen,' zei hij plichtmatig, maar hij dacht echt dat hij haar zou missen.

'Ik hou van je,' fluisterde hij, terwijl zijn woorden in de vrieslucht wolkjes vormden. En het leek geloofwaardig. Hij drukte haar tegen zich aan. Niets ter wereld was zo makkelijk als een vreemde beminnen. Hij werd doorstroomd met een heftige begeerte die niet uit zijn hart leek te komen, maar ergens anders vandaan – een duidelijke, ongecompliceerde begeerte. Hij kuste het meisje, terwijl hij zijn handschoenen uitdeed, ongeacht de kou, knoopte haar jas open en probeerde achter haar dikke laag kleren te komen. Het enige wat hij wilde was met deze onbekende terug naar de school gaan en haar kleren uittrekken. Ze duwde hem weg, met haar hand tegen zijn borst.

'Je bent dronken.'

'Hoe heet je?'

'Dat kun je maar beter niet weten.'

'Toe?'

'Dat hoef je echt niet te weten.'

'Wél. Ik wil je nog een keertje zien. Na de oorlog.'

Het meisje schudde haar hoofd.

'Ik heet Roza.'

'Roza. Als de oorlog voorbij is, kom ik terug.'

Ze kuste hem lichtjes op de lippen. 'Denk je nou echt dat je de enige bent die dit tegen me heeft gezegd? Dat beweert iedere soldaat. Jullie zijn allemaal romantische dwazen. Ga nou maar. Vergeet niet om vanaf de trein naar me te zwaaien. Zorg ervoor dat het er echt uitziet.'

Janusz stapte op de trein en probeerde naar haar te zwaaien, maar er viel te veel sneeuw en hij kon haar niet zien. Hij bestudeerde zijn handen in zijn schoot en schaamde zich dat hij zich zo-even zo had laten gaan. Hij vroeg zich af of Bruno had gezien hoe hij zijn handen onder de kleren van het meisje probeerde te wurmen. Hij dacht aan Silvana en hij wist dat hij nooit zulke gevoelens voor een ander meisje gehad zou hebben als zij nog bij hem was geweest. Het was de eenzaamheid die hem gek maakte.

Op een zeker moment moest de politie aan boord zijn gekomen. Elke keer als Bruno later het verhaal van hun ontsnapping vertelde, kwam er altijd de politie in voor, maar Janusz kon zich dat domweg niet herinneren. Hij had opdracht gekregen naar de grond te kijken en met niemand oogcontact te maken.

In de schommelende, ratelende trein kwamen herinneringen aan zijn ouderlijk huis naar boven: zijn moeder die op de piano speelde, zijn vader die van zijn werk kwam en klaagde over de politiek en de lokale overheid. Hij moest denken aan de appelgaard achter het huis van Silvana's ouders, waar hij in hun verkeringstijd op haar wachtte. Hij moest weer denken aan de oude vrouw en dat hij haar per ongeluk had aangezien voor een jong meisje. Het bloed op haar voeten. Haar witte haar. Hij dacht aan Franek en wilde tegen iemand vertellen hoe het had gevoeld om de jongen daar hulpeloos op het ijs te zien liggen. Maar er was niemand bij wie hij zijn hart kon luchten. Hij leunde tegen het raam en keek hoe de dag overging in de avond. Toen de trein de volgende ochtend vroeg aankwam, stond Bruno op om uit te stappen en Janusz liep achter hem aan.

Op het perron werden ze opgewacht door onbekenden. Tussen deze mensen liepen ze verder. Ze staken zwijgend een bevroren rivier over en stapten vervolgens op een andere trein. Janusz besefte dat Roza gelijk had. Het was dwaas om te denken dat hij haar na de oorlog terug zou zien. En Silvana en zijn zoon? Bruno zei dat hij hen moest vergeten. Waarschijnlijk zou hij hen ook nooit meer terugzien.

IPSWICH

In september moet Aurek weer naar school. Nu hij Peter als klasgenootje heeft, schopt Aurek geen heibel meer, en Silvana voelt even iets van ontzetting als hij haar hand loslaat en wegloopt. Het is een raar gevoel om niet langer beheerst te worden door de behoefte bij elkaar te blijven. De jongen heeft haar niet meer zo nodig als vroeger. Het doet pijn om hem zo opgewekt te zien weglopen.

Peter, die door de week bij zijn grootouders is, zo heeft Silvana van Tony gehoord, loopt elke ochtend met Silvana en Aurek mee door het park naar school. Zijn grootmoeder brengt hem tot aan de ingang van het park. Het is een dunne grijsharige vrouw in een tweedrok en een hooggesloten blouse. Zo mager als een lat; van opzij is ze bijna onzichtbaar. Maar als ze de jongen knuffelt, begint haar gezicht te stralen. Ze wordt groter en vaster, warm en schitterend, met net zoveel behoefte aan aandacht als een klein kind. De oude vrouw geeft Peter klapzoenen op zijn dikke wangen, alsof ze bang is dat ze hem nooit meer zal zien.

Silvana weet dat de handen van de oude vrouw de angst voor verlies dragen. Ze heeft een dochter verloren. Geen wonder dat ze zich aan haar kleinzoon vastklampt. En geen wonder dat Peter terugdeinst voor haar omhelzing. Elke keer dat zijn grootmoeder haar knokige handen om zijn gezicht legt, voelt hij ongetwijfeld het gewicht van zijn dode moeder.

Silvana zou weleens met haar willen praten, willen zeggen dat ze het begrijpt, maar de oude vrouw doet altijd of ze lucht is. Ze wendt zich af en maakt haar lijf weer vliesdun. De vrouw heeft alleen oog voor haar kleinzoon.

Op vrijdagmiddag komt Tony Peter van school halen. Peter is in het weekend altijd bij hem. Silvana's hart slaat op hol als ze hem alleen al bij de poort op zijn zoon ziet wachten. Het boezemt haar angst in dat ze er zo naar verlangt hem te zien, en dikwijls verstopt ze zich tussen de andere wachtende moeders. Maar hij ziet haar altijd staan en zwaait dan enthousiast, alsof ze in een veel grotere menigte staat dan in werkelijkheid het geval is en hij met een opvallend gebaar haar aandacht moet trekken.

Ze lopen door het park, terwijl de twee jongens vooruitrennen. Het is zo makkelijk om met Tony te praten. Bij hem kan ze haar verleden laten rusten. Ze gelooft dat hij haar begrijpt. Elke keer dat Silvana naar een woord zoekt, heeft hij het al gevonden en maakt hij de zin voor haar af.

Zo was het ook met Janusz toen ze nog jong waren. Ze hadden aan één blik genoeg om te zien wat de ander dacht. Zelfs hun dromen overlapten elkaar soms. Tegenwoordig gaan ze koel en beleefd met elkaar om.

'Ik mis bepaalde gerechten,' zegt ze in antwoord op Tony's vraag over haar vaderland. Hij wil vaak dingen over Polen weten en zij geeft graag antwoord, zolang het maar niet over de oorlog gaat. Wanneer hij haar naar de periode vraagt die ze in de bossen heeft doorgebracht, verandert ze van onderwerp of probeert hem af te leiden door op een rennend eekhoorntje over het pad te wijzen of precies op dat moment haar mouwen recht te trekken, een knoop dicht te doen of de knip van haar handtas te controleren.

'*Pierogi*,' zegt ze. 'Dat mis ik. Deeg gevuld met kool en kaas, of met paddenstoelen en uien. Wat je maar wilt. We aten het altijd met zure room. Er bestaat ook zoete. Honing, met appels en noten. Als ik aan pierogi denk, word ik...'

'Nostalgisch?'

'*Tesknota.* Ja. Nostalgisch. Daarom denk ik niet vaak aan die dingen.'

Tony houdt zijn handen uitgestrekt voor zich, als een politicus die een toespraak gaat houden en het publiek bespeelt. Silvana houdt wel van zijn gewichtige manier van doen. Alsof hij indruk op haar wil maken. En het is jaren geleden dat een man dat heeft geprobeerd.

'Overweeg je weleens terug te gaan?'

'Volgens Janusz gaan we ooit terug, maar hoe dan? Er is niets om naar terug te keren. Ons vaderland is communistisch geworden. We kúnnen niet eens terug, ook al zouden we willen.'

'Maar Aurek heeft toch het recht te weten waar hij vandaan komt? Iedereen zou moeten weten bij wie hij hoort en wat zijn afkomst is.'

Silvana kijkt hem aan. 'Aurek hoort bij mij,' zegt ze vastberaden.

Bij de rand van het park draaien ze zich om en kijken naar de jongens, die achter hen aan het spelen zijn.

'Nou, ik moest maar eens gaan,' zegt Silvana.

'Echt? Waarom laten we de jongens niet nog wat spelen?'

Tony houdt haar handen even in de zijne, voorzichtig, alsof ze kunnen breken als hij te hard knijpt. Ze kijkt naar haar handen terwijl hij ze loslaat, om zich ervan te vergewissen of ze inderdaad zo breekbaar zijn. Maar nee. Ze heeft sterke handen. Klein, pezig en altijd op zoek naar iets om aan te pakken.

'Ik zou dolgraag met je mee naar huis lopen,' zegt Tony, 'maar de mensen gaan vast roddelen als Janusz nog niet terug is van zijn werk en wij samen bij je huis aankomen. Ik wil geen praatjes de wereld in helpen. De Engelsen zijn klein van geest en scherp van tong en de inwoners van dit stadje spannen helemaal de kroon.'

'Goed,' zegt ze, terwijl ze wachten tot Aurek de boom uit is waar hij in is geklommen. 'Tot een andere keer dan maar.'

'Misschien hebben Janusz en jij zin om dit weekend met de jongens te gaan wandelen? We zouden ook op het meer in een bootje kunnen gaan varen.'

'Ja, dat lijkt me leuk.'

Ze is gewend dat Tony zulk soort voorstellen doet. Soms komt hij opdagen, maar meestal niet. Dan komt hij opeens een paar dagen later aanzetten met cadeautjes voor iedereen: sinaasappels en doorzichtige groene druiven; voor ieder een sproetige banaan; worstjes die ze ter plekke moeten braden omdat ze, volgens zijn zeggen, net op het randje zijn. Het zijn zulke onverwachte, heerlijke dingen dat Silvana de misgelopen uitstapjes op slag vergeet.

'Trouwens,' zegt hij, 'voordat je gaat. Dat woordenboek? Ik weet dat het mijn zaken niet zijn, maar ik ben nieuwsgierig. Heb je er iets aan gehad? Dat heb je me nog helemaal niet verteld.'

Silvana denkt na over deze vraag, plukkend aan haar haar. Ze maakt een opmerking over Peter, dat hij al zo groot is voor zijn leeftijd.

'Ja, inderdaad,' beaamt Tony. 'Maar dat woordenboek? Waar had je dat voor nodig?'

'Het woordenboek?' Silvana kijkt om zich heen. Er is niets waarmee ze hem kan afleiden van deze vraag. Het park is verlaten, de eekhoorns zijn al opgemerkt en als ze nog een keer aan haar kleren en haar frunnikt, zal hij denken dat ze luizen heeft.

'Silvana?'

Ze haalt diep adem en besluit de waarheid te vertellen. 'Ik moest een paar brieven vertalen.'

'Brieven? Gewone brieven?'

Tony's bruine ogen kijken haar rustig en uitnodigend aan. *Praat met me*, zeggen ze tegen haar. En dat wil ze ook. Ze is het beu om nog langer Janusz' geheimen met zich mee te dragen. Ze heeft genoeg aan die van haarzelf. Ze kucht nerveus en houdt haar kin scheef, in een poging de schijn te wekken dat ze dit een amusant gesprek vindt.

'Het zijn brieven van Janusz. Ze zijn van een andere vrouw.'

'Een andere vrouw?'

'Stom, hè?' zegt ze, terwijl ze zo Engels mogelijk probeert te klinken. 'Heel stom.'

'Ach, Silvana. Wat vind ik dat erg voor je.' Tony pakt haar handen weer, krachtiger nu; hij verbrijzelt bijna haar vingers. Er komt een afschuwelijke gedachte bij haar op: stel dat ze Janusz ermee confronteert?

'Het is ingewikkeld,' zegt ze, en ze wilde dat ze in het Pools verder kon gaan. Ze brandt van verlangen om haar eigen taal te spreken, die weer op haar lippen te proeven, alle nuances en uitdrukkingen, al die subtiele klanken die ze met haar tong kan maken. In het Pools zou ze het hem precies kunnen uitleggen. 'Het stelt niets voor. Ik heb het alleen maar tegen je gezegd omdat ik het zat ben om de hele tijd geheimen te hebben. Janusz is een goede echtgenoot, echt. En voor Aurek is hij een goede vader.'

Tony trekt haar naar zich toe en legt haar handen op zijn borst, en deze keer kan er over zijn omhelzing geen misverstand bestaan.

'Silvana, lieveling, ik had geen idee...'

Ze kijkt hem aan en even denkt ze dat hij haar gaat kussen, maar toch maakt ze zich niet los uit zijn greep.

'Stel dat ik tegen Janusz zeg dat ik het weet en dat hij dan bij me weggaat? Stel dat hij teruggaat naar haar? Wat moeten Aurek en ik dan?'

Tony buigt zich voorover, zijn stem voelt warm tegen haar gezicht. 'Maar je moet weten...'

'Ik weet helemaal niets.'

'Je moet weten dat ik je altijd zal helpen. Je moet beseffen hoeveel ik...'

Achter hen laat Aurek zich uit de boom vallen en hij slaat zijn armen om Silvana's benen. Ze trek haar handen los en doet een stap naar achteren.

'Sorry, ik moet nu echt weg.'

'Nee. Kom mee naar mijn huis. Nu. We kunnen erover praten. Ga alsjeblieft niet zo weg.'

Hij ziet er zo verdrietig uit dat ze zeker weet dat een van hen zo meteen in huilen zal uitbarsten – misschien wel allebei – en huilen heeft geen zin. Dat zou een teken zijn dat het allemaal te veel is. Huilen zou Tony ervan overtuigen dat ze een vrouw is die geen greep op haar leven heeft. Het was al stom om het hem te vertellen. Het was beter geweest om gewoon te zeggen dat ze een keiharde vrouw is die de oorlog heeft meegemaakt en nu naar Engeland is gekomen om Aurek een vader te geven.

Ze fluistert: 'Janusz en ik... We weten niet meer wie we zijn. Er is te veel gebeurd in de oorlog. Het verleden achtervolgt me. In de oorlog dacht ik dat Janusz dood was. We hebben elkaar zo lang niet gezien. Ik had nooit gedacht dat hij me zou vinden. Er is te veel gebeurd...'

Ze kijkt hem weer aan. Ze heeft geen idee waar ze mee bezig is, waarom ze Tony over haar leven vertelt. Ze kan net zo goed op de vensterbank klimmen en haar dood tegemoet springen. Ze zet alles op het spel, en voor wat? De kans om hem het onzegbare te zeggen? Of om de warme gloed van zijn ogen op haar te voelen?

'Vergeet alsjeblieft alles wat ik heb gezegd. Aurek heeft zijn vader nodig. Ik... Doe alsjeblieft net of ik nooit iets heb gezegd. Ik moet nu echt weg.'

Met haar laatste restje wilskracht draait Silvana zich om, en ze hoopt dat Tony vooral de rug ziet van een sterke vrouw die wegloopt. Hij roept haar na, vraagt of ze even wil wachten, maar ze kijkt niet meer achterom.

Aurek moet zijn best doen om haar bij te houden. Silvana weet dat hij het niet fijn vindt als ze te snel loopt, maar ze moet zich bedwingen om het niet op een hollen te zetten. Aurek jammert, maar ze is niet in staat langzamer te lopen. Ze pakt zijn hand en trekt hem mee. Bij de uitgang van het park houdt ze stil.

'Aurek, kijk eens achter je. Kun je ze nog zien?'

Aurek schudt zijn hoofd.

'Mooi. Kom maar. Ik draag je wel. We moeten snel naar huis.'

Aurek stribbelt tegen, en ze weet dat hij te oud is om zo te worden opgepakt, maar ze smeekt hem om niet zo wild te doen en ten slotte klemt hij zijn benen om haar middel en slaat zijn armen om haar hals.

Wanneer Silvana de sleutel in het slot steekt, is ze ervan overtuigd dat Janusz thuis is en dat hij alles weet wat ze heeft gezegd. Maar wanneer ze de vestibule in komt, blijkt het huis leeg te zijn. Het enige geluid komt van de tikkende klok op de schouw in de zitkamer.

Ze doet de achterdeur open voor Aurek, die naar buiten holt en via de touwladder naar zijn boomhut klautert. In de provisiekast staat het houten kistje op de plank. Alleen al de aanblik ervan maakt haar gespannen. Ze gaat de brieven verbranden. Ze zal ze uit het kistje halen en verbranden, en dan kunnen ze rustig met z'n drieën verder als gezin.

Ze pakt het kistje en zet het op de keukentafel. Voorzichtig gaat ze met haar hand door de doeken, borstels en blikjes schoensmeer, maar de brieven zijn er niet meer. Ze gooit alles eruit, schudt het kistje heen en weer, houdt het ondersteboven. Wat nu? Een voor een stopt ze de spullen terug die ze in het rond heeft gegooid en legt ze netjes op hun plaats. Ze zet het kistje terug in de provisiekast, doet de deur dicht en leunt ertegen alsof ze bang is dat hij uit eigen beweging weer open zal springen. Dan loopt ze de tuin in, haalt een paar maal diep adem en snuift de vochtige lucht op.

De moestuin onder de boom heeft uien en wortelen opgebracht; ze heeft ze samen met Janusz geoogst. Er zijn alweer nieuwe uien om uitgegraven te worden. Janusz heeft een soort gepoot die maar door blijft groeien. *Altijddurend*, heten ze. Silvana zucht. Wat een dwaas is ze dat ze zelfs sentimenteel wordt van de naam van een ui.

Ze gaat met haar hand over de hartjes van roestbruine chrysanten. De hulststruiken die Janus had geplant zijn nog klein, maar er fonkelen wel al bloedrode besjes in. In Polen waren die een teken dat het een strenge winter zou worden. Blauwe herfstasters en witte anemonen buitelen over elkaar heen, en de laatste roze en paarse dahlia's van Janusz staan statig rechtop, gesteund door stokken, te stralen in de late middagzon.

Silvana plukt wat bloemen, tot ze een boeket in haar hand heeft. Als Janusz wist dat ze de brieven had gevonden, zou hij er toch wel iets van gezegd hebben? Waarschijnlijk heeft hij ze ergens anders gelegd, in de veronderstelling dat zij er geen weet van had. Ze voelt een zekere opluchting dat de brieven weg zijn. Alsof er een strakke knoop binnen in haar is losgetrokken.

Of voelt ze zich beter omdat ze het aan Tony heeft verteld? Ze dwingt zichzelf te geloven dat Janusz de brieven heeft weggegooid. Wat betekent dat de relatie voorbij is. Het was een oorlogsliefde, meer niet. En hoe zit het met Tony en haar?

Ze kan zichzelf geweldig goed voor de gek houden, een bepaalde draai aan gebeurtenissen geven en dan het verhaal op die manier in haar geheugen prenten. Ja, ze was misschien een beetje verliefd op Tony, maar dat is weer over. Hij is gewoon een huisvriend. Meer niet. Een man met een jongen van dezelfde leeftijd als hun zoon. Ze kijkt omlaag naar de bos bloemen in haar handen en ontdekt dat ze alle bloemblaadjes eruit heeft getrokken en alleen nog maar een paar stengels met bladeren vasthoudt. Ze laat ze op het gras vallen.

Als de zon ondergaat, wordt de tuin donker en somber. De lucht wordt helderblauw en de eerste ster verschijnt.

'Kom eruit,' roept ze naar Aurek in zijn boomhut. 'Kom

naar binnen, dan gaan we eten voor je vader maken.'

'Vader' is zo'n heerlijk woord. Het past bij 'gezin', 'moeder' en 'zoon'. Veilige woorden. Ze staat op het gras, dat Janusz zo liefdevol heeft gemaaid en bijgeknipt, en ze kijkt naar de achterkant van hun huis, in het besef dat ze Tony niet meer mag zien. Hun vriendschap is voorbij.

POLEN

Silvana

Er was een koude wind opgestoken, die door het bos loeide en de blaadjes van de bomen blies. Silvana keek hoe ze naar beneden dwarrelden, pirouettes om haar heen dansten. Ruim een jaar geleden was ze uit Warschau vertrokken. Ruim een jaar geleden dat ze Janusz voor het laatst had gezien. Ze hoorde takjes kraken en schoot overeind, waarop een strompelende Gregor in haar blikveld verscheen die met een zak sjouwde. Hij liet hem midden in hun kamp vallen.

Met veel vertoon haalde hij de zak leeg en deelde aan iedereen roggebrood en appels uit.

'En ik heb... zout!' riep hij.

Hij doopte zijn vinger in een papieren zakje en likte hem af. 'Daarmee moeten we de winter zien door te komen. We zouden een voorraad moeten aanleggen. Een houthakker die een paar kilometer verderop in een huisje woont is zo aardig om ons af en toe eten te geven. Ik heb zijn vrouw van haar buikpijn af geholpen. Daarvoor heb ik *chaga* gebruikt, een schimmel die op berken groeit. Ze heeft beloofd dat ze een paar kippen voor ons zal slachten. Dan kunnen we een feestmaal aanrichten.'

Sinds die tijd kwam Gregor geregeld met iets aanzetten: melk in een kan, brood, aardappelen. De inmiddels hoogzwangere Elsa mocht als eerste eten. Het was duidelijk dat de bevalling niet lang meer op zich zou laten wachten. Gregor bleef bij haar zitten totdat ze genoeg had. Silvana duwde dan Aurek naar voren.

'Hij mag na haar. Hij is een kind. Hij moet goed eten.'

Ze trok hem op schoot en sloeg haar armen om hem heen terwijl hij aan het eten was. De anderen kletsten over haar maar dat kon haar niets schelen. De jongen moest eten.

Voor de winter richtten ze hun kamp opnieuw in en maakten panelen van wilde clematis en berkenschors waarmee ze hun hutjes bedekten. Van samengebonden takken maakten ze een onderkomen dat Silvana met mos en gedroogde varens bekleedde. Gregor overzag het geheel, corrigeerde fouten en deelde bossen wilgentenen uit die hij had verzameld. Silvana betwijfelde of ze zonder hem de winter zouden overleven.

Op een nacht kwam hij weer naast haar liggen en ging met zijn ruwe handen onder haar kleren, waardoor het kleine beetje warmte dat ze had verdween en ze koude lucht tegen haar huid voelde. Zijn adem rook zuur.

'Voor wie bewaar je jezelf toch?' vroeg hij. 'Je man komt niet meer terug, hoor. Hij ligt ergens dood op het slagveld. Hou toch eens op met die idiote schijnvertoning van onafhankelijkheid. Het heeft geen zin.'

Zijn woorden maakten iets in haar los, waarop ze begon te snikken en haar armen naar hem uitstrekte en haar lippen op de zijne drukte.

Het was snel voorbij. Hij ging boven op haar liggen en Silvana spartelde heen en weer onder zijn handen; ze had al genoeg van hem voordat hij goed en wel in haar was. Na afloop lagen ze naast elkaar en ze merkte dat Aurek zich in zijn slaap bewoog.

'Je kunt maar beter gaan,' fluisterde ze.

'Je bevalt me, bosmeisje,' zei hij.

'Toe, ga nu weg. Het was een vergissing. Het spijt me.'

Silvana hoorde hem tegen een boom pissen. Gregor was net een hond, een wolf met zijn roedel. Ze voelde zich opgelaten.

Janusz

In een vissersboot voeren Janusz en Bruno weg uit Joegoslavië en kwamen aan in Marseille, waar ze tussen de stapels netten en manden met vis zaten. Frankrijk was mooier dan Janusz verwacht had. De heuvels waren bedekt met pluizige mimosa, die een botergeel licht verspreidden. In de hitte van de vroege lente glansden korte, brede palmbomen en leerachtige blauwe agaves.

De groep mannen werd meegedeeld dat ze het best de trein naar Lyon konden nemen, waar ze een uniform en een militaire rang zouden krijgen. Bruno had daar geen zin in. Hij wilde naar Engeland proberen te komen. Toen de boot was aangemeerd en ze weer vaste grond onder hun voeten voelden, trok Bruno Janusz mee en samen slopen ze de duistere, doolhofachtige straatjes van de oude stad in.

Als eerste namen ze een duik. Ze trokken hun vuile kleren uit en renden de zee in. Terwijl Bruno kraaiend rondspetterde, dook Janusz de golven in en zwom zo ver hij kon. Hij liet zich op de deining meedobberen en keek achter zich naar de kust. Het water was kristalhelder. Hij was in een land waarover hij alleen in boeken had gelezen.

Janusz was degene die in zijn beste Frans een kamer voor hen wist te regelen, en ze kwamen terecht in een bouwvallig, iel gebouw in een achterbuurt van Marseille. Elke dag liepen ze naar een beschut baaitje dicht bij de haven om te gaan zonnebaden.

'Je bent zo rood als een gekookte kreeft,' grinnikte Bruno door de rook van zijn sigaret die in zijn mond hing. 'Ik heb nog nooit iemand gezien die zo erg verbrand was.'

Janusz ging niet op deze opmerking in. 'We kunnen hier niet eeuwig maar een beetje blijven rondhangen. We moeten ons bij een Frans legeronderdeel aansluiten.'

'Misschien wel, misschien niet. Ik heb niet veel haast. We kunnen nog ongeveer een week hier blijven. Als ze ons willen hebben, moeten ze ons maar komen zoeken. We mogen best een paar weken rust hebben voordat we ons leven weer in de waagschaal stellen.'

Ze liepen elke dag naar een ander strand. En elke avond wandelden ze weer terug en aten in een eethuisje – borden gegrilde inktvis en oranje zee-egels. Janusz prikte wat in zijn eten.

'Ik snap niet hoe je dit naar binnen kunt krijgen,' zei hij. 'Waarom bestellen we niet gewoon een biefstuk?'

'Dit is goedkoop en lekker,' zei Bruno. 'Moet je haar zien.' Hij knikte naar de serveerster. 'Knap ding.' Bruno schoof zijn stoel naar achteren en stond op. 'Ik weet niet wat jij morgen van plan bent, maar ik heb iets te doen.'

'Met haar?'

'Waarom niet?'

Janusz wendde zich af. 'Doe wat je niet laten kunt.' Hij dacht niet dat het meisje interesse zou hebben. Bruno sprak amper een woord Frans.

De volgende dag was Bruno nog steeds bij de serveerster en Janusz ging er in zijn eentje op uit. Hij vond een strandje en liep een heel eind totdat het zand plaatsmaakte voor rotsen en stenen. Onder luid gekrijs van de zeemeeuwen zocht Janusz naar hun nesten en haalde de eieren eruit: grote blauwwitte ovalen. De meeuwen doken en hapten naar hem, tot hij gedwongen was weg te vluchten, met zijn handen in overgave boven zijn hoofd.

Hij liep langs de vloedlijn. Hij had zijn broekspijpen opgerold en zijn overhemd om zijn middel geknoopt. De hitte die van de golven opsteeg maakte hem licht in zijn hoofd en duizelig. Hij ging bij een paar rotsen zitten, propte zijn overhemd als een kussen onder zijn hoofd en deed zijn ogen dicht.

Toen hij wakker werd, was de zon hoger geklommen en lag hij in de volle zon. Versuft en dorstig liep hij terug naar zijn kamer, waar hij een kan water dronk en nog een kan vulde om die over zijn hoofd en nek uit te gieten. Kletsnat ging hij op bed liggen, wikkelde zich in een laken en dacht aan Silvana. Hij kwam wankelend overeind en stommelde door de kamer, totdat hij een pen en een stukje papier naast Bruno's bed had gevonden. Maar hij wist niet wat hij moest schrijven. Wat kon hij zeggen? Ik ben in het zonnige Frankrijk en ik hoop dat jij veilig thuis bij mijn ouders bent? Hij durfde niet eens aan haar in Polen te denken. Hij voelde zich stompzinnig en dwaas. Hij legde de pen en het papier weg, en liet zich op zijn bed vallen.

Die nacht droomde hij in zijn benauwde kamer dat zijn strakgespannen, zonverbrande lichaam als een verpopte rups was opengespleten. Die andere man, een andere Janusz, stapte uit zijn huid en bewoog zich langzaam door de roerloze avondlucht. Door al het zweet dat van hem af droop verliep de gedaanteverwisseling heel gemakkelijk. Dit alter ego stond in het maanlicht en beende met grote passen naar de zee.

De Middellandse Zee, zo helder en fris overdag, was nu zijdeachtig zwart, en hij bleef even bij de rand van het water staan voordat hij de zee in waadde en de golven over zijn rauwe nieuwe lijf liet spoelen. Hij was een ander. Hij was opnieuw geboren vanuit de lucht in het water. Een omgekeerde geboorte.

Toen hij wakker werd, had hij verschrikkelijke dorst. Hij wilde overeind komen, maar de pijn in zijn rug was te erg.

Hij hoorde de fluisterende stem van Bruno. 'Jan? Kom je vandaag nog je bed uit? Zeg, in de heuvels boven de stad is een kamp. Gisteravond heb ik een paar mensen ontmoet. De Duitsers trekken naar het zuiden op. Die zijn hier al over een paar maanden, misschien nog maar een paar weken. De mannen die ik heb ontmoet zeggen dat we ons bij een legereenheid kunnen aansluiten en met een boot naar Engeland kunnen gaan. We moeten verder. Wat vind je? Jezus, wat zie je eruit!'

Hij tilde het laken op.

'Allemachtig, man, je ziet er vreselijk uit. Kun je me horen?

Je zit onder de blaren, joh. Godsamme, je bent volkomen verbrand.'

Hoestend zette Bruno de ramen open. 'Er moet hier even gelucht worden.'

Janusz deed zijn ogen open. Het behang tolde. Hij wilde iets zeggen, maar zijn lippen waren kapot en hij proefde weer bloed.

'Hij kan hier niet blijven.'

De pensionhoudster stond in de deuropening, het zwart-met-grijze haar in een hoge knot, en ze had koraalroze lippenstift op en klodders zwarte mascara op haar wimpers.

'Domoor. Je bent veel te bleek voor de zon. Heb je jezelf al gezien? Je ziet eruit als een gedroogde stokvis.'

Janusz hoorde Bruno in zijn ratjetoe van gebrekkig Frans en Pools soebatten. Uit zijn droge mond wist hij de woorden te persen: 'Het spijt me, madame, ik ga al weg. Het is niet veilig voor u dat ik hier langer blijf.' Hij ging steunend op zijn elleboog liggen en gebaarde naar Bruno. 'Geef me mijn kleren eens even aan.'

'Nee, nee, nee.' De vrouw zuchtte. 'Je spreekt Frans, dat maakt het al veel makkelijker. Ik zal een ander onderkomen voor je vinden. Ik heb een vriendin die op een boerderij woont. Daar kun je verder uitrusten.'

Ze bekeek zijn naakte lichaam. 'Als je beter bent, kun je voor ze werken. Je bent er gespierd genoeg voor. Je lijkt wel een boer.'

Een dag later ging Janusz op weg. Zijn kleren plakten en zaten ongemakkelijk, zijn lichaam was stijf en pijnlijk. Naarmate de wagen hem steeds hoger de heuvels buiten Marseille in voerde, werd de lucht zoeter. De zeelucht loste op en maakte plaats voor de geur van dennen en warm lover.

IPSWICH

Silvana wil Tony uit haar gedachten bannen. Ze gaat niet meer door het park en blijft uit de buurt van de dierenwinkel. Het is moeilijk om helemaal niet meer aan hem te denken, maar het lukt redelijk. Elke keer dat er een beeld van Tony voor haar geestesoog verschijnt – zijn bruine ogen, zijn krullende donkere haar dat glanst van de brillantine, zijn handen die bewegen onder het praten – drukt ze het weg door zich te concentreren op de stoffer die ze in haar hand heeft of de kolen die ze in het kleine kolenhok achter in de tuin schept. Net als een kleermaker die alleen bezig is met de stof in zijn handen, maakt zij haar leven met alleen Janusz.

'Je mag niet meer met Peter spelen,' zegt ze op een avond tegen Aurek wanneer ze het eten klaarmaakt. Ze is druk in de weer bij het fornuis, zet met een klap pannen neer, roert de pruttelende inhoud met een pollepel om, praat met luide stem om boven het lawaai uit te komen. 'Aurek? Heb je me gehoord?'

'Waarom niet?'

'Waarom niet?' Ze smijt de pollepel in de gootsteen en kijkt de jongen aan. 'Hoe bedoel je? Je doet wat ik je zeg, hoor je me? Het is je vriendje niet meer.'

Ze had het niet willen doen, maar als ze ziet hoe haar zoon haar aankijkt – uitdagend, alsof ze iemand is die hij haat – haalt ze naar hem uit; haar hand schampt langs zijn hoofd. Hij wankelt en valt opzij, tegen de tafel aan. Vlug komt hij overeind en doet een paar stappen naar achteren.

'Aurek! Nee!' roept ze ontzet uit. Ze heeft hem nog nooit een klap gegeven. Nog nooit. 'Nee,' roept ze. 'Het spijt me.'

Voordat ze hem te pakken kan krijgen, schiet Aurek vanuit de keuken de vestibule in en morrelt aan het slot van de voordeur. Ze pakt de deur vast terwijl hij hem al opendoet en probeert hem in zijn kraag te grijpen, maar hij ontsnapt de donkere avond in, door de stromende regen.

Ze weet dat het geen zin heeft hem in het donker achterna te gaan maar ze gaat toch de straat op en stapt door plassen. Het duister drukt tegen haar ogen. Een uur lang blijft ze zoeken, al weet ze dat het nutteloos is. Hij komt pas terug als hij er klaar voor is.

'Waar heb jij in godsnaam gezeten?' vraagt Janusz als ze het huis binnenloopt.

Ze staat knipperend in de vestibule, het water druipt van haar haar in haar ogen. Binnen ruikt het naar aangebrand eten en ze herinnert zich de pannen die ze op het vuur heeft laten staan. De keukendeur staat open en ze ziet een gordijn van rook vlak boven hun hoofden zweven.

'Dat komt door Aurek,' zegt ze. 'Die is buiten. Hij komt wel weer terug. We moeten maar wachten.'

Twee uur later wordt er op de voordeur geklopt, en daar staat Aurek, helemaal doorweekt. Zijn haar zit tegen zijn hoofd geplakt en is donker als een otter. Silvana kan het niet langer aanzien. Ze duwt Janusz opzij en negeert de manier waarop Aurek voor haar terugdeinst.

'Ik zal je afdrogen, Aurek...'

Janusz steekt zijn hand uit en trekt haar naar achteren.

'Laat mij maar. Kom, jongeman. Eerst even droog worden.'

Aurek werpt een dreigende blik op Silvana en legt dan zijn hand in Janusz' uitgestrekte hand. Hij had evengoed een mes in haar hart kunnen planten.

Silvana zit op de bovenste traptree te luisteren naar Janusz, die tegen Aurek in zijn kamertje praat en hem uitlegt dat hij niet zomaar mag weglopen. Langzaam begint het haar te dagen dat dit juist gunstig kan zijn: de vaderlijke toon van Janusz, zijn kalme strengheid. Maar ze voelt alleen maar verdriet. Ze hebben haar niet nodig. Geen van beiden. Ze hebben haar nergens voor nodig.

Een week later, als hij het haar nog steeds niet vergeven heeft, krijgt Aurek koorts. De verhoging wordt steeds erger en de avond erop is hij zo slap als een lappenpop. Silvana haalt gedroogde kruiden uit de potjes in de provisiekast; tijm, muurpeper, wilgenbast, lavendel – alle planten die ze tijdens de zomermaanden heeft geplukt en gedroogd. Ze laat een bad vollopen met koud water en doet de kruiden erbij.

'Ga erin,' draagt ze Aurek op, die wankelend op zijn benen naast haar staat.

Janusz staat in de deuropening.

'Hij rilt helemaal. Weet je zeker dat dit een goed idee is? We hebben ook aspirine. Kun je de jongen geen aspirine geven en dan in bed stoppen?'

Ze luistert niet. Aurek is ziek en dat is allemaal haar schuld.

'Mag ik alsjeblieft voor mijn eigen zoon zorgen?' snauwt ze terwijl ze de jongen in bad tilt. 'Hiermee zakt de koorts. Maar ik heb ook berkenschors nodig. De koorts moet gebroken worden. Jij moet op zoek naar een berk. Haal daar wat schors vanaf en dan kan ik die koken en in het badwater doen. Dat is de enige manier om de koorts omlaag te krijgen.'

'Waar moet ik in godsnaam een berk vinden?'

'Dat zeg ik toch? Ik heb berkenschors nodig. *Brozoza.* In Christchurch Park staat een groepje berken. Dat heb ik gezien. Als jij niet gaat, doe ik het wel.'

Silvana weet dat ze klinkt als een krankzinnige. Misschien komt dat wel door de periode die ze in de bossen heeft geleefd. De oorlog heeft van haar een Baba Yaga gemaakt, een oude heks van het woud. En het is haar schuld dat haar kind ziek is.

Erger nog: ze weet niet wat ze eraan moet doen. Ze kijkt Janusz aan en wacht op zijn antwoord. Hij is de Engelsman van het gezelschap.

Aurek slaat zijn armen om zijn knieën en hoest. Zijn ribben glanzen onder het water en hij moet weer hoesten, waarbij zijn schouders even verkrampen.

'Ik ga om tien uur 's avonds niet meer naar het park,' zegt Janusz. 'Allemachtig. Nu is het genoeg. Trek Aurek een pyjama aan en stop hem goed in. Ik ga de dokter halen.'

'Een dokter?'

'Die kan hem helpen. Til hem uit bad. Zijn lippen worden blauw.'

Ze draait zich om naar het kind en knikt. 'Ja. Je hebt gelijk. Een dokter. Een dokter weet wel raad.'

Ze tilt Aurek op, terwijl het water op haar jurk druipt, en het kind, dat gloeiendheet aanvoelt, valt flauw in haar armen. Ze wordt overstelpt door herinneringen en de paniek golft naar boven. De glanzende modder onder haar voeten. De bontjas bedekt met bloed. Ze is een vreselijk slechte moeder – vervloekt, net als haar eigen moeder.

'Janusz, schiet op!' schreeuwt ze, maar hij is de deur al uit. Ze klemt haar zoon stevig vast en snikt het uit in zijn hals.

Het regent hard – een ijskoude regen, die overgaat in natte sneeuw. Janusz valt bijna van zijn fiets als hij zonder te trappen over de heuvel naar beneden rijdt en door bevroren plassen sjeest. Voorovergebogen over de handremmen laat hij de pedalen rondgaan om zo snel mogelijk bij het huis van de dokter te zijn. Hij heeft de angst van Silvana overgenomen. Hij denkt niet langer dat de jongen een gewone verkoudheid heeft. Er schieten andere ziektes door zijn hoofd: polio, tuberculose, longontsteking.

De natte sneeuw doet pijn aan zijn gezicht en hij slaat een zijstraat in, racet over een grindpad. Niets is nog belangrijker dan de jongen. Hij trapt als een bezetene, de energie giert door zijn lichaam. Hij voelt een strakgetrokken knoop van liefde voor zijn vreemde zoon, ergens diep in zijn hart, daar verankerd als een stuk metaal in een draaibank. Als hij nog licht in de huiskamer van de dokter ziet branden is zijn opluchting zo groot dat hij zijn fiets op de grond smijt en met twee treden tegelijk het stoepje op springt, waarna hij met zijn beide vuisten op de deur bonst, zodat de vrouw van de dokter boos de deur opendoet en hem uitfoetert dat hij haar zo heeft laten schrikken.

Het is koud in de slaapkamer. Dat is het eerste wat Janusz opvalt wanneer hij de dokter in Aureks kamers binnenlaat. Hij vergeet de jas van de man aan te nemen. De manier waarop hij die heeft dichtgeknoopt wekt de suggestie dat hij hem helemaal niet wil uitdoen.

'Maak je maar geen zorgen,' zegt de dokter, die stevig in zijn handen wrijft. 'Hij wordt weer helemaal beter.'

Nu pas beseft Janusz dat hij de hele tijd zijn adem heeft ingehouden. Hij slaakt een zucht van verlichting. Silvana heeft tijdens zijn afwezigheid de kamer opgeruimd: Aureks boeken staan keurig op een rij; de foto van de jonge hondjes in een rieten mand hangt recht; het kleedje ziet eruit alsof ze het net heeft uitgeklopt. Alleen heeft ze haar natte jurk nog aan, die tegen haar lijf plakt. Janusz betrapt zichzelf erop dat hij naar de jarretelles kijkt die zich duidelijk onder de natte stof aftekenen. Het is lang geleden dat hij haar voor het laatst heeft aangeraakt. Hij draait zich om naar de dokter, in de hoop dat hij hem niet heeft zien staren.

'Het is waterpokken,' stelt de dokter vast. 'Dat heerst. De helft van de kinderen op school heeft het. De koorts zal morgenochtend wel gezakt zijn. En dan komen de vlekken op.'

'Waterpokken?'

'Mijn eigen zoon had het twee weken terug.'

Janusz ontspant zich. Aurek heeft iets wat andere kinderen ook hebben. Een gewone ziekte die weer overgaat.

'Uw zoon?'

'Wel een beetje laat. Mijn zoon is al twaalf, en ik ben van mening dat je waterpokken beter op jonge leeftijd kunt krijgen dan later.'

'Dus Aurek heeft een goede leeftijd voor waterpokken? De juiste leeftijd? Het is dus heel gewoon om het op deze leeftijd te krijgen?'

'Ja, hoor, dat kun je rustig stellen. Als hij morgen nog steeds koorts heeft, laat het me dan weten. Maar ik weet zeker dat die morgen gezakt is.'

Janusz kijkt naar Aurek, die in bed ligt, en streelt zijn voorhoofd. Het is een normaal kind. Net als alle anderen. Dat heeft de dokter zelf gezegd. Achter de waterpokken gaat een heel nieuwe wereld van hoop schuil.

Als Janusz de volgende ochtend wakker wordt en bij de patient gaat kijken, is Aureks temperatuur gezakt en is hij overdekt met rode bultjes. Janusz barst in lachen uit bij de aanblik van deze wonderbaarlijke vlekjes.

'Honger,' zegt Aurek, die aan een rijtje kleine rode blaasjes op zijn wang pulkt.

'Echt? Nou, dat is mooi. Kom eens naar buiten kijken. Ik moet je wat laten zien.'

Silvana zit als verdoofd op de rand van het bed, alsof het blauwe ochtendlicht dat de kamer binnenkruipt haar in de war brengt.

'Daar,' zegt hij terwijl ze samen naar een witte wereld kijken. 'Sneeuw. Een heleboel sneeuw. Het heeft volgens mij de hele nacht gesneeuwd.' Hij kijkt naar Silvana. 'Je ziet er doodmoe uit.'

Silvana knikt, geeuwt en wrijft in haar ogen. Ze laat zich achterover op Aureks bed vallen en maakt zichzelf klein door haar armen om haar knieën te slaan. Janusz blijft even onbeweeglijk staan en kijkt naar haar bleke wang, haar ogen met de lange wimpers die dicht zijn, alsof ze slaapt. Hij weet nog toen ze zwanger was van hun zoontje, jaren terug, en dat ze toen ook het liefst in die houding sliep, met haar armen om haar buik, alsof ze die moest beschermen.

Ze doet haar ogen open. 'Bedankt voor gisteravond. Je hebt de dokter gehaald en ik stelde me aan als een gek met dat geschreeuw om berkenschors.'

'Je deed me denken aan je grootmoeder.'

'Dat was een lieve vrouw.'

'Jij ook.'

Janusz pakt haar hand. Hij heeft zich sinds maanden niet zo verbonden met haar gevoeld. Aureks ziekte heeft hen nader tot elkaar gebracht. En het klopt dat de jongen de band tussen hen vormt.

'Ik laat je nooit meer in de steek,' zegt hij. 'Ook als er nog een oorlog komt, dan ga ik niet weg.'

Voor hem is dit het juiste moment.

'Silvana, ik vind dat we nog een kindje moeten maken. Aurek een broertje moeten geven.'

Silvana geeft geen antwoord en hij buigt zich voorover en geeft haar een kus, maar voelt haar onder zijn aanraking verstijven.

'Je bent moe,' zegt hij, veinzend dat hij het niet merkt. 'Je moet gaan slapen. Ik zal je niet storen.'

Hij legt een deken over haar heen en stopt die in.

'Kom,' zegt hij tegen Aurek. 'Wij gaan een ontbijt voor je maken. Als jij je tanden poetst en je handen wast, dan maak ik pap.'

Terwijl Aurek zich aankleedt, gaat Janusz de tuin in. Alles is bedekt met een witte laag en de lucht belooft nog meer sneeuw. Er dwarrelen gestaag donzige vlokken om hem heen. In zijn tuinschuurtje controleert hij of de dahliaknollen goed bedekt zijn onder het zand. Hij wil net de deur dichtdoen wanneer hij toch nog even de kist met knollen optilt en er een stapeltje brieven onderuit trekt. Hij kijkt ernaar. Op een dag zal hij ze weggooien. Binnenkort. Hij houdt van Silvana, maar hij kan Hélène niet loslaten. Nog niet.

Aurek zit in de keuken met dikke ogen van de slaap een bord pap te eten. Hij voelt zich alweer beter en begrijpt niet goed waar die vlekjes vandaan komen. Hij tilt telkens zijn pyjama op om ernaar te kijken. Het liefst zou hij de vijand vragen er ook eens naar te kijken, maar die heeft het te druk, Janusz zit met zijn rug naar Aurek toe zijn schoenen te poetsen; hij wrijft het zwarte leer op en houdt dan de glanzende neus omhoog in het licht, om er vervolgens weer als een bezetene overheen te wrijven, waarbij zijn elleboog heen en weer gaat als die van een vioolspeler.

'Heb je het koud?' vraagt Janusz, en hij draait zijn roodaangelopen gezicht naar Aurek. 'Ik kan een deken halen als je het koud hebt.'

Aurek schudt zijn hoofd en krabt aan de blaasjes op zijn wang.

'Niet aankomen,' waarschuwt Janusz. 'Kom, eet je pap eens op.'

Aurek neemt een hap.

'We hebben het best gezellig, hè?' zegt Janusz. 'Zo met z'n tweetjes?'

Janusz zet zijn schoenen op de vloer en wrijft ze op met een lap.

'Zou je nog een broertje willen hebben? Of een zusje? Aurek, luister je wel? Een baby erbij zou wel leuk zijn, hè?'

Daar moet Aurek even over nadenken. Hij denkt aan zijn moeder en schudt zijn hoofd. Hij wil haar niet met een baby delen.

'Nou ja, misschien komt het er wel nog van. Op een dag

krijg je een broertje en dan ben jij de oudste. Dan kun je meehelpen met voor hem zorgen.'

Janusz trekt zijn schoenen aan.

'We hebben niet veel tijd samen, hè? Je moeder houdt je altijd voor zichzelf. Zeg eens: weet je nog het bos waar je hebt gewoond?'

Aurek schudt fronsend zijn hoofd. Hij heeft een hekel aan zulke vragen. Hij steekt zijn lepel in de pap en roert.

'Ik zou er graag meer over weten,' zegt Janusz. 'Als ik terugkom van mijn werk, vertel je me er dan over?'

Aureks moeder heeft het nooit over het bos en de vijand zit altijd ernaar te vissen. Aurek heeft het gevoel dat hij een geheim tussen hen tweeën is dat ze elkaar nooit helemaal vertellen. Maar de vijand lacht naar hem en Aurek probeert iets te verzinnen om te zeggen waardoor hij blijft lachen.

'Toen ik klein was, heb ik eens een knoop ingeslikt.'

'Wat?'

'Een knoop ingeslikt. Jij hield me ondersteboven, zodat ik niet zou stikken.'

De mondhoeken van de vijand gaan omhoog. 'Dat is waar ook. Je had een knoop ingeslikt. Dat was ik vergeten. Maar dat herinner je je toch niet meer?'

'Mama heeft het me verteld. Moet ik vandaag naar school?'

'Nee. Je moet thuisblijven tot alle vlekjes weg zijn. Ik ga nu naar mijn werk. Lief zijn voor je moeder, hoor.'

Aurek loopt achter Janusz aan naar de deur. De tegels zijn ijskoud aan zijn voeten.

Wanneer Janusz zijn jas dichtknoopt en de deur opendoet, slaat een windvlaag Aurek bijna tegen de grond.

'Een knoop,' zegt Janusz. 'Tjonge. Dat was ik helemaal vergeten. Je stopte altijd dingen in je mond toen je klein was.'

Janusz staart glazig naar buiten, als een paard dat in een weiland opeens zijn hoofd optilt en in de verte kijkt. Aurek schuifelt dichterbij. Hij staat achter Janusz' benen en tuurt naar de dwarrelende sneeuwvlokken buiten, naar de huizen aan de overkant, hun grijze ramen, de bevroren melkflessen op de stoepjes. Hij raakt Janusz' hand aan. Misschien zal de vijand hem op een dag willen knuffelen. Als het zover is, houdt Aurek hem niet tegen.

'Heb je zin om een sneeuwpop te maken als ik terugkom van mijn werk?' vraag Janusz met een blik op Aurek.

'Nu?'

'Nee, niet nu. Na het werk. Mannen moeten werken, snap je. Jij ook, later.' Janusz trekt zijn muts over zijn oren en wrijft in zijn handen. 'Doe de deur maar achter me dicht,' zegt hij en dan is hij verdwenen. Met opgetrokken schouders tegen de kou beent hij weg.

'Snel terug,' fluistert Aurek.

Hij gaat naar boven, stapt in zijn bed naast zijn moeder die lijkt te slapen. Haar ogen zijn dicht, haar haar bedekt haar gezicht.

'Krijg ik een broertje?'

Silvana doet haar ogen open. 'Wat?'

'Een baby?'

'Nee,' zegt ze, en ze slaat haar arm om hem heen. 'Jij bent alles wat we nodig hebben.'

Aurek kruipt tegen haar aan. Hij is blij. Ze heeft gelijk: ze hebben geen baby nodig.

POLEN

Silvana

Het was gaan regenen en het kamp werd modderig. Silvana was de oorlog al bijna vergeten. Het leek hier of alles heel ver weg was, of ze in een andere wereld waren. Ze maakten vlonders van takken en omgevallen bomen, zodat ze hun bed konden ophogen, maar alles was zo doornat dat niets meer echt droog werd.

De oude man kwam gewoon niet meer zijn dekens uit; hij bleef dag en nacht in zijn eigen uitwerpselen liggen. Gregor mocht van zijn vrouw ook zijn portie eten hebben. Gregor zat op droog brood te kauwen terwijl de oude vrouw voor hem aan het zorgen was, neten uit zijn haar plukte en hem als een welwillende moeder toelachte. Elsa en Lottie hielden haar in de gaten en Silvana zag de jaloezie in hun ogen. De oude man tuurde naar het bladerdak boven zijn hoofd. Misschien zag hij de lucht niet eens. Misschien keek hij niet eens zo ver.

Overdag maakte Silvana vaak lange wandelingen, met Aurek op haar rug. Soms had ze 's nachts geen zin in Gregor en dan bleef ze buiten het kamp slapen, maakte een veldbed voor Aurek en haar van konijnenvellen en varens. Op een ochtend kwam ze terug en zag dat de oude man onbeweeglijk naar de lucht staarde. De oude vrouw moest huilen.

'Is hij dood?' vroeg Silvana.

'Wat?' Een bedroefde Lottie keek haar aan. 'Hij? God, nee. Hij is niet dood.'

'Waarom vraag je zoiets?' riep de oude vrouw. 'Zorg ik niet

goed voor hem? Bedoel je dat soms? Ik zorg mijn leven lang al voor mijn man. Wat weet jij ervan? Wie ben jij nou helemaal? Je praat nooit met ons. Je sluipt als een dief in de nacht hier rond met dat zoontje van je. Wat hebben we nou aan jou?'

Silvana keek of ze Elsa zag. Toen pas snapte ze het. Gregor was weg. Samen met Elsa was hij midden in de nacht vertrokken.

De volgende ochtend, bij het eerste licht, gingen de vrouwen weg. Ze zeiden geen woord tegen Silvana en zij keek toe hoe ze hun dekens en spullen pakten. Lottie, de pianiste, deed geen moeite meer haar haar op te steken. Het hing nu in dikke krullen op haar rug. Zij en de oude vrouw liepen krom van de kou en bewogen zich als elkaars spiegelbeeld. Twee bosheksen met takjes in hun haar. Silvana was er niet rouwig om dat ze vertrokken.

De oude man stierf een week na hun vertrek. Ze wilde een kuil voor het lichaam graven, maar de grond was te hard en de oude man had al lijkstijfheid. Bovendien stonken zijn dekens, zelfs in de kou. Silvana sleepte hem uit zijn schuilplaats en liet hem overdekken door de vallende sneeuw. Binnen een paar uur lag hij bevroren onder een deken van sneeuw. Ze wikkelde Aurek in konijnenvellen, tilde hem op, trok haar jas stevig om zich heen en ging op weg. Als het gaat dooien, dacht ze, zijn we hier ver vandaan en zullen de wilde dieren hem al wel hebben opgegeten. Maar wat de jongen en zij moesten doen, dat wist ze in de verste verte niet.

Janusz

De boer en zijn vrouw ontvingen Janusz met een kalme hartelijkheid. Hij kreeg een kamer achter in het huis en ze hielpen hem op het ijzeren bed, waar hij languit op zijn rug naar de scheuren in het plafond en de balken ging liggen staren. Hij vroeg zich af of hij zich ooit weer ongedwongen zou kunnen bewegen. De boerin legde een vochtig laken over hem heen, heel voorzichtig, zodat het niet alleen zijn lichaam, maar ook zijn gezicht bedekte. Knipperend lag hij onder het witte katoen en voelde zich als een opgebaarde dode.

Het laken voelde zwaar op zijn verbrande huid. Net op het moment dat hij zijn stijve armen optilde om het laken weg te halen, voelde hij twee handen op zijn gezicht die het laken terugsloegen. Hij keek verbaasd naar een meisje in een gele jurk. De kleur deed hem denken aan de boterbloemen die langs de oever van de rivier in zijn geboortedorp bloeiden.

Hij glimlachte tegen haar en het kon hem niet schelen dat zijn vervellende huid pijnlijk kapotscheurde.

'Hoe heet je?' fluisterde hij.

Ze boog zich voorover. 'Zei u iets, monsieur?'

Hij slikte, probeerde opnieuw te spreken. 'Je naam?'

'Hélène,' antwoordde ze. 'Hélène Legarde, monsieur.'

Hij lag een week met koorts in bed vanwege de zonnesteek. Hélène smeerde zijn brandwonden in met olijfolie en liet hem kleine slokjes water drinken. Het maakte hem duizelig van dankbaarheid dat ze zo lief voor hem was. Ze prikte de blaren op zijn rug door en legde kompressen op zijn ontvelde huid. Wanneer ze zich over hem heen boog, kwamen haar borsten even tegen zijn bovenlijf aan, waardoor hem de rillingen over de rug liepen. Hij rook haar geur, de muksusachtige lucht van haar zweet. Het liefst had hij zijn arm uitgestoken en haar aangeraakt. 's Nachts lag hij ongeduldig te wachten tot het ochtend werd en zij weer bij hem kwam kijken.

Eén keer per dag bracht ze hem naar de sloot die achter de oude natuurstenen hoeve liep. Hélène liet hem daar achter met een schep en een kom as, en hij hurkte neer in de aangename schaduw van het huis, mijmerend over het eenvoudige leven dat deze boerenfamilie leidde en de rust die hij hier had gevonden.

Hij liep terug naar het erf, terwijl de hagedissen, gestoord in hun zonnebad, door het kurkdroge gras onder zijn voeten wegschoten. Op het erf lagen de honden te slapen, met hun snuit op hun uitgestrekte poten. Bij de schuurdeur had een stel kippen in het zand verkoeling gezocht, hun vleugelveren uitgespreid als vingers. Hélène was er ook. Ze was druk bezig, met haar rug naar hem toe, de terrastreden aan te vegen. Hij keek hoe er zweetplekken op het achterpand van haar jurk verschenen, waardoor het zomerse patroon donkerder werd. Ze draaide zich om, omklemde de bezem met twee handen en boog haar hoofd, zodat hij de gleuf tussen haar borsten zag.

Janusz liep naar haar toe. 'Het is veel te warm om te werken. Je zult wel dorst hebben. Kan ik wat te drinken voor je halen?'

Ze keek op en hij pakte de bezem uit haar handen.

'Wat te drinken?' vroeg ze met glimmende wangen van de hitte. Ze liep naar de put midden op het erf en begon aan een dik touw te trekken dat boven de diepte hing. Na een tijdje verscheen er een metalen emmer. Ze stak haar hand erin en haalde er een fles rode wijn uit.

'Lekker koud,' zegt ze. 'Wij drinken samen?'

IPSWICH

Op nummer 22 ruikt Kerstmis naar kool, gebakken vis en zinkzalf. Op kerstavond pakken ze hun cadeautjes uit en Janusz zegt dat ze volgend jaar zullen wachten en het op kerstdag zullen doen, net als echte Engelsen.

'Prima,' zegt Silvana, die te moe is om hem tegen te spreken, laat staan na te denken over volgend jaar. 'Wat je wilt.'

Voor Aurek is er een tweedehands Raleigh en de belofte van Janusz om hem te leren fietsen. Silvana wil niet dat de jongen op een fiets rijdt. Ze is bang dat hij zal vallen en zich zal bezeren. Elke keer dat ze naar de fiets kijkt, ziet ze in gedachten Aurek ervanaf vallen. Ze zegt niets. Aurek zet de fiets tegen de gangtrap en poetst de spaken op met zijn zakdoek.

Silvana geeft Janusz een bruinpapieren zak met dahliabollen in zaagsel. Janusz geeft haar parfum: Yardley English Lavender. Ze doet het flesje open, ruikt eraan en moet onbedaarlijk niezen.

Nu ze van de huisarts extra bonnen hebben gekregen om kolen voor Aurek te kopen, wil Silvana per se dat ze goed stoken en het huis flink warm houden. Het sneeuwt nog steeds en in het hele land vriest het. Het is op de radio en het staat in de kranten: de strengste winter sinds jaren. Ze zegt tegen Janusz dat hij trots moet zijn: ze heeft in een krant gelezen dat Poolse mijnwerkers dag en nacht in touw zijn om de kolenvoorraad op peil te houden.

'De Engelsen klagen wel over buitenlandse arbeiders,' zegt

ze tegen Janus, 'maar wat moesten ze beginnen zonder onze mijnwerkers?'

Ondanks deze opbeurende gedachte slagen de Poolse mijnwerkers er toch niet in Silvana warm te houden. Ze heeft twee paar kousen aan, een onderjurk, een dikke tweedrok, twee blouses en een vest, maar het helpt allemaal niets. Ze huivert en rilt van de kou.

'Kom, Aurek, even goed kijken,' zegt Janusz. Hij zit in de stoel bij de kachel, terwijl Aurek op het kleed een legpuzzel maakt. 'Dat is het sjaaltje van de cowboy. Dat is blauw. Zie je wel? Kijk goed naar het plaatje op de doos. Daar is een stukje dat een beetje lijkt op dat stukje hier. Je moet zoeken naar hetzelfde blauw.'

Silvana is benieuwd wat Tony nu doet, of hij met Peter in het grote huis van de grootouders aan het park is en ook legpuzzels maakt voor de haard. Ze leunt achterover in haar stoel. Ze heeft hem sinds oktober niet meer gezien, toen ze hem over de brieven had verteld. Ze zou blij moeten zijn. Nu ze hem niet meer ziet, is haar leven veel eenvoudiger, maar toch is ze boos. Hij wandelt maar gewoon haar leven binnen en loopt er net zo makkelijk weer uit.

Ze kijkt naar Janusz die de juiste puzzelstukjes zoekt, rustig, logisch, terwijl Aurek torentjes bouwt van de houten stukjes.

'Het is tijd voor een glas sherry,' zegt Janusz nadat hij Aureks stapel puzzelstukjes heeft afgebroken en het laatste stukje lucht op zijn plaats heeft gelegd. 'Aurek, nee. Niet meer aankomen. Het is klaar. Zet de radio maar aan. Zo meteen komt de kersttoespraak van de koning.'

Met z'n drieën luisteren ze naar de radio en Silvana nipt van haar sherry. Die smaakt zo smerig dat ze hem naar binnen klokt, zodat het glas snel leeg is en ze met goed fatsoen naar boven kan. Haar hoofd bonst en ze wil het liefst naar bed.

'We heffen het glas op de koninklijke familie,' zegt Janusz.

'En we brengen een dronk uit op onze eigen zoon. Wil je soms een beetje sherry proeven, Aurek?'

Als het volkslied wordt gespeeld, kijkt Janusz verwachtingsvol naar Silvana, maar die verroert zich niet. Ze is bang dat ze meteen omvalt als ze opstaat. Janusz komt wel uit zijn stoel, stram en ernstig. Zijn vertrouwen in de koning is roerend. Of komt het doordat ze te moe is om zich nu te ergeren aan zijn onverdroten zucht om een volmaakte Engelsman te worden? Dan ziet ze tot haar verbazing Aurek bij de klanken van het volkslied in de houding springen en salueren.

'Ik heb hem de tekst geleerd,' legt Janusz uit. 'Kom, Aurek. Zing maar mee.'

Het is zo grappig om Aurek het Britse volkslied te horen zingen met zijn vader, allebei keurig in de houding, terwijl Aurek af en toe loeit als een koe of jankt als een hond, dat ze moet lachen, hoesten en rochelen en uiteindelijk kokhalzen en overgeven.

Janusz zet de radio uit. 'Gaat het?' Hij buigt zich over haar heen en haalt een zakdoek uit zijn broekzak.

Kerstmis is een vreselijke tijd, denkt ze terwijl ze haar mond afveegt. Het maakt haar weerloos.

'Ik wil naar huis,' mompelt ze.

Janusz schuift naar haar toe, strijkt een lok uit haar ogen. 'Ik ook,' fluistert hij in haar oor. Althans, dat meent ze hem te horen zeggen. Ze kijkt hem aan.

'*Wesołych swiat*,' zegt ze. 'Fijne kerstdagen.'

Dan laat ze zich door Janusz in bed helpen.

De rest van Kerstmis en oudjaar trekken in een waas voorbij. De dokter wordt erbij gehaald en die constateert griep. Haar hoofd voelt als een strijkijzer, zwaar en onhandelbaar, en haar lichaam is iets wat ze het liefst kwijt zou zijn.

Overdag, als Janusz naar zijn werk moet, brengt Doris Aurek naar school. Ze komt met runderbouillon en Easton's siroop aanzetten, een stroperig bruin goedje waar Doris bij zweert en Silvana stilzwijgend van walgt. En terwijl Silvana in bed ligt te herstellen, heeft ze het idee dat ze Aurek langzaam verliest.

In de tuin is het schemerig. De bomen zijn wit van de rijp. Het gammele tuinhek is zachtgrijs tegen de bevroren sneeuw die zich heeft vastgezet in de bolletjes ijs aan de lijnen boven het hek. De sneeuw op de grond is even wit en korrelig als een suikerbrood. Die aan de voet van de oude eik achter in de tuin heeft weer een andere kleur. Tegen de zwarte stam is de sneeuw even blauwwit als moedermelk.

Silvana wendt zich af van het winterse tafereeltje voor haar raam en kijkt naar Aurek, die aan de keukentafel zit. Doris heeft hem zojuist van school gehaald.

'Ben je nog vriendjes met Peter?'

Ze heeft met zichzelf afgesproken dat ze het niet zou vragen, maar nu doet ze het toch.

'Toen ik zei dat je geen vriendjes meer met hem mocht zijn, bedoelde ik dat niet zo, hoor. Het spijt me dat ik dat heb gezegd. Waarom vraag je niet of hij een keertje komt spelen?'

'Peter is niet op school.'

'Niet op school?'

'De juf heeft gezegd dat hij niet meer terugkomt. Hij gaat weg.'

Dus het is waar. Tony is weg. En dan te bedenken dat ze hem bijna alles had verteld. Aurek ziet eruit of hij in huilen gaat uitbarsten. Zijn enige vriendje, en zij heeft hem gedwongen om weg te gaan uit Ipswich.

'Als je wilt, mag je morgen thuisblijven,' fluistert ze tegen hem.

Maar de school blijkt dicht te zijn. Door de hevige sneeuwval zijn de wegen onbegaanbaar geworden. Iedereen zegt dat dit de strengste winter is sinds mensenheugenis. Janusz blijft een week thuis omdat de fabriek dichtgaat en ze leven op soep met deegballetjes omdat ook de winkels, als ze al bevoorraad zijn, allemaal dicht zijn.

Elke ochtend maakt Silvana een wandeling. Ze weet dat ze binnen moet blijven, maar haar benen denken daar anders over.

'In Polen sneeuwt het elk jaar zo erg,' zegt ze tegen Janusz. 'Ik snap niet waarom je je zo druk maakt.'

'Er zijn mensen die doodvriezen in hun huis,' zegt Janusz. 'Lees je de krant niet? Het land is ontwricht. En je mag Aurek niet meenemen. Het is te koud voor hem buiten.'

'Ik moet er gewoon even uit,' zegt ze. In werkelijkheid schaamt ze zich voor de gevoelens die ze heeft wanneer ze Janusz met Aurek ziet. Ze heeft wat ze wilde: een vader voor Aurek. Hij houdt van de jongen, en Aurek, zo ziet ze, begint hem te vertrouwen. Ze zou blij moeten zijn, maar in plaats daarvan vindt ze het onverdraaglijk om hen samen te zien.

Ze sjokt door het blauwe licht van natte sneeuw en ijs, haar longen branden van de kou, en ze verbeeldt zich dat ze terug is in de ijskoude Poolse winters van de oorlog, terug naar haar eigen herinneringen en het belang van overleven, van niets anders hebben om over na te denken.

Ze loopt langs de schapen die dicht bij elkaar staan in de wei. Ze ziet een trein die begraven is in de sneeuw; doorzichtige ijspegels hangen als dolken van winkeletalages. In het centrum blijkt de dierenwinkel van Tony dicht te zijn: luiken voor de ramen, een bordje met GESLOTEN achter de deur. Ze staat voor de winkel en kijkt naar de donkere ramen van de woning erboven en vraagt zich af waar ze nu zijn.

De riviermonding is ook bevroren, en Silvana loopt het ijs op, luisterend naar het zachte jammeren van de wind die over het oppervlak schaatst. Ze voelt het ijs onder haar voeten doorbuigen en kraken. Als het nu zou opensplijten en ze in het donkere water viel, zou haar geheim met haar verdwijnen. Alleen Aurek zou overblijven. Een jongen en zijn vader. Maar de rivier slokt haar niet op. Ze is zo droog en gewichtloos als de wind zelf; het onafgebroken kraken en schuren van het ijs terwijl ze naar het midden van de rivier schuifelt heeft zelfs iets knus, zoals knappende takjes op bosgrond.

Wekenlang houdt de kou de stad in zijn greep, en als de dooi inzet, treedt de rivier buiten zijn oevers en vullen de kanalen zich met kolkend bruin water. In het centrum komt het bus- en tramverkeer weer op gang en mensen lopen op straat in kaplaarzen en met zuidwesters op, en de scholen zijn allemaal weer open.

Op een zonnige ochtend, nadat ze Aurek naar school heeft gebracht, loopt Silvana door de achterbuurten van Ipswich. Ze komt langs de methodistische kerk met zijn sobere gevel van geel steen en ze ziet een smal gangetje waar ze nog nooit in is geweest. Ze gaat erin, strijkt met haar vingers langs de hoge bemoste muren en kijkt met verwondering naar het donker dat zich onder haar voeten ophoopt, als zwarte bladeren.

Het gangetje komt uit op een straat met kinderkopjes die uitsluitend bestaat uit garages en reparatiewerkplaatsen. Auto's, vrachtwagens, busjes en rijtuigen staan opeengepakt in een chaotische wirwar en blokkeren de doorgang. Ze manoeuvreert zich erdoorheen en komt ten slotte bij een binnenplaats. Boven de houten deuren hangt een geschilderd bord: HARRY GOLDBERG & ZOON. HANDELAREN IN VODDEN EN SCHROOT. De man bij wie ze de schoenen heeft gekocht. Ze is nieuwsgierig, wordt er als vanzelf naartoe getrokken.

De volgende dag bakt ze een peperkoek. De ene helft legt ze op de keukentafel voor Aurek en Janusz. De andere helft wikkelt ze in een theedoek en neemt ze mee voor de voddenboer. Hij herkent haar nog. Hij propt de peperkoek in zijn mond en grijnst, waarbij plakkerige tanden en terugtrekkend tandvlees zichtbaar worden.

'Kijk maar rustig rond. Ik heb van alles hier – antieke spullen, noem maar op. Er komen zelfs handelaren uit Londen om naar mijn voorraad te kijken. Ik heb de zaak van mijn vader overgenomen. Hij kocht nog botten op en zo. En kookte ze dan hier in.'

'Botten?'

'Ja, daar handelden we vroeger in. Die verkochten we als kunstmest. Maar daar valt nu geen cent meer mee te verdienen. Kijk rustig even rond.'

Overal in de loods liggen kleren en staan snuisterijen. In de ene hoek staan eetkamerstoelen tot aan het plafond opgestapeld en in een andere liggen balen muf ruikend beddengoed. Tientallen katten liggen te slapen tussen de lakens en dekens, en schrikken wakker als Silvana eraan komt; ze houden haar scherp in de gaten. Ze tuurt in donkere nissen vol met kleden en zijden parachutes, bedden en dekenkisten. Voor het eerst sinds ze in Engeland is, ervaart ze een moment van herkenning: zij maakt ook deel uit van de aangespoelde rommel van het menselijk leven.

De week daarop bakt Silvana nog een peperkoek voor de voddenboer. Hij is een zoetekauw en, zo vermoedt ze, heeft niemand die eten voor hem maakt. De simpele uitwisseling van koek tegen de gelegenheid in zijn loods en schuur te snuffelen, stemt haar blij.

'Ik ben jarig,' zegt ze tegen hem, aangemoedigd door de oprechte hartelijkheid waarmee hij haar begroet. 'Vandaag.'

Het is misschien niet iets om tegen een vreemde te zeggen, maar Silvana heeft er behoefte aan om het tenminste aan iemand te vertellen. Janusz is vanochtend vertrokken zonder haar te feliciteren. Niet dat het uitmaakt. Ze is achtentwintig geworden, te oud voor taart en *Lang zal ze leven*.

'Nou, zoek dan maar iets uit,' zegt de man. 'Gefeliciteerd, juffrouw. Zoek maar iets moois uit. Het meeste gaat toch naar de liefdadigheid. Ik sorteer de spullen en zij sturen die naar de mensen die ze nodig hebben. Voornamelijk buitenlanders. Arme stakkers die niks hebben.'

Even denkt ze dat hij haar beledigt. Maar dan ziet ze zijn halfgeloken ogen en fletse gezicht, en beseft dat ze net zo over hem denkt: de zoveelste eenzame buitenlander die niks heeft.

Silvana helpt hem met het sorteren van het goed. Lakens en katoen voor poetsdoeken. Muffe jassen op de ene stapel, herenkleding op de andere, dames- en kinderkleding op een derde stapel. Ze denkt aan het vluchtelingenkamp, de lange rijen van mensen die allemaal ergens heen gingen, net als zij, op de trein, de bus en de boot, op weg naar een nieuw land. De kleren die ze kregen kwamen vast ook uit een opslagplaats als deze. Het is net of ze, terwijl ze samen met de voddenman de kleren sorteert, zich weer bij deze verdwenen mensen bevindt, het soort mensen dat ze het best kent.

Silvana maakt een jutezak open die vol zit met blouses en fantaseert er de vrouwen bij die ze hebben aangehad. De vlekken en grijzige kringen op lakens zijn een herinnering aan geboortes, huwelijksnachten en sterfgevallen. De zweetplekken op kragen doen haar zuchten. Ze stopt haar handen in mouwen en gaat langs de harde stiknaden, versleten door lichamen die dag in dag uit langs deze stof hebben geschuurd. Ze huivert van de emmers met schoenen. De uitgedroogde leren schoenen en laarzen zijn als de misvormde voeten van de doden.

Haar oog valt op de gerepareerde stukken en de gestage aftakeling van de kleren, en ze heeft het gevoel dat ze rouwt om de mensen die deze kleren vroeger hebben gedragen. Toch leven ze voort. Ze zal de kleren sorteren, inpakken en verzenden. Ze zullen op reis gaan, bij mannen, vrouwen en kinderen terechtkomen die berooid uit de oorlog waren gekomen met alleen het merkwaardige besef dat ze iets hadden overleefd en het vage idee dat ze misschien nu wat hun te wachten staat niet zullen overleven.

Ze vindt een zwarte katoenen jurk met een wijde rok, zoals haar moeder die vaak droeg. In gedachten ziet ze haar moeder in rouwkleding, haar hoofd gebogen van verdriet of ergernis, haar handen die de gestalte van haar dode zoontjes vasthouden. Silvana tilt de jurk bij de schouders op en schudt de kreukels eruit.

'Ik ben je dochter,' zegt ze terwijl ze de jurk een eindje van zich af houdt. Ze schudt hem nog eens uit, waarbij de mouwen agressief wapperen, zwart en somber als de vleugels van een gevangen kraai.

'En, wat moet ik doen, moeder?' vraagt ze aan de jurk. 'Ik denk de hele tijd aan Tony. Zeg eens: wat moet ik doen? Wat zou u doen? Waarom bent u er niet voor me nu ik u nodig heb?'

De jurk geeft haar geen goede raad. Natuurlijk niet. Heeft haar moeder haar ooit ergens mee geholpen? En toch mist ze haar.

Met de jurk over haar arm loopt ze naar huis, en in de zitkamer treft ze Janusz en Aurek met Doris aan.

'Gefeliciteerd met je verjaardag!'

Ze beginnen te zingen: 'Lang zal ze leven, lang zal ze leven in de gloria!'

Silvana is niet in staat haar jas uit te trekken. Haar bevroren vingers kloppen van de plotse warmte; ze tintelen doordat ze weer tot leven komen. Haar rood en wit gevlekte vingers schrijnen en worden dik, zodat ze haar jas niet kan losknopen, hoe graag ze dat ook wil.

'Je dacht dat ze het waren vergeten,' zegt Doris. Ze neemt een trek van haar sigaret en moet hevig hoesten. 'Jan heeft het achter je rug om bekokstoofd!'

'Alsjeblieft.' Janusz geeft haar een witte doos met een blauw lint erom. 'Doris heeft helpen uitzoeken.'

'Ikke,' roept Aurek. 'Ikke, ikke, ikke!'

Doris lacht. 'Goed dan. Jij hebt het uitgekozen. Vooruit, Silvana, maak open.'

Silvana doet de doos open en haalt er een jurk uit. Hij is

van donkerblauwe stof met witte noppen. De driekwartmouwen zijn afgezet met kant; de rok is wijd en het smalle lijfje heeft baleinen.

Janusz geeft haar nog een doos. Hij praat zachtjes, zodat alleen zij het kan horen. 'Ik heb te veel verjaardagen van je gemist.'

In de doos zitten hoge pumps en glacéhandschoenen.

'Ik heb die dozen al weken op mijn logeerkamer staan,' zegt Doris. 'En eerlijk waar, wees maar blij dat jij dunner bent dan ik, anders had ik die jurk allang zelf aangetrokken! Kom, geef eens een modeshow. Laat eens zien hoe mooi je bent.'

In haar slaapkamer hangt Silvana de zwarte jurk in de kast. Ze trekt haar nieuwe jurk aan en maakt een pirouette, zodat de rok om haar heen zwiert. Die heeft vele lagen. Stel je voor! Meters stof om haar heen. En nieuw! Een jurk die voor haar is gekocht, nog door niemand gedragen. Ze kan zich niet meer herinneren wanneer ze voor het laatst een gloednieuwe jurk aanhad. Ze schuift haar voeten in de schoenen en trekt de handschoenen aan, duwt haar vingers in het soepele leer. In de badkamer bekijkt ze zichzelf in de spiegel. Het is een prachtige jurk, maar de vrouw die haar aankijkt ziet er mat en afgetobd uit. Wanneer, vraagt ze zich af, zal ik geen vreemde meer voor mezelf zijn?

Ze gaat naar beneden en Janusz knikt goedkeurend.

'Die kun je vrijdag aan.'

'Vrijdag?'

'Dan gaan we naar de bioscoop. Doris en Gilbert gaan mee.'

'De bioscoop?'

Ze denkt aan Warschau en de bioscopen waar ze heen ging voor de middagvoorstelling. Op fluwelen stoelen in het donker, haar zwangere buik bijna tegen rugleuning van de stoel voor haar, werd ze op een golf van hoop en verwachting langs haar favoriete Amerikaanse films gevoerd. Elke week ging ze naar de film, en ze dacht dat haar kind na de geboorte (hoewel haar moeder een rare was, geloofde ze wel haar voorspelling dat het een jongen zou worden) dol op film zou zijn.

Doris klapt in haar handen en Silvana schrikt op uit haar gemijmer. Ze is blij dat Doris haar uit deze overpeinzingen haalt. Ze trekt Aurek naar zich toe en slaat haar rokken om hem heen.

'We hebben zelfs voor een oppas gezorgd,' zegt Doris.

Janusz knikt. 'Het is maar voor een paar uur.'

Silvana schudt haar hoofd. Ze laat haar jongen niet bij een vreemde achter.

'Wie gaat er dan op Aurek passen?'

'Tony!' roept Doris uit. 'Ik kwam hem laatst toevallig tegen. Hij zei dat ik tegen jou moest zeggen dat hij het leuk vindt je weer te zien. Hij is hier vrijdagavond om zes uur precies.'

Janusz gaat met zijn vinger langs de binnenkant van zijn boord. 'Dat vind je toch wel goed?'

'Nou, prima dan,' zegt Doris. 'Dat is geregeld.'

'Silvana?' vraagt Janusz. 'Gaat het wel?'

'Het lijkt wel of je een spook hebt gezien,' lacht Doris. 'Je bent zo wit als een doek.'

Silvana gaat zitten; haar stijve rokken waaieren omhoog. Ze vouwt haar handen samen en lacht geforceerd.

'Het gaat goed,' zegt ze. 'Niets aan de hand.'

POLEN

Silvana

Silvana zwierf dagenlang door de bossen. Er kwam geen eind aan. Na het vertrek van Gregor en de vrouwen werd ze niet meer wijs uit de bomen. Hoe ver ze ook liep, ze vond nooit de rand van het bos en ze zag nergens een ander teken van leven. Ze keek of ze ergens mensen zag, partizanen die zich in het bos schuilhielden, maar er was niemand te bekennen. Ze was alleen met de jongen. Misschien, dacht ze, had ze aardiger tegen Gregor moeten zijn. Misschien had hij haar en Aurek dan, net als Elsa, meegenomen.

De vermoeidheid speelde haar parten. Ze was te moe om het nog koud te hebben. Te moe om de kiespijn te registreren of de pijn in haar rug van het opboksen tegen de ijskoude wind.

Ze verbeeldde zich dat ze op een bed lag, een bed waarop ze samen met haar kindje languit kon liggen. Ze dacht dat ze wilde slapen. Na een tijdje wist ze dat ze het liefst dood wilde. Silvana begreep op dat moment alles. Ze was een dochter van haar moeder. Helaas niet in staat een kind groot te brengen.

Ze moest denken aan de sneeuw in de appelgaard toen ze klein was en ze vertelde het aan Aurek, in de hoop dat het al het ijs een zekere toverglans gaf. Ze had sneeuwengelen gemaakt. Samen met de andere kinderen was ze op zoek gegaan naar maagdelijke sneeuw, waar ze in waren gaan liggen en daarna met hun armen en benen opzij hadden gezwaaid, zodat ze leken op sterren die seinden. Dan werd voorzichtig het liggende kind overeind getrokken en bleef er in de sneeuw een wonderlijke afdruk achter, als een uitgeknipte engel, zonder dat je wist hoe die gemaakt was.

Ze had niet verwacht dat de winter zo verschrikkelijk zou zijn. Het was heel anders dan de sneeuw die ze zich uit haar jeugd herinnerde. Het was meedogenloos. Op de bomen lag een blauwe glans van de rijp en de kale takken fonkelden. Haar tanden en kiezen deden pijn van de kou. Haar handen waren stijf, haar kaken bevroren. Haar vingers waren opgezet. Het was moeilijk om er iets mee te doen.

Aurek was opgehouden met huilen. Hij lag met halfdichte ogen en open mond in Silvana's armen. Zijn appelrode wangetjes waren sneeuwwit geworden. Ze voelde dat hij het dreigde op te geven.

Ze ontdekte een kleine open plek in het bos, een kuil in het land waar alleen verschroeide boomstammen stonden. Er was hier waarschijnlijk een bom ontploft die als een reuzenhand de aarde en bomen had ontworteld, waardoor een komvormig terrein was ontstaan dat dankzij de hoge sneeuwbanken tegen de gure wind was beschermd. Silvana ging op de rand van de krater zitten en gleed op haar rug met Aurek tussen haar benen naar beneden. Onder aan de heuvel zag ze, in een dwarreling van sneeuw, iets wat haar aandacht trok en haar met haar ogen deed knipperen.

Op dat moment wist ze dat ze niet meer uit het bos zou weggaan. Ze gaapte het met grote ogen aan. Het was het kleurigste voorwerp dat ze in tijden had gezien. De gouden franje wenkte haar als een vriend. Daar stond op het witte tapijt een roodvelours chaise longue, met strakke veren en knopen in de rugleuning.

Silvana had al eerder meubels gevonden: tafels, kapotte krukken, servieskasten. Maar ze had nog nooit zoiets moois als deze rode chaise longue gezien.

Er vlogen zwarte kraaien door de kale takken van de hemel. Ze maanden haar, dat wist ze zeker. Dagenlang hoorde ze hen haar naam al roepen. Eerst dacht ze dat ze de spot met haar dreven, maar toen begreep ze het. Ze was deel van het bos. Dat wilden de kraaien haar vertellen. Ze hadden haar naar deze plek geleid. Dit was het einde. De jongen gaf al de geest in haar armen.

Silvana liep naar het bankje toe, haar blik strak gericht op de krul van gedraaid mahoniehout aan de zijkant. Met verdoofde vingers streek ze over de gladde glans van nat hout en wormgaatjes – zwarte rondjes tegen de witte ijskristallen die aan de contouren hingen. Nadat ze de sneeuwlaag had weggeveegd, ging ze zitten. Aurek boog zich naar het rode velours. Hij drukte zijn mondje tegen de stof en proefde de kleur op zijn tong. Silvana boog zich voorover en tilde hem op haar schoot, waar hij, dicht tegen haar aan gekropen, begon te drenzen. Ze leunde met haar hoofd tegen de bank. Het voelde goed om het op te geven, om te weten dat ze niet verder hoefde te lopen.

Het zou niet lang duren voordat de kou zich krakend meester van haar maakte. Voordat de ijzige slaap kwam. Aureks lijfje, anders zo licht als de poedersneeuw die op de wind dwarrelde, begon zwaar tegen haar aan te voelen. Op deze manier, zo bedacht ze terwijl ze haar bewustzijn liet gaan, zouden ze voor altijd samen zijn. Zij met haar kind. Ze fluisterde tegen hem, legde hem uit hoe vreselijk ze het vond dat ze hem zo in de steek liet. Dat zei ze twee keer. Twee smarten, koud als de sneeuw, die op haar drukten.

Janusz

Toen hij met droge witte schilfers begon te vervellen, kreeg Janusz een schuur in de schaduw als onderkomen voor de nacht. Daar sliep hij met de warme geur van tijm, salie en rozemarijn in zijn neus. Elke dag voelde hij zich iets sterker. Zijn huid heelde en hij hielp Hélène met de dieren water geven en eieren rapen. Onder het werk zeiden ze niet veel. Zij liet hem zien hoe je de geiten moest melken en het hooi in de schuur moest stapelen. Hun handen raakten elkaar wanneer Hélène hem de eieren aangaf.

'Hoe oud ben jij?' vroeg ze op een ochtend.

Hij had haar hetzelfde willen vragen, maar niet onbeleefd willen overkomen.

'Ik ben vierentwintig,' zei ze. '*Vingt-quatre*. Hier, vangen!' Ze gooide hem een ei toe en hij ving het op. 'Bravo!' riep ze en ze gooide er nog eentje.

'Vierentwintig, en mijn moeder is bang dat ik al te oud ben om nog een man te vinden. Zij denkt dat ik een ouwe vrijster blijf.'

'En jij, wat denk jij?'

'Ik denk dat ik wacht tot de ware Jakob langskomt. Hier, vangen!'

Het ei trof hem tegen zijn borst en brak in zijn handen.

Ze pakte een bosje hooi en veegde daarmee zijn overhemd schoon.

'Doe maar uit,' zei ze. 'Dan was ik het voor je.' Ze reikte al naar de knoopjes, maar hij deed een stap naar achteren en voelde zich onnozel.

'Dan niet,' zei ze, en ze liep de schuur uit.

Toen ze terugkwam, was hij bezig zijn overhemd in de zon op te hangen om te drogen. Hij wist dat ze naar hem keek, leunend tegen de schuurdeur, haar armen over elkaar, een lachje om haar lippen.

'Hé, *soldat*. Als je klaar bent met wasvrouw spelen, wil ik je iets laten zien.'

Ze ging hem voor de schuur in, joeg de broedende kippen weg en trok een dekzeil van een rode auto, die onder het stof zat. Ze deed haar schort af en veegde daarmee over de motorkap, zodat er glanzend lakwerk tevoorschijn kwam.

'Van wie is die?' Hij ging met zijn hand over de auto, ondertussen vechtend tegen de opwelling om zijn armen om Hélène te slaan en haar in de ogen te kijken.

'Die is van Pascal, mijn broer. Hij is kapot. Hij kwam ermee terug uit Marseille een week voordat hij onder de wapenen werd geroepen.'

'Waar is hij nu?'

'In Normandië. Door hem ben jij nu hier. Madame Agut, de eigenares van het pension waar jij hebt gelogeerd, is een vriendin van hem.'

Janusz rook Hélènes zeep, de warmte van haar huid. Hij tilde de motorkap op en tuurde eronder. Waarschijnlijk waren de bougies versleten. Hij haalde er eentje uit en hield die tegen het licht. Hélène pakte hem af.

'Kus me.'

Ze legde haar hand in zijn nek en drukte zich tegen hem aan, maar hij duwde haar weg.

'Ik ben getrouwd.'

Het was dwaas om het te zeggen, maar het was eruit voor hij er erg in had. Een verdedigingsmechanisme tegen zijn eigen radeloze verlangen om tegen haar te zeggen dat hij verliefd was op hoe ze eruitzag en hoe ze klonk.

'En waar is je vrouw dan?'

'In Polen.'

'Precies.'

Ze kuste hem, en hij voelde zich door en door warm worden, alsof hij tot dat moment niet had geweten dat hij het vanbinnen zo koud had gehad. Hij wilde iets zeggen, haar tot rede brengen.

'Ik ben niet... Dit is alles wat ik je kan geven. Binnenkort moet ik weg.'

'Daarom moeten we zolang het kan samen zijn.' Ze kuste hem nog een keer. 'We leven maar één keer. Hoe kun je dit voorbij laten gaan?'

En dat kon hij ook niet.

Ze liet haar jurk naar beneden glijden en trok zijn hoofd omlaag, stopte een borst met een bruine tepel, zoet als een zondoorstoofde appel, in zijn mond. Hij werd wild van verlangen. Hij liet zich op zijn knieën vallen, trok haar met zich mee omlaag, en zij ging boven op hem zitten, sterk en vastbesloten, haar bovenbenen hard tegen zijn ribben, haar handen die aan zijn haar trokken, haar bekken dwars over zijn gezicht en haar knieën tegen zijn oren gedrukt.

Hij wilde haar proeven, maar ze worstelde zich los uit zijn greep en liet zich over zijn lichaam naar beneden glijden. Hij pakte haar stevig beet en hield haar vast terwijl ze woest over elkaar heen rolden en buitelden op de vloer. Ze schaafden hun ellebogen, billen, gezicht en knieën.

Ze leken wel twee worstelaars toen ze klaar waren, helemaal onder het zweet en het vuil. Hij sloeg zijn armen om haar heen en zij leunde met haar hoofd tegen zijn borst. Ze bleven wat soezerig zitten, totdat hij haar aankeek en haar kuste, haar ophees en in een innige omhelzing omknelde. Zij wikkelde haar lichaam om hem heen.

Ze was een deken, tegen de wereld. Hij hoefde niet meer te denken aan de vermoorde oude vrouw en aan jongemannen die zichzelf doodschieten om een verdrinkende hond te redden. Alle kou en angst die hem hier hadden gebracht waren verdwenen. Er was niets meer in zijn leven dan dit: dit warme, prachtige meisje, het onverbiddelijke mediterrane zonlicht en de pregnante geur van seks in zijn neus.

Ze gingen op de achterbank van haar broers auto zitten. Een uur lang zeiden ze niets. Er waren geen woorden om te beschrijven wat hij voor haar voelde. Hij ging met zijn vinger over de lijnen van haar hand, kuste haar vingertoppen, het eelt op haar handpalmen, het pezige stukje tussen haar duim en wijsvinger. Hij was dol op haar korte vingers en haar eeltige handen. Wat er ook gebeurde, waar hij ook terecht zou komen, hij zou zich altijd haar handen herinneren. Ze stelde vragen over zijn leven en hij vertelde over Silvana en Aurek.

'Wacht. Hij haalde een portefeuille uit zijn broekzak. 'Hier Dat zijn ze. Mijn vrouw Silvana, en dat is onze zoon.'

'Een knappe vrouw. En de jongen lijkt wel een engeltje. Ik ben heel blij voor je.'

'Echt?'

'Nee. Ik ben jaloers.'

Hij keek haar aan. Ze glimlachte, haalde haar schouders op en kuste hem.

'Kijk niet zo bezorgd,' zei ze toen ze een eindje bij hem vandaan schoof. Zijn lippen schrijnden en zijn darmen lagen in de knoop. 'Ik weet best dat ik je niet bij me kan houden.'

Janusz maakte zichzelf wijs dat hij was verdwaald. Dat hij hier op deze heuvel vergeten was. Weken gingen voorbij. Hélène beweerde dat liefde iets was waar niemand tegen bestand was, en hij wilde haar graag geloven. 's Nachts kwam ze bij hem en gleed naakt tussen zijn lakens.

'We moeten voorzichtig zijn,' fluisterde hij, hoewel hij het een aangename gedachte vond dat ze zijn kind zou dragen.

Hélène zuchtte en streek over zijn voorhoofd. 'Maak je daar maar niet druk om. Ik red me wel.'

De volgende ochtend klom ze over hem heen. Hij lag in bed en keek hoe ze naar de badkamer liep, terwijl vingers zonlicht door de halfopen luiken kwamen en patronen over haar lange rug en haar korte, sterke benen maakten. Ze liet de deur op een kier staan zodat hij haar voorovergebogen kon zien staan, met haar ene voet op het bad, en vertelde hem dat er zoiets bestond als spoelingen met azijn en citroensap. Hij had nog nooit een vrouw als zij ontmoet.

IPSWICH

'*Bellissima*,' is het eerste woord dat Tony zegt als Silvana de voordeur opendoet. Ze knippert bij het horen van zijn stem, alsof iemand met een verblindend licht in haar ogen schijnt.

Tony tilt zijn hoed op en glimlacht.

'Silvana, wat heerlijk om je weer te zien. Wat een prachtige jurk. Vrouwen als jij moeten altijd zulke kleren dragen. Had je Lucy maar gekend. Die was dol op mode. Maar hoe gaat het met je? Van Doris hoorde ik dat je een tijdje geleden griep hebt gehad. Ik hoop dat je weer beter bent. Je ziet er in elk geval stralend uit.'

Ze was vergeten hoe breed hij was; zijn gestalte vult de hele deuropening. Haar eerste ingeving is haar armen om zijn nek te slaan. Maar als hij over zijn overleden vrouw begint, slaat ze haar armen maar over elkaar. Hij maakt plaats voor Peter, die met papieren zakken aan komt lopen.

'Ik heb snoep bij me,' zegt hij. 'Dropveters en ulevellen.'

Tony lacht. 'We hebben de snoepwinkel leeggekocht, hè Peter?'

Ze lacht naar de mollige, blozende jongen. 'Waarom ga jij niet vast naar binnen, Peter? Aurek zit op je te wachten in zijn kamertje.'

'Ik vind het jammer dat we elkaar zo'n tijd niet gezien hebben,' zegt Tony terwijl ze kijken naar Peter, die de trap op loopt. 'Ik heb een huis in Felixstowe aan zee en daar heb ik gezeten. Peters grootouders hebben hem op een particuliere school gedaan; daarom heeft hij Aurek een tijdje niet kunnen zien, helaas. Nou ja, hier.' Hij houdt een boodschappentas van geknoopt touw omhoog. 'Ik heb een verjaardagscadeautje voor je meegenomen. Een fles tokaji en een vers konijn.'

'Tokaji?' Het is jaren geleden dat ze voor het laatst een fles Hongaarse wijn heeft gezien. 'We hadden tokaji op onze bruiloft,' zegt ze en ze draait de fles om in haar handen. 'Ontzettend aardig van je. En konijn is weer eens iets anders dan paardenvlees. Ik kan niets anders krijgen op het moment. Het is een geweldig cadeau. Dank je.'

'Graag gedaan.' Tony laat zijn stem dalen. 'Hoe gaat het met je – écht, bedoel ik?'

'O, wat dom van me,' zegt Silvana die wanhopig graag van onderwerp wil veranderen. 'Ik heb je nog niet eens gevraagd om je jas uit te doen. Kom, ik help je wel.'

Ze schreeuwt het bijna uit als zijn hand langs haar pols strijkt en ze is blij dat ze de wijn heeft neergezet, want die had ze anders vast laten vallen.

'O, wat zwaar,' zegt ze, met haar handen vol jas. Ging het per ongeluk, die aanraking, zoals zijn vingers even op haar huid bleven rusten? Of heeft ze het zich maar verbeeld?

'Dit is toch wol, hè? De kwaliteit van de stof, die is belangrijk.' Ze hoort zichzelf kwebbelen als een kip zonder kop, maar niets zeggen zou nog erger zijn. 'Nou, dat is je jas, en ik... ik heb je niet meer gezien sinds... sinds...'

'Het park?'

'Ja, dat klopt.' Ze zucht. Het is toch wel opmerkelijk hoe hij steeds haar zinnen voor haar weet af te maken.

Tony buigt zich naar haar toe. 'Ik wilde je leven niet nog ingewikkelder maken. Daarom heb ik...'

'Ha, Tony!'

Gilbert staat in de deur van de zitkamer.

'Gilbert, wat leuk je weer te zien.'

'En, komen jullie nog een borrel drinken?' vraagt Gilbert lachend. 'Of hebben jullie hier een geheim onderonsje?'

'Nee, we komen al,' zegt Silvana en ze loopt achter Gilbert de zitkamer in, met Tony vlak achter haar.

'Tony!' roept Doris door een gordijn van sigarettenrook. 'We hebben je de laatste tijd niet veel gezien. Ben je weer op het slechte pad? Wat heb je vandaag in de aanbieding? Sneeuw voor eskimo's?'

'Hallo, Doris. Nee, sneeuw is volgens mij nog niet op de bon. Janusz, ik zei net tegen Silvana dat ik een konijn voor jullie heb meegebracht. En een fles wijn voor erbij.'

Silvana ziet hoe Janusz' gezicht zich plooit van plezier als hij de fles wijn aanpakt. 'Tokaji? Silvana, heb je dat gezien?'

'Wijn, zeg je?' vraagt Gilbert. 'Doe maar chic. Ik heb liever een biertje.'

'Of een lekker glas cider,' zegt Doris.

'Misschien vind je wodka nog lekkerder,' zegt Tony. 'Volgende keer. Ik heb connecties in de haven. De zeelui nemen dingen mee om te verkopen. Ik weet zeker dat ik aan wodka kan komen.'

Janusz houdt Doris en Gilbert de fles voor zodat ze het etiket kunnen bekijken.

'Nee, nee. Ik vind deze wijn heerlijk. We bewaren hem voor een speciale gelegenheid. Vanavond drinken we sherry. Wil jij een glaasje?'

'Wel uitkijken dat de oppas niet dronken wordt,' lacht Doris.

'Ik leg deze spullen even in de keuken,' zegt Jansuz. 'Silvana, schenk jij een glaasje in voor onze vriend?'

'Nee, niet voor mij,' zegt Tony. 'Doris heeft gelijk. Als ik ga oppassen, moet ik wel nuchter blijven.'

'Een kopje thee dan misschien?' vraagt Janusz. 'Met een snee krentenbrood?'

'Nee, niets. Dank je wel.'

Silvana ziet de glimlach die Tony voor iedereen heeft. Hij had de politiek in moeten gaan. Iedereen eet uit zijn hand. En zij ook. Hij gaat weg en komt weer terug in haar leven alsof ze een pop is die hij naar believen kan oppakken en neerleggen.

'Schenk mij nog maar eens bij,' zegt Gilbert. 'Konijn, hè? Ik heb al een hele tijd geen konijn meer gegeten. Doris, jij maakte vroeger zo'n lekkere konijnenstoofschotel. Weet je nog?'

'Soms vraag ik me af of je wel kijkt wat er op je bord ligt, Gilbert. We hebben vorige maand nog konijn gegeten. Die had ik gekregen van die jongen die bij Chantry Park werkt.'

'Hoe kan ik dat nou vergeten? Is het laatst nog gelukt met die aardappelen? Doris heeft toen urenlang voor de Co-op in de rij gestaan.'

'Ja, uren. Het is toch te gek voor woorden? We hebben zes jaar lang tegen Hitler gevochten en toen waren er volop piepers te krijgen. En nu is de oorlog voorbij en is er geen pieper meer te bekennen. We hebben niet eens behoorlijke vis voor fish-and-chips. Veel erger kan het niet worden, als je het mij vraagt.'

'Hoe lukt het jou toch om nog rond te rijden in je auto, Tony?' vraagt Gilbert. 'Koop jij je benzine nog steeds zwart in?'

Het is altijd hetzelfde geklets. Het tekort aan dit en dat en de regering die mensen in de steek laat. Soms heeft Silvana zin om te zeggen dat ze hun kop moeten houden. Om er een sok in te stoppen, zoals Doris het noemt. Om die kleppen nou eens eindelijk dicht te houden.

'Liverpool staat bovenaan in de eredivisie,' zegt Tony, die Gilberts laatste vraag niet gehoord schijnt te hebben. Het valt Silvana op dat hij heel subtiel van onderwerp verandert. Janusz komt aanlopen.

'Wat vind je daarvan?' vraagt Tony. 'Ben jij voor die club?'

'Ik hou meer van cricket,' zegt Janusz.

'Ik ben een fan van Ipswich Town,' zegt Gilbert enthousiast. 'Je moet je eigen stad steunen. Ze staan nu halverwege de derde divisie, maar ze stijgen. Op een dag zullen ze Liverpool een poepie laten ruiken, let maar op.'

Tony lacht. 'Dat lijkt me stug.'

'Ah, wacht maar af. Als ik de voetbaltoto win, koop ik Ipswich op en ga het elftal zelf trainen.'

Doris kijkt op haar horloge. 'We moeten gaan. Niet meer over voetbal praten graag, heren. We mogen niet het begin van de film missen.'

En dan pakken ze allemaal hun jas en gaan naar buiten, waar een ijskoude wind recht in hun gezicht blaast. Silvana kijkt nog een keertje om naar Tony, maar die vermijdt haar blik. Janusz komt naast haar staan.

'Reuzefideel van je, Tony. We stellen het erg op prijs.'

'Ja, inderdaad,' valt Silvana hem bij.

'Veel plezier, jongelui,' zegt Tony joviaal, en hij wuift ze met een gebaar weg.

Silvana kijkt omhoog naar het slaapkamerraam. Aurek heeft zijn gezicht tegen het glas gedrukt.

'Volgens mij wil Aurek nog iets,' begint ze, maar Doris pakt vastberaden haar arm vast.

'Kom, Sylvia. Je moet hem een keertje alleen laten. Anders wordt hij nooit een grote jongen.'

Een avondje uit zonder Aurek. Voor het eerst sinds ze in Engeland zijn. Ze weet niet of het nu komt doordat ze haar zoon achterlaat of door de aanraking van Tony's hand, maar ondanks haar fraaie uiterlijk, haar nieuwe jurk en handschoenen, voelt ze zich naakt en kwetsbaar.

Janusz heeft zijn burgerkloffie aan, hetzelfde pak dat hij droeg toen hij haar van het station kwam halen, een eenknoopsjasje en een broek met omslag. Hij ziet er aantrekkelijk uit. Een fatsoenlijke man, gedegen en betrouwbaar.

'Lach eens,' zegt hij. 'Het lijkt wel of je verdriet hebt.'

'Ik vind het niet fijn om Aurek achter te laten.'

'Hoezo niet? Wat kan er nou gebeuren? Dit is een keurige stad. We zijn hier veilig.'

'Soms voel ik me niet zo veilig.'

'Dat is nergens voor nodig. Bovendien krijg ik binnenkort promotie op mijn werk. Er gaat iemand met pensioen en ik kom in aanmerking voor zijn baan. Ik heb veel overwerk gedaan en extra diensten gedraaid om ervoor te zorgen dat ik die krijg.'

'Denk je dat het gaat lukken?' vraagt Gilbert, die naast hen komt lopen. 'Sorry, ik ving het toevallig op. Denk je dat je die baan krijgt?'

'Ik zou niet weten waarom niet. Ik werk hard. Ik verdien het.'

'De spijker op zijn kop. Jullie buitenlanders werken gewoon te hard, verdomme.'

'Wij zijn pas klaar als het werk af is.'

'Daarom zijn jullie bij niemand geliefd. Jullie ondermijnen het systeem.'

'Zin in de film?' vraagt Doris overdreven hard en Silvana ziet dat ze Gilbert een por tussen zijn ribben geeft. 'En ik wil hem van begin tot eind zien, Gilbert Holborn, dus denk maar niet dat je me kunt meelokken naar de achterste rij.'

'Ik?'

'Ja, jij,' zegt Doris. 'Ik ga heus niet bij die vrijende stelletjes zitten. Daar ben ik echt te oud voor.'

Ze gaan haar *Top Hat*, een oude musical met Fred Astaire. Silvana heeft de film uitgekozen. Gilbert was liever naar een oorlogsfilm gegaan, maar Doris wijst hem erop dat het Silvana's verjaardag is, niet die van hem. Met z'n vieren lopen ze door de stad, langs Woolworths en Lipton's met de mooie groenbetegelde winkelpui, langs Smith, de slager, de stomerij en de drogist, naar bioscoop Odeon.

'Vroeger zat hier een enorm grote krater,' zegt Doris als ze voorzichtig over een geïmproviseerd grindpad met aan weerszijden modder lopen. 'Aan het einde van de oorlog is hier een parachutemijn gedropt. Ze hebben het gat heel snel opgevuld. Het zag er net uit of iemand een tunnel naar Australië aan het graven was. Een knoert van een gat was het. Nog een wonder dat er niemand gewond is geraakt.'

Het Odeon is een chic ogend gebouw met hoge ramen als een kerk en veel afbladderende roze verf. Gilbert vertelt dat hij een van de bouwvakkers was die in 1929 aan het pand hebben gewerkt. Doris laat ze zien hoe een granaatinslag de entree heeft beschadigd en Janusz en Gilbert volgen de deuken in het steen en buigen zich erover als twee artsen die oud littekenweefsel bestuderen. Silvana wil zo snel mogelijk naar binnen. Het is lang geleden – té lang – dat ze voor het laatst in een bioscoop was.

Binnen gloeit er blauw neonlicht en over het geribbelde pleisterwerk hangen zware fluwelen gordijnen. Een ouvreuse in een nauwsluitend donkerblauw pakje met witte biesjes en een bijpassend hoedje op neemt hun kaartjes in en brengt ze naar hun plaatsen.

'Dat was ik vroeger ook,' fluistert Silvana tegen Doris.

'Wat?'

'Ouvreuse. In Polen. Dat was mijn werk voordat ik trouwde.'

'Echt waar? Maar vast niet in zo'n grote bioscoop als deze?'

'Een prachtige bioscoop,' zegt Silvana. 'En de uniformen van de ouvreuses waren veel mooier. Zie je dat meisje? Er zitten ladders in haar kousen en haar jasje zit te strak.'

Doris trekt een zuinig mondje. 'Niet zo kritisch. Het is wel oorlog geweest, hoor. Roeien met de riemen die je hebt...'

'Herinner je je mijn uniform nog?' vaagt Silvana aan Janusz, fluisterend in het Pools.

Hij antwoordt haar in hun moedertaal: 'Wijnrood met gouden tressen op de mouwen. Het stond je heel goed.'

'In Polen waren de pakjes veel mooier.'

Janusz denkt even na. 'Ja,' zegt hij. 'Volgens mij heb je gelijk.'

'Dus in Polen had je overal bioscopen?' vraagt Doris.

‘In elke stad,’ zegt Janusz. ‘En veel groter nog dan deze.’

Silvana is blij dat hij haar bijvalt. Ze kan het niet uitstaan dat de Engelsen altijd maar denken dat bij hen alles groter en beter is. Als je Doris moest geloven, zou je denken dat er wilde beren door de gebombardeerde straten van Europa zwerven.

Zodra de rode gordijnen opengaan en het doek tot leven komt, is Silvana van de wereld. Het is een eenvoudig verhaal. Fred en Ginger zijn verliefd. Dat ziet iedereen – behalve zijzelf. Elk woord dat ze zeggen valt verkeerd bij de ander, en tweederde van de film zijn ze aan het kibbelen. Op het laatst, net als je denkt dat het nooit meer goed komt, vinden ze de juiste woorden en durven ze voor de waarheid uit te komen.

‘Ik hou van je,’ zegt Fred Astaire. ‘Ondanks alles.’

‘Ik hou ook van jou,’ antwoordt Ginger Rogers.

En dan blijven ze voor altijd bij elkaar.

‘Prachtig,’ fluistert Silvana als de aftiteling verschijnt. ‘Echt prachtig.’

Wanneer ze terug naar huis lopen, de heuvel op naar Britannia Road, heeft Silvana blaren gekregen van haar nieuwe schoenen. Doris en Gilbert lopen voorop. Gilbert klaagt over de kroegen die zo vroeg dichtgaan en dat je nergens meer een glaasje kunt drinken. Doris heeft het over cakes en of het recept van haar grootmoeder beter is dan dat van Gilberts moeder.

Silvana blijft staan. Ze doet haar schoenen uit en het asfalt voelt nat aan haar voeten.

Janusz neemt de schoenen van haar over. ‘Vond je het een leuke film?’

‘Geweldig. Het is zo lang geleden dat ik naar de bioscoop ben geweest. Fred en Ginger zijn fantastisch samen.’

‘Fantastisch. En wij dan?’

‘Wij?’

‘Waarom proberen we niet nog een kindje te maken, Silvana? Het zou zo leuk zijn voor Aurek om een broertje of zusje te krijgen.'

Ze zoekt naar een antwoord, maar het enige wat ze kan bedenken is dat nog een kind uitgesloten is.

'Weet je,' zegt hij, 'ik ben naar de huisarts geweest... Ik wilde hem spreken over... over ons. Ik weet dat je niet gelukkig bent. Elke aanraking is je momenteel te veel, en volgens de dokter zou het goed voor je zijn, zou je er gelukkiger van worden, als we nog een kind nemen. Dat leek mij ook. Nog een kindje zou ons alle drie goeddoen.'

Silvana merkt dat Janusz op antwoord wacht. Het licht van de lantaarn schijnt op zijn gezicht.

'Ik heb blaren,' zegt ze.

Janusz geeft haar de schoenen terug. 'Is dat alles wat je te zeggen hebt?'

'Ja.'

'Hij keert haar de rug toe en loopt verder. Ze voegt zich gehaast bij hem.

'Het spijt me. Geef me nog wat bedenktijd. Aurek is nog zo klein.'

'Hij is bijna negen. Hij heeft een broertje nodig.'

'Maar we kunnen ons geen tweede kind veroorloven.'

'Wel als ik die baan als voorman krijg.'

'Is Aurek niet genoeg voor ons beiden?'

'Dus je wilt niet meer proberen?'

Silvana schudt haar hoofd. De gedachte aan nog een kind jaagt haar de stuipen op het lijf. Ze moet niet nog een kind krijgen; daar heeft ze geen recht op. En hoe kan hij dit van haar verlangen, terwijl hij verliefd is geweest op een ander? Misschien nog steeds verliefd is?

Janusz steekt zijn handen in zijn zakken en versnelt zijn pas. Ze kijkt toe hoe hij Doris en Gilbert inhaalt en een gesprek over de film begint. Het moment is voorbij. Silvana heeft het verpest. Ze loopt op blote voeten achter hen, met haar schoenen in haar hand. Het liefst zou ze naar de donkere bioscoop teruggaan. Zich in een fluwelen stoel laten zakken en zich opnieuw verliezen in het liefdesverhaal.

'Kom je nog?' roept Doris. 'Ik wil namelijk thuis zijn voor het gaat regenen.'

Silvana kijkt naar Doris. Gilbert en Janusz staan met dampende adem in de avondlucht op haar te wachten.

'Natuurlijk,' zegt ze, en ze zet de pas erin. De keitjes voelen koud en nat onder haar voeten.

Als ze terugkomen, ligt Aurek voor de kachel te slapen, Peter zit in de leunstoel en Tony is aan het lezen.

'Hallo,' zegt hij, en hij legt het boek neer. 'Was het leuk?'

Silvana staat mismoedig achter Janusz. In de teen van haar kousen zitten gaten en een van de blaren op haar hiel is open.

'Heel leuk,' zegt ze. 'Ik breng Aurek even naar bed.'

'Nee.' Janusz bukt zich en pakt de slapende jongen op. 'Dat doe ik wel.'

Er breekt een stukje van Silvana's hart als ze ziet hoe hij de jongen oppakt. Ze kijkt hoe hij Aurek de kamer uit draagt en liefkozend zijn wang tegen diens gezicht drukt.

'En, heb je me vergeven?' vraagt Tony aan haar. Hij loopt de kamer door en doet zachtjes de deur dicht.

'Je vergeven?' Nu ze alleen met hem is, voelt Silvana haar hart als een razende kloppen. Ze had zich zo vast voorgenomen om ferm te blijven, maar zijn nabijheid is overweldigend.

'Dat ik je niet meer heb opgezocht. Ik heb je gemist. Ik heb geprobeerd weg te blijven. Ik wilde je leven niet nodeloos ingewikkeld maken. Wil je met me afspreken?' Hij doet een stapje dichterbij. 'Als je Aurek van school haalt? In het park? Ik moet je spreken.'

'Dat kan niet.'

'Silvana, ik moet je zien. Ik kan het niet langer verbergen.'

Silvana doet er alles aan om zijn blik te ontwijken – de blik die ze over haar haar, over het lijfje van haar jurk voelt gaan. Ik ben een huisvrouw, wil ze tegen hem zeggen. Geen personage in een film.

'Dit kan niet. Peter is in de kamer.'

'Die slaapt. Volgende week,' zegt hij. 'Dinsdag. Ik sta bij de schoolpoort. Kom je dan?'

'Wil je iets drinken, Tony?' vraagt Janusz, die de kamer binnenkomt. 'Een kopje thee? Of een glaasje wijn of sherry?'

Nu ze tussen de twee mannen in staat voelt Silvana het ingehouden misnoegen van Janusz op haar afstralen.

'Een slaapmutsje?' zegt Tony, die net doet of hij zich in het geheel niet bewust is van de koude wind die met Janusz de kamer binnen is gewaaid. 'Wat een goed idee.'

Zo staan ze met z'n drieën bij elkaar: Tony pratend met zijn handen, gebarend naar een denkbeeldig publiek; Janusz met zijn handen stevig op zijn rug, babbelend over het werk en het weer; Silvana die wezenloos naar de vlammetjes staart, de schouw, de deur, de slapende gestalte van Peter bij de kachel, het stukje vlak boven Tony's rechterschouder, de plooi in zijn elleboog. Het hoekkastje achter zijn hoofd.

'Ik vroeg net aan Silvana of jullie het leuk zouden vinden om volgende week na school met de jongens naar het bos te gaan,' zegt Tony.

'Daar hebben we geen tijd voor, geloof ik,' zegt Silvana zo kalm mogelijk.

'Nou, mochten jullie toch tijd hebben, dan zouden we voor dinsdag kunnen afspreken.'

'Ik weet niet of dat me lukt,' zegt Janusz. 'Ik zal het proberen, maar op het werk is er nu een wisseling van dienst. Het kan best dat ik nachtdienst krijg.'

'Nou, tja, dan wachten we wel tot je vrij hebt, Jan.'

'Nee, wacht maar niet op mij. Ik probeer nu zo veel mogelijk uren te draaien. Ik hoop namelijk promotie te krijgen. Maar Silvana en Aurek kunnen komen. Ik weet dat Aurek

Peter als speelkameraadje heeft gemist. Silvana?'

'Ik weet niet. Misschien. Sorry,' zegt Silvana die in haar ogen wrijft. 'Ik ben moe. Ik ga maar naar bed.'

'Dus dan zie ik jou en Aurek dinsdag?'

Janusz en Tony kijken haar alle twee aan.

'Niet volgende week,' zegt ze. 'Misschien een andere keer als Janusz niet hoeft te werken.'

Ze glipt de deur uit en loopt snel de trap op; ze is van plan vannacht bij Aurek in bed te slapen.

Terwijl ze haar tanden poetst en haar gezicht wast, probeert ze haar spiegelbeeld te vermijden. Ze doet geen nachtcrème op. Het kan haar niet schelen dat haar gezicht droog en pijnlijk aanvoelt. En ze gaat ook haar haar niet uitborstelen. Het voelt goed om zichzelf zo een beetje te pijnigen. Ze trekt haar nieuwe jurk uit en legt die voorzichtig op de stoel in haar kamer en strijkt de stof glad met haar hand. De jurk kan er ook niets aan doen. En het is een nieuwe. Het enige wat die voor haar in petto heeft is het mogelijke begin van haar ondergang.

Ze gaat de kamer van Aurek binnen en stapt zijn bed in. Ze wacht tot ze door de slaap wordt overmand. Geen dromen over Polen, denkt ze. Alsjeblieft, vannacht geen dromen over vliegtuigen en sneeuw en huilende kinderen. Aurek beweegt zich in zijn slaap en slaat zijn arm om haar heen; zijn huid is warm tegen haar hals.

Voor haar zijn haar bedoelingen altijd duidelijk geweest: Aurek een vader geven. Als de jongen geborgen is, is zij het ook.

'Ik hou je vast, lieve schat,' fluistert ze tegen Aurek, maar ze weet dat hij háár vasthoudt. In de woelige baren waar ze nu op lijkt te drijven, is Aurek haar reddingsboei. Het is een beeld dat onwillekeurig telkens weer bovenkomt, dat drijven op donkere golven. Maar die waterige gedachten op zich vindt ze niet zo erg; het is vooral het besef dat de jongen haar zowel drijvende houdt als onder water trekt.

POLEN

Silvana

Silvana werd wakker van een oude man die sneeuw tegen haar borst drukte. Het was zo'n idioot gezicht dat ze haar ogen weer dichtdeed, maar hij hield niet op; hij bleef maar duwen en stompen, totdat ze hem niet langer kon negeren. Ze had sneeuw in haar mond en toen ze opnieuw wakker werd, dacht ze aan haar zoon en wilde iets zeggen, de man vragen waar Aurek was, maar er kwamen haar geen woorden over de lippen.

Toen ze voor de derde keer haar ogen opendeed, lag Aurek ingebakerd op haar borst. Ze lag niet meer op de rode chaise longue, maar op een stapel houtblokken op een slee, een geitenvel om haar en de jongen heen gewikkeld, ploegend door het bos.

Ze kwamen bij een huisje, waar een hond blafte en twee vrouwen hen gadesloegen. Silvana probeerde ze scherp in beeld te krijgen, maar ze gleed telkens terug in een lichte slaap. Ze zag dat een van de vrouwen zich over haar heen boog en Aurek uit haar armen tilde. Toen werd ze zelf opgetild en het huisje in gedragen, waar ze op de tafel werd gelegd en uitgekleed.

'Mama,' zei een van de vrouwen. 'Misschien moeten we ze bij het vuur zetten? Ze is doornat.'

'Nee, te veel warmte is niet goed voor ze. Antek, blijf de jongen warmwrijven, vooral waar zijn huid geel is geworden. We moeten ervoor zorgen dat ze vanbinnen weer warm worden.'

Silvana hoorde ze praten, terwijl ze nu eens bij bewustzijn was en dan weer weggleed. Had ze geluk gehad, vroeg ze zich af. Hadden ze eigenlijk allebei dood moeten zijn? Of had de jongen geluk gebracht en waren ze dankzij hem gered? Ze deed haar ogen dicht. Haar hoofd brandde en haar lichaam voelde zo slap als deeg, maar haar hart was vol liefde voor haar kind.

Het waren arme boeren, de mensen die het leven van Silvana en Aurek hadden gered. Hun kleren waren niet meer dan oude lappen. Tijdens de diepe slaap waar ze de eerste paar dagen telkens in wegzonk dacht ze dat ze weer in haar ouderlijk huis was en dat haar moeder aan haar bed stond.

De houthakker was dolblij dat hij hun het leven had gered. Hij kwam elke dag kijken hoe ze het maakten. De houthakker heette Antek, en zijn vrouw, een kleinere, eenvoudiger versie van Silvana's eigen moeder, heette Ela.

Ela was krom, gevormd door haar karige bestaan, als een boom die door de wind zijn vorm heeft gekregen. Ze liep met haar hoofd omlaag en haar rug was zo doorgebogen dat hij een plank leek voor de sneeuw om op te vallen. Ze had last van maagpijn en dronk flesjes met een geneeskrachtige drank die de kleur van houtskool had.

Ze hadden maar één dochter, Marysia, een gedrongen jonge vrouw.

'In het dorp, dat op een uur lopen aan de rivier ligt, zijn soldaten,' zei Ela terwijl ze Silvana's benen met ganzenvet insmeerde. 'Je moet in de buurt van dit huis blijven.'

'Duitsers?' vroeg Silvana. Ze was nu een paar weken in het huisje en ze voelde zich inmiddels weer sterk genoeg om interesse voor haar omgeving te hebben.

'Een paar honderd. We hebben verder geen last van ze.'

'De dorpsbewoners noemen ons koelakken, omdat ze denken dat we met de Duitsers heulen,' zei Marysia. 'Maar ze zijn jaloers omdat wij niet voor de militairen hoeven te werken, zoals zij.'

'De Duitsers zijn niet eens zo erg,' zei Marysia toen haar moeder de kamer uit was. 'Sommigen zijn beter dan de schoften uit het dorp die zichzelf mannen noemen.'

'Fatsoenlijke heren die ons land innemen,' merkte Silvana op.

'Ze mogen het van mij hebben,' zei Marysia. 'Graag zelfs. Voor hun komst leden we honger. Nu heb ik altijd eten als ik wil. En moet je zien...' Ze tilde haar rokken op en draaide haar enkel heen en weer om de bruine veterlaarsjes met een klein hakje te laten zien. 'Die komen uit Parijs. Je mag ze wel van me passen, maar ik denk niet dat je erin komt.'

Silvana keek naar haar opgezette voeten. Haar tenen waren pimpelpaars en haar voeten zaten onder de rode uitslag, die zich in vlekken over haar benen verspreidde en vlak onder haar knieën ophield.

Marysia klakte afkeurend met haar tong. 'Dat worden littekens. Wat deden jullie trouwens in de bossen? Hadden jullie je verstopt? Zijn jullie Joods? Je zoontje ziet er Joods uit.'

'Mijn zoon is Pools. Net als ik.'

'Het maakt me ook niet uit,' zei Marysia. 'Mijn vader vindt jou en je zoon twee mirakels. Van hem mogen jullie net zo lang blijven als je wilt. Maar dan moet je wel je steentje bijdragen.'

Silvana kwam stijfjes overeind. Het leek wel of ze een aantal levens achter de rug had, of de dag dat Janusz wegging uit Warschau de dag was dat haar ene leven was geëindigd en het andere was begonnen. Een mirakel nog wel. Maar dat was ze helemaal niet. Aurek en zij waren vondelingen uit het bos; dat was al raadselachtig genoeg. In de keuken zat Aurek op Anteks schoot, gewikkeld in oliedoek. Antek leerde hem een liedje, *Oto dzis dzien krwi i chwaly*. 'Vandaag is een dag van bloed en glorie.'

De oude vrouw zat in een stoel bij het vuur.

'Ah, daar ben je,' zei Antek. 'Kom erbij zitten.' Hij gaf Aurek aan Silvana.

'Ik vertelde net dat ik toen ik je vond dacht dat je een bundel lappen was. Echt, ik dacht dat je gewoon een stapel dekens of zo was. Die chaise longue had ik een paar dagen eerder gevonden. Die leek me van pas te komen. Er is nu van alles in het bos te vinden. Mensen proberen de Russische grens over te steken. Ze nemen hun meubels en spullen mee, tot het te veel wordt en dan laten ze ze achter. Zie je die klok?' Tegen de witgepleisterde muur stond een brede pendule. Er ontbrak een wijzer en de voorkant was van ander hout gemaakt dan de kast. 'Zelf gerepareerd. Ik neem aan dat die klok uit hetzelfde huis komt als de chaise longue. En toen zag ik jou en dacht ik dat je een stapeltje lappen was.'

'Zou u me een keertje naar de chaise longue kunnen meenemen als het weer wat beter is?' vroeg Silvana. 'Ik had een tas bij me. Die wil ik graag terugvinden. En een ketting, met een glazen hangertje. Hij is waarschijnlijk weg, maar het was een cadeautje van mijn man.'

'Ik heb geen tas gezien, en ook geen ketting. Het enige was jij en die kapotte zitbank.'

'De spullen die er in de bossen staan...' zei zijn vrouw met gedempte stem. 'Je hoort zulke rare verhalen.'

'Die verdronken vrouw,' zei Marysia. 'Vertel nog eens over die verdronken vrouw.'

'Dat is zo'n stom verhaal,' bromde Antek.

'Toe, mama, vertel het. Ik weet zeker dat onze gast het graag wil horen.'

'Goed dan,' zei Ela. 'Het was een stevige drinkster, die vrouw. Ze had een zoon, maar ze dronk rustig door. Haar man had haar eruit geschopt. Het kind gehouden en haar op straat gezet.'

'Ze ging met Jan en alleman naar bed,' zei Marysia. 'Niemand wist wie de vader van haar kind eigenlijk was.' Ze keek strak naar Silvana. 'Lust jij er ook wel eentje?'

'Marysia!' viel haar moeder uit. 'Vertel jij het verhaal of ik?'

Ze ging verzitten en vertelde verder. 'De vrouw ging linea recta naar de Joodse kroeg in het dorp. Toen het café dichtging, zwierf ze door het donker en kwam in het bos terecht, waar ze in een diepe poel viel. Daar vonden ze haar de volgende dag – verdronken. Het kind krijste aan één stuk door en kon niet tot bedaren worden gebracht.'

'En wat gebeurde er toen?' vroeg Silvana.

Ela leunde achterover. 'Ze is herrezen uit de dood. Drie dagen later kwam ze terug om haar kindje de borst te geven. Door zijn gehuil is die arme vrouw teruggekomen. Sindsdien is ze nooit meer het huis uit geweest en heeft ze nooit meer een woord gesproken en elke avond spon ze wol, maakte het eten klaar en voedde haar zoon op. Haar man zei dat hij haar dood leuker vond dan levend.'

'En het is echt gebeurd,' zei Marysia.

'Natuurlijk niet,' zei de houthakker. 'Het is een dom verhaaltje dat vrouwen elkaar graag vertellen. Waarom houden jullie niet eens op met die onzin en laten mij iets vertellen? Ik weet tenminste wat de zuivere waarheid is en niet een verzonnen verhaaltje van vrouwen die hun tijd zitten te verlummelen.'

Hij stond op en warmde zich bij het vuur.

'Je had daar nog niet lang gezeten. Ik heb jullie net op tijd gevonden. Ik wreef je zo hard ik kon in met sneeuw. Ik gebruikte zoveel sneeuw dat ik zweette als een otter toen je eenmaal weer bij was. Zweten in de sneeuw! Ik moest er hardop om lachen. Ik had een groot stuk sneeuwvrij gemaakt. Je kon de grond weer zien. Als ik niet had besloten om die rode bank mee naar huis te nemen, waren jullie doodgegaan. Zoals ik al zei: het is een mirakel dat ik jullie gevonden heb. Alsof God jullie daar had achtergelaten.'

Marysia lachte snuivend: 'Of de duivel!'

Silvana zette Aurek op haar andere knie en deed net of ze het niet had gehoord.

Janusz

Elke ochtend bij zonsopgang ontbeet Janusz met de familie, waarna ze met z'n allen op het land gingen werken. Hij leerde hoe je de wijnstokken en de gewassen moest onderhouden en hij hield zich bezig met de moestuin. De boerin liet hem zien hoe je de rozen en de fruitbomen in de boomgaard moest verzorgen.

's Middags, als het te warm was om te werken en iedereen een dutje deed, trok Hélène Janusz mee naar de schuur, waar ze met elkaar vrijden. Zout op zijn lippen, zweet dat zijn haar hard maakte en in zijn ogen drupte, straaltjes die over zijn rug tussen zijn billen gleden. Het leek wel of haar enorme lust de lucht dikker maakte. Ze was onverzadigbaar, begeerde hem, beminde hem.

Hij wilde haar geen seconde meer uit het oog verliezen. Hij was zo vol van haar dat hij zijn vreugde niet op kon. Hij wist dat er een oorlog aan de gang was, maar het kon hem niets meer schelen. Dat was de zaak van anderen. Hij maakte er geen deel meer van uit.

De boer vroeg aan Janusz of hij met haar wilde trouwen. Het verleden van Janusz vond hij niet belangrijk. Hij had iemand nodig om hem op de boerderij te helpen en hij wilde kleinkinderen. Heel veel.

'Als de Duitsers hier komen, verstoppen we je wel. Ik weet wat oorlog is. In 1914 was ik een *poilu*. Blijf hier. Hélène is een lief meisje. Ze zal een goede vrouw voor je zijn.'

'Ik ga met haar trouwen, meneer,' zei Janusz. Hij meende het oprecht en salueerde naar de oude man. En de oude man sprong in de houding en salueerde terug.

IPSWICH

Janusz rekent op de promotie op zijn werk. Hij vraagt zich af of ze een ander – een Engelsman – boven hem zullen verkiezen. Hij heeft zijn zondagse schoenen aan, het paar dat hij van Silvana heeft gekregen, glimmend gepoetst. Er zit brillantine in zijn haar, zijn gezicht is schoon en zijn boord gesteven. Niemand hier in de fabriek werkt zo hard als hij, dat weet hij zeker. Maar is het ook genoeg?

Hij wacht in het kantoor waar de secretaresses werken en luistert naar het ratelen van schrijfmachines, en wanneer de baas uit zijn glazen hokje komt, met een sigaar in zijn hand, vraagt Janusz of hij al heeft besloten wie de plaats van Wilkens als voorman gaat innemen. De baas zegt nog niets, maar hij vindt Polen verdomd harde werkers. Janusz steekt zijn vinger tussen zijn boord, maakt die wat losser en is opeens hoopvol gestemd, en dat zegt hij ook.

De baas vindt dat terecht. Hij moet zorgen dat zijn fabriek goed loopt en het kan hem geen bal schelen wat de inwoners zeggen over buitenlanders die hun werk inpikken.

'Maar je moet wel van onze vrouwen afblijven. We weten precies hoe die lui van het vasteland zijn. Allemaal rokkenjagers,' lacht hij, en hij geeft Janusz een klapje op zijn schouder. Dan beent hij de deur uit, zodat Janusz alleen in de kamer is met zes zwijgende schrijfmachines en zes giechelende secretaresses, die naar hem kijken alsof hij een Poolse casanova in een blauwe overall is. Het duurt de halve middag voordat hij de rode blos van schaamte op zijn anders zo bleke wangen kwijt is.

Janusz is ervan overtuigd dat alles uiteindelijk goedkomt. Hij weet dat geduld en plichtsbesef altijd beloond zullen worden. Dat vertrouwen heeft hij van zijn vader en zijn grootvader. Hij is een van de zonen van Polen en gelooft er heilig in dat wie goed doet, goed ontmoet.

Als een beekje dat langzaam de stenen in de bedding polijst en vormt, zo is het optimisme van Janusz een gestage, nietaflatende kracht die koeltjes door zijn leven stroomt en het ombuigt, kneedt en vormgeeft. Dus als hem op dezelfde dag dat hij de promotie min of meer in zijn zak heeft een auto wordt aangeboden, is hij allerminst verbaasd.

Het is een zwarte Rover en hij is van een leraar en zijn vrouw. Bouwjaar 1940, vier versnellingen, een kapotte radiator en twee lekke banden. De vrouw van de leraar was er in 1943 mee door een sneeuwstorm gaan rijden en frontaal tegen een eik geknald. Sindsdien had de auto onder een dekkleed in een schuur gestaan. Janusz hoort toevallig in de middagpauze iemand dit verhaal vertellen.

Hij richt zich tot de man die thee uit een thermoskan drinkt en biedt hem een van zijn boterhammen aan.

'Er zit kaas op,' zegt Janusz beleefd.

'Kaas?'

'Ja. Echte cheddar. Van de Co-op. Met margarine en dunne uiringetjes.'

'Kaas, zeg je? Goed dan. Lekker.'

Het kost hem zijn twaalfuurtje, maar die dag verlaat hij de fabriek met het adres van de leraar. Hij tilt het dekkleed niet op. De ronde vormen van de auto eronder zijn genoeg om hem te doen dromen van ritjes door de natuur, picknicken met Aurek en Silvana, de jongen naar school brengen en zondagse uitstapjes naar de kust.

'Ja,' zegt Janusz.

'Laten we eerst een kopje thee drinken,' zegt de leraar. 'We hebben geen haast.'

Janusz gaat in de keuken aan een grote eettafel zitten. Hij kijkt uit het raam, over het betegelde terras naar een gazon met borders van rode en gele tulpen, en daarachter struiken en bomen. In de keuken liggen zwarte en witte tegels op de vloer, net als bij zijn ouders thuis in Polen, en er staat een groot fornuis vol met pannen. Boven het fornuis hangt een draaibaar wasrekje, behangen met babykleertjes.

'We hebben net onze vierde gekregen,' zegt de leraar als hij de blik van Janusz ziet. 'Helaas is hij niet helemaal in orde, het arme ventje. We verkopen de auto ook zodat mijn vrouw er even tussenuit kan. Ze vindt het moeilijk om het kind te accepteren.'

Janusz knikt maar. Hij weet niet goed wat hij moet zeggen.

De man schuift de fluitketel heen en weer over de brander. 'Dus jij kunt de auto eigenhandig opknappen?'

'Volgens mij wel.'

De echtgenote komt binnen en biedt Janusz een stuk krentenbrood aan bij de thee. Ze heeft een smal gezicht dat gegroefd is van uitputting. De vrouw strijkt telkens haar golvende bruine haar achter haar oren terwijl ze praat. Ze heeft het over Rusland en de atoombom, en Janusz wijst haar er beleefd op dat hij een Pool is, geen Rus.

'Het zou een ramp zijn als Rusland de atoombom in handen kreeg. Op een goede dag zal Polen weer Polen zijn en zullen de Russen uit ons land weggaan,' zegt hij en hij heeft meteen spijt van zijn ferme toon, van de emotie die hij niet had willen tonen.

'Ja, precies,' zegt de vrouw. Ze glimlacht naar Janusz alsof hij niet helemaal heeft begrepen hoe ingewikkeld de kwestie is. 'Maar het volk moet de macht overnemen. Een Russisch model volgen, of we dat nu leuk vinden of niet.'

Janusz is hier om een auto te kopen, niet om over politiek te praten. Zijn boord voelt strak, maar hij onderdrukt de neiging hem losser te maken.

‘Het draait allemaal om wederzijds begrip,’ zegt de leraar. Zijn bril staat op het puntje van zijn neus en af en toe schuift hij hem over zijn voorhoofd naar zijn woeste rode krullen. ‘Dit land heeft het momenteel verdomd moeilijk met de vredestijd. We moeten een manier zien te vinden om iedereen het gevoel te geven dat het leven waardevol is.’

Uit een kamer boven komt het geluid van een krijsende baby en de vrouw van de leraar slaat haar handen voor haar ogen en begint opeens te snikken. De leraar zet zijn bril af om hem schoon te poetsen.

‘Susan, zo is het genoeg.’

‘Genoeg?’ Ze tilt haar hoofd op. ‘Dit is pas het begin, godsamme.’

Janusz trekt zijn boord wat losser.

‘Mag ik de auto nog een keer zien?’

Hij slaat het kleed terug, doet het portier open, veegt wat stof van de zwartleren bankjes en gaat achter het stuur zitten. Hij stapt uit, loopt om de auto heen, gaat met zijn hand over de gebutste motorkap, schopt tegen een lekke band.

‘Ja,’ zegt hij nogmaals, en samen lopen ze naar binnen, waar een vrouw met een wit schort de huilende baby aan de leraar overhandigt.

‘Hallo, ventje,’ zegt de leraar, die het kind aan Janusz geeft. ‘Hij is helaas niet normaal. Het is hartverscheurend om te zien.’

Het kindje heeft een dikke bos bruin haar, en zodra Janusz hem overneemt, houdt hij op met huilen en lacht – een brede lach waardoor zijn ogen verdwijnen en zijn gezichtje zich in kreukels plooit. Janusz zet hem op zijn schoot en wipt met zijn knie om het kereltje aan het lachen te maken. Hij is zo compact als een blok spek, en zo ziet hij er ook uit, maar Janusz heeft toch de neiging om Poolse liedjes voor hem te zingen.

‘Hij voelt zich op zijn gemak bij jou,’ zegt de leraar en iets in zijn stem doet bij Janusz het vermoeden rijzen dat hij het kind graag bij de auto cadeau zou willen geven.

Wanneer hij opstapt, met de toezegging van de leraar om de auto naar Britannia Road te helpen slepen, krijgt hij van de echtgenote een plaid mee.

'Hier, een reisdeken kun je wel gebruiken. Succes met je leven hier.'

Hij ziet de tranen in haar ogen opwellen. Het verdriet dat van de vrouw uitgaat is als een golf waarin hij vreest te zullen verdrinken.

'Jullie hebben een schattig zoontje,' zegt hij vriendelijk. 'Je bent een goede moeder.'

'Ik ben een moeder van niks,' antwoordt ze. 'Ik hoop dat je veel plezier van de auto hebt.'

Janusz fietst naar huis. De plaid ligt op het stuur, en in gedachten stelt hij een lijst op van alle onderdelen die hij nodig heeft. Afgezien van het bruine Humber-busje, dat van een gezin is dat drie huizen verderop woont, zal Janusz' auto de eerste in de buurt zijn.

Hij is zo in gedachten verzonken dat hij niet merkt dat er naast hem een auto stopt. Hij knalt er bijna tegenop wanneer de auto op de betonnen brug over de rivier stilhoudt.

'Goeienavond,' zegt zijn baas terwijl hij het raampje opendraait. 'Blij je te zien.'

Janusz stapt af, strijkt zijn snor glad en recht zijn schouders.

'Die baan als voorman – wil je die nog?'

'Ja?'

'Je hebt 'm. Leuk om iemand eens goed nieuws te kunnen geven. Kom morgen even naar mijn kantoor.'

Hij geeft Janusz een hand en rijdt weg, koninklijk wuivend.

Janusz klimt weer op zijn fiets. Hij komt bij de voet van de heuvel, maar in plaats van af te stappen en met zijn fiets aan de hand verder te gaan, zoals hij meestal doet, voelt hij zich zo energiek dat hij zijn hoofd omlaag houdt en zo hard als hij kan doortrapt, zonder op te kijken, totdat hij boven aan de heuvel is. Als hij triomfantelijk de top heeft bereikt, kijkt hij achterom naar het stadje, de omringende weilanden, het estuarium dat uitkomt op de zee en de wegen die naar Londen voeren en nog verder.

Hij voelt zich de koning te rijk. Dit is een geweldig land, waar iemand met alleen een gebroken hart in zijn bagage zich helemaal kan opwerken. Hij zou graag willen dat hij zijn vader het nieuws van zijn promotie kon vertellen. Hij zal hem nog eens schrijven. Zinloos, waarschijnlijk, om brieven te sturen als hij toch geen antwoord krijgt, maar toch blijft hij het doen. En hij mag toch best denken dat hij met afwezige dierbaren een gesprek kan voeren? Misschien dat zijn vader ook wel aan zijn zoon denkt.

Hij loopt met zijn fiets aan de hand door het gangetje dat ze met Doris en Gilbert delen, hij duwt het hek van zijn achtertuin open, doet zijn fietsclips af en leunt tegen de muur terwijl hij wacht tot zijn ademhaling weer tot bedaren is gekomen. Daarna loopt hij naar het tuinschuurtje.

Binnen zijn de brieven, tussen de blikken olie, de grasmaaier en de kisten met bloembollen. Hij pakt de brieven en legt ze op een metalen schaal. Voordat hij zich kan bedenken, houdt hij er een brandende lucifer bij. Het is tijd om het verleden achter zich te laten. Om alles te doen zoals het hoort. Als ze nog een kind krijgen, dan kan hij niet langer in het verleden blijven hangen. De brieven verteren snel, al Hélènes woorden worden zilver en zwart, verkoolde stukjes dwarrelen door de lucht. Als de vlammen zijn gedoofd, drukt hij met zijn vingers in de grijze as en maakt de schaal schoon.

In de keuken kijkt Silvana op van de pan op het fornuis waarin ze staat te roeren. Hij lacht tegen haar wanneer hij de achterdeur opentrekt en de plaid op tafel legt. Elke keer dat ze hem ziet, kijkt ze verschrikt, alsof het haar nog steeds verbaast dat hij er is. Misschien ziet ze bij hem dezelfde blik. Misschien dat het een reactie is op hem, op het feit dat hij enigszins opgelucht is dat ze niet op een van haar zwerftochten is en nog niet thuis is.

'Wat is dat?'

'Een deken. Wat maak je?'

'Parelgortsoep.'

'Hebben we ook vlees?'

'Nee. Vandaag niet.'

'Voortaan hebben we elke dag van de week vlees.'

'Hoe dat zo?'

Ze heeft haar mooie jurk aan en de pumps die hij voor haar heeft meegebracht, de witte. Afgezien van de soepvlekken op haar schoenen ziet ze er heel chic uit. Hij slaat zijn armen om haar middel. Janusz vindt het fijn om haar in zijn armen te voelen: zijn vrouw, die haar zoontje met hand en tand verdedigt. Zo presenteert ze zichzelf. Als een soldaat die bereid is voor haar vaderland te doden. En haar vaderland is hun zoon.

Silvana mag dan nog zo streng de wereld in kijken en haar rug kaarsrecht houden, Janusz weet hoe kwetsbaar ze is. Ze is gemaakt van het teerste eierschaalporcelein en haar hardheid is een dun laagje dat je met één onverwachte beweging kunt doorprikken. In gedachten ziet hij haar op de voorbank van zijn nieuwe auto zitten, met samengevouwen handen en die bestudeerde rechtschapen uitdrukking op haar gezicht.

'Ik heb de promotie binnen.' Janusz voelt hoe zijn jukbeenderen omhooggaan en zijn gezicht zich plooit in een onverwachte grijns. 'Wacht even, dat is nog niet alles. Wil je weten waarom ik die plaid bij me heb? Die kun je over je schoot leggen als ik je mee uit rijden neem.'

Ze draait zich om terwijl soep van de pollepel op de vloer druppelt.

Hij pakt de lepel uit haar handen en zet hem terug in de pan.

'Ik heb een auto gekocht.'

'Een auto?'

Aurek zit onder de keukentafel met een pakje sigarettenkaarten te spelen.

'Heb je het gehoord, Aurek?' vraagt hij aan de jongen. 'We hebben een auto. De familie Nowak stijgt op de maatschappelijke ladder.'

Aurek komt onder de tafel vandaan gekropen en Janusz steekt zijn hand uit naar zijn zoon. De jongen duwt zijn handen in zijn zakken. Janusz weet nog dat zijn eigen vader boven hem stond en dat hij toen, als kleine jongen, een mengeling van angst en liefde voor hem voelde. Hij probeert vriendelijk te kijken. Minder ontzagwekkend.

'Een auto?' zegt Aurek.

'Inderdaad. We hebben een auto.'

Voorzichtig legt Janusz zijn hand op Silvana's buik. 'We hebben alleen nog een...'

'Ik weet het.'

'En?'

Ze kijkt omlaag, bijt op haar lip. Dan kijkt ze hem aan met haar grote bruine ogen en knikt.

'Goed. We gaan het proberen.'

'Echt?'

Hij is zo verbaasd en is haar zo dankbaar dat hij een vreugdekreet slaakt en een paar passen van de mazurka doet; hij schopt met zijn benen en zingt. Aurek moet om hem giechelen.

Janusz houdt op met dansen en slaat zijn gezin gade, zijn leven, de kleine keuken. De tafel met de drie houten stoelen neemt de meeste ruimte in beslag. De lekkende kraan die hij nog steeds moet maken speelt een zich herhalend deuntje van plinke-plonk in de gootsteen. Hij kijkt uit het raam naar hun eengezinstuin. Het is misschien geen grote tuin, maar het gras is gemaaid en er staat geen onkruid in, de borders staan vol bloemen deze lente en de moestuin heeft een recordoogst. Aurek doet een auto na – *vroem vroem* –, wipt van de ene voet op de andere. Op het fornuis staat de parelgortsoep, bruin en lobbig, zachtjes over te koken.

'Er zit een vlek op je gezicht,' zegt Silvana. Ze wrijft hem met haar vinger weg en hij is zich bewust van het lieve gebaar. Hij moet denken aan Hélène.

'Zo,' zegt Silvana. 'Hij is weg.'

Janusz kijkt omlaag naar zijn zoon en kroelt wat door zijn haar.

'Aurek, ik geloof dat je gegroeid bent,' zegt hij. Hij buigt zich achter Silvana langs en draait het gas uit.

Silvana doet een la open en kijkt naar haar rode hoofddoekje. Dat heeft ze sinds Doris haar haar heeft geverfd en haar heeft laten zien hoe je het kunt krullen en volgens de mode kunt kappen niet meer gedragen. Onder het hoofddoekje ligt een mooi roze doosje. Ze haalt het uit de la en doet het open. Ze gaat met haar vinger over het pessarium dat erin ligt. Dat heeft ze via Doris gekregen. Ze had Silvana de naam van een arts gegeven.

'Ga maar naar hem toe. Dan krijg je iets van hem. Er zijn mensen die het vervelend vinden als je het heft in eigen hand neemt. Die vinden dat je je aan je plicht probeert te onttrekken. Ze komen altijd aanzetten met verhalen over bevolkingsgroei en je rol als vrouw. Maar deze arts zal meewerken. Zelf heb ik mazzel gehad. Ik heb Geena gekregen en daarna heeft Gilbert eigenlijk nooit meer aan mijn kop gezeurd. En nu zijn we toch te oud voor kinderen. Ik verheug me al op kleinkinderen.'

'Ik heb een zoon,' had ze tegen de arts gezegd. 'Daar heb ik mijn handen vol aan. Ik geloof niet dat ik het aankan om er nog eentje bij te hebben.'

'En behandelt uw man u goed?'

'Ja. Ja, het is een erg lieve man.'

Vraag ook eens iets over mij, denkt ze. Vraag me of ik een goede echtgenote ben, en dan zal ik u vertellen dat ik een gemene leugenaarster ben.

'Wil hij ook geen kinderen meer?'

'Nee. We vinden allebei één kind genoeg.'

Hij knikte en schreef een recept voor haar uit. Aan zijn rechterhand ontbrak een halve vinger en over de achterkant van zijn pols liepen littekens. Hij hield zijn pen onhandig vast en schreef langzaam.

'U bent niet de enige,' zei hij. 'Er is niets om u voor te schamen. Een heleboel echtparen denken er zo over. De oorlog heeft ons allemaal een knauw gegeven. En eerlijk gezegd: wie wil er nu een kind op deze wereld zetten?'

'Het komt wel goed, hoor schat,' zei Doris toen Silvana weer thuis was. 'Met ons vrouwen komt het altijd goed. Dat moet ook wel.'

Silvana legt haar hoofddoekje weer over het roze doosje. Het is nu drie weken geleden dat ze ermee instemde om nog een kindje te maken. Drie weken waarin ze het gevoel had dat ze in de hel moest branden en drie weken waarin Janusz allerliefst is geweest en bloemen voor haar en speelgoedautootjes voor Aurek meebracht. Een voorbeeldige echtgenoot, terwijl zij in ras tempo een verschrikkelijke echtgenote aan het worden is. Zo kan ze niet langer doorgaan. Haar leugens stapelen zich maar op. Vroeg of laat stort het kaartenhuis ineen.

POLEN

Silvana

Silvana bleef zes maanden in het huisje. Ze paste zich snel aan het boerenleven aan. Het was een trage, verborgen wereld die ze was binnengegaan, en het leven beviel haar goed. Niemand vroeg wie ze was of waar Aurek en zij vandaan kwamen. Ze was een jonge vrouw die graag de handen uit de mouwen stak. Dat was het enige wat de familie belangrijk vond. En dat vond Silvana allang best. Ze maakte eten, haalde water uit de put en in mei verwijderde ze alle stenen van de akkers en zaaide gewassen in.

Elke vrijdag ging Marysia urenlang de hort op. Op zaterdagochtend kwam ze terug met rode wangen en een tas vol brood en vlees. Een keer kwam ze met een ossentong de keuken binnen en haar moeder pakte die zonder een woord van verbazing aan. Silvana vroeg hoe ze aan dat mooie vlees kwam, maar Ela scheen het niet te horen en Marysia moest alleen maar hard lachen, een hese lach. Ze zette haar handen in haar zij en wiegde met haar heupen naar Silvana.

'Pas maar op. Als je het over de duivel hebt,' zei ze, 'dan trap je op zijn staart.'

Ela was vaak ziek en Marysia liet de zorg voor haar moeder aan Silvana over. Op een dag, toen Ela krom lag van de pijn, vroeg ze of Silvana haar haar laatste flesje medicijn wilde geven.

'Wat is het eigenlijk?' vroeg Silvana die naar het dikke troebele goedje tuurde.

‘Chaga. En ja, het smaakt even vies als het eruitziet. Maar het helpt. Ik krijg het van een Russische dokter, die het zelf maakt.’

Silvana hield het flesje tegen het licht. ‘Een Russische dokter?’

‘Hij is ondergedoken, hier niet ver vandaan. Hij is een heel goede dokter.’

Er was maar één iemand die dit voor haar had kunnen maken: Gregor. En dit was het huisje waar hij eten vandaan had gehaald toen ze met z’n allen in het bos hadden gezeten. Silvana gaf Ela haar drankje en zei niets, maar nog weken daarna, als ze over de velden staarde, vroeg ze zich af of Elsa inmiddels was bevallen en of Gregor op een dag naar het huisje zou komen.

Janusz

Janusz en Hélène lagen samen op een heuveltje in het gras. Onder hen was de Middellandse Zee als een dunne blauwe pennenstreek die overvloeide in een hemel van dezelfde kleur. In de diepte lagen gehuchten, wijngaarden en dorpjes verspreid, lieflijk en verzacht door de wazige gloed van de hitte. Rondom stonden mirtestruiken met wasachtige bladeren die hen aan het zicht onttrokken.

‘Blijf toch hier,’ zei Hélène, die met haar hoofd op Janusz’ schouder lag. ‘Blijf bij mij. We kunnen samen gelukkig zijn, jij en ik.’

Janusz glimlachte tegen haar. ‘Dat kan toch niet? Als ik blijf, pakken ze me op.’

‘De oorlog duurt niet eeuwig.’

Janusz drukte met haar vingers tegen zijn ogen.

‘Janusz, luister je wel? Doe je het? Blijf je?’

Hij haalde zijn handen weg en keek haar recht in de ogen. Die waren donkerbruin, de kleur van koffie.

‘Blijf,’ zei ze nog eens.

Hij dacht aan de zeelui in de haven van Marseille die de vracht uit Afrika, Ivoorkust, uitlaadden, landen waar de zon lijnen etste op gezichten die door zilte lucht en zout water waren gelooid. Toen hij bijna drie maanden geleden in de haven rondliep, had Janusz met afgunst gekeken naar de bronzen gespierdheid van deze mannen. Hij had naar hun stemmen geluisterd en hun ruige klinkers proberen na te doen, hun zinnen die aan het einde vragend omhooggingen. Nu voelde hij zich meer met hen verbonden, alsof zijn lichaam dat van rood naar bruin was verkleurd deel uitmaakte van iets diepers. Janusz werd warm van hun lach, voelde zich prettig in zijn nieuwe vel. *Ik ben een Fransman*, dacht hij. Hij was omhuld met zonlicht en liefde, een droom waaruit hij niet wilde ontwaken.

Hij haalde een foto van Silvana en Aurek uit zijn zak en keek ernaar.

Hélène pakte hem af. Ze stond op en liep naar de rand van de rots.

'Blijf je?'

Ze hield de foto boven de afgrond.

'Zal ik hem laten vallen?'

Janusz aarzelde.

'Ik hou van je,' zei Hélène. 'Hou jij van mij? Zal ik hem laten vallen?'

Janusz deed zijn ogen dicht.

'Als je wilt.'

Hélène gaf hem de foto terug en hij legde hem op de grond naast zich, waarna hij haar naar zich toe trok.

Dezelfde dag, toen Janusz op het dak van de schuur stond om rode dakpannen recht te leggen, hoorde hij het kabaal van een motor die de heuvel op reed in de richting van de boerderij. Hij liet zich snel van het dak glijden, klom de ladder af en bleef in de schaduw staan totdat de motor te midden van grote stofwolken het witte grindpad op scheurde.

Voorzichtig sloop hij achter de schuren langs en keek hoe Bruno van zijn motor stapte en het erf over liep. De velden achter de boerderij zagen er aanlokkelijk uit. Niemand die hem daar zou vinden. Of hij kon zich in de schuur verstoppen. Daar kon hij de hele dag blijven zitten en pas naar buiten komen als Bruno weer weg was. Maar nee, hij moest zien wat er aan de hand was. Hij zou zijn vriend begroeten en uitleggen dat hij hier bleef.

Langzaam liep hij naar de boerderij en hij trof Bruno rokend aan tegen de voordeur, in gesprek met Hélène op de luide, plagerige toon die hij voor vrouwen reserveerde. Janusz versnelde zijn pas en posteerde zich tussen hen.

'Bruno?'

'Janusz? Hélène vertelde net dat je er niet was. Vanavond vertrekt er een boot naar Southampton. De Engelsen nemen Poolse soldaten met zich mee.'

Janusz wierp een blik op Hélène. 'Ik ga niet.'

'Je hebt geen keus, man.' Bruno liet zijn sigaret vallen en trapte hem uit. 'De Duitsers zijn aan een opmars door Frankrijk begonnen. Voordat je het weet zijn ze in Marseille. Het spijt me, Jan. Je moet mee. Pak je spullen. We moeten direct weg.'

'Wat zei hij?' vroeg Hélène. Toen deed ze een stap naar achteren. 'Ik zie het aan je gezicht. Je gaat weg, hè?'

'Nee, ik...'

Ze gaf hem een stomp op zijn borst, draaide zich om en rende naar het woonhuis toe.

'Ik vind het erg vervelend,' zei Bruno.

Janusz negeerde hem. Hij rende achter Hélène aan en haalde haar bij het stoepje in.

'Wacht.'

'Waarom?'

Ze viel snikkend in zijn armen.

'Ik kom terug,' zei hij. 'Beloofd.'

'Je moet terugkomen,' fluisterde ze, terwijl ze zich aan hem vastklampte.

Hij hoorde aan haar stem dat ze zich groot probeerde te houden, en dat deed hem denken aan Silvana. Ging de oorlog er zo uitzien voor hem: telkens opnieuw afscheid nemen?

'Je moet terugkomen,' zei ze nog een keer. 'Zonder jou ga ik dood.'

'Ik zweer je dat ik terugkom.'

Ze sloeg haar blik naar hem op. 'Ik zal op je blijven wachten.'

Janusz liet haar los, en ze draaide zich om, liep het huis binnen en trok de deur achter zich dicht. Janusz probeerde dat moment in zijn geheugen te prenten, zodat hij een beeld van haar zou hebben: haar mooie haar, de ronding van haar schouders als ze haar armen om zich heen sloeg, haar vaste tred als ze het huis in liep.

'Ik kom terug,' zei hij tegen de donkere houten voordeur. 'Ik beloof je dat ik terugkom.'

Hij had geen bagage. Alleen de kleren die hij aanhad. Hij liep naar Bruno en klom achter hem op de motor. Ze sloegen een weg in, en toen zag je achter de hoge, donkere populieren de boerderij niet meer. Hij concentreerde zich op de weg voor hen.

Aan boord van een kolenschip voeren ze naar Engeland. Er was een heel stel buitenlanders op het schip, en Bruno en Janusz werden naar het vrachtruim verwezen, waar ze harde gele kaas kregen in ruil voor de militaire voedselbonnen die hun waren uitgedeeld. Ze zaten op metalen platen, schouder aan schouder, opeengepakt met de rest van de mannen, die het alleen maar hadden over hun geliefde *Polska*.

Janusz leende een Poolse reisgids over Engeland van een stel mannen, de enige gids waarmee ze het met z'n honderden moesten doen en die als een bijbel aan elkaar werd doorgegeven. Hij verdiepte zich erin en leerde een paar zinnetjes uit zijn hoofd, die hij binnensmonds opzegde.

Goedemorgen. Hoe maakt u het? Weet u een postkantoor in de buurt?

Met Bruno voerde hij in hoogdravend Engels gesprekken over het kopen van paraplu's en een bezoek brengen aan de dokter.

'Doen ze nog iets anders in Engeland?' vroeg Janusz, terwijl hij het boekje aan een andere soldaat gaf.

Bruno haalde zijn schouders op. 'Ik heb geen idee. Ik heb nog een zinnetje geleerd. "Mag ik van u een kaartje voor de dansavond?"' Hij grinnikte. 'Daar heb je vast wat aan. Al die Engelse meisjes!'

Janusz nam zijn hoofd in zijn handen en dacht aan Hélène. Weerloos als een kind met buikpijn maakte hij zich klein en wiegde heen en weer. Op dat moment betraden Silvana en zijn zoon het verwarrende landschap van zijn gedachten. Hij wilde de foto van Silvana uit zijn jaszak halen, maar hij kon hem niet vinden. Hij herinnerde zich dat Hélène de foto aan hem had teruggegeven, maar wat had hij er toen mee gedaan? Waarschijnlijk laten liggen.

Er stak op de Atlantische Oceaan een storm op en het schip slingerde en stampte op de hoge golven. Janusz was bang dat ze nooit in Engeland zouden aankomen: land van dokters, dansende meisjes en parapluverkopers. Dat ze óf door de hoge golven, óf door de Duitse patrouilleboten tot zinken zouden worden gebracht.

Beneden in de slaapkooien, waar de machines oorverdovend dreunden, werd er alleen maar gekotst en geklaagd. Janusz zat er zwijgend bij en bestudeerde de anonieme gezichten en achterhoofden, de opeengepakte massa – iedereen bedekt met een dun laagje pikzwart kolenstof. De mannen deinden mee in het duister op het ritme van het krakende schip: honderden Poolse kerels die heen en weer rolden als een lading aardappelen die over een enorme akker wordt uitgestort.

IPSWICH

Aurek weet dat je het best van onderaf kunt zoeken. Je hoofd omlaag houden en met je schouders naar boven duwen. Van onderaf lijken ze op een donkere vlek tussen de takken. Als een duiker die omhoogzwemt naar het licht, zo moet je met je hand omhooggaan tot je de mosachtige zijkant van het nest voelt. Neem er één eitje uit – behalve als het om het nest van een roek gaat; daar kun je net zoveel eitjes uit halen als je wilt, omdat iedereen weet dat het duivelse vogels zijn.

De vijand heeft Aurek geleerd hoe je vogeleitjes moet verzamelen, als hobby. Thuis heeft hij een doos gevuld met watten, die vol ligt met pastelkleurige eitjes. Op elk zit een etiketje. Merel. Kauwtje. Zanglijster. Fitis. Boomklever. Vliegenvanger. Er is een aantal belangrijke regels. Als een vogel op het nest zit, moet je hem met rust laten. De meeste vogels hebben hun nest in struiken en dichte heggen, dus reken er maar op dat je schrammen oploopt en door brandnetels wordt geprikt. Dat zijn bewijzen van je moed.

Toen hij met zijn moeder in het bos woonde, at Aurek de eitjes op die hij vond. Hij maakte een gaatje in de bovenkant, zoog het zachte binnenste eruit en slikte het in één keer door.

'Als een oester,' zei zijn moeder tegen hem. Ze had nog nooit oesters gegeten, maar ze nam aan dat ze erop leken: vloeibaar en stevig tegelijk. 'Het is een delicatesse,' zei ze. 'In Warschau eten alleen de rijken oesters.'

Aurek zal nooit tegen de vijand zeggen dat hij de gevonden eitjes heeft opgegeten. Hij zal niet zeggen dat de eitjes soms vol bloed zitten of al het blauwige begin van een vogeltje bevatten. Dat ze daarvan de schaal pelden en het aan een takje boven het vuur roosterden. Hij zal met geen woord reppen over de jonge vogeltjes die hij uit hun nest haalde of de repen berkenbast waarop hij midden in de winter kauwde. Zelfs een kind weet dat het een schande is om te bekennen dat je zo erg hongerleed.

Volgens de vijand hoort eitjes verzamelen bij je kennis over de natuur, en iedere jongen zou zich moeten interesseren voor de wilde flora en fauna van Groot-Brittannië. In de keuken kijkt Aurek hoe hij het puntje van een naald in een vlam houdt totdat het zwart wordt. Daarmee prikt hij een piepklein gaatje in de onder- en bovenkant van een mereleitje; hij duwt de naald door de tere schaal heen en roert de inhoud door elkaar. Dan zet hij zijn mond aan het gaatje en blaast zachtjes, totdat de dooier en het eiwit aan de andere kant naar buiten komen, in de gootsteen. Als Aurek aan de beurt is, moet hij zich bedwingen om het eitje niet uit te zuigen. Hij wil het liefst het eiermengsel in zijn mond voelen en doorslikken. Maar hij doet het niet. Niet waar de vijand bij is. Hij wil hem niet teleurstellen.

Aurek tuurt langs de stam van een hoge iep omhoog, met Peter naast hem, en denkt aan roekeneitjes. Vandaag picknicken ze in het bos en in de geurige voorjaarslucht hangt iets gelukzaligs; het ruisen van de nieuwe boomblaadjes klinkt als een fanfare alleen voor hem. Het is mooier nog dan een orkest dat op zondag in de muziekkoepel in het park speelt, en hij krijgt zin om in alle bomen te klimmen die hij ziet. Als het zou kunnen, zou hij zich in honderd jongetjes willen opsplitsen, zodat hij in elke boom kan klimmen, en in gedachten ziet hij zichzelf en de jongens al hoog in de bomen zitten als een groep schetterende eksters.

Peters vader heeft hem op deze prachtige zaterdag hiernaartoe gebracht. 's Ochtends verscheen hij bij hun huis met Peter en een grote rieten picknickmand. Eerst zei Silvana dat ze niet mee konden. Janusz was op zijn werk en zij moest nog het stoepje schrobben en de kleden uitkloppen.

Tony zei dat het een veel te mooie dag was voor huishoudelijke karweitjes. Toen liet hij zich op een knie vallen en smeekte haar met veel bombarie om hem haar stofdoek te geven. Ten slotte keek ze naar Aurek en vroeg wat hij het liefst wilde. Hij knikte. Laten we naar het bos gaan. Alsjeblieft. Silvana gaf haar stofdoek aan Tony, die hem in de lucht gooide en de dag tot vakantiedag uitriep.

En nu zijn ze met z'n allen in het bos, en Aurek is zo blij dat hij zich net als Peters vader op zijn knieën zou willen laten vallen.

In de bovenste takken van de iep is een groot, slordig nest van twijgjes. Op een tak ernaast zitten twee zwarte roeken ineengedoken met hun kop in hun vleugels.

'Je moet er niet in klimmen,' zegt Peter. 'Die vogels zien er gemeen uit.'

'Geen gevaarlijke dingen doen, hoor,' roept Silvana. Aurek en Peter kijken achterom door de bomen naar de plek waar Tony en zij op een kleed de picknickspullen aan het uitstallen zijn.

'De poel,' zegt Peter. 'Laten we naar de poel gaan. Misschien is daar wel een nest van een ijsvogel.'

De ijsvogel is Aureks lievelingsvogel. Deze dieren graven tunnels in de rivieroevers, die ze bekleden met kleine visgraatjes. In Aureks ogen zijn het net edelstenen paleizen. Als hij zichzelf heel klein kon maken, had hij graag in zo'n nest willen wonen.

Ze banjeren door de varens tot ze bij een grote kuil in het landschap komen, waar een groot wateroppervlak de bomen en wolken weerspiegelt. Peter zoekt een grote tak en slaat daarmee tegen het riet. Er springen kikkers op bij de rand van het water. Vogels met bruinige vleugels vliegen verschrikt weg.

En overal boven het stille water van de poel zoemen en fladderen insecten.

Aurek schopt zijn sandalen uit en stapt het water in. Zijn voeten zinken weg in wolken slik en de modder zuigt aan zijn hielen. Hij waadt door plakkerige groene algen naar een groepje hoge rietstengels en snuift behaaglijk de lucht van de omgeroerde modder op. Aurek is ongeveer de halve poel door als er twee waterhoentjes in paniek over het water schieten. Hij ziet hun nest, dat verborgen ligt tussen een bosje grote lisdodden. Het is lastig om bij het nest te komen, want het water is daar dieper, maar twintig minuten later klautert hij de oever op met een paar eieren in zijn handen.

Peter pakt een tak en prikt daarmee naar Aurek.

'Getver. Ga weg. Je stinkt.'

Aurek gaat op veilige afstand van Peters tak zitten. Er zweeft rook langs zijn gezicht en hij trekt zijn neus op. Peter is een sigaret aan het roken die hij uit zijn vaders sigarettenkoker heeft gepikt.

'In Ipswich is vorige week iemand vermoord,' zegt Peter. Hij neemt een trekje en begint te hoesten. 'Er is een vrouw de keel doorgesneden.'

Aurek tikt een ei kapot, ruikt eraan, giet het blubberige goedje in zijn mond en slikt het door. Hij is niet in de stemming om naar Peters verhaal te luisteren. Hij is te vol van het bos en de prikkelende lucht van het voorjaar. Hij staart naar zijn knieën en ziet hoe wit ze zijn tegen de zwarte modder, die als de gebarsten huid van een hagedis over zijn voeten en enkels opdroogt. Dan trekt hij zijn sandalen aan en loopt terug om een kijkje te nemen bij het roekennest. Peter sjokt langzaam achter hem aan.

'Het stond in de krant. Volgens mijn vader was het een animeermeisje. Weet je wat dat betekent? Bij de haven heb je er een heleboel.' Peter zwaait met zijn sigaret onder het praten. 'Ordinaire vrouwen. Ik heb ze bij mijn vader gezien. Ze dragen vaak zwart. Opa zegt dat ze nachtvlinders worden genoemd.'

Het kan Aurek niet schelen hoe ze worden genoemd. In zijn oren klinken ze als vleermuizen. Nachtvlinders. Vrouwen met zwarte capes die door de lucht vliegen.

'Nou en?' zegt hij. 'In Polen worden zoveel mensen vermoord.' Hij aarzelt of hij Peter moet vertellen wat hij allemaal heeft meegemaakt. Hij besluit van niet. Hij wil er niet meer aan denken. Hij blijft onder de iep staan en legt een hand op de brede stam.

'Er wonen heksen in het bos. Zelfs hier. Rusalka's. Dat zijn de geesten van vermoorde meisjes die in de boomtakken zitten en mensen de dood in lokken.'

Peter is onder de indruk, ziet Aurek. Hij trekt een gezicht en grinnikt.

'Ze rukken de ogen van jongens eruit.'

Peter lacht. 'Liegbeest!'

Hij drukt zijn peuk uit en vertrapt hem met zijn schoen.

'Ga je erin?'

Aurek knikt. Hij gaat erin om een ei te pakken. Fluitje van een cent. Dat neemt hij mee naar huis voor de vijand. Een cadeautje voor hem. Hij is blij met zijn idee. Trots.

Hij spuugt in zijn handen, laat zich door Peter een kontje geven, pakt een tak vast en trekt zich omhoog. Hij is klein en lenig, en zijn handen en voeten vinden kleine uitsteeksels en plekjes voor houvast. Het is een geweldig gevoel om hoog in een boom te zijn, ver weg van iedereen, slingerend door de takken als Tarzan van de jungle. Aurek stopt halverwege en kijkt naar beneden.

'Gaat het?' roept Peter van benedenaf.

Aurek zwaait terug. Boven hem is het reusachtige nest, een grote warboel van gebroken twijgen en takjes die tot een bol zijn gevormd, een groezelige zon gevangen in de boom.

Hij trekt zich omhoog en de twee roeken klapwieken over

hem heen en slaan boos kwetterend hun vleugels naar hem uit. Aurek gaat zo ver als hij durft uit de boom hangen, maar de vogels laten hem niet met rust. Hij glijdt even weg en smakt hard met zijn neus tegen de ruwe bast van de boom. De tranen springen in zijn ogen. Hij gaat met zijn hand naar zijn mond en die wordt helemaal rood. Zijn neus bloedt.

Zijn benen voelen slap en hij verliest zijn evenwicht, probeert de takken vast te grijpen. Zijn rechterbeen zit klem achter een tak. Hij pakt een andere en trekt zich weer omhoog. De vogels cirkelen om hem heen, pikkend in de lucht. Aurek doet zijn ogen dicht en klampt zich vast aan de boom, terwijl het geklapwiek luid in zijn oren klinkt.

'Aurek!' roept Peter. 'Niet loslaten!'

Aurek hoort hem wel roepen, maar zijn vingers glijden weg en de vogels komen telkens op hem af. Hij houdt zijn gezicht omlaag; de boomschors schaaft langs zijn wang en hij probeert vol te houden, ook al weet hij dat hij gaat vallen.

'Mama!' roept hij. 'Mama!' Zijn maag draait zich om. Hij heeft geen enkel houvast meer. Zijn benen trappen wild in het rond en zwemmen door de lucht. Zijn ene sandaal schiet uit en hij denkt dat hij al valt. De andere raakt ook los. Hij kijkt naar beneden, ziet zichzelf al dood op de grond liggen, een hoopje botten en enorme blauwe plekken, als een vogeltje dat uit het nest is gevallen.

Silvana komt overeind en rent op haar kousenvoeten naar Peter; ze rammelt hem door elkaar. Peter wijst naar de boomkruin, waar de vogels rondcirkelen en krijsen. Aurek zwaait heen en weer aan de takken; met zijn ene arm houdt hij zich vast en met de andere probeert hij zijn hoofd te beschermen. Hij hangt zeker zes of zeven meter hoog. Van die hoogte kan ze hem niet opvangen. Er is niets om op de harde grond uit te spreiden om zijn val te verzachten. En vallen gaat hij. Ze heeft altijd geweten dat de wereld gerechtigheid eist en dat op een dag Aurek van haar zou worden afgenomen. Dat is haar straf. Dit is de dag dat ze de jongen gaat verliezen.

'Hou vol!' roept Tony, die achter Silvana opduikt. Hij pakt een steen en gooit die naar de vogels.

Silvana pakt zijn hand. 'Nee! Zo meteen raak je Aurek.'

'Maar we moeten die vogels weg zien te krijgen.'

'Geen stenen! Help me eens de boom in. Aurek? Ik kom eraan.' Silvana sjort haar rok op en steekt haar hand uit naar de onderste tak.

'Doe niet zo raar, je kunt er niet in klimmen.'

Tony wil haar wegtrekken, maar Silvana port hardhandig met haar elleboog in zijn buik. Ze klautert moeizaam in de laagste takken van de boom. Tony probeert haar opnieuw te pakken, maar ze schopt hem weg en hijst zichzelf hoger op, buiten zijn bereik.

Zonder na te denken klimt ze snel omhoog, zo wanhopig is ze om bij de jongen te komen. Haar kousen ladderen als ze onhandig van de ene tak op de andere klimt; de ruwe bast schuurt langs haar bovenbenen. Twijgjes raken verstrikt in haar haar. Er slaat en tak in haar oog, die haar verblindt van de pijn. Ze heeft het gevoel of haar ooglid eraf is gerukt en haar wang is nat van de tranen. Toch klimt ze verder, en de hele tijd ziet ze alleen maar het beeld van het vallende kind voor zich. Dat mag niet gebeuren. Ze mag haar zoontje niet verliezen. Niet nu.

Haar handen tasten naar de takken en ze voelt hoe haar lichaamsgewicht de spieren in haar armen doet branden als ze hoger probeert te komen. Ze tuurt naar de lucht boven haar.

'Aurek? Aurek, niet bewegen!'

Ze wringt zich in een vork en dwingt haar ene goede oog om open te blijven. Boven zich ziet ze de gestalte van Aurek. Ze haalt diep adem en probeert zo kalm mogelijk te klinken.

'Hou nog even vol. Ik ben er zo. Niet loslaten. Hoor je me? Niet loslaten.'

Haar benen trillen nu, haar knieën knikken. Ze zou zelf kunnen vallen.

Ze beweegt zich langzaam, totdat ze haar rug tegen een tak schrap kan zetten en daar houvast kan vinden.

'Wacht, ik kan dichterbij komen. Niet loslaten.'

En hij laat los.

Aurek is gesprongen. Hij heeft losgelaten, vertrouwend op de hem omringende lucht, en is naar haar toe gesprongen. Hij valt. Zijn haar wappert in de wind van zijn eigen snelheid, zijn gezicht is triomfantelijk boven haar, zijn armen als vleugels uitgestrekt. Ze steekt haar hand uit, hoewel ze hem natuurlijk niet kan vangen, en hij grijpt een tak en zwaait in de richting van de stam. Hij landt boven op haar en ramt met zijn voorhoofd tegen haar jukbeen.

'Aurek,' zegt ze keer op keer, terwijl er achter haar ogen sterretjes flitsen en pijnscheuten door haar voorhoofd schieten. Ze zou willen lachen van opluchting.

'*Ja jestem tutaj*,' zegt Aurek, die zich aan haar vastklampt. 'Ik ben hier, mama. Ik vloog. Zag je het? Ik vloog.'

In de woning boven de dierenwinkel zit Silvana op een leren bank met een deken op haar schoot en een glas whisky in haar handen. De jongens zijn op Peters kamer. Tony knielt voor haar neer, met een kom heet water naast zich, een dot watten in de ene hand en een flesje gentiaanviolet in de andere. Hij heeft een bezorgde uitdrukking op zijn gezicht, als een moeder die niet meer weet wat ze met haar ondeugende kind aan moet.

'Hij had wel dood kunnen zijn,' zegt ze tegen hem. Ze wil het uitleggen, hem vertellen waarvoor ze zo bang was. 'Hij had dood kunnen vallen...'

'Maar dat is niet gebeurd,' zegt Tony. 'Drink nou eerst even die whisky op. We verbinden je wonden en dan breng ik jullie naar huis.'

Hij giet het paarse goedje bij het hete water, doopt de watten erin en knijpt ze uit. Hij tilt de deken op en raakt haar been aan.

'Doe je kousen uit.' Hij knikt tegen haar. 'Kom. Die zijn

helemaal aan flarden. Ik haal wel een ander paar voor je. Nieuwe kousen kosten niks – dertien in een dozijn, als je weet waar je moet zoeken. En dat weet ik toevallig. Laten we eerst deze uittrekken. We moeten die wonden schoonmaken.'

Eerst doet ze haar linkerkous uit en dan de rechter. Haar handen tasten onder de deken naar haar jarretelclips, waarna ze beide kousen tot haar knieën naar beneden stroopt.

'Dertien in een dozijn,' zegt ze. 'Dat betekent dat iets veel voorkomt, toch?'

'Ja, zoiets. Dat het goedkoop is, voor het oprapen ligt.'

Ze is zich bewust van zijn handen op haar knieën en dat hij de kousen voorzichtig tot haar enkels en over haar voeten naar beneden trekt. Het zachte genot van zijn zorgzaamheid. Zijn vingers masseren haar enkels en gaan voorzichtig omhoog over haar benen. Ondertussen maakt hij de schaafwonden met het watje schoon. Ze bestudeert zijn kruin terwijl hij bezig is. Hij kijkt niet op.

'In Polen tijdens de oorlog waren kinderen dertien in een dozijn,' zegt ze. 'Overal waren weeskinderen. Die hadden niemand meer. Ik denk aan ze. Ze laten me niet met rust.'

Tony smeert haar wonden in met roze zalf. Zijn vingers raken haar huid aan en dan vraagt hij of het pijn doet, of hij moet doorgaan. Hij kijkt niet op en begint de splinters uit haar voeten te trekken.

'Praat maar door,' zegt hij. 'Praat maar door.'

Silvana vraagt zich af of hij in staat is al haar wonden te verzorgen, niet alleen de schrammen en snijwonden maar ook de innerlijke die je niet ziet, de wonden die het meest pijn doen en nooit helen. Hij is klaar met haar voeten en tilt de deken op. Op honingzoete toon zegt hij tegen haar dat hij nu het vuil uit de wond boven haar knie gaat wassen. Ze ziet haar bovenbeen; de bleke huid om de wond wordt al blauw en vlekkerig. Zijn handen gaan langs de omtrek van de blauwe plekken die langzaam opkomen.

'Ik heb eens van een dorpje gehoord,' zegt ze, 'waar de huizen door een bombardement waren verwoest. Zeshonderd kinderen waren wees geworden. Zeshonderd in één klein dorpje.' Ze voelt de tranen over haar wangen stromen. 'Die wezen waren dertien in een dozijn, zoals jij zei. Ik heb geen idee wat er met die kinderen is gebeurd.'

Tony kijkt haar aan. Hij legt zijn handen op haar dijbenen, zijn vingers kneden haar vlees.

'Vertel maar. Vertel maar over ze.'

'Hun moeders wilden ze natuurlijk helemaal niet in de steek laten,' zegt ze. Ze merkt dat haar lip begint te trillen en ze slikt haar tranen weg. 'Dat weet ik. Geen enkele moeder wil haar kind kwijt. En als je dan een kind tegenkomt zonder ouders... dan is het toch je plicht om het te houden? Ik bedoel, een kind dat een moeder nodig had...'

'Een kind?'

Silvana buigt zich voorover. Haar hoofd komt tegen het zijne.

'Wat is er?' vraagt hij. 'Waar ben je zo bang voor?'

'Aurek is niet mijn zoon,' zegt ze gejaagd. 'Mijn zoon is dood. Ik heb hem achtergelaten en toen is hij doodgegaan.'

Hij trekt haar naar zich toe, zijn handen glijden om haar middel. Ze gaat met haar mond naar de zijne. Het is een moment van vergetelheid, deze kus. Ze houdt haar ogen stevig dicht. Zijn mond drukt krachtig. Hij houdt haar zo dicht tegen zich aan dat ze bijna geen adem meer krijgt. En dat wil ze ook niet. Ze wil dat hij haar verplettert, dat hij haar laatste ademstoot in zich opneemt.

Met een verhitte naald maakt Aurek twee piepkleine gaatjes in de boven- en onderkant van een ei van een waterhoentje. Naast hem zit Peter met lucifers te spelen; hij strijkt er telkens eentje af. In de kamer hangt een flauwe zwavellucht.

Sinds ze uit het bos terug zijn hebben ze niet meer tegen

elkaar gesproken, want Peter had gezegd dat zijn moeder gek was en toen had Aurek Peters rugzak in de poel gegooid en hem daarna een stomp in zijn maag gegeven.

Aurek legt het ei met de drie andere die hij dezelfde behandeling heeft gegeven op een dienblad.

'Hou eens op met dat lawaai,' zegt Peter.

Aurek kijkt op. Dus Peter praat weer tegen hem.

'Dat gekwetter. Je lijkt wel een vogel.'

Aurek geeft Peter een schop en duikt dan weg, terwijl hij zijn blad met eieren hoog optilt.

'Ga weg. Raak me niet aan. Dan breken ze,' waarschuwt hij.

'Wat ga je ermee doen?'

'Ik ga ze aan mijn moeder laten zien.'

Peter staat in de deuropening van zijn kamer.

'Dat kan niet. Mijn vader zei dat we hier moesten blijven.'

Aurek houdt het blad stevig vast en Peter balt zijn vuisten.

'Mijn vader zei dat we op mijn kamer moest blijven. Je mag er pas uit als ik het zeg.'

Aurek ziet dat Peter het meent, maar toch wil hij naar zijn moeder.

'Goed dan,' zegt hij, en hij steekt hem het blad toe. 'Jij mag de eieren hebben als ik de kamer uit mag.'

Peter pakt het blad aan.

'Oké. En dan mag ik ze de eieren laten zien, goed?'

Ze steken de gang door en Aurek doet de deur van de woonkamer open voor Peter, die het blad voor zijn buik houdt en heel voorzichtig loopt, alsof hij een kom water in zijn handen houdt. Aurek sloft achter hem aan.

Zijn moeder zit te huilen. Dat denkt hij tenminste. Ze zit op de bank met een deken over haar benen en Tony zit op zijn knieën voor haar. Hij kan haar gezicht niet goed zien, omdat ze omlaagkijkt naar haar handen. Aurek wil op haar schoot kruipen en haar troosten, maar net op dat moment buigt Tony zich voorover, slaat zijn armen om Silvana heen en kust haar.

Aurek slaakt een kreet van pijn. 'Mama! Nee!'

'Papa!' roept Peter, en hij laat het blad met eieren vallen. 'Pap, wat doe je!'

De twee laten elkaar weer los. Silvana's gezicht is wit, haar mond staat open en haar ene oog, een enorme paarse massa, is al flink opgezet. Wat heeft ze gedaan? Ze ziet eruit als een griezelige geest. Een geest van een moeder, een rusalka, een dode vrouw met ogen die je hart eruit kunnen rukken.

'Aurek?' roept ze terwijl ze de dekens van zich af gooit, opstaat en haar kousen van de vloer bijeengraait. 'Kijk alsjeblieft niet zo, schat...'

'Wind je niet zo op, jongens.' Tony loopt met ferme pas op hen af, met uitgestoken armen – een reusachtige gestalte die Aurek het zicht op zijn moeder beneemt. 'Peter, je had op je kamer moeten blijven, zoals ik had gezegd. Aurek, kom eens hier...'

Aurek doet een stap naar achteren. Tony mag hem niet aanraken. Hij moet hier wegwezen. Hij denkt aan zwermen spreeuwen die door de lucht zwenken, een massa die het licht tegenhoudt. Hij ziet kraaien cirkelen, zwarte takken en boomtoppen. Verdwaald. Hij is verdwaald. Hij doet zijn mond open en er komt een vogelwijsje uit: het gekwetter van eksters, fazanten, de gesmoorde roep van roeken.

Hij wringt zich langs Peter, rent de woning door, gooit de achterdeur open en stormt de brandtrap af. Zijn voetstappen rammelen een metalig alarm. Maar waar moet hij heen? Hij is helemaal alleen. Naar huis. Dat is het enige wat hij kan bedenken. Terug naar de geborgenheid van Britannia Road 22. Terug naar de vijand. Terug naar zijn vader.

POLEN

Silvana

Silvana was het beddengoed in Marysia's kamer aan het luchten toen ze haar geheimen ontdekte. Ze zette het stromatras op zijn kant, en daar, op het houten onderstel, lag een foto van een Duitse soldaat. Een man in uniform met een glad, rond gezicht. Hij had ogen met lange wimpers, een zachte blik, te mooi eigenlijk voor een man. Zijn mond stond strak en lachte niet. Naast de foto lag het boek van Silvana over filmsterren, gewikkeld in een lap. Haar stoffen tas lag er ook. Waarschijnlijk had Marysia die in het bos gevonden. Maar had ze die gevonden nadat de oude Silvana had gered of had ze hem gepikt terwijl Silvana en Aurek lagen te creperen? Hoe dan ook, ze had ze gehouden en verstopt.

Verder waren er niet veel spullen in de kamer. Het bed, een houten stoel. Een ovale handspiegel. Een ijzeren kist in een hoek. Silvana tilde het deksel op en tuurde erin. Er zaten een paar jurken en hoeden in, en enkele paren zwartzijden kousen. Silvana vond ook een fraai geborduurde hoofddoek. Vogels en bloemen kriskras over rode stof met een paisleymotief. Ze stopte het boek in haar tas en knoopte de sjaal om haar hoofd. Marysia had Silvana's spullen gestolen en nu zou ze iets van haar afpakken.

Ze wilde net de voordeur uit lopen, klaar om Marysia op het erf ter verantwoording te roepen, toen ze een voertuig over het hobbelige karrenspoor aan hoorde komen. Een legertruck met canvas kap reed naar het huisje toe. De auto stopte onder de grote kastanje op het erf en er stapte een Duitse militair uit. Silvana draaide zich om en zag de oude vrouw, Ela, achter haar staan.

Ela's gezicht betrok. 'Die man daar mag je niet zien. Hij denkt natuurlijk dat we je hier verbergen. Vertoon je niet totdat hij weg is.'

'Is dat haar minnaar?' Het was eruit voor ze er erg in had. De aanblik van de Duitse soldaat joeg haar meer angst aan dan ze had beseft. Ze moest weten wie hij was.

'Hè?'

'Marysia. Is dat haar minnaar? Ze slaapt toch met een Duitser?'

Ela glimlachte en Silvana zag iets gemeens in haar opgetrokken mond, iets wat haar nog niet eerder was opgevallen. De oude vrouw legde haar hand op haar keel en Silvana zag iets kleurigs flitsen.

'Wat is dat?' Silvana stak haar hand uit en trok Ela's hand ruw weg. De oude vrouw had Silvana's glazen hangertje om; het glazen groene boompje hing in het kuiltje van haar gerimpelde hals.

Nu ze goed keek, zag ze pas dat het gezicht van de vrouw harder was dan ze had gedacht: haar scherpe neus had iets wreeds en haar ogen waren vlug en kil.

'Dat is van mij,' zei de oude vrouw. 'Vergeet niet wie jou het leven heeft gered. Je moet oppassen met wat je zegt. Marysia zorgt ervoor dat we allemaal te eten hebben. Ze brengt offers voor ons. Jouw bolle wangen zijn aan haar te danken. Overal in de dorpen wordt het voedsel door de soldaten ingepikt. We mogen niet eens onze maalstenen houden om ons eigen brood te maken. Dacht je nou echt dat ze dit leuk vindt?'

'Dus hij is haar minnaar?'

'Een jaar geleden kwam hij hier met andere soldaten. Toen hebben ze ons graan in beslag genomen. Hij kwam in zijn eentje terug voor Marysia. Hij nam haar mee. Dagenlang was ze weg. Je wilt niet weten hoe hard ze moest huilen toen ze weer thuiskwam. Ze sloot zich dagen op in haar kamer en wilde niet met ons praten. Hij was niet de enige die haar pijn had gedaan. Ook andere soldaten. Ze hebben haar aan elkaar doorgegeven.'

Ela veegde haar neus af aan haar mouw.

'Vind jij jezelf beter dan wij? Je weet niet hoe zwaar we het hebben gehad. In het dorp is een ondergrondse beweging actief. We weten wie de verzetsmensen zijn, maar we zeggen niets tegen de Duitsers. En wat is onze dank?

Marysia is door het verzet met de dood bedreigd, maar toch houden we onze mond. We zouden de soldaten precies kunnen vertellen wat er allemaal in het dorp aan de gang is, maar dat doen we niet. Dus wie zijn hier nu de slechteriken? De dorpsbewoners die hun eigen volk willen vermoorden of mijn dochter, die niet anders kan dan doen wat haar wordt opgedragen? En nu wegwezen. En zorg ervoor dat de jongens stil zijn.'

Silvana moest weer denken aan de militair in Warschau, de man van wie ze op het bed moest gaan liggen en die zijn wil met haar deed. Misschien dat Ela de waarheid sprak. Misschien kon Marysia gewoon niet anders. Ze sloop langzaam terug naar de kamer en bleef in de schaduw naar Ela staan kijken die het erf op liep. Toen ging ze samen met Aurek naar het raam toe.

De houthakker was ook op het erf, en Ela en hij begroetten de soldaat alsof het een oude bekende was. Ze staken hun hand op en riepen vrolijk iets naar hem. Maar de soldaat brulde iets terug. Hij beende naar hen toe, geweer in de aanslag, en het echtpaar keek volkomen verbijsterd. Ze moesten op hun knieën gaan zitten, met hun handen achter hun hoofd. Hij riep iets en de canvas flap van de laadbak ging omhoog. Marysia stapte eruit. Ze huilde. Er klom nog een man uit de laadbak. Een lange, knappe man, die Silvana onmiddellijk herkende. Het was Gregor. Magerder dan voorheen, en zijn kleren waren versleten, maar hij was het.

Marysia smeekte de soldaat om vergiffenis.

'Je weet dat ik de jouwe ben.' zei ze, en haar handen trokken aan de arm van de soldaat. 'Ik wilde het je vertellen, heus. Ik wilde je over hem vertellen, hem aan jou uitleveren. Toe, mama, zeg het hem.'

'Ze heeft gelijk,' riep haar moeder, en ze tilde haar hoofd op. 'Deze man zei dat hij dokter was. We geloofden hem niet. Marysia wilde het je vertellen.'

De Duitse soldaat beende naar de oude vrouw en hief zijn geweer. Er klonk een schot en ze viel op de grond. Silvana slaakte een gil, en daarna begon Aurek te schreeuwen en op het raam te bonken. Silvana pakte hem op en sloeg haar hand voor zijn mond.

Gergor keek op naar het huis, recht in haar ogen. De soldaat keek ook en volgde Gregors blik. Ze hadden haar allebei gezien. Ze werd verlamd door een koud bezinksel van angst en haar benen werden zo zwaar als steen. Ze haalde haar hand van Aureks mond.

'Kom naar buiten!' brulde de soldaat, die met zijn geweer naar haar gebaarde. 'Jij daar, in het huis. Naar buiten, nu!'

Silvana pakte Aureks hand en liep met hem naar buiten.

'Als ik zeg dat je moet rennen,' fluisterde ze tegen hem, 'dan ren je zo snel je kunt. Gewoon wegrennen.'

De soldaat was jonger dan ze had gedacht. Als je zijn militaire uniform uitdeed en hem een boerenkiel aantrok, had hij voor een jongere broer van Marysia kunnen doorgaan. Maar met dat geweer in zijn hand en een vuurrood gezicht van woede had hij het hier nu voor het zeggen, en de rest stond zwijgend toe te kijken, zo gedwee als schapen in een hok.

Ze deed nog een stap naar het groepje mensen op het erf. Ze merkte dat achter de soldaat iets bewoog en ze zag Antek, de oude man, die wankelend overeind kwam.

De soldaat stond nog steeds naar Silvana te gebaren. Hij nam haar van top tot teen op, en ze vroeg zich af of hij in haar zijn nieuwe minnares zag. Iemand die de taak van Marysia overnam. Terwijl hij Silvana stond te bestuderen, zijn blik langzaam over haar heen liet gaan, wist ze dat hij niet doorhad dat de oude man hem van achteren besloop. Ze rechtte haar rug en stak haar borst vooruit, probeerde met licht wiegende heupen naar hem toe te lopen. Misschien was het pure waanzin, maar de oude man was nu zo dichtbij dat het het proberen waard was.

De soldaat zag de oude man pas toen Antek zijn armen om zijn nek sloeg en de soldaat als een worstelaar op de kermis op de grond legde. Ondertussen rende Marysia op de twee af en gaf de soldaat een paar trappen in zijn rug. Silvana liet Aureks hand los.

Gregor brulde tegen haar: 'Ga! Wegwezen nu het nog kan!'

Hij rende langs de legertruck en over het karrenspoor in de richting van het bos.

Marysia riep hem iets na. En toen het duidelijk was dat hij niet zou blijven staan, begon ze te spugen en tegen hem te vloeken. 'Klootzak! Ren maar weg, lafaard. Klootzak!'

Silvana staarde even naar zijn kleiner wordende gestalte. Ging Gregor weg? Ging hij ervandoor?

Aurek barstte in tranen uit, zijn gezicht vertrokken van angst. Antek en de soldaat lagen op de grond. Marysia probeerde het geweer te pakken. Silvana keek om zich heen. Ze moest ze te hulp komen. Ze schudde Aurek van zich af, raapte een aardewerk potje op, haastte zich naar de vechtende kluwen en smeet het potje kapot tegen de rug van de soldaat.

Meteen wist ze dat het fout was gegaan. Ze had het potje niet hard genoeg tegen hem aan gesmeten; het was van zijn schouders afgeketst. Het was alsof ze met een stok tegen een wespennest had geslagen. Het enige resultaat was dat hij razend werd en zich uit Anteks greep losmaakte.

De soldaat wist Silvana's rokken te pakken te krijgen en trok haar op de grond. Met de kolf van zijn geweer haalde hij naar haar uit, keihard tegen haar wang. Het werd donker voor haar ogen en ze zag sterretjes. Ze hoorde Marysia gillen en Aurek huilen; zijn stem kwam boven het geluid van de anderen uit. Dus dit was de manier waarop ze aan haar eind kwam, dacht ze toen de vuist van de soldaat tegen haar ribben beukte. Niet in de sneeuw, maar in het licht van een zomerdag, worstelend in het zand met een vreemde.

Ze probeerde weg te kruipen, maar hij pakte haar been en trok haar weer naar zich toe. Ze schopte en hij greep haar haar vast. Op dat moment zag ze iets van metaal in het zonlicht flitsen. Ze knipperde met haar ogen en staakte haar verzet. Gregor was terug, met de bijl van de houthakker in zijn handen.

Toen begon alles heel traag te bewegen; alles leek duidelijk. Ze wist wat hij ging doen. Dat wisten ze allemaal, ze snapten allemaal wat er ging gebeuren.

De soldaat liet haar los en Silvana kroop weg. Er klonk een schot, en nog eentje; de soldaat vuurde in de lucht, gehinderd door Aurek, die zijn arm vasthield. Gregor liet zich niet afschrikken en hief de bijl boven zijn hoofd.

Silvana pakte Aurek vast en drukte hem plat tegen haar borst, maar ze wist dat hij het toch hoorde. De krakende slag van metaal tegen bot. Telkens opnieuw.

Ze voelde iets warms op haar gezicht, ze raakte haar wang aan en er bleek bloed op haar hand te zitten. Aurek gleed uit haar armen. Zijn mond stond open; hij wiegde heen en weer alsof hij ergens muziek hoorde en zijn lichaam meedeinde op het ritme. Er regende bloed op hen neer. Aurek slaakte een gil en rende naar het kippenhok.

Gregor stond nog steeds als een dolle op de soldaat in te hakken. Het leek wel of hij brandhout aan het klieven was en of alles normaal was, behalve dan dat er overal bloed en lichaamsdelen lagen en Marysia er met een doodsbang gezicht bij stond en de oude man ineengedoken naast zijn dode vrouw zat, met zijn handen over zijn hoofd.

Silvana draaide zich om. Ze graaide haar tas weg en liep wankelend over het erf. Toen ze bij het kippenhok was, zag ze Aurek achter in het hok op zijn hurken zitten, half in een nestkast. Ze liet zich op haar knieën vallen, pakte zijn been en trok hem naar zich toe. Ze wist dat ze hem pijn deed, want ze trok hard aan zijn smalle enkels. Als een tegenspartelend konijn hield ze hem vast, maar hij bleef maar schoppen omdat hij terug wilde naar de nestkast.

'Aurek,' riep ze. 'Aurek, toe! We moeten weg.'

Ze pakte het tegenstribbelde kind stevig vast, kroop het kippenhok uit en zette het op een lopen.

Ze stak de akkers over waar de familie aardappelen en suikerbieten had gepoot en rende door tot ze bij een diepe beek kwam, waar ze zonder na te denken in sprong; ze kreeg een opdonder van het koude water, haar tanden begonnen te klapperen en haar benen te trillen.

'Het komt goed,' zei ze met opeengeklemde kaken tegen Aurek. 'Het komt goed. Stil maar, mijn schat. Stil maar.'

Hij bibberde en trilde over zijn hele lichaam, en zij spoelde het bloed van hem af, wreef zijn haar droog en boende hem zonder acht te slaan op zijn protesten. Ze spuugde op zijn wang en maakte die met haar mouw schoon.

'Het komt goed,' zei ze nadrukkelijk, terwijl de tranen over haar gezicht stroomden. Ze keek naar haar jurk en zag de bloedvlekken, die door het water waren uitgelopen. 'Het komt goed,' snikte ze, zonder dat ze wist of ze nu haar zoontje of zichzelf troostte. 'Stil maar.'

Ze droeg het bibberende kind door het beekje en klauterde door een met doornstruiken begroeide oever het droge op. Ze tilde hem op haar heup en wankelde zo verder door het platte landschap. De felle zomerzon stond hoog in de lucht boven hen en door de warmte droogden hun kleren snel. Als ze viel, krabbelde ze weer overeind. Ze holde maar door, totdat ze bang was dat haar hart het zou begeven. Ten slotte kwam ze bij een brede, diepe sloot die tussen twee velden met rijp graan liep en daar liet ze zich in glijden. Ze kon gewoonweg niet meer.

In het modderige water trok ze Aurek naar zich toe, legde haar hand over zijn mond, bang dat hij ging schreeuwen, en probeerde op adem te komen.

Daar bleef ze de hele dag liggen, en ook de warme zomernacht bracht ze er door, geteisterd door zoemende muggen. Bij het ochtendgloren klom ze met Aurek de sloot uit en liep terug naar het bos. In de verte zag ze de vlammen boven de akkers en een spiraal van grijze rook. Misschien hadden soldaten wraak genomen en het huisje afgebrand. Of misschien hadden Marysia, Gregor en de houthakker het in brand gestoken en waren daarna gevlucht.

Silvana kwam bij de rand van het bos waar de schaduwen van de bomen als donkere golven over haar heen spoelden. De rust van de dennen, sparren en berken – alle bomen namen haar en de jongen op en maakten hen deelgenoot van hun stilte en geheimen.

'We zijn veilig,' zei ze tegen Aurek. 'Hier zijn we veilig.'

Het bos werd weer Silvana's thuis. Een donkere groene wereld, waar de grenzen vervaagden in het naar dennen geurende duister. Ze wist genoeg, meende ze, om tussen de bomen te kunnen leven; ze wist hoe ze konijnen moest villen en kleine vogeltjes moest bereiden, egels, wezels. Ze wist hoe je ratten moest roosteren zonder dat het vlees uitdroogde. Vuurtjes aanleggen en een schuilplaats maken. Ze wist waar de bosvruchten groeiden en welke paddenstoelen eetbaar waren. Samen met de jongen zou ze leren hoe je je als een geest door het bos moest verplaatsen.

Er waren momenten dat ze overwoog om het bos weer uit te gaan, maar Aurek werd nog gekweld door angstvisioenen aan de gebeurtenis met Gregor en de anderen. Hij was opgehouden met praten en maakte alleen nog maar vogelgeluiden tegen zichzelf. Ze waren zo schichtig als herten en zo nerveus als de konijnen die ze vingen.

Tegen de tijd dat de winter zijn intrede deed, hadden ze geleerd hoe ze van alles moesten eten zonder een vies gezicht te trekken. Ze roken zelf naar dieren en Silvana's tanden begonnen los te zitten in haar kaak. Haar haar was lang en warrig. In de ongekamde uiteinden bleven klissen hangen; blaadjes plakten achter haar oren.

Silvana tuurde in het beekje bij het kamp dat ze had gemaakt en probeerde haar weerspiegeling in het kabbelende water te bekijken. Als ze wat plukken haar voor haar ogen hield, zag ze grijze strepen tussen het rood zitten. Ze ging het met haar mes te lijf en zaagde alle verknoopte klitten in haar nek eraf. Het was een heidense klus. Ze keek opnieuw in het beekje. Wachtte tot het water bedaard was en zag een schim die ze zelf was. Dat is beter, dacht ze. Vervolgens deed ze hetzelfde met Aureks donkere krulletjes. Boswezens waren ze.

Janusz

Schotland rook naar natte honden en groen gras. Na een verblijf van een week in een gymzaal, waar ze elke dag konden douchen en een warme maaltijd kregen, werden ze op een trein naar het zuiden gezet. De wagons zaten vol soldaten en bij elk station kwamen er meisjes de trein in die sigaretten en flesjes bier met de mannen deelden. Bruno stond op om even zijn benen te strekken en kwam terug met Jean en Ruby. Jean, in een beige jurk, ging naast Janusz zitten. Ruby, een roodharige met een lange rechte neus, die haar het uiterlijk van een vos gaf, nam plaats naast Bruno. Janusz glimlachte beleefd.

Bruno liet een paar Engelse zinnetjes op hen los. 'Welkom. *God save the king*. Dank u. Een enkeltje naar Doncaster, alstublieft. Ga je met me mee uit dansen?'

'Hij praat een aardig mondje,' zei Ruby lachend. 'Jean, die van jou heeft prachtige ogen, vind je niet?'

'Inderdaad. Je hebt heel mooie blauwe ogen.' Ze wees naar haar eigen ogen en toen naar die van hem. 'Ogen.'

Janusz knikte. Ruby haalde een drankflesje uit haar handtas. 'Hier, neem wat. Een hartversterkertje.'

De trein was gevuld met rook, geroezemoes en gelach van buitenlandse vrouwen, maar Janusz zat uit het raam naar het golvende landschap te staren en vroeg zich af hoe hij ooit weer naar Frankrijk terug moest komen.

IPSWICH

Janusz vindt de lekke banden en de gebutste motorkap niet erg. Zijn auto staat voor het huis op Britannia Road 22 en ziet er officieel en echt uit. Hij grijnst ernaar alsof het een oude vriend is. De lak glanst als zwarte inkt en hoe meer Janusz de auto poetst, hoe trotser hij zich voelt.

Toen de auto arriveerde, liep de hele straat uit, en mannen die anders niet meer dan goedemorgen tegen Janusz bromden, schudden hem nu de hand en zeiden dat ze dachten dat de premier bij hem op theevisite kwam. Ze maken grappen dat hij zeker driedubbele diensten moest draaien om zo'n auto te kunnen betalen, maar niemand zegt er iets over dat de auto de heuvel op moest worden gesleept en dat de koplampen verbrijzeld waren en dat in de voorbumper nog steeds de deuk te zien was van de boom waar de auto tegenop was geknald.

Doris en Gilbert Holborn staan naast Janusz op de stoep.

'Prachtig karretje, een Rover,' zegt Gilbert. 'Beste Britse wagen. Een leraarsauto, zei je toch? Geen wonder dat hij er nog zo mooi uitziet. Hij zal hem wel goed hebben onderhouden. Je begint je draai hier wel te vinden, hè?'

Janusz geeft geen antwoord. Zijn benoeming tot voorman heeft tot gemor onder de arbeiders geleid: een buitenlander die de baas is! Het heeft Janusz gekwetst, en tot zijn verbazing merkt hij dat Gilbert soms ook hatelijke dingen tegen hem zegt.

'Hij moet wel een beetje opgeknapt worden. Een paar kleine reparaties nog. Niet al te ingewikkeld.'

'Ik weet zeker dat je zoontje hem ook prachtig zal vinden,' zegt Doris. 'Vanmiddag zijn ze met Tony de hort op gegaan. Ik zag ze weggaan, Ik vind het echt erg aardig van hem dat hij er zo vaak met ze op uittrekt.'

'Ik zit er ook aan te denken een auto te kopen,' zegt Gilbert.

'O, ja?' sneert Doris luid. 'Doe niet zo mal. Je hebt al ons geld uitgegeven aan bier, sigaretten en de paardenrennen. Komt die auto uit de buurt, Jan?'

'Van de andere kant van de stad. Wil je hem even vanbinnen zien, Gilbert?'

Janusz doet het portier open en de twee mannen gaan voorin zitten, draaien aan knopjes en bekijken het interieur.

'Onze Geena heeft verkering met een vent uit Romford,' zegt Gilbert. 'Niet tegen Doris zeggen, hoor, maar van Geena begrijp ik dat het vrij serieus is. Het leek me een goed idee om een auto te kopen. Als hij haar hand vraagt, gaat ze daar natuurlijk wonen. En dan kunnen wij ze in het weekend opzoeken. Uitstapjes maken lijkt me ook leuk. Al beweert Doris dat ze liever de bus neemt.' Hij gaat met zijn hand over het dashboard. 'Het is wel lastig om nu aan benzine te komen. Dat moet je aan Tony vragen. De aangewezen persoon. Hij kan alles voor je regelen.'

Janusz legt zijn handen op het stuur. Hij is van plan bij de gemeente te vragen op hoeveel hij recht heeft. Hij wil het niet via de zwarte handel krijgen. Het ligt niet in zijn aard om de wet te overtreden. Hij verstelt het achteruitkijkspiegeltje en ziet al voor zich hoe hij over de heuvel zal wegtuffen.

'Tony? Ja, die zou ik het kunnen vragen, maar ik denk dat het wel lukt als ik zuinig aan doe.'

'Hebben jullie zin in thee met een koekje?' vraagt Doris die zich door het raampje van de bestuurder buigt.

'Daar zeg ik geen nee tegen,' zegt Gilbert.

Janusz knikt. 'Graag.'

Ze komen allebei de auto uit en lopen er nog een rondje omheen. Gilbert geeft Janusz een klopje op zijn rug.

'Je bent maar een bofkont. Even goede vrienden, hoor. Waarom zou jij geen voorman mogen zijn? Je werkt er hard genoeg voor. Maar dat is nou net wat ik niet begrijp aan die buitenlandse lui. Ik neem aan dat jullie er geen leven naast hebben.' Hij loopt al pratend naar binnen, met zijn rug naar Janusz. 'Wij hebben geen zin om zeven dagen per week te werken.'

'Ik wil gewoon goed werk afleveren,' zegt Janusz. 'Als we meer produceren, dan...'

Janusz wil net achter Gilbert het huis in lopen als hij Aurek de straat in ziet komen hollen. Het lijkt of de jongen huilt. Al struikelend holt hij verder. Als hij dichterbij is, ziet Janusz duidelijk dat zijn gezicht vlekkerig is van de tranen. Hij ziet eruit of hij gevallen is. Zijn korte broek zit onder de modder en op zijn trui zitten groene vlekken.

'Wat is er gebeurd?' wil Janusz weten, maar het kind duwt alleen maar zijn hoofd tegen zijn buik en bewerkt hem met zijn vuisten.

Janusz bukt zich. 'Wat is er? Wat is er gebeurd? Waarom zit je onder de modder? Aurek? Vertel eens. Heeft iemand je pijn gedaan? Wie heeft je pijn gedaan? Waar is je moeder?'

Wat Aurek hem dan vertelt, slaat Janusz met stomheid.

'Ik snap het niet. Vertel het nog een keer. Langzaam.'

Aurek vertelt het verhaal nog een keer.

'Weet je dat zeker?'

'Ik zag ze toch?'

Janusz laat de jongen los. Hij voelt het bloed naar zijn oren stromen.

'Kom je nog?' roept Doris ergens vanuit het huis: 'Schiet op, de thee wordt koud.'

Janusz pakt de hand van Aurek.

'Wees maar niet bang. Droog je tranen. Geen woord hierover. Begrepen?'

'Deze knul hier heeft een ongelukje gehad in een boom,' legt hij uit wanneer ze de woonkamer van Doris binnen zijn. 'Bijna gevallen, blijkbaar.'

Doris woelt door Aureks haar.

'Waar is je mama?'

'Die komt zo,' antwoordt Janusz. 'Hij is de anderen vooruitgehold. Zo is het toch, jong?'

Janusz houdt Aurek goed in de gaten, maar hij zegt niets. Doris geeft Aurek een snee brood met jam, en zijn lievelingstractor om mee te spelen. Janusz drinkt sterke thee en eet koekjes. Hij kletst over versnellingsbakken en bougies en hoe je een viertaktmotor uit elkaar moet halen. Ondertussen kraakt en sputtert zijn eigen hart, als een motor die olie lekt.

'Ik breng de jongen naar huis,' zegt hij, terwijl hij overeind komt.

'Zeg maar tegen Sylvie dat ze hem in bad moet stoppen,' zegt Doris. 'Hij is zo vies als een hond in de regen.'

Janusz heeft geen zin om de modder van Aurek af te spoelen. Hij stopt hem met kleren en al in bed en zegt dat hij op zijn kamertje moet blijven. Het kind aait over zijn hand en Janusz geeft hem een voorzichtige kus op zijn voorhoofd.

'Alles komt weer op zijn pootjes terecht, hoor. Maak je geen zorgen. Ga nu maar lekker slapen; dan ga ik naar beneden.'

Hij weet niet wat hij moet doen, dus loopt hij maar de tuin in en gaat de bloemperken wieden. Hij maakt zichzelf tenminste wijs dat hij daarmee bezig is, maar in werkelijkheid breekt hij de ene na de andere bloemknop af en vertrapt zijn favoriete planten. Hij is onhandig en achteloos, maar het voelt goed om bloemblaadjes en groene stelen kapot te stampen.

Wat een stommeling is hij toch. Dit is natuurlijk al maanden aan de gang. Het is nooit bij hem opgekomen dat Silvana daartoe in staat zou kunnen zijn. Hoe kon hij zo blind zijn geweest?

Hij probeert een zuringplant uit te trekken, maar de wortels zitten vast in de harde grond en hij stapt achteruit op een bosje van zijn favoriete irissen en maalt die fijn onder zijn schoen. Eén ding weet hij zeker: ze neemt hem niet zijn zoontje af. Tony zal niet zijn zoon opvoeden.

'Alles goed?' roept Gilbert over de schutting. 'Jan? Gaat het, joh?'

'Het gaat heel goed,' antwoordt Janusz.

'Is je vrouw al thuis?'

'Nee. Maar ik wacht op haar. Ze zal zo wel komen, dank je.'

Hij maakt een lichte buiging en loopt terug naar het huis, onderweg een bloembed met vrouwenmantel plettend.

In de keuken gaat hij op zoek naar de fles wijn die ze van Tony hebben gekregen. Het liefst zou hij die wegmieteren, maar hij heeft nu een borrel nodig, en waarom zou hij niet de wijn van die kerel opdrinken? Hij maakt de fles open, drinkt een glas en vindt het bitter smaken. Hij giet de fles leeg in de gootsteen en gaat weer naar buiten, naar zijn tuinschuurtje, waar hij op de vloer gaat zitten en zijn hoofd in zijn handen neemt. De lucht van gietijzer uit de fabriek hangt nog om hem heen.

Als hij opkijkt, ziet hij Gilbert voor zich staan.

'Gaat het echt wel met je?'

'Nee,' zegt Janusz. 'Ik ben een grote sukkel.'

Silvana smeekt Tony om haar naar huis te brengen in de auto.

'Ik moet Aurek zoeken,' zegt ze. 'Ik moet hem vinden voordat hij Janusz ziet.'

Tony stopt onder aan de heuvel, zodat niemand haar uit zijn auto ziet stappen. Ze zegt Peter gedag, die onderuitgezakt op de achterbank zit met een angstige blik in zijn ogen. Het gewicht van wat er die middag is gebeurd drukt zwaar op zijn schouders. Hij lijkt dikker dan ooit met zijn gebalde vuisten op zijn schoot en zijn opgezette gezicht van het huilen.

'Ik wil naar oma,' jammert hij.

'Hou op met dat gegrien, Peter,' snauwt Tony. 'Red jij het wel, Silvana?'

'Ja. Breng Peter maar naar huis. Laat me nu alsjeblieft gaan.'

'Hoor eens, ik kan met je meegaan, uitleggen dat de jongens zich vergist hebben...'

'Nee, ik wil alleen naar huis. Ik red me wel.'

'Ik ben in de dierenwinkel,' zegt hij terwijl ze uitstapt. 'Silvana, ik ben er als je me nodig hebt. Silvana?'

'Ja,' zegt ze, al weglopend. 'Ik red me prima.'

Ze voelt zich allesbehalve prima. Haar benen trillen en haar oog traant, en ze houdt haar hoofd omlaag, in de hoop dat niemand ziet dat ze stram de heuvel op loopt.

Eerder die dag had ze met een picknickmand in de hand naast Tony en de jongens door het bos gelopen. Nu is haar wereld ingestort. Ze had meteen met Aurek naar huis moeten gaan. Het was een grote fout om naar het appartement boven de dierenwinkel te gaan. Haar knieën beginnen pijn te doen en ze loopt hinkend verder.

Ze zal Janusz de waarheid vertellen. Ze zal doen wat ze die eerste dag al had moeten doen toen Janusz haar van het station kwam halen. Zo simpel is het. Geen leugens meer. O, kon iemand haar maar goede raad geven!

Janusz zal inzien wat een geschenk Aurek voor hen is. Hij zal inzien dat de jongen gekoesterd en beschermd moet worden. Ze kunnen verhuizen als hij wil. Ergens anders opnieuw beginnen. Geen Tony meer. Geen gedoe. Ze blijft voor het huis staan en haalt diep adem.

Buiten staat een auto en ze vraagt zich af van wie die is. Het eerste wat bij haar opkomt is dat ze misschien bezoek hebben, maar die gedachte verwerpt ze meteen. Ze kennen geen mensen. Ze duwt de deur open. Britannia Road 22. Dit is haar huis, al heeft ze geen idee wat voor soort welkom haar te wachten staat. Ze knikt naar de gaai in het ruitje van de voordeur, alsof die haar geluk kan brengen, en ze loopt naar de keuken, waar Janusz met Gilbert en Doris aan tafel zit.

Silvana beseft hoe ze eruit moet zien. Haar ogen zijn gezwollen. Ze heeft een schram op haar wang. Haar jurk, die Janusz voor haar heeft gekocht, zit onder de groene mosachtige vlekken en scheuren. Ze probeert haar haar een beetje te fatsoeneren en haar vingers vinden een takje. Ze besluit om dat maar te laten zitten. Ze weet dat ze er al stompzinnig genoeg uitziet, tegenover deze overmacht in haar eigen keuken; daarvoor hoeft ze geen vogelnesten uit haar haar te toveren.

Doris is de eerste die iets zegt.

'Zo, ben je er weer? Waarom ben je niet bij je minnaar gebleven?'

'Janusz, waar is Aurek?'

Doris kijkt haar dreigend aan. 'Dat vraag je nu pas? Zijn vader heeft die arme stakker in bed gestopt.'

Gilbert ziet er verhit en ongemakkelijk uit. 'Doris, volgens mij kunnen we maar beter naar huis gaan.'

'Ik ga pas als ik er klaar voor ben.' Ze veegt haar handen af aan het voorpand van haar schort. 'Dat arme joch. Wat een minne streek van je. En dan te bedenken dat ik eerst nog medelijden met je had.'

Silvana negeert Doris. Ze laat zich in haar eigen huis niet intimideren, niet zolang het nog haar eigen huis is. Ze wendt zich tot Janusz. Die vermijdt haar blik.

'Het arme kind,' zegt Doris nadrukkelijk. 'Godzijdank heeft hij nog een vader.'

'Rustig nou, Doris,' zegt Gilbert. 'Geen ruziemaken nou, dat is nergens voor nodig. Het spijt me, Jan. We gaan al weg.'

Doris snuift even en klemt haar lippen op elkaar. Ze laat zich zonder protest door Gilbert bij haar elleboog pakken en uit haar stoel omhoogtrekken. Silvana doet een stapje opzij als Doris langs haar loopt.

'Ik heb je wel door,' fluistert Doris 'O, ja, ik weet precies wat je in je schild voert. Geboorteregeling, jaja.'

'Doris!' Gilbert geeft haar een harde duw.

'Ik zal je eens wat zeggen. Hier kom je niet mee weg. Dit is een fatsoenlijke straat. Jij krijgt je trekken nog wel thuis, wacht maar af.'

De voordeur wordt met een klap dichtgeslagen en Silvana hoort ze buiten nog kibbelen. Ze gaat aan de keukentafel zitten.

'Ik weet niet wat Aurek heeft verteld, maar hij heeft het verkeerd gezien.'

Ze weet dat het slap klinkt. Ze doet nog een poging, in de hoop dat het nu wat overtuigender lijkt.

'Ik was bang en Tony wilde me troosten.'

Janusz slaat zijn armen over elkaar. 'Bang,' zegt hij. 'Waar nu weer voor?'

'Aurek was bijna uit een boom gevallen. Ik dacht dat ik hem kwijt zou raken. Ik ben met recht bang. Het is een gevaarlijke wereld, Janusz. Misschien niet voor jou, maar wel voor mij. Dat voel ik elke dag.'

Janusz weigert haar nog steeds aan te kijken. Ze probeert zijn blik te volgen, waarna ze uit pure wanhoop maar haar stoel oppakt en die recht tegenover hem zet.

Hij gaat met zijn vinger langs zijn boord. Kijkt haar kil aan.

'Hoe lang speelt dit al?'

Ze moet hem de waarheid vertellen, de woorden uit zichzelf naar buiten zien te trekken, ze er met kracht uit persen. Het is net of ze een oud lijk uit de rivier moet dreggen.

'Ik moet je iets vertellen. Over Aurek.'

'Wat dan?'

'Na je vertrek uit Warschau heb ik een bus de stad uit genomen. Aurek was ziek. Weet je nog dat hij altijd zo snel verkouden werd? Hij had moeite met ademhalen. Hij huilde de hele tijd. Toen de bus pech kreeg, liep ik achter de vrouwen, kinderen en bejaarden aan. Iedereen was gaan lopen.'

Janusz pakt zijn sigaretten en lucifers. 'Dit heeft niets met Tony te maken...'

'Het heeft alles met ons te maken.'

Silvana onderbreekt zichzelf. Ze staat op en doet de keukendeur dicht. Wat ze gaat zeggen, mag Aurek niet per ongeluk horen.

'Ik gaf Aurek over aan een andere vrouw om te dragen. Ik was moe. Dat had ik niet moeten doen. Ik dacht dat het geen kwaad kon; het was maar voor eventjes. Toen hoorde ik de vliegtuigen. Die vlogen over ons hoofd en eentje sloeg te pletter. Er was een explosie. Ik had hem bij me moeten houden. Ik had hem nooit uit het oog mogen verliezen.'

Ze zwijgt even om op adem te komen. Nu ze de aandacht van Janusz heeft, durft ze niet meer verder te gaan. Misschien moet ze het hierbij laten? Tegen hem zeggen dat ze inderdaad met Tony heeft gezoend en verder haar mond houden. Beter om als overspelige te boek te staan dan als een moeder die haar kind in de steek heeft gelaten.

Er stromen hete tranen over haar gezicht. Hoe kan ze uitleggen dat ze sinds de dag dat haar zoontje op een vreemd bed tussen haar benen uit glibberde met verlies heeft geleefd – of dat verlies elke herinnering kleurt, ook haar toekomstige herinneringen? Haar hart is gevuld met verlies: het is in de bomen, in het ruisen van de bladeren in de wind en in het levende, mysterieuze lichaam van een kind waarvan ze heeft leren houden. Een kind dat ze Aurek noemt.

'Ik ben hem nog gaan zoeken. Ik was in de war. Ik riep zijn naam. Ik was in paniek. Ik vond de vrouw, maar die was dood. Onze Aurek lag naast haar.

Ik wikkelde hem in mijn jas en wiegde hem. Ik weet niet hoe lang ik zo ben blijven zitten. Ik ben opgestaan en gaan lopen. Na een tijdje ging ik weer zitten. Maar hij was nog steeds koud.'

'Godsallemachtig.' Janusz slaat met zijn hand op tafel. 'Wat zit je in godsnaam nu te bazelen?'

De agressie in zijn stem doet haar pijn.

Silvana leunt achterover en slaat haar handen voor haar gezicht.

'Ik wilde alleen maar dat hij in een gezin zou opgroeien. Hij houdt van je, dat ziet iedereen. Ik vertrek wel. Ik ga wel weg. Het enige wat ik van je vraag is om een vader voor hem te zijn.'

'Waar heb je het toch over?'

'Onze zoon,' zegt ze, in het besef dat de pijn die hij nu gaat voelen groter is dan de pijn hij haar ooit zou kunnen aandoen. 'Ik probeer het je duidelijk te maken: onze zoon is dood. Onze echte zoon. Hij was dood toen ik hem naast die vrouw vond.'

Janusz' ogen zijn groot als schoteltjes. Zijn mond vertrekt zich, alsof hij iets bitters heeft geproefd. Ze bedwingt de opwelling om haar hand naar hem uit te steken. Hij zou alleen maar walgen van haar aanraking.

'Je liegt.'

'Over zoiets lieg ik toch niet? Onze zoon lag dood in mijn armen. Ik wist niet wat ik moest doen. Ik ben opgestaan en met hem gaan lopen, en toen hoorde ik een baby huilen. Ik ging het geluid achterna en vond een kindje in een houten handkar. Hij was ongeveer even oud als Aurek. Hij stak zijn armpjes naar me uit. Hij had me nodig, snap je? Hij had mij uitgekozen. Hij lag moederziel alleen te huilen en ik was degene die hem hoorde. Ik weet zeker dat hij niemand meer had. Hij was achtergelaten in een grote stapel dekens en mijn jongen... ons kindje, was dood.

Het kind riep me alsof ik zijn moeder was. Wat had ik anders moeten doen? Ik heb ze geruild. Ik heb onze zoon in de kar gelegd en het andere kindje meegenomen en hem Aurek genoemd. Ik hield mezelf voor dat het onze zoon was die was teruggekomen.'

Janusz' mond beweegt, maar hij zegt niets. Hij heeft nog steeds de sigaret in zijn hand, niet-aangestoken, en in zijn andere hand het doosje lucifers. Hij zal nu toch wel inzien wat een vechtersmentaliteit ze heeft? Dat ze het daar altijd mee zal redden, of het nu oorlog of vrede is? Hij blijft haar maar aankijken, en ze weet zeker dat hij nu begrijpt wat ze allemaal heeft moeten doormaken. Ze heeft de hoop dat er iets – misschien wel alles – nog gered kan worden. Ze is zijn vrouw. Het kind kan hun zoon zijn. Silvana's ogen vullen zich met tranen, maar ze verroert zich niet. Zolang ze elkaar aankijken, is er hoop.

Janusz is degene die zich afwendt.

'Ga weg.'

'Dat meen je niet.'

'Neem de jongen mee, wie het ook is. En ga weg.'

Hij staat op en loopt de tuin in. Silvana gaat achter hem aan naar de boomhut.

'En jij dan,' schreeuwt ze, 'met al je liefdesbrieven? Jij bent geen haar beter dan ik. Jij met die vrouw. Hélène heet ze toch? Dacht je dat ik dat niet wist? Waarom wilde je ons eigenlijk terug? Waarom heb je ons hierheen laten komen als je haar had?'

'Ik geloofde in je,' zegt Janusz. 'Hoe kon je tegen me liegen over... over mijn zóón? Donder op. Neem dat kind van je mee, wegwezen!'

Hij gaat het tuinschuurtje in en trekt de deur dicht.

Ze kijkt naar het huis en ziet Aurek achter het raam van zijn kamertje, tikkend met zijn vingers op de ruit. Silvana heft haar hand op en zwaait naar hem, maar hij blijft maar op het raam tikken, alsof hij haar niet heeft gezien.

Aurek zit boven aan de trap en weigert weg te gaan.

'*Nie*,' zegt hij. 'Nee.'

'Toe. Pak je spullen.'

De jongen wil niet praten. Hij wiegt heen en weer op de bovenste traptree, en Silvana moet hem bij zijn arm pakken en overeind hijsen. Zo sleurt ze hem mee naar buiten. Hij gromt als een gewond dier terwijl zij hem voor zich uit duwt de heuvel af. Hij probeert zich los te wurmen uit haar greep. Nog maar een paar uur geleden probeerde ze hem het leven te redden. En wat doet ze nu met hem?

Ze is benieuwd of Janusz hen achterna zal komen. Ze steekt de weg over en verbeeldt zich zijn rennende voetstappen achter hen te horen, roepend dat ze terug moeten komen. Onder het lopen bedenkt ze dat hij de fiets zal nemen en als ze bij de hoofdstraat is, hoort ze inderdaad een fiets met zoevende banden achter zich. Ze draait zich om, een lach van blijdschap op haar gezicht. Maar het is Janusz niet. Het is een vreemde, die even aan zijn pet tikt als hij passeert en met zijn bel naar Aurek klingelt.

Als ze bij de dierenwinkel van Tony is aangekomen, heeft ze de hoop opgegeven. Ze weet dat Janusz niet meer komt.

POLEN

Silvana

Op een ochtend, in alle vroegte, hoorden ze mensen in het bos. Er klonk heftig geschreeuw, en Silvana verstopte zich met Aurek in het dichte struikgewas en zag hoe twee Duitse soldaten drie mannen tegen een rij bomen zetten.

De soldaten namen de tijd om de drie gevangenen te fusilleren. Een van de soldaten was geen moment stil. Hij had een stoppelbaard en diepliggende, lege ogen. Hij liep de hele tijd heen en weer, legde zijn geweer aan en liet het dan weer zakken, alsof hij aan het oefenen was, een gebaar dat hij zelf erg grappig vond. Hij was degene die met het uiteinde van de loop langs de gezichten van de gevangenen ging. Het was of het geweer een deel van zijn lichaam was, een beschuldigende vinger die in de borst van de mannen priemde en hun wangen streelde. Als hij daar weer genoeg van had, slingerde hij het geweer over zijn schouder alsof het hem hinderde. Vervolgens ging hij met zijn hand naar het hoofd van de gevangenen, deed met zijn wijsvinger en duim of hij de haan spande en sprong dan verschrikt op alsof hij vuurde.

De andere soldaat rolde een sigaret, begon te roken en zoog zijn wangen in bij elke gretige trek. Onder de grauwe huid van zijn gezicht zag je de structuur van zijn schedel afgetekend.

Toen ze de mannen doodschoten, trok Silvana Aurek omlaag, zodat ze met hun gezicht tegen de grond gedrukt lagen. In de lucht klonken geweerschoten en de aarde rook naar verrotting. Ze legde haar hand over Aureks gezicht en probeerde de tranen die over zijn gezicht biggelden weg te vegen.

Toen het donker werd, kwamen Silvana en Aurek uit hun schuilplaats tevoorschijn en gingen bij de dode mannen kijken. Silvana trok het jasje van een van hen uit en de overjas van een ander. Bij een van de mannen lag een rugzak, waarin een halfvolle fles wodka en een stukje roggebrood zaten.

Silvana pakte een kepi van de grond en wreef het zand van de kleine rode emaillen ster die erop was gespeld. Ze zette de pet op en lachte naar Aurek. Hij keek alleen maar. Ze ging met haar hoofd heen en weer en deed een klein dansje, waggelend als een eend. Aurek begon te lachen. Ze brak een laaghangende tak af en deed of het een wandelstok was. Met een wiebelend hoofd en naar buiten gedraaide voeten schopte ze bladeren omhoog.

'Charlie Chaplin,' fluisterde ze. 'Ik ben Charlie Chaplin.'

Aurek deed haar na. Hij lachte zachtjes, als het murmelen van een snel stromend beekje.

Janusz

Op een betonnen startbaan in een veld in East Anglia fantaseerde Janusz in de stromende regen over de boerderij in de heuvels bij Marseille. Toen zijn divisie naar Yorkshire werd overgebracht, ploegde hij door de sneeuw en droomde van Hélène met haar bruine vlechten.

In Kent hoorde hij in gedachten haar stem in zijn oor. Hij wilde haar vertellen over alle nieuwe dingen die hij meemaakte. Hij schreef brieven met beschrijvingen van de mooie natuurstenen huizen in dorpen, de Engelse kerken met hun begroeide begraafplaatsen en grote bijbehorende pastorie. In de zomer van 1943 plukte hij rozen en deed net of hij die aan haar gaf.

In het voorjaar van 1944 vloog hij boven Italië, waar hij pamfletten uitstrooide, en hij nam alle kleuren van de heuvels, de akkers en de steden goed in zich op. Alleen voor haar.

En Hélène schreef terug. Brieven die meestal onregelmatig kwamen, soms opeens drie tegelijk, na lange tijd niets. Hij las ze allemaal; hij kende ze stuk voor stuk uit zijn hoofd.

Toen er in het najaar van 1944 een brief voor hem arriveerde, maakte Janusz hem opgetogen open, in het bijzijn van de rest van de manschappen in zijn eetzaal. Hij installeerde zich in een leunstoel. Het verbaasde hem dat de brief in het Engels was opgesteld. En hij was niet van Hélène, maar van haar broer:

Beste vriend,

Ik ben Hélènes broer. Ik hoop dat je het goed maakt. Ik heb van Hélène veel over je gehoord. Mijn ouders waardeerden je ook. Ik heb een moeilijk bericht voor je. Ik schreef al eerder, maar ik weet niet of de brieven aankomen. Ons huis is getroffen in de oorlog maar niet verwoest, en we wonen nog altijd op de boerderij. Ik moet je vertellen wat er gebeurd is en hoe erg ik het vind.

Hélène en ik zijn samen in de stad. Le Panier bij de Vieux Port en Duitse soldaten houden ons tegen op straat. Hélène kwam vast te zitten in de menigte en toen verloor ik haar. Iedereen moest uit Le Panier. De soldaten schieten iedereen dood. Ik ga zoeken en vind Hélène in een ziekenhuis. Ik vind het heel erg. Haar wonden waren ernstig. Ze vroeg vaak naar jou. Ze is in het ziekenhuis gestorven. Ik vind het vreselijk dat ik dit bericht moet overbrengen. Je bent een goede man. Ik eindig deze brief met mijn dank overbrengen dat je in deze oorlog vecht en dat je je opoffert...

Janusz las niet verder. Hij vouwde de brief op en stopte hem in zijn portefeuille. Hij luisterde hoe het bloed door zijn aderen stroomde, tot hij dacht dat hij het uit zijn lichaam hoorde wegvloeien. Het kon niet anders dan dat hij bloed verloor, want hij kon niet meer op zijn benen blijven staan. Zijn enkels, knieën en bovenbenen klapten als een waaier dicht. Zijn hoofd tolde. De wind blies als een jammerende stem over hem heen, of misschien was het wel zijn eigen stem. Of haar stem. Of misschien het ruisen van zijn bloed en het bonzen van zijn hart, dat hij het liefst tot zwijgen wilde brengen. Hij omklemde zijn hoofd, zich bewust van de broosheid van het menselijk lichaam, hoe makkelijk mensen gedood werden en aan flarden gereten door geweren en bommen. Aan de andere kant was hij vreselijk bang dat hij gedoemd was om te blijven leven en getuige van al het leed te zijn.

IPSWICH

'Je kunt hier niet blijven, Silvana. Niet bij mij thuis.'

Dat weet Tony zeker. Het is het eerste wat hij zegt als hij de deur van de dierenwinkel opendoet en haar snel naar binnen loodst. Ze gelooft dat ze paniek in zijn ogen ziet. Ze weet best welke gedachten er nu door zijn hoofd schieten. Hoe kan het dat hij opeens zit opgescheept met deze vrouw en haar koekoeksjong? Hij is tenslotte een bekende stadsbewoner. Hij kent de plaatselijke notabelen en de vader van zijn overleden vrouw is rechter. Hij kan het zich niet permitteren om als verzamelaar van buitenlandse zwervers en verschoppelingen bekend te staan.

Ze wil haar excuses al aanbieden en naar buiten lopen. Naar de haven, denkt ze. Ik zal een boot zoeken en dan kunnen we als verstekelingen mee. Maar dan pakt Tony haar handen beet. Zijn adem ruikt naar whisky en hij heeft een wilde blik in zijn ogen. Angst. Dat ziet ze erin. Hij zegt dat hij voor haar zal zorgen. Hij zal haar niet in de steek laten. Wat vindt ze van een hotel voor vannacht?

Ze zegt nee. Ze wil niet naar een hotel waar ze wordt aangestaard.

Na een tijdje stelt hij voor om haar naar zijn huisje aan zee te brengen. Het is het enige wat hij kan bedenken.

'Ja,' zegt ze. Hoe kan ze nu nee zeggen? Ze is dakloos.

Ze geeft Aurek een por, in de hoop dat hij een bedankje prevelt, maar de jongen schopt naar haar schenen en knijpt in het velletje van haar hand, waarop ze hem van zich af duwt. Ze heeft er meteen spijt van en trekt hem weer naar zich toe – te haastig, want hij struikelt over haar voeten.

'Bedankt,' zegt ze, en Tony glimlacht naar haar.

'Zullen we wat drinken?'

Tony loopt voorzichtig om Aurek heen, zoals je een valse hond omzeilt.

'Een hartversterkertje voordat we de weg op gaan?'

Tony praat niet in de auto, en daar is Silvana blij om. Ze zet Aurek op de achterbank met een deken om zich heen en hij kijkt haar achterdochtig aan.

'Waar is Peter?' wil hij weten.

'Bij zijn opa en oma,' fluistert ze. 'Je ziet hem binnenkort weer. Ga nu maar een beetje slapen.'

De plaats Felixstowe ligt aan de rand van een lichtgeel strand en een ruwe open zee. Ze worden begroet door kleurige lichtjes. De zee is inktzwart, maar de lampen op de pier en langs de promenade branden rood en geel; ze zwiepen in de wind, zodat de kleuren in de regen in elkaar overvloeien.

'De pier was vroeger langer,' zegt Tony, die vaart mindert. 'Een deel ervan is in de oorlog verwoest. Het zou een te makkelijk landingspunt voor de Duitsers zijn. Ze willen hem herstellen, maar ik betwijfel of dat ooit zal gebeuren. Vroeger viste ik aan het uiteinde.'

Hij parkeert ergens en zet de motor uit. Het loeien van de wind wordt luider en de regen slaat Silvana in het gezicht als ze uit de auto de stoep op stapt.

'Dit is het huis waar Lucy en ik hebben gewoond,' zegt Tony, die haar tas overneemt en haar voorgaat naar een smal, verweerd, roze geverfd huis. 'Na haar dood ben ik verhuisd. Ik gebruik het nu als opslagplaats. Ik moet een beetje opruimen, maar je hebt tenminste een plek om te slapen.'

Er zitten twee zware hangsloten op de deur en Silvana staat te rillen in de regen terwijl Tony de sleutels uit zijn zak haalt en in het donker met de sloten morrelt. Aurek rent op en neer door de straat, maar ze doet geen moeite hem bij zich te roepen. Hij komt toch niet. Eindelijk laat Tony hen binnen en vult de stroommeter in de gang bij. Als het licht aangaat, moet Silvana even met haar ogen knipperen.

De hal staat vol kartonnen dozen: van de vloer tot aan het plafond stapels dozen met etiketten met zeep, waspoeder, koekjes, chocola, pudding en sigaretten. Het lijkt wel een pakhuis. De smalle gang is gevuld met stapels vergeelde kranten. Er gaat een houten trap naar boven en daar liggen nog meer stapels.

'We gaan het hier even warm maken,' zegt Tony, die een krat opzijschuift. 'Sorry voor al die dozen. Deze troep gaat binnenkort allemaal weg.'

Hij is zijn bravoure kwijt. Hij lijkt gegeneerd en onzeker, en ze beseft dat dit een deel van zijn leven is dat weinig mensen te zien krijgen.

'Wat ruik ik toch?' vraagt ze. Ergens komt een zoetige lucht vandaan.

'Aah. Daar staat een krat bananen. Die gaan morgen weg. Kom binnen. Ik weet dat het een grote rommel is, maar je hebt tenminste een dak boven je hoofd.'

Silvana en Aurek wachten in de koude woonkamer, waar ze op kartonnen dozen zitten met blikjes cornedbeef, terwijl Tony fish-and-chips voor ze gaat kopen. Aurek zit met zijn rug naar Silvana gedraaid en ze weet dat hij boos is. Ze doet haar best opgewekt te klinken.

'Dit is een avontuur,' zegt ze tegen hem, maar ze kan bijna niet praten vanwege de tranen in haar keel. 'Nou, ik heb honger,' zegt ze als hij geen antwoord geeft. 'Zullen we alvast de tafel dekken?'

De jongen rolt zich op tot een bal en keert haar de rug toe, dus laat ze hem begaan en loopt naar de keuken, een kleine ruimte, moderner dan haar eigen keuken, met een ameublement van lichtgeel formica. Ze doet kastjes en lades open. In allemaal blijken blikjes fruit te liggen, totdat ze eindelijk een paar borden, messen en vorken ziet. Als Tony terugkomt, haalt hij een kist met London Gin van de keukentafel en dan kunnen ze gaan zitten.

'Jij hebt honger, Aurek,' merkt Tony op. 'Ik wist niet dat je zoveel kon eten.'

Voor Silvana is dat niets nieuws. De jongen eet altijd alsof het misschien zijn laatste maaltijd is en ze realiseert zich niet meer dat er ook kinderen zijn die dat niet hebben. Ze kijkt naar Aurek. De laatste tijd is hij veranderd. Hij is niet meer zo mager, en zijn haar is langer en dikker.

'Waar laat je het allemaal?' vraagt Tony. 'Heb je soms een lintworm, Aurek?'

Aurek kijkt opeens angstig.

'Dat is een lange kronkelende worm die al je eten opeet voordat jij de bouwstoffen eruit hebt gehaald. Heel veel kinderen hebben een lintworm.'

Silvana schudt haar hoofd en legt haar hand op Aureks arm.

'Hij maakt maar een grapje, Aurek.'

'Natuurlijk. Ik wilde je niet aan het schrikken maken, ouwe reus. Hier, neem wat van mijn patat. Je moeder heeft gelijk. Je moet goed eten.'

Als ze klaar zijn, steekt Tony een sigaret op en leest de krant. Aurek zit op de keukenvloer, terwijl Silvana de afwas doet. Daarna loopt ze langzaam naar de woonkamer met de erker en hoort dat Aurek achter haar sluipt. Ze tuurt naar het donker en de lichtjes van de schepen op zee. Ondanks alles is ze opgelucht dat ze het aan Janusz heeft opgebiecht, dat ze hem de waarheid heeft verteld. Daar had hij recht op, al heel lang. Het is een opluchting, maar wellicht ook het stomste wat ze ooit heeft gedaan. Ze kijkt naar de jongen en wordt bang. Waar is haar belofte aan hem nu gebleven? Wie wordt nu zijn vader?

Silvana laat het bad voor Aurek vollopen. Ze draait de kranen helemaal open en er gorgelt bruin water uit. Door de openstaande deur hoort ze klassieke muziek uit de radio. Godzijdank is het geen Chopin. Een Pools muziekstuk zou haar nu echt te veel worden. Er komt stoom de kamer in en Aurek komt met een boze blik in de deuropening staan. Ze voelt zijn haat jegens haar zo sterk dat hij evengoed een mes in zijn hand had kunnen hebben.

'Zo, daar ben je,' zegt Silvana. 'Het bad staat voor je klaar. Blijf er niet te lang in.'

Ze begint hem uit te kleden, maar hij duwt haar weg.

'Nee,' zegt hij boos. 'Ik doe het zelf. Ga weg.'

'Niet zo'n toon.'

Aurek duwt haar opnieuw weg en Silvana geeft het op. Ze staat naar hem te kijken. Er zit nog modder in zijn haar en op zijn benen. Tegen de witte huid van zijn kuiten lijkt het net of hij zwarte sokken met sokophouders aanheeft. Ze wil hem in bad zetten en goed schrobben, maar ze weet dat hij dat niet toestaat.

'Goed dan.' Ze zucht. 'Wat jij wilt.'

Ze gaat naar beneden en kijkt weer naar de vissersboten. Ze weet niet hoe lang ze zo heeft gezeten, maar opeens merkt ze dat Aurek naast haar staat en haar hand streelt en zijn hoofd tegen haar schouder legt.

'Ik wil naar huis.'

'Binnenkort,' belooft ze hem terwijl ze haar arm om hem heen slaat. 'Binnenkort. Alles komt weer goed, schat. Let maar op.'

Ze legt Aurek te slapen op het veldbed dat Tony uit een kast tevoorschijn haalt. Hij trekt het uit een groene canvas zak waarop bleke letters en cijfers staan gedrukt en een stempel met de mededeling dat het bed eigendom is van het Britse leger: een rammelend geheel van sterke katoenen keper, houten pinnen en een mat, die hij uitvouwt en tot een bed omtovert.

De jongen klimt erin en maakt een nest van de dekens; hij

trekt ze over zijn hoofd, zodat Silvana hem geen nachtzoen kan geven. Ze neemt het hem niet kwalijk. Ze klopt op de deken en gaat naar beneden. In de woonkamer staat Tony haar op te wachten.

'Hij lig erin, hè?'

'Ja. Hij slaapt in zijn kleren. Ik ben vergeten zijn pyjama mee te nemen.'

'Ik geloof dat er hier nog wel eentje is. In een doos ergens. Katoenflanel van Woolworths. Ik kan even kijken.'

'Voor vannacht maakt het toch niet meer uit.'

Tony komt dichterbij en slaat zijn armen om haar heen. Hij strijkt een verdwaalde lok van haar wang en ze voelt de tederheid van het gebaar. Haar benen trillen. Warmte kan ze nu helemaal niet gebruiken. Ze voelt een trekkende pijn in haar hart. Houdt ze van twee mannen? Is dat mogelijk?

'Tony, denk je dat hij ons heeft gehoord?'

'Wie?'

'Aurek. Denk je dat hij heeft gehoord wat ik tegen jou heb gezegd? Bij jou thuis?'

Tony zucht. 'Nee. Dat kan niet. Hoor eens, ik moet morgen naar Ipswich. Op zondag lunch ik altijd samen met mijn schoonouders, en ik moet Peter spreken. Morgenavond kom ik terug. Dan maak ik het hier een beetje gezellig voor jullie. Maar maandagmiddag moet ik weer terug naar Ipswich. Ik heb niet genoeg benzine om de hele tijd heen en weer te karren. Vrijdagavond kan ik hier weer zijn. Ondertussen, als iemand je aanspreekt, als de buren vragen wat je hier doet, lijkt het me het beste om te zeggen dat je de huishoudster bent. Het beste voor jou. Voorlopig.'

'Huishoudster?'

'Ja. Klinkt wat netter, toch?'

Ze denkt terug aan het schip waarop ze naar Engeland is gekomen. De twee opties die vrouwen hadden: huisvrouw of huishoudster.

'Netter dan wat?'

'Silvana, je bent bij je man weg. Iedereen kent me hier. Ze weten dat ik alleen woon. Ik wil niet dat er over jou geroddeld wordt. Ik wil je in bescherming nemen, meer niet.'

O, denkt ze. O. Dan dringt het besef tot haar door dat hij bang is dat de mensen zullen denken dat ze zijn minnares is. Ze begint te huilen en hij geeft haar zijn zakdoek.

'Het komt wel goed,' fluistert hij. 'Toe, niet meer huilen. Het komt allemaal goed. Je weet hoeveel ik om je geef.'

Ze luisteren naar de radio, Tony met zijn ene oor naar de ontvanger. Hij zegt bepaalde zinnen na en lacht alsof hij in zijn eentje is en niet met andermans vrouw in de kamer zit. Ze ziet dat hij de gewoonten heeft van een alleenstaande. Als het programma is afgelopen, zitten ze een tijdje zwijgend bij elkaar. Silvana kijkt de kamer rond.

'Wat een dozen. Ik had geen idee...'

'Dat ik een zwarte handelaar was? Nee, dat ben ik ook niet, hoor. Mensen vragen me bepaalde dingen, en die lever ik. Als de distributie afgelopen is, ga ik wat anders doen. Ik ben er door Lucy's vader ingerold. Hij kreeg een partij goedkope rum aangeboden van een van de scheepswinkels bij de haven. Hij is lid van een herensociëteit in Ipswich en die wilde die rum wel kopen. Hij kon de transactie niet zelf doen – hij is namelijk rechter. Dus handelde ik uit zijn naam en we deelden de opbrengst. Zo is het begonnen. Als je eenmaal de juiste mensen kent, is het een makkie.

Iedereen doet het. Er is een vent bij het distributiekantoor in Ipswich die valse inkoopvergunningen aan kruideniers verstrekt. Dus meneer Blake van Lipton's krijgt, bijvoorbeeld, tien keer de hoeveelheid suiker waarop hij recht heeft. Het overschot verkoopt hij aan mij door. Ik verkoop het door buiten de rantsoenering om. Zoals ik al zei: iedereen doet het.'

Tony staat op en loopt naar de keuken. 'Al die dozen zijn over een dag of twee weg,' roept hij. 'Maak je geen zorgen.'

Hij komt met twee koppen warme chocolademelk terug.

'Hier knap je van op,' zegt hij en hij geeft haar een kop. 'Ik heb er een scheutje whisky in gedaan. Dan slaap je lekker.'

Ze is zich bewust van zijn ogen die haar aankijken. Zijn tedere blik zou haar valkuil kunnen zijn.

'Meestal ben ik 's avonds alleen,' zegt hij. 'In het appartement boven de winkel. Ik dacht vaak aan jou en vroeg me dan af wat je aan het doen was. En nu ben je hier, samen met mij.'

'Ik blijf niet lang, hoor,' zegt ze snel, en ze ziet opeens de schrik in zijn ogen, zijn wangen die van kleur verschieten. Ze gaat rechtop zitten, tuurt in haar mok en sprokkelt haar laatste restje verzet bij elkaar.

'Het is erg aardig dat je ons helpt, maar we gaan binnenkort weer terug naar huis.'

Ze staat op, pakt zijn mok uit zijn hand en loopt naar de keuken. Tony volgt haar en komt achter haar staan terwijl zij de kopjes in de gootsteen omspoelt.

'Ga je echt terug?'

'Janusz zal Aurek willen zien. Hij is zijn vader. Ik blijf hier nog een paar dagen of zo en dan moeten we terug.'

'Moet dat echt?' vraagt Tony, en ze hoort de teleurstelling in zijn stem.

'Ja, echt.'

Silvana laat het water weglopen, draait zich om en kijkt hem aan.

'Zullen we naar boven gaan?' zegt hij, en hij geeft haar een handdoek.

De trap is van hout, zonder loper, met alleen koperen roeden en overal stapels kranten en stof.

'Elfenwolkjes,' zegt Tony als hij haar ziet kijken. 'Zo noemde Lucy die stofvlokken. Er moet hier nodig schoongemaakt worden.'

'Dat doe ik morgen wel,' biedt Silvana aan, terwijl ze probeert niet te schrikken bij de naam van zijn overleden vrouw. Dit was haar huis en hij is nog altijd trots op haar. Trots op de manier waarop ze van een verzameling huidschilfers, haren en stof iets poëtisch maakte.

Tony houdt zijn hand op de deur van de slaapkamer. Hij kijkt naar haar en ze wil zeggen: *Alsjeblieft, vraag dat niet van me vannacht*, ook al weet ze dat ze hem zijn zin zal geven.

'Toen je me vandaag kuste, Silvana, moest ik me echt bedwingen om niet ter plekke de liefde met je te bedrijven.'

Dus zíj kuste hem? Zit het zó? In haar herinnering ging het heel anders. Tony deed toch de eerste stap?

Hij drukt zich vol begeerte tegen haar aan en zijn tong zoekt haar mond. Hij legt zijn handen op haar heupen en ze voelt zijn penis door zijn broek heen; de dwingende, ronde warmte drukt tegen haar aan. Silvana verroert zich niet. Ze reageert niet op zijn omhelzing en ze weet dat hij dat merkt.

De herinneringen razen door haar hoofd. Nu haar geheim bekend is, beleeft ze de dood van haar zoontje helemaal opnieuw. Ze ziet de vrouw weer voor zich aan wie ze hem gaf. Ziet haar gezicht, haar wangen vertrokken van de kou, haar ogen die tranen van de wind. Ze begrijpt nog steeds niet hoe ze zo onnadenkend heeft kunnen zijn. Hoe heeft ze haar kindje nou aan een vreemde kunnen geven?

Tony houdt op met zoenen. Hij drukt zijn lippen even tegen haar wang. Streelt haar haar en doet een stap naar achteren.

'Het spijt me,' fluistert ze.

'Je kunt de kamer naast die van Aurek nemen,' zegt hij. 'Ik hoop dat het niet te koud is in je eentje. Ik zal een extra deken op je bed leggen.'

Silvana is zo opgelucht dat ze zelfs even durft te lachen.

'Het geeft niet,' zegt hij terwijl hij zich afwendt. 'Je hebt gewoon tijd nodig, dat snap ik wel.'

Ze blijft in haar kamer zitten wachten tot Tony in de kamer

ernaast in bed ligt. Ze hoort hoe hij zich uitkleedt: het zoeven van een rits en het ploppen van knopen die losgemaakt worden; het ruisen van een overhemd dat over zijn rug wordt getrokken, het bescheiden uitvouwen van een pyjama. Het kraken van de matrasspiralen als hij in bed gaat liggen en ten slotte het uitknippen van de lamp.

Als de springveren van Tony's bed geen geluid meer maken, sluipt Silvana de trap af en pakt onderweg een paar kranten op. Ze is doodmoe, maar ze weet dat ze niet kan slapen.

In de zitkamer aan de voorkant van het huis bladert ze door de oude kranten. In veel ervan staan foto's van kinderen: groepjes in stationshallen of wijkcentra, met dozen en koffers in hun hand, op allemaal een etiket van Gevonden Voorwerpen. Urenlang tuurt ze ernaar, naar de holle ogen van de kinderen, die naar haar terugstaren. Stel dat Aurek ergens een moeder heeft? Heeft ze de jongen gered of gestolen? Stel dat er ergens een vrouw is die op de terugkeer van haar zoon wacht?

Ze doet de lamp uit en blijft in het donker uit het raam zitten kijken. In gedachten ziet ze de zee, luistert ze ingespannen naar het rollen van de golven, heen en terug, heen en terug, als de ademhaling van Tony en Aurek die boven liggen te slapen. Als er een nevelig ochtendlicht aan de hemel verschijnt en de meeuwen krijsend boven de pier cirkelen, zoekt ze een bezem en begint het huis schoon te maken.

IPSWICH

De zon staat laag aan de hemel en in de tuin is alles in schaduw gehuld. Alle rozen van Janusz, zijn planten en het keurig gemaaide gazon lossen op in het donker. Janusz leunt met zijn hoofd tegen Aureks slaapkamerraam en luistert naar het lege huis, het sombere gewicht van stilte. Hij gaat op bed liggen en kijkt hoe het donker de kamer binnenkruipt en de kledingkast in een reusachtige zwarte grot verandert.

Zijn zoon. Al die jaren is zijn zoon dood geweest zonder dat hij het wist. Zijn Aurek. Hij weigert elke gedachte aan de jongen van wie hij in zijn plaats heeft gehouden. Ze heeft een onbekende in zijn leven gebracht en gezegd dat het zijn zoon was. En wist de jongen dat hij een bedrieger was? Zat hij ook in het complot?

Hij probeert zich een beeld te vormen van het bos waarin Silvana heeft geleefd. Is ze daar zo hardvochtig geworden? Onlangs heeft hij een krantenartikel gelezen over een paar soldaten die niet geloofden dat de oorlog voorbij was en nog steeds door de Europese bossen rondzwierven, met baarden vol mos en takjes, een wazige blik van het gefilterde boslicht, en die zich in leven hielden met konijnen, muizen en eekhoorns.

Hij had ze daar moeten laten. Silvana haar primitieve leven moeten laten leiden. De familie van Hélène zou hem met open armen hebben ontvangen. Hij had er na de oorlog heen kunnen gaan, naar Frankrijk, en in Marseille werk zoeken. Of in Canada. Voor mannen die in het leger hadden gezeten was er in Canada genoeg werk. Daar had hij een nieuw leven kunnen beginnen. Dat had hij moeten doen.

Hij had gedacht dat de vrede hem een gevoel van rust en geborgenheid zou geven. Tijdens de oorlog hield dat hem op de been: de gedachte aan vrede. Hij had erin geloofd, zoals je weet dat er ooit een nieuw jaargetijde aanbreekt. De oorlog was constant winter, een aaneenschakeling van december- en januarimaanden. De vrede had zomer moeten zijn. En hij dacht dat de zomer was gekomen met dit huis, dit leven in een kleine Engelse stad, met zijn vrouw en zoon.

Hij staat op, wrijft over zijn bonzende hoofd en doet het licht aan. Hij zet een raam open, snuift de avondlucht op, ruikt de geur van bosgrond, een zweem van dennen, de scherpe lucht van paddenstoelen en vochtige aarde. De wind voert vaag de geur aan van kampvuren en composthopen. Hij doet het raam dicht en ziet dat het kozijn bij de grendel verrot is. Dat zal hij morgen wel repareren. Het huis is de enige vastigheid die hij heeft en hij zal er alles aan doen om het overeind te houden.

Hij draait zich om en maakt Aureks bed op, duwt het kussen in model en vouwt de gestreepte pyjama op die eronder ligt.

En niet eens een fatsoenlijke begrafenis. Dat zit hem nog het meest dwars. Ze heeft zijn zoon in een kar achtergelaten. Zijn zoon. Hoe kan hij haar dat ooit vergeven?

In zijn bed ligt hij wakker en kan de slaap niet vatten. Hij heeft de pyjama van de jongen nog in zijn handen. Hij wil geloven dat Silvana zich vergist. Het is vast een leugen over Aurek. Janusz laat de pyjama op de vloer vallen. Hij weet dat ze niet liegt. Hij zag de waarheid in haar ogen. Zijn zoon is dood. Hij doet het licht aan en staart naar Silvana's lege helft van het bed. Hij voelt angst, een strakke knoop in zijn maag, een oorlogsgevoel; de onzekere wereld waarin Silvana heeft verkeerd is de zijne geworden.

Hij steekt een sigaret op en brandt zijn vingers terwijl hij kijkt hoe het vlammetje langs het houtje naar beneden gaat. Doet het nog een keer – zwart roet op zijn duim, de huid rood. Er komt een enorme woede in hem op, en zoveel verdriet dat het hem bijna kapotscheurt. Verdriet om niet één zoon, maar om twee.

FELIXSTOWE

Aurek luistert naar de zeemeeuwen. Het is nog niet licht en aan de hemel zie je her en der sterren twinkelen, maar de meeuwen miauwen al als achtergelaten jonge katjes. Hij schuift het raam open, steekt zijn hoofd naar buiten en bootst de vogelkreten na, totdat een vrouw een paar huizen verderop, een lelijk mens met een woest gezicht, uit haar eigen raam gaat hangen en zegt dat ze hem in mootjes hakt als hij niet snel zijn rotkop houdt. Hij gaat weer in het veldbed liggen en probeert te slapen, in de hoop dat hij als hij wakker wordt in zijn eigen bed aan Britannia Road ligt.

Ze zijn nu al vijf dagen in Felixstowe. Hij heeft nog steeds de kleren aan die hij de eerste dag aanhad, en zijn moeder lijkt niet te merken of hij er nu wel of niet is. 's Avonds zit ze stapels kranten door te ploegen en laat ze Aurek foto's van kinderen zien die hij helemaal niet wil zien. Hij kent ze niet. Waarom zou hij naar ze willen kijken? En zij kent ze ook niet, dus waarom huilt ze bij de aanblik van deze kinderen?

Tony is alleen die ene nacht blijven slapen, voordat hij weer terug moest naar Ipswich. Hij zei dat hij in de dierenwinkel moest werken en zijn dagelijkse routine moest aanhouden om geen argwaan te wekken. Hij kijkt naar Aurek alsof hij een stoute jongen is.

Tony heeft beloofd dat hij in het weekend weer komt. Aurek begreep niet waarom, maar toen hij dat zei gaf hij geld aan zijn moeder, met de mededeling dat ze daar een week mee moest doen, en toen moest ze huilen.

Gisteravond werden ze door werklui gestoord. Op woensdag bonsden ze op de deur en haalden kartonnen dozen weg en brachten balen katoenen lakens naar binnen. Zijn moeder zei tegen ze dat ze de huishoudster van Tony was. De mannen lichtten hun hoed en bedankten haar, en ook zij gaven haar geld. Aurek verborg zich voor ze. Hij maakte een nest in een stapel lakens.

Overdag beweegt zijn moeder zich als een slaapwandelaar. Ze loopt over het strand en hij sjokt achter haar aan, schopt zand op en raapt schelpen en glasscherven. Wanneer hij honger krijgt, koopt ze een suikerspin voor hem: roze en groene wolken, die pijn doen aan zijn tanden en hem het water in de mond doen lopen. De heerlijke zoetheid smelt op zijn tong en hij neemt er woeste happen uit. De suiker schuurt over zijn wang en plukken blijven in zijn haar plakken. Als hij zo eet, blijft zijn moeder altijd naar hem staan kijken. Soms glimlacht ze dan even. Maar het volgende moment laat ze haar hoofd weer hangen, staart naar haar voeten en loopt verder.

Hij vraagt niet naar de vijand, maar telkens als hij buiten voetstappen hoort of een man in zijn eentje op het strand ziet lopen, vraagt hij zich af of hij het is: zijn vader, die hem komt halen om naar huis te gaan.

Op vrijdag komt Tony terug en zondagochtend vroeg gaan ze met de auto naar een dennenbos, een halfuur rijden landinwaarts. Het is een uitgestrekt bos, waar de bomen op regelmatige afstand van elkaar geplant zijn in de bleke grond. Tony zet hen af en zegt dat hij voor zaken terug moet naar Felixstowe.

Aurek plukt paddenstoelen die aan de rand van het bos in het gras groeien. Hij kan zich niet herinneren dat hij ergens heeft geleerd hoe je paddenstoelen moet zoeken. Het is iets wat hij gewoon weet. Hij ziet een groepje groene gladde knolamanieten staan en hurkt ernaast, terwijl hij zijn mes uit zijn zak haalt. Met vaste hand snijdt hij ze af en gooit het ronde, vlezige omhulsel weg waaruit de steel groeit, een kenmerk van giftige paddenstoelen. Als je deze eet, ben je binnen een paar dagen dood. Er is geen genezing. Hij legt ze op de grond en bestudeert ze. Als Tony dood was, zouden ze dan weer naar huis gaan? Hij is toch al een stoute jongen. Het komt door hem dat ze hier zijn.

'Wat doe je daarmee?'

Aurek schrikt op. Hij had zijn moeder niet aan horen komen. Hij vermijdt haar blik, maar hij weet zeker dat ze zijn gedachten kan lezen. Hij schopt tegen de paddenstoelen, stampt ze met zijn voeten tot moes.

'Je mes goed schoonvegen, hoor. Die paddenstoelen zijn gevaarlijk.' Silvana glimlacht en legt haar hand op zijn wang. 'Wat is het hier mooi, hè? Wij met z'n tweetjes. Net als vroeger.'

Hij had liever gehad dat de vijand er ook bij was, om hem uit te leggen hoe de telefoon werkt of waarom een auto kan rijden. De vijand had een boomhut voor ze kunnen bouwen. Hij had een mooi huis voor hen in de bomen kunnen maken. Aurek steekt zijn hand uit en raakt zijn moeders haar aan, draait aan een krul.

'Heb ik iets verkeerd gedaan?' vraagt hij, en ze schatert het uit, alsof hij een heel erg leuke grap heeft verteld.

Als de schemering invalt en Tony hen komt ophalen, duiken de grootste vleermuizen die Aurek ooit heeft gezien door de takken omlaag. Aurek vindt een dode en zijn moeder weet Tony zover te krijgen dat hij hem mag houden.

Aurek legt de vleermuis op de veranda, waar hij opdroogt tot hij zo hard is als leer, maar een paar dagen later wordt hij door de wind opgepakt en meegevoerd. Dagenlang speurt Aurek het strand af naar het dier; hij kruipt onder strandtentjes en vissershutjes, tussen groene netten en rieten kreeftenmanden. Zijn vingers zoeken tussen vochtige kranten, vishaken en roze weggegooide ingewanden van vissen.

'Vind je het goed dat hij zo in zijn eentje door de stad

schuimt?' vraagt Tony aan Silvana wanneer hij de volgende vrijdagavond arriveert en Aurek stinkend naar vis binnenkomt.

'Misschien kan Peter komen spelen?'

'Die is bij zijn grootouders.'

Aurek zit op het stoepje voor het huis, met zijn vingers in zijn oren, en doet net of hij hen niet hoort praten. Hij probeert zich het geluid voor te stellen dat vissen onder water maken, vraagt zich af of ze net als vogels liedjes voor elkaar zingen.

'Moet Aurek niet naar school? Jullie zijn hier nu al twee weken. We willen niet dat de leerplichtambtenaren hier op bezoek komen en vragen gaan stellen.'

'Hij is nog niet aan school toe.'

'Wat zit er in zijn haar?'

'Teer. Hij is weer bij de botenbouwers geweest.'

'Je moet hem niet zo laten rondzwerven. Ik kan een konijn voor hem meenemen. Of een hond. Met een huisdier blijft hij misschien wel thuis.'

'Nee,' zegt Silvana. 'We moeten even wachten.'

'Waarop?'

'Op het juiste ogenblik,' antwoordt ze.

Aurek haalt zijn vingers uit zijn oren. Hij weet dat hij geen huisdier mag. Zijn moeder is niet gelukkig hier aan zee. Het juiste ogenblik zal nooit komen.

POLEN

Silvana

In de zomer werd het zo warm dat Silvana haar kleren uitdeed. Ze smeerde hun lijven in met dennensap tegen de muggen en legde lijsterbestakken in een cirkel om hun kamp om de rode mieren weg te houden. De truc werkte. Sindsdien hadden ze minder last van ze.

Soms lag ze op een plek waar de zon op de bosgrond scheen en voelde de stralen over haar heen gaan. Om haar heen kropen mieren, in grote zwarte rijen, en ze hoorde hun pootjes tikken, hun gelede lijven rammelen wanneer ze langs haar marcheerden. Ze kon de kaken van een tor in de humuslaag horen malen. De pissebedden die onder boomschors vandaan kropen klonken als mensen die met hun tanden tegen haar wang knarsten. Het zoemen van een vlieg deed pijn aan haar oren.

Ze veranderde zelf in hout. Haar lichaam was zo hard als een eik, haar huid zo dun als de papierachtige repen van de bast van de zilverberk die zij en de jongen 's winters aten. Soms stelde ze zich voor dat ze een stervende oude vrouw was, die alleen een klein stukje lucht door de takken zag. Degene die haar vond, zou op haar armen tikken en merken dat ze massief was.

Misschien dat ze iets van haar konden maken. Een salontafeltje, een dekenkist misschien. Ze wist zeker dat er jaarringen in haar zaten, net als bij een boom. De magere jaren, het helende hout dat haar gebroken hart omwikkelde.

Met haar hand volgde ze de baan van de zon en voelde haar knobbelige ribben, haar holle maag, haar ingevallen dijen. Ze kende zichzelf, begreep zichzelf. Ze had geen behoefte aan meer kennis. Alleen het moment telde. Ze voelde het kernhout van haar eiken lichaam, als een brok in haar keel.

Aurek danste in de zonnestralen om haar heen, sprong op en neer in het spel van schaduw en licht, ving de stofjes die door de lucht dwarrelden. Zijn hoofd werd te groot voor zijn lijf, zijn ribben glommen en zijn buik was een opgeblazen ballon van dunne huid. Zijn armen en benen waren takken, smalle stokjes. Haar boomman. Boselfje.

'Kom eens,' zei ze terwijl ze overeind kwam. 'Kom eens hier.'

Ze trok hem op schoot en bracht haar borst naar zijn mond. Hij deed zijn ogen dicht en ze wiegde hem heen en weer. Urenlang zat ze zo en gaf hem de borst. Toen de melk niet meer kwam, trok hij net zo lang aan haar tepel totdat ze het uitschreeuwde van de pijn, maar toch hield ze hem vast, terwijl zijn wimpers tegen haar huid fladderden. In haar borsten voelde ze een vage tinteling, ergens diep vanbinnen, en daar kwam de melk weer op gang. Aurek lag in haar armen en lachte, een lome glimlach met toegeknepen ogen, alsof de zon hem verblindde. Silvana drukte zijn gezicht weer tegen haar borst.

'Jij en ik,' fluisterde ze. 'Wij zijn nog niet dood.'

Janusz

Janusz zat in een donker noodonderkomen in Noord-Wales te luisteren naar het tikken van de regen op het verroeste golfplaten dak. Rijen tonvormige hutten verrezen als grafhopen uit de aarde. De andere Polen en hij noemden ze *beczki śmiechu*, tonnen gelach. Er zaten raampjes in de hutten, die in de uitsparingen waren gestanst, maar de wind blies dwars door de kierende ruitjes. Buiten, in de natte modder, glinsterden bandensporen van fietsen die naar de weg langs het terrein voerden. Janusz zat te wachten op Bruno.

De lenteregen had de modderige smaragdgroene velden blank gezet en de heggen waren wit van de bloesem. Als het niet gauw ophield met regenen, zou het kamp opnieuw onderlopen. Nu lag er al een laagje vuil bruin water op de houten vloeren. Een druppel water spatte op zijn gezicht, en nog eentje. Het dak lekte weer. Hij nam een diepe trek van zijn sigaret en liet de peuk op de vloer vallen, waar hij sissend in een plasje water zonk.

Het enige waar hij zich zorgen om maakte was de staat van zijn winterhanden en wat voor smerig vreten er vandaag weer op het menu stond. Hij keek op zijn horloge. Bruno zou die middag van zijn vlucht terugkomen en Janusz wilde met hem naar de plaatselijke kroeg.

'Geen denken aan,' had Bruno gezegd toen Janusz had gevraagd of hij bij de RAF wilde blijven. 'Nog eens vijf jaar bijtekenen? Geen denken aan.'

'Ik weet niet wat ik anders moet,' zei Janusz. 'We kunnen niet terug naar Polen. Misschien dat ik het in Frankrijk probeer. Of Canada. Daar een baan zoeken. Ik weet niet...'

'Het wordt tijd dat je erover gaat nadenken. Ik weet al wat ik ga doen. De oorlog is bijna voorbij. Ik ga naar Schotland. Ik ga met Ruby trouwen.'

Janusz keek bedenkelijk. 'Maar je bent al getrouwd. En je gezin dan? Je kinderen?'

Bruno zuchtte. 'Dat is een ander leven. Een andere wereld. Jan, ouwe reus, je bent zo door en door fatsoenlijk. Jij weet toch ook dat er genoeg getrouwde Polen zijn die een Engelse meid aan de haak geslagen hebben? Wat moeten ze dan? Als monniken leven omdat ze toevallig in Polen getrouwd zijn met een vrouw die ze toch nooit meer zien? Ik ben nu te lang weg uit mijn vaderland. Ook al zou ik mijn vrouw terugvinden, dan nog vraag ik me af of mijn kinderen me wel zouden herkennen. Ze zijn beter af zonder mij. Ik kan niet terug. Ik heb hier nu een bestaan opgebouwd met Ruby. Je moet de kansen grijpen die zich voordoen.' Bruno klopte Janusz op zijn schouder. 'Je hebt een zware tijd gehad. Waarom zoek je hier niet een leuk meisje? Ruby heeft veel vriendinnen. We vinden heus wel een meisje voor je.'

Het kabaal van de mannen die de hut binnenkwamen onderbrak Janusz' gedachtegang. Ze hadden het over het weer. Janusz luisterde naar ze. Bruno zou straks landen. Janusz stond op en trok zijn overjas aan. Hij ging naar buiten en zijn voeten zakten in een plas. Overal diepe poelen water, en tussen de hutten stegen nevelflarden op. Hij liep erdoorheen, met zijn handen in zijn zakken en zijn hoofd gebogen. Janusz ploegde naar het vliegveld en wachtte in de officiersmess op de binnenkomende vliegtuigen. Hij zat te kijken naar de mist die kringelde en dikker werd. En wat ging hij na de oorlog doen? Terug naar Polen? Bruno had gelijk: er was te veel gebeurd om terug te gaan.

'Je ziet geen hand voor ogen,' zei iemand.

Janusz stond op. Waarom niet in Schotland gaan wonen? Een nieuw leven beginnen? Hij liep de mess uit en botste bij de uitgang haast tegen een officier aan.

'Sorry, overste,' zei Janusz. 'Ik zag u niet.'

'Dat verbaast me niks. Vreselijk weer,' zei de officier, terwijl Janusz een stap opzij deed om hem erdoor te laten.

'Ik hoop dat de kisten vanavond veilig landen.'

'Die landen niet hier. Het zicht op het vliegveld is nog niet eens driehonderd meter. Ze moeten uitwijken naar een vliegveld in het noorden. Ik laat het iedereen wel weten als ons team weer vaste grond onder de voeten heeft.'

Janusz liep achter hem aan de mess weer in. Hij wachtte. Een uur later kwam er een bericht.

Het eskader vloog blind door een dik wolkendek. Slechts vijf van de dertien kisten waren veilig geland. Bruno's vliegtuig was in een graanveld gecrasht en in vlammen opgegaan.

IPSWICH

Janusz houdt zich aan zijn vaste routine. Hij werkt zo lang mogelijk door en gaat dan naar huis, waar hij iets repareert: de keukenstoel met de kapotte poot, de achterdeur, de lekkende kraan, de goot bij de buren – maar twee weken en drie dagen nadat hij Silvana het huis uit heeft gestuurd, kan hij nog steeds niet genoeg vinden om zichzelf bezig te houden.

Er laait een koortsachtige woede in hem. Hij kan niet slapen. Zijn spieren trekken, zijn hoofd tolt en tegen de ochtend gooit hij de dekens van zich af, kleedt zich aan en haast zich de tuin in. Hij is zo dronken van verdriet dat het niet veel scheelt of hij gaat de straat op om daar met iemand ruzie te zoeken.

De kamperfoelie die Janusz langs een houten raamwerk omlaag laat kruipen, zit al in de knop en de hulst bij de schuur glanst donkergroen. Janusz pakt de stam van de kamperfoelie vast, zo zacht als een ontblote hals, en vermorzelt die in zijn vuist, rukt hem van het raamwerk. Geen bloemen meer. Geen gezinstuin. Geen vrouw en geen zoon meer. Hij pakt zijn schop en begint nijdig de houtachtige wortels van de hulst uit te spitten. Hij trekt rozen uit de grond, onthoofdt bloemen met een zeis, trapt struiken om en gooit de zielige resten op een brandstapel midden op het gras.

De tuin is altijd zijn droom geweest. De droom dat zijn zoon op een groen gazon zat te spelen, terwijl zijn vrouw de Engelse rozen uit het perk afknipte. En nu zijn er geen dromen meer. Het begint te plenzen, maar hij gaat door met zijn verwoestende werk, schept zelfs genoegen in het uitgraven van planten en het omploegen van het grasveld tot landbouwgrond. Hij wil zwarte aarde. Kale grond. De grond moet nieuw zijn, met her en der een steen.

Misschien is hij gek geworden, maar hij kan niet meer ophouden met spitten. Zijn spieren pompen als zuigers. Als een trekpaard dat de ploeg door diepe klei trekt, zo gaat hij de spade te lijf, ramt hem de grond in met een moorddadige kracht.

Uren later leunt hij tegen het hek en wist het zweet van zijn gezicht. Lang rust hij niet. Hij gooit de schop neer en gaat naar binnen, zoekt een oude krant, drenkt die in benzine van de grasmaaier en stopt de prop in de brandstapel. Dan houdt hij er een lucifer bij en doet een stap naar achteren, terwijl rookwolken opstijgen die pijn doen aan zijn ogen. De lucht vult zich met de stank van smeulende planten.

Het begint harder te regenen, maar hij werkt stug door. Hij weet niet meer van ophouden, ook al is het rode hart van het vuur gedoofd, gesmoord door de regen en de dikke groene grasplaggen en planten die hij er doelloos op gooit.

'Wat ben jij in godsnaam aan het doen?'

Gilbert kijkt over de schutting.

Janusz stapt tevoorschijn uit de rook.

'Opruimen,' zegt hij. 'Weg met alle rommel. Laat me alsjeblieft met rust. Dit gaat je niets aan.'

En hij loopt terug naar de walmende rook.

Felixstowe

Silvana aarzelt, maar Tony dringt aan. Hij glimlacht, gebaart met zijn handen onder het praten, zo opgewonden als een kind op kerstavond.

'Toe nou maar. Kom mee naar boven. Ik heb een cadeautje voor je. Iets bijzonders.'

Ze gaat door de openstaande deur van zijn slaapkamer. Tot nu toe heeft ze deze kamer vermeden. De herinnering vermeden aan zijn vrouw, die vast nog rondwaart in het behang met het rozenpatroon en de opgewreven houten meubels.

'Word je niet verdrietig in dit huis?' vraagt ze. 'Denk je aan je vrouw als je hier bent?'

'Nee,' zegt hij, terwijl hij de deur voor haar openhoudt. 'Nee, we hebben hier nauwelijks samen tijd doorgebracht. En sinds haar dood heb ik het verhuurd. Het huis is een paar keer opnieuw ingericht. Er staan geen spullen meer van Lucy.'

Silvana gaat aan de kaptafel zitten; de chintzstof is er als een keurig rokje omheen geplooid. Ze drukt haar knieën tegen elkaar en neemt de kamer in zich op: de roze satijnen spreien op het dubbele bed, het nachtkastje met een lampje erop, en boven de bedden een prent van een berglandschap: groene heuvels die glooiend aflopen naar een meer waar schapen staan te grazen.

Tony houdt een sleutel omhoog en opent de grote kledingkast.

'Kijk,' zegt hij en hij zwaait de kastdeur open. 'Voor jou.'

Glinsterende kleuren hangen schouder aan schouder. De kast hangt tjokvol kleren. Steenrood, flessengroen, babyblauw, eau de nil, zalmroze, lichtblauw, zwart, koraalroze, gebroken wit, goud en zilver. Bont, zijde, linten, fluweel, veren, parels, pailletten. Avondjaponnen, op maat gemaakte jasjes, daagse jurken, broekpakken, zijden nachtponnen, blouses met kleine paarlemoeren knoopjes. Silvana gaat er met haar handen langs. Tony lacht en pakt een bontjas om die aan haar te laten zien.

'Allemaal voor jou.'

Silvana gelooft haar ogen niet.

'Waar komen die vandaan? Je hebt hier een hele kledingwinkel in de kast.'

'Ik geef toe dat ze niet allemaal nieuw zijn, maar je kunt wel zien dat ze nauwelijks gedragen zijn. Ik heb ze voor jou verzameld. Sommige spullen zijn van een gravin geweest. Een heel mooie vrouw.'

'Hoe wist je mijn maat?'

Hij legt de jas op het bed en haalt zijn schouders op. 'Gegokt. Maar het was goed gegokt, toch? Trek eens iets aan, dan kunnen we zien of het past.'

Silvana kijkt hoe hij de kleren langs de roede afgaat, op zoek naar iets. Heeft hij al die tijd geweten dat ze uiteindelijk met hem in dit huis zou belanden? Heeft hij dit gewoon gepland? Die gedachte zet ze van zich af. Het heeft toch geen zin om zich dat af te vragen. Ze is hier.

'Deze,' zegt hij, en hij haalt een zilverlamé avondjapon van de houten hanger. 'Dit is mijn favoriet.'

Zijn hand trilt als hij haar de jurk overhandigt, een verwachtingsvolle blik in zijn ogen.

'Trek eens aan,' zegt hij, en zijn stem slaat over. 'Die krijg je van mij.'

Er schiet een gedachte door haar hoofd: *Lucy*.

'Deze kleren. Die zijn toch niet...' Ze maakt haar zin niet af. Ze durft hem dat niet te vragen.

Ze kijkt hem strak aan. 'Heb je die echt voor mij gekocht?'

'Ja. Natuurlijk. Voor wie anders?'

Hij draait zich om, terwijl zij zich uitkleedt en de zilveren jurk over haar hoofd laat glijden.

Een vreselijk moment lang denkt ze dat hij haar de kleren van zijn overleden vrouw laat aantrekken. Maar dat zou hij natuurlijk nooit doen. De laatste tijd heeft ze wel vaker van die morbide gedachten. De jurk glijdt over haar heupen. Hij omsluit haar lichaam, zo zwaar als zilveren munten. De metalen schubben golven over haar heupen, plakken aan haar bovenbenen. Ze durft niet in de kastspiegel te kijken.

'Ben je klaar? Mag ik kijken?'

'Ja.'

Tony lacht en spreidt zijn armen.,

'*Bella*! Kijk dan. Je bent beeldschoon.'

De vrouw die haar in de spiegel aankijkt draagt de jurk zelfverzekerd. Ze legt een hand op haar heup, draait haar lichaam een kwartslag zodat haar rondingen goed uitkomen. Ze zuigt lucht in, kijkt in de spiegel naar de achterkant, de bolling van haar billen. De vrouw in de spiegel is mooi. Filmsterrenmooi.

Silvana kijkt Tony aan. Zijn ogen zijn vochtig van emotie.

'Tony? Gaat het?'

'Ik ben moe,' zegt hij. 'Mijn ogen gaan tranen als ik moe ben.'

Hij zoekt door de kleren, stelt voor dat ze een gebloemde linnen jurk aantrekt.

'Goed,' zegt ze, hoewel ze de lichtgroene zijden jurk die ernaast hangt mooier vindt. Hij streelt haar arm, zijn vingers gaan over haar schouder tot aan het kuiltje van haar sleutelbeen.

'Je weet toch dat ik van je hou?' fluistert hij.

Silvana knikt. Ze pakt de jurk van Tony aan en houdt hem omhoog.

'Perfect,' zegt hij, en hij geeft haar een kus op haar wang, zo zachtjes, zo voorzichtig, dat ze vanzelf haar ogen dichtdoet en haar mond naar de zijne brengt.

POLEN

Silvana

Langzaam begon Silvana te begrijpen hoe het werkte in het bos. Het was als een kompas. De spinnenwebben wezen naar het zuiden. De toppen van de dennen bogen zich naar het oosten. De eekhoorns hadden hun holletje in de bomen die op het westen lagen. En spechten hadden hun nest met de opening op het noorden. De jongen en zij waren daar nu ook deel van.

Op een ochtend, in alle vroegte, toen ze zich hadden aangekleed en op zoek gingen naar een nieuwe plek om hun kamp op te slaan, kwamen ze toevallig op een weg terecht. Aurek snoof de lucht op en liep weer terug. Het was een lange rechte weg, die als een omgekeerde V aan de horizon verdween. De weg naar de andere kant werd in een glooiing door bomen aan het zicht onttrokken.

Silvana voelde het harde wegdek door haar laarzen heen. Ze knoopte haar jas dicht en schopte tegen steentjes, en Aurek deed met haar mee; hij pakte een handjevol kiezelstenen op en gooide die in de lucht. Ze hoorde een vaag gebrom, dat steeds luider werd. Ze stond met Aurek midden op de weg, met haar rug naar de zon, te wachten tot het lawaai hen had bereikt.

Er doemde een rij groene legertrucks en tanks op boven de weg. Op de eerste truck wapperde een vlag. Silvana herkende hem. Het was de Britse vlag.

'Aurek, kijk dan,' zei ze, en ze deed haar hoofddoekje goed en hees de jongen omhoog. 'Kijk.'

Janusz

Janusz nam de trein naar Sterling waar hij met Ruby in een café had afgesproken. Ze zag moe en bleek, maar ze was opgewekt.

'Zo. Wat leuk je weer te zien.'

Ze kneep in zijn arm. 'Hoe gaat het in Engeland? Vast niet zo beroerd als hier in Schotland.'

'Ik weet niet,' zei Janusz. 'Het regent al zo lang dat we volgens mij binnenkort een ark moeten gaan bouwen. Wat wil je drinken?'

'Een shandy, graag.'

Janusz zette hun drankjes op het tafeltje en keek hoe ze haar glas pakte. Hij kon het nu maar beter meteen zeggen. Wat voor zin had het om te wachten?

Ruby nam een slokje van haar shandy en zette het glas voorzichtig neer. 'Ben je hier om iets te vertellen? Is er iets gebeurd? Ben je door Bruno gestuurd?'

Janusz haalde diep adem en stak van wal. Het ging makkelijker dan hij had gedacht en Ruby onderbrak hem niet. Ze knikte en luisterde. De tranen stroomden over haar gezicht, trokken twee roze strepen van schone huid door haar make-up.

'Logeer je hier in de buurt?'

'Nee,' zei Janusz. 'Ik ga vanavond weer terug.'

Hij boog zich over het tafeltje en gaf haar een kus op haar wang.

'Niet doen,' zei ze, en ze trok zich terug. 'Niet doen. Het gaat wel. Maar hoe zit het met jou? Wat ga jij nu doen?'

Hij keek naar Ruby's vermoeide trekken en zei niets.

'Je was toch getrouwd?' vroeg ze. 'Bruno vertelde me dat je een zoontje had.'

'O ja?'

'Hij had je heel hoog zitten. Waarom ga je je vrouw en zoontje niet zoeken? Het gezin herenigen?'

'Ik weet niet,' zei hij. 'Ik weet niet of ik dat kan.'

'Moet je horen,' zei ze. 'Het leven is één groot raadsel en ik weet niet waarom alles gaat zoals het gaat. De wereld is een complete chaos, toch? Maar ik zie het zo: ik zit hier mijn ogen uit mijn kop te janken omdat ik niemand meer heb, en jij hebt nog een vrouw en kind ergens en toch zie jij er ongelukkiger uit dan ik. Jij bent de geluksvogel. Jij hebt nog een gezin. Je bent een enorme geluksvogel, man.'

In de trein dacht hij na over wat ze had gezegd. Ze had gelijk. Hij had een gezin. Natuurlijk moest hij ze gaan zoeken.

Een lange RAF-officier hielp Janusz met het invullen van het vermiste-personenformulier.

'We hebben zo veel mogelijk gegevens nodig. Laatst bekende adres, familierelaties, meisjesnamen. Bijzonderheden over het werk. Gewoon alles opschrijven. Je bent wel even bezig, maar met een beetje geluk brengen we u in contact met uw gezin.'

Hij bood Janusz een sigaret aan en stak er zelf ook eentje op.

'Succes, meneer Nowak.'

Janusz was blij dat er iemand was die zijn achternaam eens goed uitsprak. Blij met de heldere, beschaafde stem van de man. Hij zelf ging prat op zijn onberispelijke uitspraak. Een paar mannen op de basis zeiden altijd gekscherend dat zijn Engelse uitspraak beter was dan die van hen.

De officier stond op en deed een kastje open, waar hij een fles en twee breekbare glazen uit haalde. 'Laten we een glas sherry drinken. Dat wilt u toch wel? Ik weet dat soldaten liever bier hebben, of in uw geval misschien een glaasje wodka. Maar sherry is het enige wat ik drink. Zeg, uw vrouw en zoon zijn misschien wel in een van onze opvangkampen. Of misschien in een Amerikaans kamp. Meer kunnen we niet doen. Maar als ze daar zit, dan vinden we haar. De Engelsen zullen goed voor haar zorgen. We doen ons best, dat beloof ik.'

De vriendelijkheid van de man was een verademing. Hij noemde Janusz 'ouwe reus', 'makker' en 'beste vriend'. Hij zei dat hij deze zaak persoonlijk in de gaten zou houden en vaart achter het papierwerk zou zetten.

Hij gaf Janusz een stevige hand.

'Succes.' Hij schonk alweer een tweede glas sherry voor zichzelf in. 'Laten we hopen dat jullie herenigd worden.'

'Dank u,' zei Janusz. 'Heel hartelijk dank.'

IPSWICH

Na het werk en in het weekend is Janusz bezig de tuin om te spitten, totdat hij er zeker van is dat alles eruit is en hij geen dikke gespleten wortel, geen enkel grassprietje over het hoofd heeft gezien. Hoewel de zon schijnt, ziet de tuin eruit als een kale akker in de winter. De eik is nog het enige groen. Janusz staat onder de touwladder van de boomhut en kijkt omhoog. Dat ding heeft hij ook zo gesloopt.

In de tuinschuur pakt hij de klauwhamer en de zaag, maar hij legt ze weer neer. Hij kan het niet. Hij kan het gewoonweg niet over zijn hart verkrijgen de boomhut kapot te maken.

Voor het eerst sinds Silvana weg is voelt hij zich moe. Uitgeput. Nu de tuin helemaal omgespit is, kan hij uitrusten. Zijn spieren doen pijn, zijn hoofd gonst. Hij moet gaan slapen. Hij wankelt naar binnen, gaat op het bed van de jongen liggen en slaapt de hele middag en nacht als een os. De volgende ochtend wordt hij wakker en weet hij wat hem te doen staat.

Het is maandag, een nationale feestdag, en hij heeft de hele dag vrij. Bij de voordeur trekt hij zijn kaplaarzen aan, stapt de grijze regenachtige ochtend in en loopt in een stevig tempo door de stille straten.

De buschauffeur kijkt hem argwanend aan als hij instapt.

'Die moet u in het bagagerek leggen, meneer,' zegt hij, wijzend naar de spade die Janusz bij zich heeft.

De bus stopt bij de papierfabriek en hij is de enige die uitstapt. Hij weet dat de chauffeur hem achterdochtig in de gaten houdt. Hij zwaait de spade over zijn schouder, steekt zijn hand op naar de chauffeur en loopt weg.

Aan de rand van een bos, tussen braamstruiken en akkers, spit Janusz de modderige aarde met de spade om, woelt wormen naar boven waar de vogels zich te goed aan kunnen doen. Hij krijgt blaren op zijn handen van het spitten. Zijn nagels zien zwart van de aarde. De zon verschijnt aan een blauwe hemel en verwarmt zijn rug.

Van de eerste boom gaat hij zweten. De wortels zijn taaier dan hij had gedacht. De hele ochtend is hij aan het spitten, maar het is zwaar met zoveel gras. De grond is bedekt met een dikke verende laag. Het gras staat tot zijn knieën en vormt een verknoopte laag over de aarde, die weigert zijn plek op te geven voor een boom.

Als hij eindelijk het wortelstelsel van een berk heeft blootgelegd, ontdekt hij dat het volkomen verstrikt is met de wortels van brandnetels: dikke gele taaie knopen die hij onmogelijk los kan krijgen. Zo voelt hij zich ook: verstrikt in Engelse bodem. Hij pakt zijn spade, ramt hem in de grond en zet zijn voet erop, zodat eindelijk de laatste koppige boomwortel zichtbaar wordt. Voorzichtig trekt hij het jonge boompje uit de grond.

De bus is te laat. Als hij eindelijk komt, stapt Janusz in, maar de chauffeur schudt zijn hoofd.

'Die mag u niet meenemen in de bus, meneer.'

'O, maar als ik hem leg in de bagagerek...' Hij merkt dat hij over zijn tong struikelt; zijn Poolse accent zit hem in de weg. Dat heeft hij nog nooit meegemaakt. Zijn Engelse uitspraak is anders altijd feilloos. Om een of andere reden doorspekt hij nu zijn Engelse spraak met Poolse klinkers. Hij probeert het nog eens, maar hoort hetzelfde vette accent. 'Ik heb ze wortels kewasjen. Hij is skoon.'

'Waar kom je de volgende keer mee aanzetten – kippen? Het is hier verdorie niet een of ander achterlijk land. Dat ding zit onder de modder. Wat moeten mijn passagiers wel niet denken?'

Janusz kijkt het gangpad af. Er is slechts één andere passagier: een oude man, die lijkt te slapen.

'Prima,' zegt hij. 'Als u in de contramine bent, dan stap ik niet uw autobus in.'

Zo, daar kan hij het even mee doen, denkt Janusz die naar de wegrijdende bus kijkt. Hij hijst de boom op zijn schouder en begint aan de lange weg terug naar huis.

Later die dag is hij in de tuin, waar dikke kluiten aarde om hem heen liggen. Als het gat diep genoeg is, strooit hij er bonenmeel in. Deze boom zal gekoesterd worden, verzorgd totdat de wortels zo diep in de grond zitten dat hij op zichzelf kan staan. Hij zal de boom niet in de steek laten. Deze boom is pas het begin. Een nieuw begin.

Hij zal deel worden van dit land, maar op zijn eigen voorwaarden. Hij heeft voor de Engelsen gevochten, hun uniform gedragen en zich hun liedjes en grapjes eigen gemaakt. En hij woont hier nu lang genoeg om te weten dat dit rijtjeshuis zijn kasteel is en dat hij zelf mag bepalen wat hij ermee doet. Wat haalde hij zich eigenlijk in zijn hoofd – het idee een Engels modelgezin te worden met een Engelse tuin? Weg ermee! Heel voorzichtig laat hij het tere boompje in het gat zakken. Hij schuift de aarde terug, stampt hem aan met de hak van zijn laars en dekt de wortels toe als een diep geheim in de grond.

Elke dag geeft hij het boompje water, telt de bladeren en controleert of er soms een teken is van ziekte of zwakte. Deze eerste boom is voor Aurek, de zoon die dood is. De volgende zal voor zijn levende zoon zijn.

Felixstowe

Silvana, Tony en Aurek lopen over het strand en luisteren naar de krijsende meeuwen en de rollende golven. Tony doet zijn schoenen en sokken uit, rolt zijn broekspijpen op en gaat met

Aurek bij het water staan. Wanneer er een grote golf op ze af komt, dansen ze snel terug. Aurek gilt en rent het zand op.

'Goed. Ik ga zwemmen!' roept Tony boven het geloei van de wind uit. Hij trekt zijn overhemd en broek uit en geeft ze aan Silvana. 'Weet je zeker dat je er niet in gaat?'

'Ja,' zegt ze, en ze kijkt hoe hij de band van zijn zwembroek vaststrikt. 'Wij hoeven niet, hoor. We wachten wel op je.'

Silvana en Aurek gaan zitten in een zilverige duinpan. Zo beschut tegen de wind is het warm en stiller. Tony loopt de bruine zee in. Zijn stevige behaarde benen zwoegen tegen de stroom in terwijl hij zijn evenwicht probeert te bewaren. Hij duikt onder water, verschijnt weer en schudt zijn hoofd als een natte hond. Silvana kijkt hoe hij ronddobbert, met elke golf verschijnt en verdwijnt, totdat hij nog maar een puntje in de verte is.

Ze doet haar handtas open en haalt er een ansichtkaart uit, een kleurenfoto van de zee en de lange pier die in het water steekt. Het is een mooie kaart, met veel blauwe lucht en een strand dat eigeel is gekleurd. Ze krabbelt iets aan Janusz, dezelfde mededeling die ze op elke kaart zet. Eén kaart per week, met het adres erop van Tony's huis. Janusz heeft niet teruggeschreven. Het is nu twee maanden geleden dat ze uit Britannia Road zijn vertrokken. Dit wordt de laatste kaart die ze stuurt. Daarna zal ze hem proberen te vergeten. Dat is haar in Polen al eens gelukt. Het zal haar opnieuw lukken.

Ze trekt de kraag van haar jas dichter om haar hals en haar vingers zakken weg in de zachte blauwe wol. De jas heeft een voering van satijn en is heerlijk om te dragen. Er zit sierstiksel op van warmbruin zijden draad en grote knopen, waar Aurek graag mee speelt. Ze heeft pareloorbellen in, die volgens Tony heel goed bij de jas passen. Eronder draagt ze een geplisseerde blouse van crêpe de Chine met een rij kleine knoopjes. Ze heeft een kokerrok aan van tweed – een beetje ouderwets, maar van degelijke stof. De schoenen die ze aanheeft glimmen als knikkers. Italiaans leer, zei Tony toen hij ze uit de kast op zijn slaapkamer haalde en haar voorstelde om die eens te passen. Op dat moment had ze de vraag over Lucy gesteld. Dat ging vanzelf.

'Tony, ik moet het weten. Je kunt het me rustig vertellen. Zijn deze van Lucy geweest?'

Zijn antwoord was kort en bondig geweest. 'Nee,' had hij gezegd, en hij had haar handen vastgepakt. 'Natuurlijk niet. Ik heb Lucy's kleren jaren geleden weggedaan. Ze zijn van jou. Alleen van jou.'

Ze draait met haar enkel om het leer in de zon te zien glanzen. Ze heeft nog nooit zulke fijne schoenen gehad.

Tony komt hongerig terug van het zwemmen. Hij neemt hen mee naar een restaurant, waar ze gekookte aardappelen en vis met peterseliesaus bestellen. De serveerster die de borden op tafel zet morst saus op het tafelkleed.

'Aurek, je bent zo bruin als een okkernoot, joh,' zegt Tony. 'Je zou zo voor een Italiaans jochie door kunnen gaan,' beweert hij. 'Vind je ook niet, Silvana?'

Nee, denkt ze. Hij ziet er Pools uit.

'Zeker,' zegt ze, terwijl ze met haar servetje de saus van de rand van haar bord veegt.

Tony drinkt zijn glas wijn leeg en bestelt er nog eentje. Silvana neemt een slokje van haar eigen wijn en glimlacht tegen Tony en Aurek.

'Gezondheid. *Na zdrowie!*' zegt ze, en ze heft het glas naar hen op.

Daar zitten we dan, denkt ze. Ze voelt een diepe affectie voor Tony. Ze wordt erdoor opgetild, door de parels die ze om haar hals voelt, de zijden kousen die ze van hem heeft gekregen, het eten dat hij hun geeft. Misschien komt het door de wijn die ze niet gewend is te drinken, maar ze kijkt naar Tony en naar het zongebruinde gezicht van haar zoon, en gelooft dat ze samen een gezin kunnen zijn.

Na een lange, late lunch maken ze een wandeling door de Massey Gardens. Tony leert Aurek midgetgolfen en Silvana kijkt toe. Om zes uur worden de strandstoelen weggehaald en de bezoekers gaan langzaam op huis aan. Tony duikt een kroeg in en Silvana slentert met Aurek over de promenade. De twee glazen wijn die ze op heeft, geven haar een prettig verdoofd gevoel. Boven de stalletjes waar je vis- en schaaldieren, snoep en ansichtkaarten kunt krijgen, zijn snoeren van gekleurde lampjes gespannen. Er hangt een scherpe azijnlucht. Silvana koopt voor Aurek een molentje dat draait in de wind en een reep chocola. Hij geeft haar een stukje, stopt het in haar mond. Ze hapt erin en voelt de zoete, melkachtige textuur. Ze lacht met haar hoofd achterover. Ondertussen ziet ze een vrouw aan de overkant van de straat naar haar kijken. Silvana is op slag ontnuchterd.

'Kijk eens aan,' zegt Doris, die op haar af komt lopen. 'Het gaat je voor de wind, zo te zien.'

Silvana laat zich niet intimideren. Ze zou weg kunnen lopen. Dat zou ze ook het liefst doen. Ze zou zich het liefst omdraaien, en misschien even haar elegante blauwe jas laten ruisen. Een hautain hoofdgebaar zou voldoening geven. Maar Doris is wel degene die haar kan vertellen hoe het met Janusz gaat.

'Dus je hangt in deze badplaats de chique dame uit, terwijl je man kierewiet is geworden en alle rozen uitgraaft?'

Silvana strijkt haar haar uit haar gezicht. 'Heb je hem gezien?'

Doris neemt de tijd. Ze komt dichterbij, als een actrice die op het punt staat haar cruciale tekst uit te spreken en de spanning voor het publiek opvoert. En Silvana is een goed publiek. Ze hangt aan haar lippen, wachtend op nieuws over Janusz. Er wasemt een geur van spekvet uit Doris' kleren.

'Je man heeft eerst zijn geliefde tuin volkomen vernield en is toen vertrokken,' zegt Doris.

'Vertrokken?'

'Wist je dat niet? Je man woont niet meer op Britannia Road. Hij is verhuisd.' Ze doet een een stap naar achteren, alsof ze een buiging gaat maken als ze haar tekst heeft uitgesproken. 'Je moet het alleen zien te rooien, jongedame. Ja, wie a zegt, moet ook b zeggen.'

En dan beent ze weg, met haar hoofd triomfantelijk opgeheven.

Aurek trekt aan Silvana's mouw. Zijn chocoladereep is op.

'Je krijgt er nog eentje van me,' zegt Silvana, die kijkt hoe Doris in de menigte verdwijnt. 'We kunnen best nog een beetje langer blijven.'

Ze gaan voor een blauw strandhuisje zitten en staren naar de donkere wolken die zich samenpakken terwijl de zon zijn rode licht uitgiet over de zee. De lucht wordt turquoise en Aurek zegt dat het net de kleur is van een mereleitje.

Als de sterren beginnen te twinkelen, slaat Silvana haar arm om Aurek heen, zo zitten ze samen op het strand. Janusz is weg. Ze heeft hen alle drie in de steek gelaten: hem, de jongen en haar eigen arme dode kindje. Ze ziet dat Tony hen op de pier loopt te zoeken. Vanavond kan ze geen mooi weer spelen. Hij staat onder de lantaarn op zijn horloge te kijken en loopt dan terug naar huis. Ze kijkt hem na.

Silvana trekt de jongen op haar schoot, en zo blijven ze zitten, totdat hun kleren klam en ziltig zijn en Aurek zegt dat hij naar bed wil.

De voordeur is open en het licht in de gang brandt nog. Silvana en Aurek sluipen naar boven. Terwijl Aurek in zijn veldbed klimt, doet zij de deur van de ouderslaapkamer open. Tony ligt zachtjes te snurken. Ze gaat naar beneden, raapt wat oude kranten op, waarmee het huis vol ligt, en doorzoekt de keukenlades. Ze vindt een schaar en daarmee loopt ze naar de zitkamer, waar ze de kranten opengeslagen voor zich legt en foto's van kinderen begint uit te knippen. Ze gaat heel zakelijk te werk, speurt de ene na de andere pagina af. Als ze een plaatje van een kind ziet, stopt ze en bestudeert het begeleidende artikel. Ze vindt Engels nog steeds moeilijk om te lezen, maar ze herkent direct bepaalde woorden en zinnetjes. *Wezen... vermist... zonder ouders... voor het laatst gezien... een tragische geschiedenis... het verdriet van een moeder*. Soms lachen de kinderen op de foto, alsof ze de geesten van hun familie om zich heen zien. Bij elk gezicht barst ze in huilen uit om haar eigen dode zoontje.

Ze werkt gestaag door, tot ze een hele stapel knipsels voor zich heeft liggen. Als ze haar ogen even rust wil gunnen, kijkt ze naar de lichtjes op de promenade. Zelfs in het bos voelde ze zich niet zo verloren.

POLEN

Silvana

Een soldaat klom uit de eerste truck, met uitgestoken handen, alsof hij twee in de val gelopen dieren probeerde te pakken.

'Het is al goed,' zei de soldaat met luide stem. 'Weten jullie het? Weten jullie het al?'

Silvana liep naar achteren en trok Aurek tegen zich aan.

'De oorlog. Die is voorbij. Spreken jullie Engels? *Polsku*?'

'*Polsku*? *Tak*.'

Hij wenkte een paar mannen, die ook uit hun voertuig stapten en op hen af kwamen. Een van de mannen overhandigde Silvana een metalen veldfles, die ze behoedzaam aannam.

'Toe maar, het is water,' zei hij. 'Drink. Kijk. Zo.' Hij hield zijn hand tegen zijn mond en deed net of hij dronk.

Silvana pakte de veldfles en kantelde hem zoals hij had gedaan. Het water droop over haar kin. Ze tilde de fles op en liet het koude water over haar gezicht stromen.

'Ga je gang. Maar je kunt het ook drinken als je wilt.' Hij legde zijn duim op zijn lippen en maakte een klokkend geluid.

Aurek proeste en snoof. Hij rende rondjes, met zijn duim tegen zijn mond gedrukt. Silvana keek achterom naar het bos. Voor de hele rij trucks stonden mannen naar hen te kijken. Aurek bleef maar lachen en ook Silvana moest lachen. Toen ze ophield en naar al die gezichten keek, was ze verbaasd. Ze keken verdrietig. Alsof ze te veel droevige films hadden gezien. Of misschien dachten ze dat zij te veel droevige films had gezien.

Een van de soldaten begon in het Pools tegen haar te praten.

'Hoe heet je?'

Ze dacht even na. Wie zou ze zeggen dat ze was? Marysia? Hanka? Ze hoestte; haar keel voelde droog aan toen ze wat probeerde te zeggen. Ze besloot om zichzelf te zijn.

'Silvana Nowak.'

'Heb je een identiteitsbewijs bij je?'

Ze keek naar Aurek, die naast haar in het zand zat te spelen, trok hem omhoog en hield hem tegen zich aan.

'Mijn zoon.'

'Oké,' zei de soldaat. 'Mag ik je papieren zien?'

'Mijn zoon,' zei ze weer.

De soldaat sloeg zijn armen over elkaar en keek haar vorsend aan.

'Waar woon je?'

'Welk jaar is het?'

'1945. Waar kom je vandaan?'

Silvana keek achter zich naar het bos en de bomen. Ze hoefde zich niet langer te verbergen.

'Warschau,' antwoordde ze, en ze vroeg zich af of die stad nog bestond. 'We komen uit Warschau.'

IPSWICH

Janusz propt tien bomen in de auto. Het is wel zonde dat er zoveel modder op de bekleding komt, maar dit zijn de laatste bomen die hij meeneemt. De tuin is alweer dichtbegroeid, en hoewel hij weet dat berken het niet erg vinden dicht opeengepakt te staan, wil hij ze toch de ruimte geven. Hij wilde dat er een andere manier was om de bomen te vervoeren zonder dat zijn auto onder de modder komt, maar Gilbert heeft beloofd hem te helpen hem schoon te maken als ze thuis zijn.

Hij graaft een berk uit de haag terwijl Gilbert met een oud gordijn staat te wachten om de kluit in te wikkelen.

'Ik vind toch dat je hem een oplawaai had moeten verkopen.'

'Ja, dat vond ik ook. In het begin. Maar nu wil ik hem gewoon niet meer zien. Ik ben niet iemand die met vechten iets oplost.'

'Ik ken Tony al jaren. Ik had nooit gedacht dat hij zo'n smerige streek zou uithalen.'

'Kun je de schep even geven?'

'Ze is met de jongen in Felixstowe, wist je dat? Doris is ze tegengekomen.'

Janusz voelt het bloed naar zijn gezicht stijgen. Hij houdt op met spitten.

'Heeft ze ze gezien?'

'Kennelijk.'

'En?'

'Ze zei dat ze er goed uitzagen.' Gilbert geeft Janusz een

klopje op zijn schouder. 'Ik weet niet wat er precies is gebeurd, maar Doris was behoorlijk over de rooie. Je weet hoe ze is als iets haar niet zint. Ze zei dat ze gingen verhuizen.'

'Verhuizen?' Janusz kan de paniek in zijn stem niet verhullen.

Gilbert klinkt weifelend. 'Tja, Doris heeft weleens de neiging te overdrijven.'

'Waar gaan ze dan naartoe?'

'Tja, dat is het 'm nu juist. Dat wil Doris niet zeggen. Koppig als een ezel, zoals je weet. Ze was helemaal overstuur. Beweert dat Sylvie haar vertrouwen heeft beschaamd. Maar hé, waarom ga je er zelf niet heen om de jongen te zien? Ik kan het adres wel voor je achterhalen.'

Janusz denkt aan de kaarten die hij heeft gekregen. Hij is weleens langs het huis gereden, maar durfde niet te stoppen. Het idee om Silvana met Tony te zien is onverdraaglijk. Hij weet niet of hij dat wel aankan.

'Het adres heb ik,' zegt hij gedecideerd. 'En ik wil ze niet zien. Niet als Silvana gelukkig is met Tony. Misschien heeft ze nu wat ze wil. Ik heb het er liever niet meer over.'

Gilbert zucht. 'Goed dan. Ik zal er niet over doorzeuren. Zeg, is het wel toegestaan om zomaar bomen mee te nemen? Die zijn vast van iemand.'

'Ach, het zijn maar jonge boompjes. Die groeien in het wild. Niemand wil ze hebben. Licht me eens bij met die zaklantaarn.'

'Niet om het een of ander,' merkt Gilbert op, 'maar waarom moeten we dit in het donker doen als het zogenaamd niet verboden is?'

Terug op Britannia Road laadt Janusz de boompjes uit, plant ze in de grond in de tuin, maakt de auto schoon en gaat dan pas naar binnen en doet de deur op slot.

In de badkamer trekt hij zijn kleren uit en wast zich, langzaam, met zijn hoofd omlaag als iemand die door de regen loopt en naar de grond kijkt. Als hij zijn ogen dichtdoet, is hij ervan overtuigd dat hij Silvana de trap op hoort komen. Aurek speelt in de gang. Het huis is bezeten van de geluiden van zijn vrouw en kind. En stel dat Doris de waarheid spreekt, dat ze gaan verhuizen, dan is alle hoop vervlogen. Hij pakt een handdoek en wrijft zich droog.

Laat ze maar gaan, denkt hij terwijl hij zich aankleedt. Hem treft geen schuld. Misschien dat hij ze het huis uit heeft gezet, maar zij had het ernaar gemaakt. Hij hoeft zichzelf niets te verwijten. Helemaal niets. Als ze weg wil, kan hij niets doen om haar tegen te houden.

Hij loopt de kamer van de jongen in, zet de boeken op de plank recht. Hij strijkt de dekens glad en hangt de prent aan de muur recht. Dan gaat hij op het bed zitten, met zijn hoofd in zijn handen, en huilt.

SILVANA

Het schip voer bij eb de Engelse haven binnen, opstomend door mist en duisternis. Silvana was in een land van wolken aangekomen. Alles was bedekt door een grijzige mist die strepen trok over het landschap en de gebouwen in een waas hulde. Ze concentreerde zich op haar voeten en de ruggen van de mensen voor haar terwijl ze in de dichte menigte langzaam over de loopplank schuifelde.

Na zo lang op zee te zijn geweest kwam het land als een schok. Tussen de mensenmassa die van boord ging en weer vaste grond onder de voeten voelde, wankelden en zwalkten Silvana en Aurek als twee mensen die net uit een kermisattractie waren gestapt. Ze konden niet in een rechte lijn lopen. Ze schoven telkens een stukje verder in kronkelende rijen en kregen een identiteitsbewijs uitgereikt. Aurek kreeg rode leren rolschaatsen, vastgeknoopt met de veters. Een man hing ze over Aureks schouder en hij zakte door onder het gewicht.

Silvana keek naar de dozen met rolschaatsen en speelgoed die voor haar stonden.

De man lachte. 'Vindt hij ze mooi?' Hij wees naar de rolschaatsen.

Aurek probeerde ze juist van zijn schouders te trekken.

Hij hield een doos schuin. 'Kom maar even kijken.'

In de doos met speelgoed zaten teddyberen en legpuzzels, blikken autootjes en poppen. Bovenop lag een houten rammelaar. Van blank geschuurd hout. Silvana pakte hem. De man lachte.

'Wil je die graag? Is hij niet een beetje te oud voor babyspeeltjes?'

Silvana schudde haar hoofd. Ze haalde de rolschaatsen van Aureks schouders en gaf hem de rammelaar. Ze dacht aan haar vader, aan de rammelaar die hij uit hout voor haar had gesneden en hoe lang ze die had bewaard. Wat was ermee gebeurd? Had ze hem in Warschau achtergelaten? Ze kon het zich niet meer herinneren en wilde dat ook niet. Ze keek naar Aurek en glimlachte.

'Die is voor jou. Begrijp je? Het is een toverrammelaar. Wees er zuinig op, dan zal hij je geluk brengen.'

Ze sloot zijn vingers om de handgreep en drukte ze even vast. Toen ze zijn hand losliet, zag ze de witte afdruk van haar eigen vingers op de hand van de jongen. Hij hield de rammelaar tegen zijn borst en knikte tegen haar, met grote, donkere, gelovige ogen. Maar dit was nog niet het einde van hun reis. Ze werden naar een wachtende trein geloodst die vol zat met mensen van de boot. Toen ze Londen binnenreden, hees Silvana Aurek op haar heup en hield hem goed vast. De trein rammelde en ratelde, en kwam met sissende remmen tot stilstand. De deuren gingen met veel kabaal open en overal klonk geroep – mensen die iets naar elkaar schreeuwden en huilende kinderen. Ze ging in de rij staan om uit te stappen en toen ze eindelijk bij de open deur stond, aarzelde ze. Het station was enorm groot. Een conducteur op het perron stak zijn hand uit.

'Kom maar, juffrouw. Uitstappen.'

Silvana stapte de trein uit. Ze trok haar hoofddoekje recht en speurde de mensenmassa af, op zoek naar Janusz.

'We zijn er,' fluisterde ze en het was net zozeer voor haarzelf bedoeld als voor hem. 'We zijn er.'

FELIXSTOWE

Silvana is wakker en ligt in bed te luisteren naar een zomers onweer. Er klinken luide donderklappen en de regen striemt de straten voor haar raam. Ze hoort Tony woelen in zijn bed, de vering kreunt. Hij is een vreselijk onrustige slaper, heeft ze geconstateerd. Ze ligt nu al te veel nachten naast hem te luisteren naar zijn geluiden, de bonk van zijn lichaam als hij zich omdraait op het matras, een arm die boven de lakens uit schiet, het zachte slaan tegen zijn kussen, het veelvuldige gezucht.

Ze staat op en doet een ochtendjas aan. Ze weet heel goed dat hij naar haar verlangt. En nu Janusz er niet meer is en zij de hoop heeft opgegeven, is er weinig reden om te proberen als twee keurige mensen naast elkaar wakker te liggen, zoals Tony het noemt.

Ze wurmt haar voeten in een paar slofjes die te klein zijn. Een paar dagen terug haalde Tony die uit een doos tevoorschijn: zwarte Chinese zijde met geborduurde rode, roze en oranje rozen, en daardoorheen een sierstiksel van groene blaadjes, klimop of zo.

Ze sloft zachtjes door de kamer naar de deur, steekt de smalle overloop over en gaat Tony's kamer in. Daar is het volkomen stil, op het geluid van de regen na. Houdt hij soms zijn adem in? Ze hoort helemaal niets. Rommelend onweer en dan een bliksemflits die de kamer even verlicht. Ze loopt naar het bed. Tony is kortstondig zichtbaar in het bliksemlicht, hij ligt op zijn rug, met zijn hoofd op het kussen en zijn handen gevouwen op zijn borst. Ze buigt zich over hem heen en ademt zijn warme geur in.

'Ben je wakker?'

'Eindelijk,' zegt hij.

'Tony?'

'Eindelijk.'

Hij lijkt groter te worden als hij overeind komt, zodat hij haast een beer lijkt: een enorme schaduw die in het donker over haar heen valt. Ze haalt even diep adem en dan slaat hij zijn armen om haar heen – zijn mond in haar hals, natte zoenen terwijl hij haar nachtpon uittrekt. Hij tilt haar op en legt haar op bed. Ze is naakt op haar slofjes na, die toch niet uitgaan, hoe hard ze dat ook probeert.

Het is snel voorbij, maar als Tony's zware lichaam op haar drukt, zodat ze het gevoel heeft dat hij inderdaad een beer van een man is en zij de langverwachte prooi, is ze in gedachten alleen met de slofjes bezig. Als het moment daar is, als haar voeten even bij elkaar zijn, duwt ze met de ene voet tegen de andere om haar geplette tenen te bevrijden. Ze schuurt met haar hielen langs zijn kuiten en op een gegeven moment pakt ze haar voet in haar ene hand en probeert het slofje los te wrikken. Het lukt en haar tenen zijn bevrijd, precies op het ogenblik dat hij kreunt en zijn bewegingen stokken.

Hij laat zich zwaar hijgend op het matras naast haar vallen. Vlug trekt ze het andere koppige slofje uit en gooit het door de kamer; zelf hijgt ze snel en licht.

'Gaat het?' vraagt hij en zijn hand zoekt de hare. Hij pakt hem stevig vast. Ze heeft het gevoel of ze zojuist een kleine aardbeving heeft meegemaakt. Buiten begint het harder te regenen en opnieuw ziet ze weerlicht.

'Prima, hoor.'

Ze luisteren naar de regen en de wind en hij stelt vragen over Polen. Over wat ze daar heeft achtergelaten.

'Vertel eens wat over je familie. Je ouders?'

'Die herinner ik me niet meer,' zegt ze beslist. 'Ik herinner me helemaal niets meer.'

Hij draait zich om en gaat op zijn zij liggen, zodat hij haar kan aankijken.

'Ik hoef het ook niet te weten. Ik vind het fijn dat je een mysterie voor me bent. Ik moet jou wel iets belangrijks vertellen.'

Janusz, is haar eerste gedachte. *Nieuws over hem?*

'Iemand heeft een bod gedaan op de dierenwinkel.'

'De dierenwinkel?'

'Ze zijn bereid er een mooi bedrag voor te betalen. De huizenprijzen gaan omhoog hier in de omgeving. Als je ergens winst op kunt maken, moet je je kans grijpen. Mijn schoonvader vindt het tijd worden dat Peter naar kostschool gaat. Hij wil dat hij op zijn oude school komt. Die is een eind hiervandaan, in Wiltshire. Mijn schoonvader zal het betalen. Maar het is niet alleen het schoolgeld, snap je? Het gaat om het hele plaatje – de juiste auto, de juiste kleren. Je uitspraak. Daar gaat het om. Dat krijgt hij daar. Peter heeft mij helemaal niet meer nodig.'

Hij praat over milieu en geld, en wat mensen verwachten in Engeland, terwijl hij in zijn bed ligt te draaien en af en toe met zijn hand langs haar borst of heup strijkt.

'De situatie hier gaat ook veranderen. Ik vind het niet prettig om je de hele week alleen te laten terwijl ik in Ipswich in de winkel werk, en ik heb ook genoeg van de zwarte handel. Het is tijd om eruit te stappen.' Hij streelt haar hand. 'Ik denk erover om een huisje in Londen te kopen. In september, wanneer Peter naar kostschool is. Niemand kent ons daar. We kunnen zeggen dat we getrouwd zijn.'

'En Aurek dan?'

Tony is even stil. Het is duidelijk dat hij niet over Aurek heeft nagedacht.

'Die gaat met ons mee.'

Silvana huivert. Ze glijdt uit bed en zoekt haar neergegooide nachtpon. Tony knipt het nachtlampje aan. Hij slaat haar gade.

'Kom toch weer onder de wol.'

'Nee. Ik ga terug naar mijn eigen bed. Ik wil niet dat Aurek wakker wordt en ontdekt dat ik hier ben.'

Tony slaat de dekens open en trekt haar naar zich toe, en zij zwicht en stapt in bed. Ze wil niet in haar eentje naar haar koude bed terug. De goot gorgelt en het geluid van regen die door de pijpen naar de afvoerputten stroomt geeft haar haast het gevoel of de zee het huis meesleurt naar de diepte.

'Nou, wat vind je?' vraagt Tony. 'Zullen we Londen proberen? Ik zal voor je zorgen als een prinsesje. Je krijgt alles wat je hartje begeert. Beloofd.'

Silvana legt haar hoofd op zijn schouder. Tony borrelt altijd over van ideeën. Ze is er inmiddels achter dat hij elke week met nieuwe plannen komt en er worden altijd beloftes gedaan.

'Aurek en ik gaan...' Ze bijt op haar tong. Ze had bijna gezegd dat ze binnenkort naar huis zou gaan. Eigenlijk zou ze die optie moeten vergeten. Zeker nu Janusz weg is.

Hij streelt zachtjes haar haar.

'En als je nu ja zegt, dan beloof ik je dat je morgen sloffen in een maat groter van me krijgt.'

Ze doet haar ogen dicht.

'Ja,' zegt ze. 'Ja.'

Aurek heeft zijn zaklantaarn onder de dekens. Hij is aan het schrijven. Het kost hem veel tijd om elke letter uit te schrijven en te zorgen dat de pen niet uitschiet. Hij zwoegt, maar het is belangrijk dat hij niet opgeeft. Er zit inkt op zijn gezicht, en blauwe vlekken op zijn tanden en lippen. Hij is zo moe van de inspanning dat hij uitgeput in slaap valt, terwijl de pen vlekken maakt op zijn pyjama. Maar hij slaapt als een roos, met zijn knieën tot zijn kin opgetrokken – een vredig opgerold kind.

De volgende ochtend vertelt zijn moeder over het onweer van de afgelopen nacht. Ze vraagt of hij het heeft gehoord. Hij zegt dat hij niets heeft gehoord.

'Ook niet de wind die aan de ramen rammelde?'

Hij schudt zijn hoofd. 'Niets.'

'Mooi,' zegt ze. 'Heel mooi. Hoe komt die inkt op je gezicht?'

Aurek haalt zijn schouders op.

'En je hebt de hele nacht als een blok geslapen?'

'De hele nacht,' verzekert hij haar.

Hij zorgt ervoor dat ze niet ziet dat hij postzegels uit Tony's bureau pakt en ermee naar buiten sluipt.

IPSWICH

Het is hartje zomer, en Janusz heeft in de achtertuin zeventig zilverberken geplant. Zeventig bomen in bruine aarde, terwijl de buren hulst, rozen, vuurdoorn en tuinkabouters in hun tuin hebben staan. De bomen zijn nog wat stakerig, maar sterk, en reiken al naar de hemel, als springerige jongens die vol zijn van de toekomst. Alle jonge boompjes hebben wortel geschoten en tere groene blaadjes gekregen. Janusz gaat deze bomen alle benodigde tijd geven om dik en sterk te worden.

Hij geeft ze water. Om de week voedt hij ze bij met kunstmest van beenderen, gedroogd bloed en vismeel. Als een moeder die neten uit het haar van haar kind haalt, zo speurt hij de bladeren en takken af op insecten. Hij zorgt ervoor dat rond de wortels geen andere planten groeien. 's Avonds praat hij tegen ze en 's ochtends drinkt hij een kopje koffie met ze. Hij weet niet goed meer waarom hij ze heeft geplant. Hij weet alleen dat ze moeten blijven leven, dat ze hem nodig hebben. Dat is voorlopig reden genoeg.

Hij gaat onder de bomen zitten en denkt aan Hélène. Hij beseft dat hij zich haar gezicht bijna niet meer voor de geest kan halen. Zonder de brieven verdwijnt ze langzaam uit zijn gedachten. Haar stem is weg. Zijn hart, dat altijd opsprong als hij aan haar dacht, is tot bedaren gekomen. Het doet minder pijn. Zo gaat dat dus, denkt hij. Herinneringen vervagen. Als een stuk zeep dat je keer op keer gebruikt, worden herinneringen anders van vorm, verliezen hun geur, worden te klein en te glibberig om vast te houden.

Janusz gaat naar de zitkamer en kijkt naar de ingelijste foto op de schouw. Hij, Silvana en de jongen.

Hij kan niet anders dan bewondering hebben voor de manier waarop zij de dingen heeft aangepakt. Hoe ze de jongen heeft grootgebracht. Hem naar Engeland heeft meegenomen om hem een thuis te geven. Het is een doelgerichte vrouw. Althans dat was ze, voordat ze voor Tony Benetoni viel. Hij bestudeert Silvana's gezicht op de foto. Ze kijkt uitdrukkingsloos. Of niet? Ziet hij soms iets koppigs bij haar opgetrokken mondhoeken? En haar ogen, zo groot en donker. Wat onthullen die? Haar pupillen zijn verwijd als een cameralens en nemen haar nieuwe thuis in zich op, de vreemde die haar man was en een onbekend leven dat haar te wachten stond.

Stel dat zijn ouders in Polen op een goede dag contact opnemen? Wat moet hij dan tegen ze zeggen? Ze weten niet dat zijn zoon dood is. Dat moet hij aan zijn ouders vertellen. Daar hebben ze recht op. Als hij eindelijk een pen en papier heeft gevonden, aarzelt hij. Hij begint te schrijven, zet het adres in de bovenhoek, de datum:

Lieve moeder en vader,
Ik hoop dat deze brief u in goede gezondheid bereikt. Ik moet u iets vertellen...

Hij vouwt het velletje in drieën en stopt het in zijn borstzakje, de pen ernaast. Hij pakt zijn sigaretten, steekt er eentje op en loopt de tuin in. Hoe moet hij ze vertellen dat hun kleinzoon dood is? Stel dat ze de brief krijgen, dan breekt het nieuws hun hart. Hij kijkt naar de bomen en de blauwe lucht erboven en herinnert zich de eerste dag dat hij zijn zoontje in zijn armen hield. De liefde die hij die dag had gevoeld.

Hij staat onder de eik achter in de tuin en zwaait de touwladder die uit de boomhut hangt heen en weer. Hij neemt een laatste trek van zijn sigaret, gooit de peuk op de grond, houdt de ladder tegen, zet een voet op de onderste sport en hijst zichzelf omhoog. Het gaat niet soepel maar hij weet op het plateau te klauteren. Hij kruipt Aureks hut in en laat zijn ogen even aan het donker wennen. Dan ziet hij de houten rammelaar. Die zit klem onder een tak die de hut in groeit. Is het echt de rammelaar die Silvana's vader heeft gemaakt? En doet het ertoe? Nu herinnert hij zich weer dat ze hem nooit echt antwoord heeft gegeven. Hij was degene die aannam dat het de rammelaar van de familie was.

Hij pakt hem op. Aan de zijkant staan kleine lettertjes gedrukt: MADE IN ENGLAND. Janusz rammelt even met het speeltje. De boom kraakt in de wind - een stem die antwoordt.

Hij zit in de boomhut, zijn knieën opgetrokken, met zijn rug tegen de ruwe schors van de stam, haalt de brief en zijn pen tevoorschijn en begint weer te schrijven:

Ik heb een boomhut voor Aurek gemaakt en hij vindt dat net zo leuk als toen ik een kind was. Jullie kleinzoon is trouwens leniger dan ik vroeger was. Konden jullie maar zien hoe snel hij de touwladder op kan klimmen. Jullie zouden trots op hem zijn.

Felixstowe

Bijna alle dozen zijn weg. De enige ruimte in het huis waar Tony nog spullen opslaat is de keuken, en binnenkort zal ook die leeg zijn. Ze gaan naar Londen verhuizen en Tony handelt de zaken zo snel af als hij kan. Silvana houdt van de rommelige keuken. De rest van het huis is blinkend schoon, maar de keuken staat vol met dozen waspoeder en pakjes Bird's Custard. Ze heeft de stapels kranten van de trap naar de keuken verplaatst. Nu moet ze zich erlangs wurmen om bij de achterdeur te komen.

Doordeweeks, als Tony in Ipswich in de dierenwinkel werkt en dingen regelt voor de verhuizing, zit zij urenlang de kranten door te nemen. In haar ene hand heeft ze een schaar en met de andere slaat ze de pagina's om. Ze gaat laat naar bed en denkt aan Janusz; ze probeert zich zijn verdriet voor te stellen, maar ze is zelf te verdrietig om zich in hem te verplaatsen.

Ze neemt haar map met knipsels mee naar bed en slaapt ermee onder haar kussen. Ze voelt zich als een moederkloek met al die kleine gezichtjes onder haar hoofd. De inkt van de foto's maakt vlekken op haar kussensloop en de kinderen laten een afdruk op het katoen achter. Vanwege de kinderen wast ze haar sloop niet. Zoveel kinderen, maar ze zal ze allemaal bij zich houden.

's Nachts ligt ze met haar handen op de knipsels te slapen, terwijl ze zich door het zachte ruisen van de zee en de wind in een onrustige slaap laat wiegen. In haar dromen klimmen de kinderen vanonder haar haar vandaan en dansen en zingen hand in hand op haar bed, en haar eigen dode zoon rijst op uit zijn graf van de handkar, terwijl de dekens van hem af vallen. Het gewicht van de kinderen drukt zwaar op haar sprei. Alle baby's, de jongens en de meisjes, de onschuldigen, komen tot Silvana. Ze rijzen op uit hun ondiepe graf, gebombardeerde huis, gevangeniscel en blinde bossen. Het verleden is vergeten, ze zijn vrij en veilig.

In de ochtend zijn ze weg, terug onder het kussen, en Silvana staat op, wast zich met koud water en richt haar schoongeboende gezicht naar de nieuwe dag.

IPSWICH

De ramen zijn dichtgespijkerd en op de deur hangt een bord met daarop de vergunning van Ruimtelijke Ordening dat de winkel een andere bestemming krijgt. De dierenwinkel wordt namelijk een kapsalon. Janusz draait zich abrupt om en beent met ferme pas weg. Hij loopt over de klinkerstraat naar het marktplein, dat hij met lange passen oversteekt, zodat de duiven daar verschrikt opvliegen. In Debenhams trakteert hij zichzelf op koffie met een scone.

Stel dat hij naar Felixstowe zou gaan om haar te vragen terug te komen, wat zou hij dan doen als ze weigerde? Hij zet het kopje met een klap op tafel, zodat een groot deel van de koffie over de rand vliegt. Hij kan natuurlijk niet gaan. Volgens Doris zag ze er goed uit. Wat betekent dat? Betekent dat dat ze verliefd is op Tony?

In gedachten ziet hij Silvana met Tony en Aurek. Alle drie lachen ze tegen hem. Hij kreunt hoorbaar, alsof iemand hem een klap tegen zijn kop heeft gegeven. O, jezus. Waarom doet hij dit zichzelf aan? En wat dan nog? Als hij zichzelf klappen wil geven, kunnen het maar beter rake zijn.

Bijvoorbeeld, Aurek die op de knie van Tony zit. Dat beeld doet pijn. En Aurek die een boomhut met Tony bouwt. Alle drie lachen ze hem uit als hij vraagt of Silvana terug wil komen. Nee. Hij kan er niet naartoe en vragen of Silvana terugkomt. Ze is op de plek waar ze wil zijn. Hij staat op en loopt naar buiten.

Halverwege Britannia Road beseft hij dat hij zijn koffie in

de lunchroom niet heeft betaald en hij moet het hele stuk weer teruglopen om de fout recht te zetten.

Felixstowe

Silvana is net het fornuis aan het schoonmaken als de bel gaat. Ze spitst haar oren en de bel klinkt opnieuw. Moet ze hem laten gaan? Niemand belt op dit uur van dag aan. Ze hoort knokkels op de deur roffelen, doet haar schort af en schikt haar haar. Ze loopt de gang in. Deze persoon lijkt niet van plan weg te gaan. Ze doet de deur op een kiertje open.

'O,' zegt ze, en ze trekt de deur open.

Peters grootmoeder stapt zonder uitnodiging naar binnen. Ze doet haar handschoenen uit en kijkt de vestibule rond – de glanzende vloer en de vaas bloemen op het tafeltje.

'Zo, Tony heeft eindelijk de boel opgeruimd,' zegt ze.

Silvana ziet dat Aurek aan het einde van de gang staat te kijken en gebaart dat hij moet komen. Ze bloost en steekt haar hand uit.

'Ik ben mevrouw Nowak,' zegt ze. 'Ik ben de huishoudster. En dit... Dit is mijn zoon, Aurek.'

'Ik weet wie je bent,' zegt Peters grootmoeder, die Silvana's uitgestoken hand negeert. 'Volgens mij weet je ook wel wie ik ben. Ik zag je vroeger met je zoontje naar school lopen. Zeg maar Moira. Ik ben Tony's schoonmoeder. En is dat Peters vriendje? Hallo.'

Ze rommelt in haar handtas en haalt er een papieren zakje uit.

'Peter zegt dat je van snoep houdt. Kom eens hier, jongeman. Ik heb een zakje *sherbets* voor je meegenomen.'

Aurek verzet geen stap, dus steekt Moira hem het zakje toe. Silvana is bang dat ze het gaat laten vallen, dus komt ze vlug tussenbeide, graait het zakje weg als een bal die opeens haar kant op wordt gegooid. Ze legt het zakje op het haltafeltje en ondertussen ziet ze dat de oude vrouw de gelegenheid te baat neemt om haar op te nemen. Er blinkt nieuwsgierigheid in haar ogen en gek genoeg ook iets van spanning. Silvana heeft geen idee waarom ze hier is. Moet ze zeggen dat Tony in Ipswich is?

'Peter zegt dat ze vrienden zijn, is dat zo?'

'Ja, dat klopt.'

Moira stopt haar handschoenen in haar tas. 'Hij is erg verlegen, hè? Mijn Peter is ook al zo'n gevoelig kind. Hemeltjelief, wat een vreselijke dag, Veel te warm. Zou je thee voor me willen zetten? Ik heb ongelooflijke dorst.'

Silvana serveert de thee in de zitkamer. Moira heeft de gordijnen half dichtgedaan, zodat de zon nog maar een smalle lichtbaan in de kamer werpt. Ze staat in de schaduw, scherp en onbeweeglijk als een gepolitoerd meubelstuk, en haar stem komt tussen de plooien van de gordijnen vandaan.

'Zeg, kun jij ook kaarten?'

'Dat heb ik al heel lang niet gedaan.'

'Dat verleer je niet. Schenk eerst maar thee in en dan gaan we samen een potje kaarten.'

Moira is een listige speelster. Ze doen een potje rummy en dan whist (ze legt Silvana de regels van de Londense Portland Club uit) en Silvana leert haar *mizerka* en *tysiac*, twee kaartspelletjes die ze vaak in Polen deed.

Zo gaan er uren voorbij en de zon beschrijft zijn baan, zodat Silvana op een gegeven moment de gordijnen open moet trekken om het vroege-avondlicht de kamer binnen te laten. Moira heeft haar zoveelste potje gewonnen en haar wangen zijn rood van al haar overwinningen.

'Tony is als een zoon voor me,' zegt ze zonder aanleiding. 'Ik ben niet gewend dat hij zo druk is met zijn eigen dingen. Meestal komt hij vaker bij ons langs. Weet je dat we zijn zoon hebben opgevoed? Peter is onze enige kleinzoon. Mijn dochter stierf toen hij nog maar een baby was.'

Dus dat is de reden dat de oude dame hier is: om over haar familie te praten.

'Tony heeft verteld hoe lief u voor Peter bent,' zegt Silvana behoedzaam.

'O ja? Heeft hij ook verteld dat we dit huis als huwelijksgeschenk voor onze dochter hebben gekocht? Het staat op Peters naam, wist je dat? Tony heeft hier geen cent in zitten.'

Silvana draait haar kaarten om. Ze heeft voor de zoveelste keer verloren.

'Ja, dat weet ik,' liegt ze. De oude dame moet vooral niet denken dat ze een domme gans is. Ze vraagt zich af of Moira al van Londen weet, dat Tony al een aanbetaling op de flat heeft gedaan. Bespreekt hij zulke zaken met haar?

'Het probleem met Tony,' zegt Moira, die haar kaarten omdraait, 'is dat hij te aardig is. Daar maken mensen misbruik van.'

Silvana pakt de stapel, schudt ze en geeft zichzelf opnieuw een hand vreselijk slechte kaarten. Ontzet staart ze ernaar.

'Vertel eens wat over jezelf,' zegt de oude dame, die twee vrouwen neerlegt. Ze glimlacht vergenoegd. 'Ik heb gehoord dat je getrouwd bent?'

Silvana bloost. 'Dat klopt.'

'Ben je van plan hier nog lang te blijven? Heeft Tony wel duidelijk de voorwaarden van de dienstbetrekking met je besproken?'

'Dienstbetrekking?'

'Ja. Je bent toch de huishoudster?'

'Eh... ja, maar ik...' Silvana zoekt naarstig naar iets om te zeggen. Iets om dit gesprek tegen te houden. Ze laat deze vrouw niet het laatste woord hebben.

'Tony heeft me gevraagd voor onbepaalde tijd,' zegt ze. 'Dat waren zijn voorwaarden van de dienstbetrekking.' Het liefst had ze er nog aan toegevoegd dat hij net wilde doen of ze getrouwd waren, maar ze houdt zich in.

De oude dame legt haar kaarten op tafel. Silvana pakt nog een kaart. Eindelijk heeft ze geluk. Ze moet er bijna hardop om lachen. Deze keer zal ze niet verliezen. Niet met de kaarten die ze in haar hand heeft. Ze legt haar kaarten voor zich en kijkt naar Moira.

'Gewonnen.'

Moira kucht even, pakt de kaarten, leunt achterover en begint ze opnieuw te schudden. 'Doen we nog een potje?'

Ze deelt de kaarten uit en bestudeert haar eigen hand.

'Het huwelijk valt niet altijd mee, liefje, maar je kunt er niet zomaar uit stappen. Heeft Tony het al met je over de zomervakantie gehad?'

Silvana aarzelt. Ze geeft geen antwoord, en Moira lijkt dat niet eens op te merken. De oude dame praat gewoon door.

'We hebben familie in Sidmouth. Tony brengt ons altijd met de auto en dan blijven we daar twee weken. Peter is dol op het zuidwesten van Engeland.'

Silvana pijnigt haar hersens of Tony daar iets over heeft gezegd. Ze kan het zich in elk geval niet meer herinneren.

'Ja, hoor, daar weet ik alles van,' zegt ze.

Moira legt haar kaarten neer en glimlacht tegen Silvana.

'O ja? Dan weet je ook vast dat Tony heeft verteld dat hij dit jaar niet met ons mee kan. Hij heeft het kennelijk te druk.'

Silvana pakt een kaart. Een vrouw. Ze bestudeert Moira's gezicht: de pientere grijze ogen, de strakke mond. Had ze maar nooit opengedaan. Had ze zich maar verstopt en gewacht tot de vrouw weer weg was gegaan.

Moira gaat verder. 'Eigenlijk had ik gedacht dat Tony met de verkoop van zijn dierenwinkel wat meer vrije tijd zou krijgen in plaats van minder. Vind je ook niet?'

Silvana zwijgt. Ze wacht tot de vrouw een kaart neerlegt, maar Moira stopt haar kaarten terug in het pak en reikt over de tafel om haar hoed te pakken.

'Ik ben een beetje moe. Ik moet nog met de trein terug naar Ipswich en ik wil per se niet in die van zes uur. Die zit altijd veel te vol.'

In de vestibule ziet Silvana dat het zakje snoep er nog ligt. Ze hoopt dat Aurek niet bezig is een nest te maken in de laatste balen katoenen lakens die Tony in de keuken heeft opgeslagen. Als Tony terug is, zal ze zeggen dat ze wat haar betreft zo snel mogelijk naar Londen moeten verhuizen. Ze doet de voordeur open en stapt naar buiten, zodat Moira erlangs kan.

Het middaglicht is goud van kleur en in de warme buitenlucht hangt een zweem van gedroogd zeewier. Meisjes met wapperende haren en jongens met sproeten rennen over het strand, maken radslagen en lopen voetje voor voetje over de smalle houten plankieren; ze vermijden de verdedigingswerken uit de oorlog, de rommelige rollen prikkeldraad die er in roestige hopen liggen. Silvana neemt het tafereel in ogenschouw.

'Lucy was dol op de zee,' zegt Moira, alsof ze aan een bepaalde dag moet denken. Ze draait zich om en kijkt Silvana aan. 'Ik hoop dat Tony tijd vindt om met ons naar Devon te gaan. Het zou echt heel jammer zijn als hij deze zomer niet een paar weken met zijn zoon kan doorbrengen. Onverteerbaar zelfs.'

'Tja, ik weet niet,' zegt Silvana. Ze laat zich niet door Moira koeioneren en ze heeft genoeg van deze gesprekken. 'Misschien dat u hem daar zelf over moet aanspreken. Ik ben tenslotte maar de huishoudster.'

'Ja. Dat is waar. Je bent maar een huishoudster. Misschien dat ik me heb vergist.'

Moira loopt naar de stoep en kijkt links en rechts de straat af.

'O ja, nog iets,' zegt ze. 'Die blouse die je aanhebt, met die zijden rok? Het is niet prettig om iemand anders in Lucy's kleren te zien, maar ik moet toegeven dat ze je wel staan. Je hebt ongeveer dezelfde maat als zij had.'

Ze kijkt opnieuw de straat af en stapt dan van de stoep.

'Ik begrijp wel waarom Tony je leuk vindt. Je lijkt een beetje op haar.'

Silvana voelt een koude rilling over haar rug lopen. Ondanks de brandende zon huivert ze. Ze loopt achter de vrouw aan.

'Wat zei u?'

'Die blouse met die rok. Die droeg Lucy nooit bij elkaar.'

'U vergist zich, ben ik bang,' zegt Silvana koeltjes. Ze heeft genoeg van Moira en haar arrogante gedrag. 'Dit zijn mijn kleren. Die heeft Tony voor me gekocht.'

'Het is maar goed dat ik ben gekomen. Het moet afgelopen zijn. Je hebt de kleren van mijn dochter aan. Maar dat weet je best. Moet je je echt van den domme houden? Heeft hij je ook de nerts gegeven? Ik hoop van niet. Dat was een cadeau van ons.'

'De nerts? Met de bruine zijden voering?'

Silvana voelt haar benen slap worden.

Moira is de weg al bijna overgestoken. Een auto schuift langzaam tussen hen in, en het enige wat Silvana dan nog van Moira ziet is haar zwarte hoedje met de fazantenveer.

Silvana stapt weer de stoep op. Ze probeert kalm te worden. Ze legt haar hand op haar keel, voelt de paarlen knoopjes van haar blouse en haalt haar hand snel weer weg, alsof ze hem gebrand heeft.

In de keuken spoelt ze de theekopjes om, sleept met haar handen door het zeepsop. Aurek komt binnen met grote witte veren in zijn hand.

'Waar heb jij gezeten?'

'Op het strand.'

'Hmm, ik heb liever niet dat je in je eentje rondzwerft. Ik maakte me zorgen.'

Hij trekt aan haar rok, totdat ze ophoudt met afwassen, haar handen aan haar schort afdroogt en zich omdraait.

'Wat wil je? Iets eten?'

'Naar huis,' zegt hij, en hij geeft haar de veren.

'Hoezo naar huis?'

Aurek kijkt omhoog naar haar. Zijn gezicht ziet bruin van de sproeten.

'Wanneer kunnen wij nou naar huis?'

'Jij en ik. Wij zijn ons eigen huis. We hebben de oorlog overleefd, weet je nog?' Silvana stopt de veren in haar schortzak.

'Dank je wel. Vroeger bracht je ook altijd veren voor me mee. Toen we in het bos woonden. Weet je dat nog?'

Aurek haalt zijn smalle schouders op en ze vraagt zich af of hij aan haar twijfelt. Is het mogelijk dat hij weet dat ze niet zijn moeder is?

'Ik hou van je,' zegt ze, en dat is eindelijk iets wat ze meent. Er zijn geen leugens in haar hart. En wat haalt ze zich in haar hoofd? Natuurlijk is ze zijn moeder.

Die avond zitten Silvana en Aurek in de woonkamer naar de zee te kijken, blij met de rust in huis. Als hij op haar schoot in slaap valt, draagt ze hem naar boven en stopt hem in bed. Ze gaat naar haar eigen slaapkamer en haalt de knipsels onder haar kussen vandaan. Het is tijd om ze los te laten.

Ze doet het raam open en de altijd waaiende zeewind voert de knipsels mee. Elke foto vliegt weg; de wind grist ze uit haar vingers. Ze weet niet wat Aurek en zij moeten doen, maar ze kunnen niet langer in Felixstowe blijven.

Ze trekt de jurk aan die ze aanhad toen ze hier kwam, de jurk die Janusz voor haar heeft gekocht. Haar enige bezit dat niet van een ander is geweest. Ze gaat op het bed zitten en zet alles nog eens op een rijtje. Voor haar is het nu duidelijk.

Ze gaat alleen verder met haar zoon.

IPSWICH

Het hoort bij Janusz' taak als voorman om ervoor te zorgen dat de nachtploeg uit de fabriekshal is vertrokken voordat hij weg mag. Vaak blijft hij langer dan nodig, genietend van de kortstondige rust voordat de volgende ploeg inklokt en de fabriek weer begint. Hij vindt het fijn als de machines stil zijn en de lucht schoon. Ook tijdens de korte afwezigheid van arbeiders blijft er in de gangpaden een muffe lucht hangen, als die van een slapend iemand ademend tegen zijn kraag, maar het geeft hem het gevoel ergens bij te horen. Voor hem is het iets machtigs, het gevoel deel uit te maken van het personeel van een bedrijf.

Voordat hij weggaat maakt hij nog een praatje met de nachtwakers, een beleefd gesprekje over het weer en het voetbal, waarna hij met tegenzin de koude morgen in loopt, de hemel roze gestreept door de ochtendzon.

Hij houdt zichzelf voor dat hij liever loopt dan de auto neemt, omdat deze zomerochtenden te mooi zijn om te missen. In werkelijkheid is het veertig minuten lopen naar zijn huis. Veertig minuten voordat hij weer geconfronteerd wordt met zijn lege huis.

Wanneer hij de voordeur opendoet, ziet hij dat de postbode al geweest is. Er liggen een brief en een ansichtkaart op de rode tegelvloer. Hij bukt zich en raapt ze op. De brief is een stroomrekening. Weinig interessant. Hij kijkt naar de kaart. Een zwart-witfoto met als opschrift 'Gezicht op Wolsey Gardens'.

Hij draait de kaart om en laat hem dan van verbazing bijna vallen. Het handschrift is vreselijk. Het is nog een wonder dat hij is aangekomen. Het adres is nauwelijks leesbaar. De 22 lijkt meer op wurmpjes dan op cijfers. De B van Britannia bolt over de rest van de letters en onttrekt ze gedeeltelijk aan het zicht.

Er staat geen tekst op, alleen een handtekening in hanenpoten: *Aurek Nowak*. De naam van de jongen. Hij wordt licht in zijn hoofd als hij de naam zwart op wit ziet staan. De naam van zijn kind. Het poststempel is uit Felixstowe. Drie dagen eerder gepost. Janusz omklemt de kaart. Hij is moe van de nachtdienst en zijn lichaam hunkert naar slaap, maar in zijn hoofd is het nog te onrustig. Hij loopt de keuken in, zet thee voor zichzelf en gaat aan de keukentafel zitten. Hij drinkt thee en kijkt nog eens naar de kaart, leest hem stomverbaasd telkens opnieuw.

Felixstowe

'Ik weet dat Moira langs is geweest,' zegt Tony wanneer hij die avond thuiskomt. Hij ziet er moe en onzeker uit. Silvana wilde kalm blijven. Ze wilde rustig met hem praten. Ze steekt hem een hand vol met Lucy's kleren toe. De uitdrukking op zijn gezicht zegt haar genoeg.

'Hoe kon je!' gilt ze, en ze gooit de kleren naar hem toe. 'Hoe kon je tegen me liegen?'

Hij pakt een blouse, vouwt die zorgvuldig op en kijkt haar met zijn bruine ogen aan. 'Het zijn maar kleren.'

'Nee, dat is niet zo. Het zijn Lúcy's kleren.'

'Silvana, toe, doe niet zo. Je weet toch dat ik van je hou?'

'Van wie?' vraagt ze dwingend. 'Van wie? Van mij of Lucy? Je hebt verdomme gelogen! Van wie hou je? Van mij of een dode?'

Ze heeft dit nog niet gezegd of ze heeft er al spijt van. Tony staart haar handenwringend aan.

'Kunnen we niet naar bed?' vraagt hij. 'Ik ben moe. We praten morgen wel. Kom mee naar bed. Het is al laat. Toe, kom alsjeblieft naar bed en in mijn armen liggen.'

'Nee.'

'Hou van me. Kom mee, alsjeblieft.'

'Gooi die kleren weg,' zegt ze.

'Weggooien?'

'De fik erin! Weg ermee. Ik wil ze niet meer in huis hebben.'

'Dat kan ik niet...'

'Je moet.'

Ze zit op het bed toe te kijken, terwijl hij armenvol kleren weghaalt. Hij ziet er verslagen uit, alsof hij het lichaam van zijn dode vrouw wegdraagt, gewikkeld in lappen zijde, katoen en jersey. Ze heeft met hem te doen, maar ze is niet in staat om hem tegen te houden. Als de kledingkast leeg is, staat hij te wachten op de volgende instructie, maar zij draait zich om, trekt de dekens over haar hoofd en doet net of ze slaapt.

De volgende ochtend is ze al vroeg wakker. Haar jurk is gekreukt en verfomfaaid. Silvana doet haar ogen open en voelt een kille vastberadenheid. Ze glipt het bed uit, trekt haar schoenen aan en pakt de hoofddoek die op de tafel ligt. Lucy's huis. Peters huis. Tony's huis. Alleen niet haar huis.

'Silvana?'

Tony zit in een stoel in de hoek van de kamer en kijkt naar haar. Zijn ogen zijn roodomrand en hij heeft een holle uitdrukking op zijn gezicht. Bij zijn voeten rolt een lege whiskyfles heen en weer.

'Waar ga je heen, Silvana?'

Zijn wangen zijn blauwig van de ruwe baardstoppels en zijn kleren zijn even gekreukt als die van haar. Hij heeft blijkbaar geen oog dichtgedaan.

Ze wrijft over haar gezicht. 'Een ommetje. En jij? Wanneer ga je naar Devon?'

'Ik hoef niet naar Devon...'

Natuurlijk gaat hij daar met zijn zoon en schoonouders naartoe. Hij gaat naar Devon. Dat staat vast. Hij hoort bij hen. Niet bij haar. Dat weet hij. En hij weet ook dat het voorbij is tussen hen. Op het moment dat ze hem vertelde dat ze het wist van de kleren, zag ze het in zijn ogen. Zoals bij het einde van een film de zaallichten aangaan.

Hij kijkt haar smekend aan. Zijn bruine ogen tranen, en ze beseft eindelijk wat die blik betekent. De hunkering in zijn ogen, het verlangen dat ze altijd had aangezien voor een verlangen naar haar; het is het verlangen van een man die wanhopig graag iets wil wat hij niet kan krijgen. Ze kent het zelf ook. Dat is in elk geval iets wat hen bindt: de overweldigende behoefte om de doden in de levenden te zien.

Ze wil zeggen dat ze geen haar beter is dan hij. Heeft ze niet een kind meegenomen om net te doen of het haar eigen gestorven zoon was? Dat heeft ze gedaan. Ook voor haar is de film afgelopen. Aurek is niet haar overleden kindje. Hij is een jongen die recht heeft op liefde om wie hij is. En Silvana is niet Lucy.

'Ze willen dat ik morgen meega,' zegt hij zuchtend. 'We blijven twee weken. Jij bent er toch nog wel als ik terugkom?'

'Dat weet ik niet,' antwoordt ze. 'Ik ga wandelen op het strand. Wil je mee?'

Tony schudt zijn hoofd. 'Ik moet een bestelling afleveren. Die katoenen lakens. Ik heb ze eindelijk verkocht. Ik moet ze vanochtend naar een hotel in Ipswich brengen. Zeg alsjeblieft dat je er nog bent als ik terugkom.'

Ze geeft geen antwoord. Ze voelt dat er nu een afstand tussen hen is. Binnen één nacht is er een grote verwijdering tussen hen ontstaan.

'We hebben het er vanmiddag nog wel over,' zegt hij, en ze hoort dat hij zijn normale, zelfverzekerde toon probeert terug te vinden. Zijn handen kneden de lucht. 'Ik moet opstaan.

Aan de slag. Ik zie je straks. Fijne wandeling.'

Beneden baadt de keuken al in de ochtendzon, ondanks het vroege uur. Ze zet de stoel omgekeerd naar het raam en drinkt een kopje koffie.

Silvana spoelt het kopje om, droogt het af en hangt het aan het houten mokkenrek dat naast het aanrecht staat. Ze veegt de vloer, doet de deur van de provisiekast open en ordent de potten, pakjes en blikjes, zodat alle etiketten naar voren staan. Daarna doet ze hetzelfde met de potten en pannen onder het aanrecht; ze draait alle stelen naar binnen, net zoals Janusz' moeder altijd in haar keuken deed. Ze wil alles netjes achterlaten.

Bij de voordeur snuift ze de zeelucht op, stapt naar buiten en kijkt omhoog naar het slaapkamerraam. Daar zit Aurek naar de zeemeeuwen te kijken. Hij zwaait naar haar en zij zwaait terug.

'Ik ben zo terug. Niet weggaan. Ik wil dat je thuis bent als ik terugkom.'

Ze loopt over het verlaten strand. Ze begint te rennen, terwijl het mulle zand in vlagen opstuift. Haar rode sjaal wappert om haar gezicht en ze rent net zo lang door tot ze buiten adem is en moet stoppen, handen op de knieën, en wachten tot haar hart tot bedaren is gekomen en haar ademhaling weer normaal is. Ten slotte komt ze overeind, haalt diep adem, gaat de betonnen trap op naar de promenade boven het strand en loopt terug naar huis.

Janusz rijdt langzaam in zijn auto. Hij is al twee keer gestopt omdat hij niet goed weet wat hij aan het doen is. Stel nou dat ze hem niet wil zien? Beide keren is hij uitgestapt en bestudeerde de ansichtkaart van Aurek, om vervolgens weer in te stappen en in noordelijke richting naar Felixstowe te rijden. Als hij de stad binnenkomt – de naam van de stad prijkt in een reusachtig bloembed langs de kant van de weg, rode bloemen voor de letters op een witte ondergrond van margrieten – rijdt een andere auto richting Ipswich hem tegemoet.

Het is de eerste auto die hij die ochtend op de weg ziet. De man achter het stuur neemt gas terug tijdens het passeren. De twee kijken elkaar aan.

Het is Tony.

Hij ziet er moe en ongeschoren uit. Zijn boord zit los, zijn das is nonchalant omgeknoopt en Janusz herkent hem amper. Hij wil hem een klap verkopen en hij mindert vaart. Midden op de weg blijven ze staan. Janusz zet de motor af, balt zijn handen tot vuisten en stapt uit.

Tony draait zijn raampje omlaag.

'Kom die auto uit,' zegt Janusz, die zijn vuisten heft.

Tony schudt zijn hoofd. 'Het heeft geen zin om te vechten. Ze wacht op je.'

De man ziet eruit als een wrak. Janusz vergeet even dat hij hem een klap wil geven. Hij denkt daar pas weer aan als Tony al met piepende banden wegscheurt. Janusz kijkt hem na over de lege weg. Hij blijft net zo lang kijken totdat de auto niet meer te zien is.

Silvana merkt de auto alleen maar op doordat hij zo langzaam rijdt. Het zal wel een zondagsrijder zijn. Het is een blinkende, gepoetste, glimmend zwarte Rover. De man achter het stuur staart haar aan als hij haar passeert. Ze loopt door en kijkt dan achterom, weifelt. Een eindje verderop is de auto stil blijven staan. Ze loopt nog een paar passen verder en draait zich om. Tussen haar en haar man is er niets meer, ook geen kind meer dat hen bindt. Dat weet ze, dat heeft ze zichzelf zo vaak voorgehouden. Maar als ze Janusz in zijn auto ziet, springt haar hart op en ze loopt naar hem toe.

Janusz doet het portier aan de passagierskant open en kijkt hoe Silvana naast hem gaat zitten. Hij doet zijn best om kalm te blijven. Silvana streelt het dashboard en kijkt om zich heen.

'Aurek zou dit vast een mooie auto vinden,' zegt ze. 'Hij is dol op auto's.'

Ze zitten zwijgend naast elkaar. De zon fonkelt tegen de voorruit, voor hen vliegen meeuwen af en aan. De snoeren met lampjes die langs de boulevard zijn gespannen zwaaien rinkelend heen en weer, en worden telkens weer door de wind opgeblazen. Eindelijk neemt Janusz het woord.

'Ik heb Hélène in de oorlog ontmoet.'

Hij kucht, strijkt met zijn duim en wijsvinger zijn snor glad.

'Ze is overleden. In 1944. Ik had die brieven niet moeten bewaren. Ik had het aan je moeten uitleggen. Meer moeten praten. Ik heb het allemaal opgepot.'

Janusz kijkt opzij naar Silvana en ziet dat haar ogen glanzen van de tranen. Hij haalt een zakdoek uit zijn broek en biedt die haar aan.

'Het gaat me vooral om de jongen. Ik zou hem graag willen zien.'

'Vind je me een slecht mens om wat ik heb gedaan?'

Janusz schudt zijn hoofd. Hij weet niet of ze het over Tony of Aurek heeft.

'Ben ik een misdadigster?' vraagt ze.

Hij kijkt haar aan. Haar ogen hebben dezelfde kille blik die hij bij soldaten heeft gezien. De mannen die te veel hadden meegemaakt. Op haar lippen liggen nog meer vragen die wachten op een antwoord.

Haar toon wordt smekend. 'Kun je me ooit vergeven?'

Hij antwoordt: 'Nee' en dan: 'Ja, ik denk van wel', wat het antwoord lijkt te zijn dat Silvana wil horen.

'Ik was bang dat ik jullie alle twee kwijt was,' zegt hij. Silvana streelt zijn wang en hij voelt haar hand trillen.

'Je hebt me al drie keer gevonden. Ik denk niet dat je me ooit zult kunnen verliezen.'

Ze zitten in de auto te kijken naar de wind die patronen in

het zand op de weg maakt, gele kronkellijnen heen en terug, en Silvana doet Janusz het verhaal van haar oorlog. Ze vertelt het als een boek, vult ontbrekende details in, springt heen en weer in de tijd, totdat de zes jaren die ze gescheiden zijn geweest geheel en al zijn gedocumenteerd. Sommige delen zijn moeilijk om aan te horen, maar hij blijft luisteren. Hij wendt zich niet af. Ze zegt dat ze geen geheimen meer voor hem wil hebben.

Zijn eigen verhalen uit de oorlog zijn lastig onder woorden te brengen. Hij probeert bepaalde gebeurtenissen aan haar uit te leggen, maar eigenlijk wil hij niet meer aan de oorlog denken. Zijn herinneringen eraan zijn weggeborgen en hij wil ze liever niet meer tevoorschijn halen. Hij kan niet over Hélène praten. Silvana dringt niet aan op details. Ze verandert van onderwerp. Daar is hij blij om.

'Misschien doet het er niet toe,' zegt ze wanneer hij stokt en zijn eigen rol in zijn verhaal niet meer weet. 'Het verleden... misschien hechten we er te veel waarde aan. Wat telt is het hier en nu.'

Maar Janusz weet dat ze alleen maar aardig probeert te zijn. Natuurlijk doet het verleden ertoe. Hij kijkt haar aan en ziet het land dat hij heeft achtergelaten in haar ogen. Haar gezicht weerspiegelt zijn eigen jeugd, en dat vindt hij juist zo fijn aan haar. Hij heeft hetzelfde gevoel als hij apparaten repareert, als alle technische onderdeeltjes waar zo gemakkelijk iets mis mee kan gaan precies goed zitten, als alles gesmeerd en op rolletjes loopt.

Silvana slaat haar armen om zichzelf heen. 'Hij had geen moeder. Dat wist ik. Er zat vuil in zijn haar en hij had zweren op zijn lijf. Ik moest wel voor hem zorgen. Hij had niemand meer. En mijn eigen baby, onze baby was...'

'Hou op,' zegt Janusz. Hij draait zijn raampje omlaag, laat de zeelucht binnenstromen en ademt diep in. 'Niet dat. Vertel maar over hoe hij is opgegroeid.'

Ze vertelt hem over haar woudjongen en hoe handig hij zijn weg vond in het bos. Ze vertelt over de lievelingsspelletjes van de jongen en hoe hij heeft geleerd in bomen te klimmen en voedsel te verzamelen.

Ze praten zachtjes met elkaar, totdat de twee jongens in Janusz' gedachten tot één samenvloeien. Dat is ook het beste. Hij weet dat jongen van wie hij houdt in werkelijkheid niet de jongen is die de knoop heeft ingeslikt, maar hij zal hem deze herinneringen geven en Aurek zal die zich eigen maken. Er zullen geen raadsels zijn. Hij is hun zoon. En dat zal zijn verhaal zijn.

Het is lastig om elkaar in een auto te knuffelen. Janusz buigt zich naar Silvana toe, maar het stuur zit in de weg en de versnellingspook ligt tussen hen in. Silvana buigt zich verder naar voren, schuift helemaal naar de rand, en dan lukt het hem haar te kussen – onhandig, hun neuzen botsen tegen elkaar.

Hij wil haar terug. Het geluid van haar ademhaling 's nachts. Hoe ze neuriet als ze denkt dat ze alleen is. Al die dingen. Hij voelt een verlangen in zich opkomen. Zijn hart bonst als dat van een jongen, brandend van lust. Maar hij voelt zich ook oud. Oud genoeg om te begrijpen dat het verdriet dat hij heeft gevoeld niet van de ene op de andere dag over zal zijn. Als hij aan Tony denkt, voelt hij walging voor haar en wil hij haar het liefst opnieuw door de mangel halen. Maar hij trekt haar juist dichter tegen zich aan.

'Kom terug,' fluistert hij. 'Kom alsjeblieft terug.'

'Het huis ligt aan het strand,' zegt Silvana. 'En je moet daar afslaan...'

'Dat weet ik,' zegt hij en hij start de motor.

Aurek zit buiten in de vensterbank van zijn kamer als hij een auto de straat in ziet komen. Hij kijkt hoe de auto voor hun huis stopt en zijn moeder uitstapt, en dan zijn vader. Ze staan bij de auto en kijken omhoog. Aurek zwaait, eerst langzaam, maar dan harder. Hij gaat staan, hangend aan het kozijn, wankelt, verliest bijna zijn evenwicht. Hij moet zich vasthouden aan de vensterbank om te voorkomen dat hij uit het raam valt. Janusz en Silvana heffen verschrikt hun handen naar hem op.

'Nee!' schreeuwen ze. 'Nee!'

BRITANNIA ROAD 22

De autorit duurt lang en Aurek schuift heen en weer over de zwartleren achterbank, van het ene raampje naar het andere. Akkers maken plaats voor volkstuintjes en geblakerde treinsporen. Aurek staart naar het roest en metaal van de gasfabriek, laat zijn blik over de rommelige hekken van ijzerdraad, de gele struiken en de saaie bakstenen huizen gaan.

Hij voelt even de schaduw van de magnolia's en de taxusbomen tegen het raam, zodat de zon wordt geblokkeerd, en hij houdt zich stevig vast aan de bank om zich het uitzicht niet te laten ontglippen. Ze rijden langs de oorlogsbegraafplaats en Aurek vangt af en toe een glimp op van de keurige rijen zoutwitte kruizen achter de donkere taxushagen. Hij heeft daar weleens gespeeld, op jacht naar hagedissen en hazelwormen, die hij in jampotjes stopte gevuld met grassprietjes, rozenkwarts en groene stukjes graniet. Hij popelt om er nog eens heen te gaan, om roerloos te zitten wachten tot de hagedissen tevoorschijn komen om op de graven te gaan zonnebaden.

Ze rijden door, over een stenen brug, langs de rode bakstenen muur van het huis op de hoek met de reclame voor Colman's melkfabriek in kalkachtige blauwe verf, een reusachtige witte melkfles die in de C van Colman's staat. Aurek kijkt verbaasd om zich heen en neemt het allemaal in zich op. Hij is een matroos die de haven binnenkomt, op de uitkijk naar de krijtrotsen van zijn vaderland, zijn blik doordrenkt van de stad, de blauwe lucht, de schapenwolkjes, het grijze waas van duiven die op rode daken neerstrijken.

Met grote snelheid gaan ze de heuvel naar Britannia Road op; de auto schudt over de keien. Ze bonken over een hobbel in het wegdek en Aurek schiet naar voren, pardoes in de opening tussen de twee stoelen voorin.

'Aurek!' roept zijn moeder. Ze pakt zijn schouder en hij wurmt zich door de opening, zodat hij bij zijn moeder op schoot kan zitten. Ze zijn bij nummer 22 en Aurek vliegt als een speer de auto uit, holt naar het huis en trommelt op de blauwe voordeur alsof iemand hem zou kunnen opendoen.

'Ik moet jullie iets laten zien,' zegt Janusz, die de voordeur opendoet.

Ze lopen de gang door, de keuken in en dan naar buiten.

Het licht in de tuin is bleek. De bast van de bomen is zelfs nog bleker: de kleur van de nieuwe maan en melktanden. Alle bladeren bij elkaar vormen een lieflijk groen gefladder. Aurek snuift de warme zomerlucht op. Hij loopt naar de eik en gaat onder zijn boomhut zitten. Zijn moeder komt naast hem zitten en zijn vader aan de andere kant. Hij voelt zich geborgen zoals ze nu naar hem kijken; het is net of hij alles is wat ze zich kunnen wensen.

Dat zegt zijn vader tegen zijn moeder: Jij en de jongen zijn alles voor me.

Aurek doet zijn ogen dicht en luistert naar de kwetterende mussen in de bomen. Ergens, in een andere tuin of op het land achter de huizen en de fabrieken, hoort hij hoe de zomer hem roept. Een koekoek met zijn houtachtige toon roept hem keer op keer. Aurek heeft geen weerstand tegen deze noodkreet. Hij doet zijn mond open en begint te zingen.

Vergetelheid komt zachtjes met de jaren aangeslopen. Aurek zal opgroeien met het idee dat Engeland zijn vaderland is. Maar als volwassene zal hij zich afvragen, wanneer hij zijn moeder uit het raam ziet staren of zijn vader zwijgend in zijn leunstoel ziet zitten, hoe zwaar het voor hen beiden is geweest: weggaan uit Polen om hem een veilig thuis te geven. Dan zal er een schim van een herinnering door zijn hoofd gaan, vlug, als een jongetje dat verstoppertje speelt en op zijn blote voeten door de kamers van Britannia Road 22 rent.

Voor hen beiden is hij de geest van hun voormalige vaderland, denkt hij.

ORLANDO
uitgevers

AMANDA HODGKINSON

Britannia Road 22

OVER DE AUTEUR

OVER HET BOEK

LEESCLUB

DANKWOORD

O+

INTERVIEW,
LEESCLUBVRAGEN,
EXTRA'S & MEER

Zie ook:
www.orlandouitgevers.nl

OVER DE AUTEUR

© Angus Muir

De Engelse Amanda Hodgkinson heeft literatuurwetenschap gestudeerd en woont sinds enkele jaren op het platteland van Zuid-Frankrijk, waar ze een column schrijft voor een regionale krant. *Britannia Road 22* is haar debuutroman.
Zie ook www.amandahodgkinson.com.

ENKELE VRAGEN AAN AMANDA HODGKINSON

Je hebt besloten om over het leven na de Tweede Wereldoorlog te schrijven. Waarom niet over de oorlog zelf?
Verhalen over de Tweede Wereldoorlog hebben me altijd al gefascineerd. Maar wat ik nog interessanter vind, zijn de gevolgen van trauma. Lukt het om een normaal leven te leiden na zo'n verschrikkelijke gebeurtenis? Weiger je het je te herinneren? Weiger je het te vergeten? Natuurlijk heerste er een jubelsfeer toen de oorlog voorbij was, maar er lag ook een soort druk op mensen om te doen alsof alles weer normaal was. Ik heb mijn roman bewust laten afspelen in een tijd waarin mensen die door de oorlog van elkaar werden verwijderd, weer terug bij elkaar komen. Silvana en Janusz proberen verder te leven alsof ze niet zijn veranderd, maar hun oorlogsherinneringen laten hen niet los en ze kunnen ze niet samen delen.

Elke oorlog brengt ook een persoonlijke strijd voor mensen met zich mee. Dat geldt ook voor Janusz en Silvana. Hoe zie jij dat?
Klopt, ze hebben ieder hun eigen, persoonlijke strijd. Janusz beleefde een enorme onderbreking in zijn leven. Hij was nog maar jong toen hij zijn vrouw en zoon moest verlaten en duizenden kilometers van huis belandde. Zijn 'oorlog' was een periode van groot, persoonlijk verlies en hij vindt het ongelooflijk moeilijk om te praten over wat hij heeft meegemaakt. En om toe te geven dat hij zich schuldig voelt. Ook Silvana was nog maar een jonge vrouw aan de start van de oorlog.

Onschuldig en alleen achtergelaten met haar zoon, moest ze zien te overleven in een wereld waar ze niemand kon vertrouwen, en zichzelf al helemaal niet. Ze deed alles om haar zoon te beschermen. Haar vijand is vooral de onmacht om zichzelf te vergeven voor de oorlogstragedie en hoe ze daarmee is omgegaan.

En Aurek? Hoe heb je zijn strijd eigenlijk zo levendig kunnen omschrijven?
Aurek groeide op in de oorlog en wist niet beter. Zo verbonden als hij is met zijn moeder, zo huiverig is hij voor zijn nieuwe leven en zijn vader die zomaar opnieuw zijn leven binnenstapt en tussen Aurek en zijn moeder in gaat staan. In eerste instantie ziet Aurek zijn vader dan ook als de vijand. Ik ben een moeder en daarom kan ik goed begrijpen hoe Aurek zich gevoeld moet hebben. Ik heb hem puur instinctief op papier gezet en werd erg door hem geroerd. Zijn personage heeft het volledig van me overgenomen en ik voel me emotioneel met hem verbonden. Zo sterk, dat ik nog steeds veel aan hem moet denken.

Silvana beschermt Aurek als een soldaat. Tegelijkertijd is hij haar eigen reddingsboei in moeilijke tijden. Wat voel je als je haar bezig ziet als ouder?
Een ding is zeker: Silvana houdt ontzettend veel van Aurek. Die liefde is de stuwende kracht in dit verhaal, maar het is ook een liefde vol geheimen, onvervulde fantasieën en onstilbare behoeften. Zowel Silvana als Janusz is zich erg bewust van hoezeer Aurek heeft geleden onder de oorlog en de liefde voor hun zoon is gevoed door de diepe wens om het verleden te helen. Hij is hun verleden, heden en toekomst. En uiteindelijk geeft Aurek hun de vrijheid om eerlijk tegen elkaar te zijn. Om te vergeven en liefde te geven en te ontvangen. Ik wil mijn personages niet veroordelen, maar het is natuurlijk nogal veel wat hier op de schouders van zo'n klein kind rust. Ik heb

de grenzen van ouderlijke liefde zeker opgezocht tijdens het schrijven. Er waren momenten dat ik schrok van Silvana's daden en de intensiteit van de liefde voor haar zoon. En toch kan ik, zoals gezegd, niet over haar oordelen.

Britannia Road 22 is de plek waar Janusz, Silvana en hun zoontje Aurek na de Tweede Wereldoorlog een nieuw leven opbouwen. Kun je de symboliek van deze plek uitleggen?
In de straatnaam 'Britannia Road' zit precies wat Janusz wil voor zijn gezin: een nieuw leven en een nieuw land. Ironisch genoeg refereert dit adres ook aan de Britse nationale identiteit en trots, en benadrukt het de weerstand die Janusz, Silvana en Aurek moeten hebben gevoeld, toen ze als immigrantengezin naar een Brits dorp verhuisden. Het huis zelf symboliseert alles waar Silvana, Janusz en Aurek naar verlangen. Een veilige plek waar ze als gezin rustig opnieuw kunnen beginnen. Voor mij is dit een roman over het vinden van een thuis, zowel fysiek als psychologisch en metaforisch. Het staat ook voor hoop. De woorden *home* en *hope* schelen niet voor niets maar één letter.

De tuin van Britannia Road 22 heeft ook een speciale betekenis voor Janusz, Silvana en Aurek…
De tuin is een complex gebied voor het hele gezin. Je zou het kunnen zien als een plek die hun rust en veiligheid geeft. In deze tuin kan het gezin weer onschuldig zijn en de oorlog en al zijn gruwel vergeten. Janusz maakt er een typisch Engelse tuin van, met rozen, struiken en een groentetuintje. Hij bouwt zelfs een boomhut voor zijn zoon, zichzelf inbeeldend dat hij zijn vrouw en zoon dichter bij hun dromen kan brengen, door deze perfecte wereld te creëren. Maar voor Silvana en Aurek heeft de tuin ook iets buitenaards. De met zorg aangelegde tuin staat in schril contrast met het leven in het bos, dat zij tijdens de oorlog hebben geleid. Hier kun je het verleden achter je laten. Maar dit blijkt voor beiden niet zo gemakkelijk.

Je schrijft dat de woorden 'vader', 'moeder', 'familie' en 'zoon' voor een gevoel van veiligheid zouden moeten staan. Dat blijkt maar relatief te zijn. Wat is veiligheid voor jou?
Voor mij is veiligheid het fundamentele recht van mensen om zonder angst voor geweld, honger en vooroordelen te leven. Door het schrijven van dit boek en de research ervoor, ben ik me erg bewust geworden van hoezeer mensen nog steeds lijden onder oorlogen. Met mijn roman wil ik daar in zekere zin aandacht aan geven. Iedereen heeft een andere definitie van veiligheid, afhankelijk van hun eigen omstandigheden. In *Britannia Road 22* geloven Silvana, Aurek en Janusz dat hun persoonlijke veiligheid afhangt van het hervinden van hun leven als liefhebbend gezin.

De familie Nowak heeft haar geboorteland moeten verlaten omwille van de oorlog. Zelf heb je Groot-Brittannië ingeruild voor Frankrijk. In hoeverre heb je uit je eigen ervaring en emoties kunnen putten?
De Nowaks verhuisden omdat ze geen andere keuze hadden toen hun thuisland communistisch werd. Ik verhuisde naar Frankrijk omdat mijn man en ik dat zelf wilden, dus onze verhalen verschillen behoorlijk. Tegelijkertijd kon ik me, doordat mijn familie zich onderdompelde in een nieuwe taal en cultuur terwijl ik mijn boek aan het schrijven was, levendig voorstellen hoe het voor Janusz, Silvana en Aurek moet zijn geweest. Ik weet hoe het is als je echt op elkaar bent aangewezen. In het begin leefden we hier in onze oude boerderij met z'n allen in een kamer, zonder keuken, elektriciteit en alleen koud water.

Tekst Lizanne Croonen

OVER HET BOEK
LOVENDE WOORDEN

'Boeiende historische roman, die zich afspeelt in het naoorlogse Engeland, over een Pools stel dat getekend door de oorlog en de liefde, elkaar terugvindt.' – *O, the Oprah Magazine*

'Hodgkinsons beschrijving van de oerband tussen moeder en kind, haar begrip van het enorme, beangstigende gewicht van de liefde dat moeders moeten dragen, oorlog of geen oorlog, laat een onuitwisbare indruk achter.' – *The New York Times Book Review*

'De overtuigende hoofdpersonen en de onopvallend virtuoze schrijfstijl van de auteur maken dit tot een zeer aangrijpend boek.' – *The Daily Mail*

'Een sterk debuut over een Pools echtpaar en hun zoontje die door de oorlog van elkaar gescheiden raken en over de veranderingen die ze dientengevolge doormaken... Een schitterend, indringend boek, dat laat zien welke krachten, teleurstellingen en keuzes een traumatische situatie kan losmaken bij doodgewone mensen.' – *Marie Claire*

LEESCLUB

LEESCLUBVRAGEN VOOR *BRITANNIA ROAD 22*

1. Op de boot naar Engeland wordt Silvana gevraagd of ze huishoudster of huisvrouw is. Waarom vindt ze dat een lastige vraag?
2. Aurek beschouwt Janusz als 'de vijand'. Waarom en op welke manier veranderen zijn gevoelens?
3. In deze roman springt Hodgkinson heen en weer tussen het verleden en het heden. Wat voor effect heeft deze verteltechniek op de lezer? Had ze het verhaal ook op een andere manier kunnen vertellen?
4. Janusz wil graag een echte Engelsman worden. Wat doet hij om zich aan zijn nieuwe vaderland aan te passen?
5. De relatie van Silvana en Janusz met hun nieuwe buren, Doris en Gilbert, is ingewikkeld. Denk je dat ze echt vrienden zijn?
6. Silvana is geobsedeerd door tweedehands kleren en foto's van kinderen. Wat voor betekenis hebben deze voorwerpen voor haar en hoe geven ze haar troost en steun?
7. Waarom voelt Silvana zich aangetrokken tot Tony? In welk opzicht is haar relatie met Tony anders dan die tussen haar en Janusz?
8. Wanneer Janusz de waarheid over Silvana ontdekt, vernielt hij zijn Engelse tuin en zet er bomen voor in de plaats. Wat denkt hij hiermee te bereiken?
9. Bijna iedereen in deze roman draagt een geheim met zich mee: is er een voorbeeld waarin het beter was geweest dat het geheim niet aan het licht was gekomen? Zijn geheimen altijd funest voor een relatie?

10. Aan het einde van het boek wordt een schokkende onthulling gedaan over Silvana's verleden. Wat was jouw reactie toen je het las? En hoe dacht je daarna over Silvana als personage?

DANKWOORD
VAN AMANDA HODGKINSON

Mijn oprechte dank gaat uit naar Rachel Calder en Juliet Annan, Jenny Lord, Pamela Dorman en Julie Miesionczek. Verder wil ik Sara Hunt Cooke bedanken.

Kathy Burrell, hoogleraar moderne geschiedenis aan de Montfort-universiteit in Leicester, ben ik zeer erkentelijk voor het doorlezen van mijn boek en voor haar zinnige commentaar op bepaalde historische aspecten in deze roman.

In het bijzonder dank ik Kit Habianic, die de eerste versies heeft doorgenomen. Verder bedank ik Deborah Goodes, Marcia Edwards, Gill Hamer en alle andere getalenteerde schrijvers die me hebben bijgestaan in het geweldige Writing Asylum van Lorraina Mac. Oneindig veel dank gaat uit naar Richard Butler, mijn computergoeroe, en Delyth Potts, die altijd in me is blijven geloven. Melanie Watson, Aimy Kersey en Annie Benoit: bedankt voor jullie vriendschap en steun.

En tot slot, lieve Katya, Nancy en Guy, dank jullie wel.

Het motto is ontleend aan 'The Forest of Arden' door Zbigniew Herbert, *Collected Poems* (1956-1998).